Robert Merle
Der Tod ist mein Beruf

atb aufbau taschenbuch

Robert Merle (1908-2004) hatte sich mit seinem literarischen Debüt *Wochenend in Zuydcoote* in Frankreich bereits einen Namen gemacht (Prix Goncourt 1949), als er nur drei Jahre später weltberühmt wurde mit *Der Tod ist mein Beruf.* Der 1952 erschienene Roman liegt bei Aufbau seit 1957 in deutscher Übersetzung vor: ein außerordentliches Buch, dessen düstere Spannung nach einem halben Jahrhundert noch ebenso stark auf den Leser wirkt wie bei seinem Erscheinen.

Zwei Jahrzehnte später, als er sich bereits mit dem großen historischen Stoff seiner Romanfolge *Fortune de France* beschäftigte, schrieb Merle rückschauend über das Buch:

»Es gibt viele Möglichkeiten, der Wahrheit den Rücken zu kehren. Man kann sich in den Rassismus flüchten und sagen: Die Menschen, die das getan haben, waren Deutsche. Man kann auch die Metaphysik bemühen und wie ein Priester, den ich kannte, ausrufen: ›Das ist das Werk des Teufels! Das ist das Werk des Bösen!‹ … Ich für mein Teil glaube eher, dass alles möglich wird in einer Gesellschaft, deren Handlungen nicht mehr von der öffentlichen Meinung kontrolliert sind. Von dem Augenblick an kann es geschehen, dass ihr der Mord als die schnellste Lösung ihrer Probleme erscheint.«

Robert Merle

Der Tod ist mein Beruf

Roman

Aus dem Französischen
von Curt Noch

atb aufbau taschenbuch

Die Originalausgabe unter dem Titel
La mort est mon métier
erschien 1952 bei Éditions Gallimard, Paris.

MIX
Papier | Fördert gute Waldnutzung
FSC® C083411

ISBN 978-3-7466-2786-1

Aufbau Taschenbuch ist eine Marke der Aufbau Verlage GmbH & Co. KG

8. Auflage 2025
Vollständige Taschenbuchausgabe

www.aufbau-verlage.de
10969 Berlin, Prinzenstraße 85
Die deutsche Erstausgabe erschien 1957 bei Aufbau;
Aufbau ist eine Marke der Aufbau Verlage GmbH & Co. KG

Bei Fragen zur Sicherheit unserer Produkte wenden Sie sich bitte an
produktsicherheit@aufbau-verlage.de.
Umschlaggestaltung morgen, Kai Dieterich, Berlin
unter Verwendung eines Motivs von Samantha Graudy/iStockphoto
Druck und Binden CPI books GmbH, Leck, Germany

Printed in Germany

Wem kann ich dieses Buch widmen,
wenn nicht den Opfern jener,
deren Beruf der Tod ist?

1913

Ich bog um die Ecke der Kaiserallee, böiger Wind und eiskalter Regen schlug an meine nackten Beine, und ich dachte voll Angst daran, daß Sonnabend war. Die letzten Meter legte ich im Laufschritt zurück, verschwand im Hausflur, raste die fünf Treppen hinauf und klopfte zweimal leicht.

Mit Erleichterung erkannte ich den schleppenden Schritt der dicken Maria. Die Tür ging auf, Maria strich ihre graue Locke nach oben, ihre guten blauen Augen sahen mich an, sie beugte sich zu mir nieder und sagte leise und verstohlen: »Du kommst aber spät.«

Und mir war es, als stände Vater vor mir, schwarz und mager, und sagte in seiner abgerissenen Redeweise: »Pünktlichkeit – ist eine deutsche Tugend – mein Herr!«

Ich flüsterte: »Wo ist er?«

Maria schloß behutsam die Vorsaaltür.

»In seinem Arbeitszimmer. Er macht die Geschäftsabrechnung.« Sie setzte hinzu: »Ich habe dir deine Hausschuhe mitgebracht. Da brauchst du nicht erst in dein Zimmer zu gehen.«

Ich mußte an Vaters Arbeitszimmer vorbei, wenn ich in mein Zimmer wollte. Ich kniete mit einem Bein nieder und fing an, meine Schuhe aufzuschnüren. Maria stand dabei, massig und unbeweglich. Ich hob den Kopf und sagte: »Und meine Schultasche?«

»Die nehm ich selber mit. Ich habe noch dein Zimmer zu bohnern.«

Ich zog meine Windjacke aus, hängte sie neben Vaters großen schwarzen Mantel und sagte: »Danke schön, Maria.«

Sie schüttelte den Kopf, ihre graue Locke fiel wieder auf die Augen herunter, und sie klopfte mir auf die Schulter.

Ich konnte zur Küche gelangen, öffnete leise die Tür und schloß sie hinter mir. Mama stand am Ausguß und wusch.

»Guten Abend, Mama.«

Sie drehte sich um, ihre blassen Augen blickten über mich

weg, sie sah nach der Uhr auf dem Küchenschrank und sagte in ängstlichem Ton: »Du kommst aber spät.«

»Es waren heute viele Schüler zur Beichte. Und nachher hat mich Pater Thaler zurückbehalten.«

Sie fing wieder an zu waschen, und ich sah nur noch ihren Rücken. Sie fuhr fort, ohne mich anzusehen: »Deine Schüssel und deine Lappen sind auf dem Tisch da. Deine Schwestern sind schon bei der Arbeit. Beeile dich.«

»Ja, Mama.«

Ich nahm die Schüssel und die Lappen und ging auf den Korridor. Ich ging langsam, um das Wasser in der Schüssel nicht zu verschütten.

Ich kam am Eßzimmer vorbei, die Tür stand offen, Gerda und Bertha standen auf Stühlen am Fenster. Sie kehrten mir den Rücken zu. Dann ging ich am Salon vorbei und in Mamas Zimmer. Maria stellte den Schemel vors Fenster. Sie hatte ihn für mich aus der Rumpelkammer geholt. Ich sah sie an und dachte: ›Danke schön, Maria‹, aber ich öffnete den Mund nicht. Man durfte nicht sprechen, wenn man Fenster putzte.

Nach einer Weile trug ich den Schemel in Vaters Zimmer, holte die Schüssel und die Lappen herüber, kletterte auf den Schemel und machte mich ans Putzen. Ein Zug pfiff, die Eisenbahnstrecke drüben füllte sich lärmend mit Rauch, ich ertappte mich dabei, daß ich mich zum Fenster hinausbeugen wollte, um zuzuschauen, und sagte ganz leise voller Entsetzen: »Lieber Gott, gib, daß ich nicht auf die Straße hinausgesehen habe.« Dann setzte ich hinzu: »Lieber Gott, gib, daß ich beim Fensterputzen keinen Verstoß begehe.«

Danach sprach ich ein Gebet, fing an, halblaut einen Choral zu singen, und fühlte mich etwas wohler.

Als Vaters Fenster fertig waren, wollte ich in den Salon gehen. Am Ende des Korridors tauchten plötzlich Gerda und Bertha auf. Sie kamen hintereinander, jede mit ihrer Schüssel in der Hand. Sie wollten nun das Fenster ihres Zimmers drannehmen. Ich stellte den Schemel an die Wand, machte mich dünn, sie gingen an mir vorüber, und ich wandte den Kopf weg. Ich war der Älteste, aber sie waren größer als ich.

Ich stellte den Schemel vor das Fenster des Salons und kehrte in Vaters Zimmer zurück, um die Schüssel und die Lappen zu holen; in einer Ecke setzte ich sie ab. Ich bekam Herzklopfen, schloß die Tür und betrachtete die Porträts. Es waren die drei Brüder, und Vaters Onkel, sein Vater und sein Großvater: Offiziere alle, alle in großer Uniform. Das Porträt meines Großvaters betrachtete ich länger: Er war Oberst gewesen, und man behauptete, ich sähe ihm ähnlich.

Ich öffnete das Fenster und kletterte auf den Schemel; der Wind und der Regen drangen herein. Ich stand auf Vorposten und spähte im Sturm nach dem sich nähernden Feind aus. Dann wechselte die Szene, ich befand mich auf einem Kasernenhof und wurde von einem Offizier bestraft; der Offizier hatte die leuchtenden Augen und das hagere Gesicht von Vater; ich stand still und sagte ehrerbietig: »Jawohl, Herr Hauptmann!« Ein Prickeln lief mir über den Rücken, mein Lappen fuhr mit mechanischen Bewegungen kräftig über die Scheiben, und ich fühlte die starren Blicke der Offiziere meiner Familie mit wollüstigem Behagen auf Schulter und Rücken.

Als ich fertig war, trug ich den Schemel in die Rumpelkammer, holte Schüssel und Lappen und ging in die Küche.

Mama sagte, ohne sich umzudrehen: »Setz dein Zeug ab und wasch dir hier die Hände.«

Ich trat an den Ausguß, Mama machte mir Platz, ich tauchte die Hände ins Wasser, es war heiß. Vater hatte uns verboten, uns in heißem Wasser zu waschen, und ich sagte leise: »Aber das Wasser ist ja heiß.«

Mama seufzte, nahm die Schüssel, goß sie wortlos im Ausguß aus und drehte den Wasserhahn auf. Ich nahm die Seife, Mama trat beiseite und wandte mir zur Hälfte den Rücken zu, die rechte Hand auf den Ausgußrand gestützt und die Augen fest auf den Küchenschrank gerichtet. Ihre rechte Hand zitterte leicht.

Als ich fertig war, hielt sie mir den Kamm hin und sagte, ohne mich anzusehen: »Kämm dich!«

Ich stellte mich vor den kleinen Spiegel, hörte, wie Mama wieder das Waschfaß in den Ausguß stellte, betrachtete mich im Spiegel und fragte mich, ob ich meinem Großvater ähnlich sähe oder nicht. Es war für mich wichtig, das zu wissen, denn wenn ja, konnte ich hoffen, wie er Oberst zu werden.

Mutter sagte hinter meinem Rücken: »Der Vater erwartet dich.«

Ich legte den Kamm auf den Schrank und fing an zu zittern.

»Leg den Kamm nicht auf den Schrank«, sagte Mama.

Sie tat zwei Schritte, nahm den Kamm, wischte ihn an der Schürze ab und legte ihn in die Schublade des Küchenschranks. Ich sah sie verzweifelt an, ihr Blick glitt über mich weg, sie kehrte mir den Rücken zu und nahm wieder ihren Platz vor dem Ausguß ein.

Ich ging hinaus und langsamen Schritts nach dem Arbeitszimmer meines Vaters. Auf dem Korridor kam ich wieder an meinen Schwestern vorbei. Sie warfen mir tückische Blicke zu, und ich begriff, daß sie erraten hatten, wohin ich ging.

Ich blieb vor der Tür des Arbeitszimmers stehen, bemühte mich mit aller Gewalt, nicht mehr zu zittern, und klopfte an. Vaters Stimme rief: »Herein!«, ich öffnete die Tür, schloß sie wieder und nahm Haltung an.

Sofort drang eine eisige Kälte durch meine Kleider hindurch bis auf die Knochen. Vater saß an seinem Schreibtisch, dem weit offenstehenden Fenster gegenüber. Er drehte mir den Rücken zu und rührte sich nicht. Ich verharrte im Stillgestanden. Der Wind trieb Regenböen ins Zimmer, und vor dem Fenster war eine kleine Pfütze.

Vater sagte in seiner abgerissenen Sprechweise: »Komm her – setz dich.«

Ich ging hin und setzte mich auf einen kleinen niedrigen Stuhl links von ihm. Vater ließ seinen Sessel herumschwingen und sah mich an. Seine Augen lagen noch tiefer als gewöhnlich, und sein Gesicht war so mager, daß man alle Muskeln hätte einzeln zählen können. Die kleine Schreibtischlampe brannte, und ich war glücklich, im Schatten sitzen zu können.

»Frierst du?«

»Nein, Vater.«

»Du – zitterst doch nicht – hoffe ich?«

»Nein, Vater.« Und ich bemerkte, daß es ihm selbst sehr schwerfiel, sein Zittern zu unterdrücken. Sein Gesicht und seine Hände waren blau.

»Bist du fertig – mit Fensterputzen?«

»Ja, Vater.«

»Hast du – dabei gesprochen?«

»Nein, Vater.« Er senkte wie geistesabwesend den Kopf, und da er nichts mehr sagte, fügte ich hinzu: »Ich habe einen Choral gesungen.«

Er hob den Kopf wieder und sagte: »Begnüge dich damit – auf meine Fragen – zu antworten.«

»Ja, Vater.«

Er fuhr in seinem Verhör fort, aber zerstreut, gleichsam aus bloßer Gewohnheit: »Haben deine Schwestern – gesprochen?«

»Nein, Vater.«

»Hast du – Wasser verschüttet?«

»Nein, Vater.«

»Hast du – auf die Straße gesehen?«

Ich zögerte eine Viertelsekunde.

»Nein, Vater.«

Er sah mich fest an.

»Gib gut acht. Hast du – auf die Straße gesehen?«

»Nein, Vater.«

Er schloß die Augen. Er mußte wirklich zerstreut sein. Sonst hätte er mich nicht so schnell davonkommen lassen.

Ein Schweigen entstand. Sein großer steifer Körper bewegte sich auf dem Sessel hin und her. Der Regen drang mit böartigen Windstößen ins Zimmer, und ich fühlte, daß mein linkes Knie naß war. Die Kälte ging mir durch und durch, aber es war nicht die Kälte, unter der ich litt. Es war die Furcht, Vater könnte bemerken, wie ich wieder zu zittern anfing.

»Rudolf – ich habe mit dir zu reden.«

»Ja, Vater.«

Er wurde von einem entsetzlichen Husten geschüttelt. Dann sah er zum Fenster hin, und ich hatte den Eindruck, er wollte aufstehen, um die Flügel zuzuschlagen. Aber er besann sich anders und fuhr fort: »Rudolf – ich habe mit dir – über deine Zukunft zu reden.«

»Ja, Vater.«

Eine ganze Weile saß er schweigend da und sah nach dem Fenster hin. Seine Hände waren blau vor Kälte, aber er gestattete sich keine Bewegung.

»Vorher – wollen wir – beten.«

Er stand auf, und ich stand auch auf. Er trat vor das Kruzifix, das hinter dem kleinen niedrigen Stuhl an der Wand hing, und kniete auf dem Fußboden nieder. Ich kniete ebenfalls nieder, nicht neben, sondern hinter ihm. Er machte das Zeichen des Kreuzes und begann, langsam, deutlich und ohne eine Silbe auszulassen, ein Vaterunser zu sprechen. Seine Sprechweise war nicht mehr abgerissen, wenn er betete.

Ich hielt meine Augen fest auf die große, steife Gestalt gerichtet, die vor mir kniete, und wie immer hatte ich das Empfinden, daß mein Gebet sich viel mehr an sie als an Gott wandte.

Vater sagte mit fester Stimme amen und stand auf. Ich stand gleichfalls auf. Er setzte sich wieder an seinen Schreibtisch.

»Setz dich.«

Ich nahm wieder auf meinem kleinen Stuhl Platz. In meinen Schläfen hämmerte es.

Er sah mich eine ganze Weile an, und ich hatte den außergewöhnlichen Eindruck, daß es ihm an Mut gebrach zu sprechen. Während dieses Zögerns hörte der Regen plötzlich auf. Sein Gesicht erhellte sich, und ich wußte, was geschehen würde.

Vater stand auf und schloß das Fenster: Gott selbst hatte der Strafe ein Ende gesetzt.

Vater setzte sich wieder, und mir schien es, als hätte er neuen Mut geschöpft.

»Rudolf«, sagte er, »du bist dreizehn Jahre – und du bist in dem Alter – es zu verstehen. Gott sei Dank – bist du verständig – und dank mir – oder vielmehr«, fuhr er fort, »dank der Erleuchtung, die Gott mir – betreffs deiner Erziehung – hat zuteil werden lassen – bist du – in der Schule – ein guter Schüler. Denn ich habe dich gelehrt – Rudolf – ich habe dich gelehrt – deine Pflicht zu tun – so wie du die Fenster putzt – gründlich!«

Er schwieg eine Viertelsekunde und fuhr mit lauter Stimme, fast schreiend, fort: »Gründlich!«

Ich begriff, daß ich etwas sagen mußte, und antwortete mit schwacher Stimme: »Ja, Vater.« Seitdem das Fenster geschlossen war, kam es mir vor, als wäre es im Zimmer noch kälter.

»Ich werde also – dir sagen – was ich – betreffs deiner Zukunft – beschlossen habe. – Aber ich will«, fuhr er fort, »daß du – die Gründe – meines Entschlusses – erfährst und verstehst.«

Er hielt inne, preßte seine Hände gegeneinander, und seine Lippen fingen an zu beben.

»Rudolf – einst habe ich – einen Fehltritt begangen.«

Ich sah ihn verblüfft an.

»Und damit du – meinen Entschluß verstehst – muß ich

heute – muß ich – dir meinen Fehltritt mitteilen. Einen Fehltritt – Rudolf – eine Sünde – so groß – so entsetzlich – daß ich nicht hoffen kann – nicht hoffen *darf* – daß Gott mir verzeiht – wenigstens nicht in diesem Leben …«

Er schloß die Augen, seine Lippen zuckten krampfhaft, und er sah so verzweifelt aus, daß es mich im Halse würgte und ich ein paar Minuten lang aufhörte zu zittern.

Vater löste mit Anstrengung seine Hände und legte sie flach auf die Knie.

»Du kannst dir wohl denken – wie peinlich – es mir ist – mich vor dir – so zu erniedrigen – zu demütigen. Aber auf meine Leiden – kommt es nicht an. Ich bin nichts.«

Er schloß die Augen und wiederholte: »Ich bin nichts.«

Das war seine Lieblingsredensart, und jedesmal, wenn er sie gebrauchte, fühlte ich mich schrecklich unsicher und schuldig, als ob um meinetwillen das sozusagen göttliche Geschöpf, das mein Vater war, »ein Nichts« wäre.

Er schlug die Augen auf und blickte ins Leere.

»Rudolf – einige Zeit – genauer einige Wochen – vor deiner Geburt – habe ich mich – meiner Geschäfte wegen …«, er sprach mit Ekel, »nach Frankreich begeben müssen – nach Paris …«

Er hielt inne, schloß die Augen, und jedes Zeichen des Lebens schwand aus seinem Gesicht.

»Paris, Rudolf, ist die Hauptstadt aller Laster!«

Mit einem Ruck richtete er sich in seinem Sessel auf und starrte mich mit haßerfüllten Augen an.

»Verstehst du das?«

Ich hatte es nicht verstanden, aber sein Blick schreckte mich, und ich sagte mit erloschener Stimme: »Ja, Vater.«

»Gott«, fuhr er mit leiser Stimme fort, »suchte in seinem Zorn – meinen Körper und meine Seele heim.«

Er blickte ins Leere.

»Ich wurde krank«, sagte er in einem Ton unglaublichen Ekels, »ich pflegte mich und genas – aber die Seele genas nicht.« Und er fing plötzlich an zu schreien: »Sie *sollte nicht* genesen!«

Es entstand ein langes Schweigen, dann schien er wieder zu bemerken, daß ich da war.

»Du zitterst?« fragte er mechanisch.

»Nein, Vater.«

Er fuhr fort: »Ich kehrte zurück – nach Deutschland. Ich gestand meinen Fehltritt deiner Mutter – und entschloß mich – von nun an – zu meinen eigenen Fehlern – die Fehler meiner Kinder – und meiner Frau – *auf mich* zu nehmen – und Gott um Verzeihung zu bitten – für ihre wie für meine.«

Nach einer Weile fing er wieder an zu sprechen, und es war, als ob er betete. Seine Stimme war nicht mehr abgerissen.

»Schließlich versprach ich der Heiligen Jungfrau feierlich, daß, wenn das Kind, das wir erwarteten, ein Sohn wäre, ich ihn ihrem Dienst widmen würde.«

Er blickte mir in die Augen.

»Die Heilige Jungfrau wollte – daß es ein Sohn war.«

Ich hatte eine Anwandlung unerhörter Kühnheit: ich erhob mich.

»Setz dich!« sagte er, ohne die Stimme zu heben.

»Vater ...«

»Setz dich!«

Ich setzte mich wieder.

»Wenn ich fertig bin, kannst du sprechen.«

Ich sagte: »Ja, Vater«, aber ich wußte schon, daß, wenn er fertig war, ich nicht mehr sprechen könnte.

»Rudolf«, fuhr er fort, »seitdem du in dem Alter bist – Fehltritte begehen zu können – habe ich sie – einen nach dem andern – auf meine Schultern genommen. Ich habe – für dich – Gott um Verzeihung gebeten – als ob ich es wäre – der schuldig war – und ich werde weiter so handeln – solange du minderjährig bist.«

Er fing an zu husten.

»Aber du – Rudolf – mußt deinerseits – wenn du zum Priester geweiht bist – hoffentlich lebe ich so lange – meine Sünden – auf deine Schultern nehmen ...«

Ich machte eine Bewegung, und er schrie mich an: »Unterbrich mich nicht!«

Er fing wieder an zu husten, aber diesmal auf eine herzzerreißende Weise, wobei er sich über den Tisch krümmte, und plötzlich dachte ich, daß, wenn er sterben würde, ich nicht Priester zu werden brauchte.

»Wenn ich sterbe«, fuhr er fort, als ob er meine Gedanken erraten hätte, und eine Flut von Scham überfiel mich, »wenn ich sterbe – bevor du ordiniert bist – habe ich meine Anordnungen getroffen – mit deinem künftigen Vormund – damit sich nach meinem Tode nichts ändert. Und selbst nach meinem Tode – Rudolf – selbst nach meinem Tode – wird es deine Pflicht – deine Pflicht als Priester sein – bei Gott für mich einzutreten.«

Er schien auf eine Antwort von mir zu warten. Ich kam nicht dazu, zu antworten.

»Vielleicht – Rudolf«, begann er wieder, »hast du manchmal gefunden – daß ich – zu dir – strenger war – als zu deinen Schwestern – oder zu deiner Mutter – aber begreife – Rudolf – begreife – du – du hast – nicht das Recht – verstehst du? – du hast nicht das Recht – Fehltritte zu begehen. – Als ob es«, fuhr er leidenschaftlich fort, »nicht genug wäre – an meinen eigenen Sünden – müssen alle in diesem Hause – alle – alle« (er fing plötzlich wieder an zu schreien) »– jeden Tag – diese Last – diese furchtbare Last – vermehren.«

Er stand auf, begann im Zimmer hin und her zu laufen, und seine Stimme zitterte vor Wut.

»Jawohl, das tut ihr mir an. Ihr drückt mich tiefer in Schuld. Alle. Alle. Ihr drückt mich tiefer hinab. Jeden Tag – drückt ihr mich tiefer hinab!«

Er kam auf mich zu, ganz außer sich. Ich sah ihn bestürzt an. Er hatte mich bis dahin noch nie geschlagen.

Einen Schritt vor mir blieb er unvermittelt stehen, er holte tief Atem, ging um meinen Stuhl herum und warf sich vor dem Kruzifix nieder.

Ich stand mechanisch auf.

»Bleib, wo du bist«, sagte er über die Schulter weg, »das geht dich nichts an.«

Er begann wieder ein Vaterunser in der langsamen, fließenden Redeweise, die ihm eigen war, wenn er betete.

Er betete eine ganze Weile, setzte sich dann wieder an seinen Schreibtisch und sah mich so lange an, daß ich von neuem zu zittern anfing.

»Hast du etwas zu sagen?«

»Nein, Vater.«

»Ich glaubte, du hättest etwas zu sagen.«

»Nein, Vater.«

»Es ist gut, du kannst gehen.«

Ich stand auf und nahm Haltung an. Er winkte ab. Ich machte kehrt, ging hinaus und schloß die Tür.

Ich ging in mein Zimmer, öffnete das Fenster und schloß die Läden. Ich zündete die Lampe an, setzte mich an meinen Tisch und begann eine arithmetische Aufgabe zu lösen. Aber ich kam nicht weiter. Die Kehle war mir wie zugeschnürt, und mir wurde ganz übel.

Ich stand auf, holte meine Schuhe unter dem Bett hervor und machte mich daran, sie zu reinigen. Sie hatten seit meiner Heimkehr aus der Schule Zeit gehabt zu trocknen, und nachdem ich etwas Krem aufgetragen hatte, begann ich, sie mit einem Lappen zu polieren. Nach kurzer Zeit fingen sie an zu glänzen. Aber ich rieb immer weiter, schneller und immer stärker, bis mir die Arme weh taten.

Um halb acht läutete Maria zum Abendessen. Nach dem Essen wurde das Abendgebet gesprochen. Vater stellte uns die üblichen Fragen, niemand hatte den Tag über einen Verstoß begangen, und Vater zog sich in sein Arbeitszimmer zurück.

Um halb neun ging ich wieder auf mein Zimmer, und um neun kam Mama, um das Licht zu löschen. Ich lag schon im Bett. Sie schloß die Tür wieder, ohne ein Wort zu sagen und ohne mich anzusehen, und ich blieb im Dunkeln allein.

Nach einer Weile streckte ich mich lang aus, die Beine steif nebeneinander, mit starrem Kopf und geschlossenen Augen, die Hände über der Brust gekreuzt. Mir war, als wäre ich gestorben. Meine Familie lag betend auf den Knien um mein Bett. Maria weinte. Das dauerte ein Weilchen, dann endlich erhob sich mein Vater, schwarz und mager, ging steifen Schrittes hinaus, schloß sich in seinem eiskalten Arbeitszimmer ein, setzte sich vor das weitgeöffnete Fenster und wartete darauf, daß der Regen aufhörte, um es dann zu schließen. Aber das nützte jetzt nichts mehr. Ich war nicht mehr da und konnte weder Priester werden noch bei Gott für ihn eintreten.

Am nächsten Montag stand ich wie gewöhnlich um fünf Uhr auf, es war eiskalt, und als ich meine Fensterläden öffnete, konnte ich sehen, daß auf dem Dach des Bahnhofs Schnee lag.

Um halb sechs frühstückte ich mit Vater im Eßzimmer. Als ich wieder in mein Zimmer ging, stand auf dem Korridor plötzlich Maria vor mir. Sie hatte auf mich gewartet.

Sie legte mir ihre große rote Hand auf die Schulter und sagte leise: »Vergiß nicht, noch einmal rauszugehen!«

Ich blickte weg und sagte: »Ja, Maria.«

Ich rührte mich nicht, ihre Hand drückte auf meine Schulter, und sie flüsterte: »Du mußt nicht sagen: ›Ja, Maria‹, du mußt gehen. Sofort.«

Sie drückte stärker.

»Los, Rudolf!«

Sie ließ mich los, ich ging nach dem Abort, ich fühlte ihren Blick in meinem Nacken. Ich öffnete die Tür und schloß sie hinter mir. Einen Schlüssel gab es nicht, und die Glühbirne hatte Vater herausgedreht. Das graue Licht des frühen Morgens fiel durch ein immer offenstehendes kleines Fensterchen herein. Der Raum war dunkel und kalt.

Ich setzte mich schlotternd hin und starrte unentwegt auf den Fußboden. Aber das nützte nichts. Er war da mit seinen Hörnern, seinen großen herausquellenden Augen, seiner abfallenden Nase und seinen dicken Lippen. Das Papier war etwas vergilbt, weil Vater es schon vor einem Jahr an die Tür gezweckt hatte, gerade dem Sitz gegenüber in Augenhöhe. Schweiß lief mir über den Rücken. Ich dachte: ›Es ist nur eine Zeichnung. Du wirst doch vor einer Zeichnung keine Angst haben.‹ Ich hob den Kopf. Der Teufel blickte mir ins Gesicht, und seine eklen Lippen fingen an zu lächeln. Ich stand auf, zog meine Hose hoch und flüchtete in den Korridor.

Maria kriegte mich zu fassen und zog mich an sich.

»Hast du was gemacht?«

»Nein, Maria.«

Sie schüttelte den Kopf, und ihre guten Augen blickten mich traurig an.

»Du hast Angst gehabt?«

Ich hauchte: »Ja.«

»Du brauchst bloß nicht hinzusehen.«

Ich schmiegte mich an sie und wartete mit Schrecken darauf, daß sie mir den Befehl gab, noch einmal zu gehen. Sie sagte nur: »Ein großer Junge wie du!«

In Vaters Zimmer war ein Geräusch von Schritten zu hören, und sie flüsterte mir noch schnell zu: »Mach's in der Schule. Vergiß es nicht.«

»Nein, Maria.«

Sie ließ mich los, und ich ging in mein Zimmer. Ich knöpfte die Hose zu, zog die Schuhe an, nahm meine Schultasche vom Tisch und setzte mich auf einen Stuhl, die Schultasche auf den Knien, wie in einem Wartezimmer.

Nach einer Weile hörte ich Vaters Stimme durch die Tür hindurch: »Sechs Uhr zehn, mein Herr!«

Das »mein Herr« klang wie ein Peitschenknall.

Auf der Straße lag der Schnee schon hoch. Vater ging seinen steifen, gleichmäßigen Schritt, ohne zu sprechen, und blickte geradeaus. Ich reichte ihm kaum bis zur Schulter und hatte Mühe, ihm zur Seite zu bleiben. Ohne den Kopf zu drehen, sagte er: »Halt doch Schritt!«

Ich wechselte den Tritt, zählte dabei ganz leise: »Links ... links ...«, Vaters Beine streckten sich maßlos, ich fiel von neuem in falschen Tritt, und Vater sagte in seinem abgerissenen Ton: »Ich habe dir gesagt – du sollst Schritt halten.«

Ich setzte wieder dazu an, ich krümmte mich, um ebenso große Schritte zu machen wie er, aber es war zwecklos, ich kam immer wieder aus dem Takt, und hoch über mir sah ich Vaters mageres Gesicht sich vor Zorn verzerren.

Wie alle Tage kamen wir zehn Minuten vor Beginn der Messe in der Kirche an. Wir nahmen Platz, knieten nieder und beteten. Nach einer Weile erhob sich Vater wieder, legte sein Meßbuch auf das Betpult, setzte sich und kreuzte die Arme. Ich tat das gleiche.

Es war kalt, Schnee wirbelte an die Kirchenfenster, ich stand auf einer ungeheuren vereisten Steppe und gab als Nachhut mit meinen Männern Schüsse ab. Die Steppe verschwand, ich war in einem Urwald, mit einem Gewehr in der Hand, von wilden Tieren umzingelt, von Eingeborenen verfolgt, und litt unter Hitze und Hunger. Die Eingeborenen fingen mich, sie banden mich an einen Pfahl, sie schnitten mir Nase, Ohren und die Geschlechtsteile ab. Plötzlich befand ich mich im Palast des Gouverneurs, er wurde von den Negern belagert, ein Soldat fiel an meiner Seite, ich ergriff seine Waffe und schoß ohne Unterbrechung mit verblüffender Treffsicherheit.

Die Messe begann, ich stand auf und betete im stillen: ›Lieber Gott, gib, daß ich wenigstens Missionar werde.‹ Vater nahm sein Meßbuch zur Hand, ich tat das gleiche und folgte dem Gottesdienst, ohne eine Zeile zu überspringen.

Nach der Messe blieben wir noch zehn Minuten, und plötzlich schnürte sich mir die Kehle zusammen; mir kam der Gedanke, Vater hätte mich vielleicht schon zum Weltgeistlichen bestimmt. Wir verließen die Kirche. Als wir ein paar Schritte gegangen waren, unterdrückte ich das Zittern, das mich schüttelte, und sagte: »Bitte, Vater!«

Er sagte, ohne den Kopf zu drehen: »Ja?«

»Ich bitte, sprechen zu dürfen.«

Die Muskeln seiner Kiefer zogen sich zusammen, und er sagte in trockenem, unzufriedenem Ton: »Ja.«

»Wenn es dir recht ist, Vater, möchte ich Missionar werden.«

Er sagte barsch: »Du wirst tun, was man dir sagt.«

Es war aus. Ich wechselte den Tritt, ich zählte ganz leise: »Links ... links ...« Vater blieb plötzlich stehen und ließ seinen Blick auf mir ruhen.

»Und warum willst du Missionar werden?«

Ich log: »Weil es am mühseligsten ist.«

»So, du willst Missionar werden, weil es am mühseligsten ist?«

»Ja, Vater.«

Er ging weiter, nach etwa zwanzig Schritten drehte er den Kopf leicht zu mir her und sagte verlegen: »Wir werden sehen.«

Nach ein paar Schritten begann er wieder: »So, du möchtest Missionar werden.«

Ich sah zu ihm auf, er sah mich scharf an, runzelte die Stirn und wiederholte in strengem Ton: »Wir werden sehen.« An der Ecke der Schloßstraße blieb er stehen. »Auf Wiedersehen, Rudolf.«

Ich stand stramm.

»Auf Wiedersehen, Vater.«

Er winkte, ich machte eine vorschriftsmäßige Kehrtwendung und ging in gerader Haltung davon. Ich bog in die Schloßstraße ein, ich drehte mich um, Vater war nicht mehr zu sehen, und ich fing an, wie ein Verrückter zu rennen. Es war etwas Unerhörtes geschehen: Vater hatte nicht nein gesagt.

Im Laufen schwang ich das Gewehr, das ich im Palast des Gouverneurs dem verwundeten Soldaten abgenommen hatte, und schoß damit auf den Teufel. Mein erster Schuß riß ihm die linke Gesichtshälfte weg. Die Hälfte seines Gehirns spritzte an die Aborttür, sein linkes Auge hing heraus, während er mich mit dem rechten entsetzt ansah und in seinem zerfetzten, blutigen Mund sich seine Zunge noch bewegte. Ich gab einen zweiten Schuß ab, der die rechte Seite wegriß, während sich die andere unverzüglich erneuerte und nun das linke Auge mich entsetzt und flehend ansah.

Ich durchschritt die Vorhalle der Schule, zog meine Mütze, um den Pförtner zu grüßen, und hörte auf zu schießen. Es klingelte, ich begab mich auf meinen Platz, und Pater Thaler kam.

Um zehn Uhr gingen wir in den Arbeitssaal, Hans Werner setzte sich neben mich, sein rechtes Auge war schwarz und verquollen, ich blickte ihn an, und mit einem Anflug von Stolz flüsterte er mir zu: »Mensch, hab ich aber was abgekriegt!« Und er setzte leise hinzu: »Ich erkläre es dir in der Pause.«

Ich blickte sofort weg und vertiefte mich in mein Buch. Es klingelte, und wir gingen auf den Hof der großen Schüler. Der Schnee war sehr glatt geworden, ich erreichte die Mauer der Kapelle und fing an, meine Schritte zu zählen. Von der Kapellmauer bis zur Mauer des Zeichensaals waren es hundertzweiundfünfzig. Wenn ich am Ziel nur hunderteinundfünfzig oder aber hundertdreiundfünfzig herausbekam, zählte der Marsch nicht. Innerhalb einer Stunde mußte ich die Strecke vierzigmal zurückgelegt haben. Wenn ich sie aus Versehen nur achtunddreißigmal zurückgelegt hatte, mußte ich sie in der nächsten Pause nicht bloß zweimal mehr ablaufen, um meinen Rückstand aufzuholen, sondern noch zweimal zusätzlich als Strafe.

Ich zählte: »Eins, zwei, drei, vier …«, da tauchte der heitere rothaarige Hans Werner neben mir auf, packte mich am Arm, zog mich mit fort und rief: »Mensch, ich hab aber was abgekriegt!«

Ich verzählte mich, kehrte um und fing an der Kapellmauer wieder zu zählen an: »Eins, zwei …«

»Siehst du da«, sagte Werner und legte die Hand aufs Auge, »das war mein Vater.«

Da blieb ich doch lieber stehen.

»Er hat dich geschlagen?«

Werner brach in ein Gelächter aus.

»Hihi! Geschlagen! Das ist nicht das richtige Wort. Es war eine ganze Tracht von Schlägen. Mensch, eine mächtige Tracht. Und weißt du, was ich gemacht hatte?« fuhr er, noch lauter lachend, fort. »Ich hatte … hihi! die chinesische Vase … im Salon … zerbrochen …«

Dann wiederholte er in einem Zuge und ohne zu lachen, aber mit außerordentlich zufriedener Miene: »Ich hatte die chinesische Vase im Salon zerbrochen.«

Ich nahm meinen Marsch wieder auf und zählte ganz leise: »Drei, vier, fünf …« Dann blieb ich stehen. Daß er ein so zufriedenes Gesicht machen konnte, nachdem er ein solches Verbrechen begangen hatte, bestürzte mich.

»Und du hast es deinem Vater gesagt?«

»Ich – es sagen! Was denkst du dir denn? Der Alte hat alles entdeckt.«

»Der Alte?«

»Na ja, mein Vater.«

Also nannte er seinen Vater den »Alten«, und was mir noch sonderbarer vorkam als dieser unglaubliche Mangel an Ehrfurcht, war, daß er in dieses Wort so etwas wie Zuneigung hineinlegte.

»Der Alte hat eine kleine Untersuchung angestellt … Er ist schlau, der Alte; Mensch, er hat alles herausgekriegt!«

Ich sah Werner an. Sein rotes Haar leuchtete in der Sonne, er sprang im Schnee auf der Stelle umher, und trotz seines blauen Auges strahlte er. Ich merkte, daß ich mich verzählt hatte, empfand meine Unzuverlässigkeit und Unbehagen darüber und lief zurück zur Kapellmauer.

»He, Rudolf«, rief Werner neben mir, »was hast du denn? Warum rennst du so? Bei diesem Schnee kann man sich ja die Knochen brechen.«

Ich ging, ohne ein Wort zu sagen, an die Mauer und fing wieder an zu zählen.

»Dann aber«, sagte Werner, während er seinen Schritt dem meinen anpaßte, »hat es mir der Alte gegeben! Im Anfang war es ja eher zum Lachen, aber als ich ihm einen Fußtritt ans Schienbein versetzt hatte …«

Ich blieb wie vor den Kopf geschlagen stehen.

»Du hast ihm einen Fußtritt ans Schienbein versetzt?«

»Aber dann«, sagte Werner lachend, »Mensch, da wurde er unangenehm. Er fing an zu boxen. Da hab ich was gekriegt! Er boxte und boxte. Und schließlich hat er mich k.o. geschlagen …«

Er brach wieder in Lachen aus.

»Darüber war er selber ganz verdattert. Er übergoß mich mit Wasser und gab mir Kognak zu trinken, er wußte nicht mehr, was er machen sollte, der Alte.«

»Und dann?«

»Dann? Na, da hab ich dumm getan, klar.«

Ich schluckte meinen Speichel hinunter.

»Du hast dumm getan?«

»Klar. Und da war der Alte noch verdatterter. Schließlich hat er in der Küche herumgesucht, und dann kam er wieder und gab mir ein Stück Kuchen.«

»Er gab dir Kuchen?«

»Klar. Und weißt du, was ich da zu ihm gesagt habe? Wenn es so ist, habe ich gesagt, werde ich auch die andere Vase zerbrechen.«

Ich starrte ihn fassungslos an.

»Das hast du gesagt? Was hat er denn da gemacht?«

»Er hat gelacht.«

»Er hat gelacht?«

»Er hat sich gebogen vor Lachen, der Alte. Die Tränen standen ihm in den Augen. Und er sagte – da siehst du, wie pfiffig der Alte ist! – er sagte: ›Wenn du kleiner Sauhund die andere Vase zerbrichst, schlag ich dir das andere Auge blau!‹«

»Und dann?« sagte ich mechanisch.

»Da hab ich gelacht, und wir waren alle beide sehr lustig.«

Ich sah ihn mit offenem Munde an.

»Ihr wart lustig?«

»Klar!« Und mit entzückter Miene setzte er hinzu: »Kleiner Sauhund hat er mich genannt, kleiner Sauhund.«

Ich wachte aus meiner Betäubung auf. Ich hatte meine Schritte überhaupt nicht mehr gezählt. Ich sah auf die Uhr. Die Hälfte der Freistunde war schon vorüber. Ich war mit zwanzig Strecken im Rückstand, was mit der Strafe zusammen vierzig ausmachte. Mir war klar, daß ich diesen Rückstand nie aufholen konnte. Ein Angstgefühl überkam mich, und ich empfand Haß gegen Werner.

»Was hast du bloß?« sagte Werner, während er hinter mir herlief. »Wo willst du denn hin? Warum kehrst du immer an der Mauer um?«

Ich gab keine Antwort und fing wieder an zu zählen. Werner wich mir nicht von der Seite.

»Übrigens«, sagte er, »hab ich dich heute früh in der Messe gesehen. Du gehst wohl alle Tage?«

»Ja.«

»Ich auch. Wie kommt es, daß ich dich nie beim Herausgehen sehe?«

»Vater bleibt immer zehn Minuten länger.«

»Wozu denn? Wenn die Messe vorüber ist?«

Ich blieb plötzlich stehen und sagte: »Habt ihr nicht wegen der Vase … gebetet?«

»Gebetet?« sagte Werner und sah mich groß an. »Gebetet? Warum? Weil ich die Vase zerbrochen hatte?«

Er lachte laut heraus, ich fühlte seinen Blick auf mir ruhen, und plötzlich faßte er mich am Arm und zwang mich stehenzubleiben.

»Du hättest wegen der Vase gebetet?«

Voller Verzweiflung wurde ich mir darüber klar, daß ich mich von neuem verzählt hatte.

»Laß mich los!«

»Antworte! Hättest du wegen der Vase gebetet?«

»Laß mich los!«

Er ließ mich los, und ich kehrte wieder zur Kapellmauer zurück. Er folgte mir. Ich startete wieder, mit zusammengepreßten Zähnen. Er ging ein Weilchen schweigend neben mir her, dann brach er mit einemmal in Lachen aus.

»Also, es ist so! Du hättest gebetet.«

Ich blieb stehen und blickte ihn wütend an.

»Ich nicht! Ich nicht! Mein Vater hätte gebetet.«

Er sah mich mit großen Augen an.

»Dein Vater?« Und er lachte noch mehr. »Dein Vater? Ist das komisch! Dein Vater betet, weil du etwas zerbrochen hast.«

»Schweig!«

Aber er konnte sich nicht mehr halten.

»Ist das komisch! Mensch! Du zerbrichst die Vase, und dein Vater betet! Der ist doch verrückt, dein Alter.«

Ich schrie auf: »Schweig!«

»Aber er ist …«

Ich ging mit erhobenen Fäusten auf ihn los. Er wich zurück, strauchelte, bemühte sich, wieder das Gleichgewicht zu gewinnen, glitt aber auf dem Schnee aus und stürzte hin. Man hörte es knacken, er stieß einen durchdringenden Schrei aus, am Knie war ein Knochen gebrochen und hatte sich durch die Haut gebohrt.

Der Lehrer und drei große Schüler kamen vorsichtig über den Schnee gelaufen. Einen Augenblick später war Werner auf eine Bank gelegt, ein Kreis von Schülern stand um ihn herum, ich schaute bestürzt auf den Knochen, der die Haut am Knie durchbohrt hatte. Werner war blaß, er hatte die Augen geschlossen und wimmerte leise.

»Du Tolpatsch«, sagte der Lehrer, »wie hast du denn das gemacht?«

»Ich bin gerannt und hingefallen.«

»Euch war doch gesagt worden, ihr sollt bei diesem Schnee nicht rennen.«

»Ich bin hingefallen«, sagte Werner.

Sein Kopf fiel nach hinten, und er wurde ohnmächtig. Die großen Schüler hoben ihn sacht auf und trugen ihn weg.

Ich stand da wie betäubt, wie angenagelt, durch die Schwere meines Verbrechens vernichtet. Nach einem Weilchen wandte ich mich an den Lehrer und stand stramm.

»Bitte, kann ich zum Pater Thaler gehen?«

Der Lehrer blickte mich an, sah auf seine Uhr und nickte bejahend.

Ich lief nach der Nordtreppe und raste klopfenden Herzens hinauf. Im dritten Stock wandte ich mich nach links, noch ein paar Schritte, und ich klopfte an eine Tür.

»Herein!« rief eine laute Stimme.

Ich trat ein, schloß die Tür und stand stramm. Pater Thaler war in eine Rauchwolke gehüllt. Er wedelte mit der Hand, um sie zu zerteilen.

»Du, Rudolf? Was willst du denn?«

»Bitte, Hochwürden, ich möchte beichten.«

»Du hast doch am Montag gebeichtet.«

»Ich habe eine Sünde begangen.«

Pater Thaler sah auf seine Pfeife und sagte in einem Ton, der keine Antwort zuließ: »Jetzt ist nicht die Zeit dazu.«

»Bitte, Hochwürden, ich habe etwas Schweres begangen.«

Er rieb mit dem Daumen am Bartansatz.

»Was hast du denn gemacht?«

»Wenn es Ihnen recht ist, Hochwürden, möchte ich es Ihnen in der Beichte sagen.«

»Und warum nicht sofort?«

Ich stand schweigend da. Pater Thaler tat einen Zug aus seiner Pfeife und sah mich einen Augenblick an.

»So ernst ist es also?«

Ich wurde rot, sagte aber nichts.

»Meinetwegen«, sagte er mit einer leichten Mißstimmung im Ton. »Ich nehme sie dir ab.«

Er warf einen bedauernden Blick auf seine Pfeife, legte sie auf seinen Schreibtisch und setzte sich auf einen Stuhl. Ich kniete vor ihm nieder und erzählte ihm alles. Er hörte mir aufmerksam zu, stellte einige Fragen, erlegte mir als Buße zwanzig Paternoster und zwanzig Aves auf und erteilte mir die Absolution.

Er stand auf, setzte seine Pfeife wieder in Brand und sah mich an.

»Und deshalb wünschtest du das Beichtgeheimnis?«

»Ja, Hochwürden.«

Er zuckte die Achseln, warf mir dann einen funkelnden Blick zu, und sein Gesichtsausdruck veränderte sich.

»Hat Hans Werner gesagt, daß du es warst?«

»Nein, Hochwürden.«

»Was hat er denn gesagt?«

»Daß er hingefallen wäre.«

»So, so«, sagte er und blickte mich an, »so daß nur ich es weiß, und ich bin durch das Beichtgeheimnis gebunden.«

Er legte die Pfeife auf den Schreibtisch.

»Kleiner Schurke!« sagte er entrüstet. »Auf diese Weise ziehst du dich heraus, entlastest dein Gewissen und entgehst zugleich der Strafe.«

»Nein, Hochwürden!« rief ich leidenschaftlich. »Nein! So ist es nicht! Es ist nicht wegen der Strafe. In der Schule kann man mich bestrafen, soviel man will!«

Er sah mich überrascht an.

»Weshalb denn dann?«

»Weil ich nicht möchte, daß Vater etwas davon erfährt.«

Er rieb sich wieder mit dem Daumen den Bart.

»Aha! Deswegen!« sagte er in ruhigerem Ton. »Solche Angst hast du vor deinem Vater?«

Er setzte sich, nahm wieder seine Pfeife und rauchte schweigend ein Weilchen.

»Was würde er denn tun? Er würde dich durchprügeln?«

»Nein, Hochwürden.«

Er schien noch weitere Fragen stellen zu wollen, besann sich aber anders und fing wieder an zu rauchen.

»Rudolf«, hob er endlich wieder mit sanfter Stimme an.

»Hochwürden?«

»Es wäre trotzdem besser, du sagtest es ihm.«

Ich fing sofort an zu zittern.

»Nein, Hochwürden! Nein, Hochwürden! Bitte!«

Er stand auf und sah mich verdutzt an.

»Aber was hast du denn? Du zitterst ja? Du wirst doch nicht ohnmächtig werden, hoffe ich.«

Er packte mich an den Schultern und schüttelte mich, gab mir zwei Klapse auf die Backen, ließ mich dann los, machte das Fenster auf und sagte nach einem Weilchen: »Ist dir jetzt besser?«

»Ja, Hochwürden.«

»Setz dich doch!«

Ich gehorchte, und er fing an, brummelnd in seinem Zimmerchen hin und her zu gehen, wobei er mir von Zeit zu Zeit einen flüchtigen Blick zuwarf. Nach einer Weile schloß er das Fenster wieder. Die Schulglocke ertönte.

»Und jetzt geh, du kommst sonst zu spät zum Unterricht.«

Ich stand auf und wandte mich nach der Tür.

»Rudolf!«

Ich drehte mich um. Er stand hinter mir.

»Was deinen Vater angeht«, sagte er fast leise, »kannst du tun, was du willst.«

Er legte mir für ein paar Sekunden die Hand auf den Kopf, dann öffnete er die Tür und schob mich hinaus.

Als mir an diesem Abend Maria die Tür öffnete, sagte sie ganz leise: »Dein Onkel Franz ist da.«

Ich sagte lebhaft: »Ist er in Uniform?«

Onkel Franz war nur Unteroffizier, sein Bild hing nicht neben den Offizieren im Salon, aber trotzdem bewunderte ich ihn sehr.

»Ja«, sagte Maria mit ernster Miene, »aber du darfst nicht mit ihm sprechen.«

»Warum denn nicht?«

»Herr Lang hat es verboten.«

Ich zog meine Windjacke aus, hängte sie auf und bemerkte, daß Vaters Mantel nicht da war.

»Wo ist Vater?«

»Er ist ausgegangen.«

»Warum darf ich nicht mit Onkel Franz sprechen?«

»Er hat Gott gelästert.«

»Was hat er denn gesagt?«

»Das geht dich nichts an«, sagte Maria streng. Dann setzte sie aber sofort mit wichtigtuender und entsetzter Miene hinzu: »Er hat gesagt, die Kirche wäre ein großer Schwindel.«

Ich hörte in der Küche Laute, spitzte die Ohren und erkannte die Stimme von Onkel Franz.

»Herr Lang hat verboten, daß du mit ihm sprichst«, sagte Maria.

»Kann ich ihn begrüßen?«

»Sicher«, sagte Maria zögernd, »es ist nicht schlimm, wenn man höflich ist.«

Ich ging an der Küche vorüber, die Tür stand weit offen, ich blieb stehen und stand stramm. Onkel Franz saß da, ein Glas in der Hand, seine Bluse war aufgeknöpft, und seine Füße lagen auf einem Stuhl. Mama stand neben ihm mit glücklicher, aber schuldbewußter Miene.

Onkel Franz bemerkte mich und rief mit lauter Stimme: »Da ist ja der kleine Pfarrer! Guten Tag, kleiner Pfarrer!«

»Franz!« sagte Mama vorwurfsvoll.

»Was soll ich denn sagen? Da ist das kleine Opfer! Guten Tag, kleines Opfer!«

»Franz!« sagte Mama und drehte sich erschrocken um, wie wenn sie erwartet hätte, daß Vater hinter ihrem Rücken auftauchte.

»Was denn?« sagte Onkel Franz. »Ich sage doch bloß die Wahrheit, nicht wahr?«

Ich stand regungslos stumm vor der Tür. Ich sah Onkel Franz an.

»Rudolf«, sagte Mama schroff, »geh unverzüglich in dein Zimmer!«

»Ach was«, sagte Onkel Franz und blinzelte mir zu, »laß ihn doch eine Minute in Ruhe.«

Er hob mir sein Glas entgegen, blinzelte mir noch einmal zu und setzte mit jener weltmännischen Miene, die mir so sehr an ihm gefiel, hinzu: »Laß ihn doch von Zeit zu Zeit einen wirklichen Mann sehen!«

»Rudolf«, sagte Mama, »geh in dein Zimmer!«

Ich machte kehrt und ging den Korridor entlang. Hinter meinem Rücken hörte ich, wie Onkel Franz sagte: »Das arme Kind! Du wirst mir zugeben, daß es ein starkes Stück ist, wenn er gezwungen wird, Pfarrer zu werden, nur weil dein Mann in Frankreich …«

Die Küchentür wurde heftig zugeschlagen, und ich hörte die Fortsetzung nicht. Dann vernahm ich Mamas scheltende Stimme, aber ohne die einzelnen Worte unterscheiden zu können, und wieder von neuem die Stimme von Onkel Franz, und ich hörte deutlich: »Ein großer Schwindel.«

Wir aßen an jenem Abend etwas früher, weil Papa zu einer Elternversammlung in die Schule mußte. Nach dem Essen knieten wir im Eßzimmer nieder, und das Abendgebet wurde gesprochen. Als Vater zu Ende war, wandte er sich zu Bertha und sagte:

»Bertha, hast du dir ein Vergehen vorzuwerfen?«

»Nein, Vater.«

Dann wandte er sich an Gerda. »Gerda, hast du dir ein Vergehen vorzuwerfen?«

»Nein, Vater.«

Ich war der Älteste. Deshalb sparte Vater mich bis zuletzt auf.

»Rudolf, hast du dir ein Vergehen vorzuwerfen?«

»Nein, Vater.«

Er erhob sich, und alle taten es ihm nach. Er zog seine Uhr heraus, sah Mama an und sagte: »Acht Uhr. Um neun Uhr liegen alle im Bett.«

Mama nickte bejahend. Vater wandte sich an die dicke Maria.

»Sie auch, meine Dame.«

»Ja, Herr Lang«, sagte Maria.

Vater überblickte seine Familie, ging auf den Korridor hinaus, legte Mantel und Schal an und setzte den Hut auf. Wir rührten uns nicht. Er hatte uns noch nicht erlaubt, uns zu rühren.

Er erschien wieder auf der Schwelle, schwarz gekleidet und behandschuht. Das Licht des Eßzimmers ließ seine tiefliegenden Augen aufleuchten. Er blickte über uns hin und sagte: »Gute Nacht.«

Man hörte einstimmig ein dreifaches »Gute Nacht«, dann, etwas verspätet, das »Gute Nacht, Herr Lang« Marias.

Mama folgte Vater bis an die Flurtür, öffnete sie und machte sich dünn, um ihn durchzulassen. Sie hatte das Recht, ihm einzeln gute Nacht zu sagen.

Ich lag schon zehn Minuten im Bett, als Mama mein Zimmer betrat. Ich schlug die Augen auf und überraschte sie, als sie mich ansah. Es dauerte nur einen Augenblick, denn sie wandte sofort die Augen ab und löschte das Licht. Dann schloß sie wortlos die Tür, und ich hörte ihren leisen Schritt sich auf dem Korridor verlieren.

Ich wurde durch das Zuklappen der Vorsaaltür und einen schweren Schritt im Korridor aufgeweckt. Helles Licht blendete mich, ich blinzelte und glaubte Vater neben meinem Bett zu sehen, im Mantel und mit dem Hut auf dem Kopf. Eine Hand schüttelte mich, und ich wurde hellwach. Vater stand da, unbeweglich, ganz in Schwarz, und seine Augen in den tiefen Augenhöhlen funkelten.

»Steh auf!« sagte er mit eisiger Stimme.

Ich blickte ihn an, schreckgelähmt.

»Steh auf!«

Mit seiner schwarzbehandschuhten Hand warf er heftig das Deckbett zurück. Es gelang mir, aus dem Bett zu schlüpfen, und ich bückte mich, um meine Hausschuhe zu suchen. Mit einem Fußtritt schleuderte er sie unter das Bett.

»Komm, wie du bist!«

Er ging auf den Korridor hinaus, ließ mich vor sich hergehen, schloß die Tür meines Zimmers, ging dann schweren Schrittes zum Zimmer Marias, klopfte laut an ihre Tür und rief: »Aufstehen!«

Dann klopfte er an die Tür meiner Schwestern: »Aufstehen!«

Und endlich klopfte er womöglich noch heftiger an Mamas Tür. »Aufstehen!«

Maria erschien als erste, mit eingewickelten Haaren, in einem grünen, geblümten Hemd. Sie blickte Vater an, der im Mantel und mit dem Hut auf dem Kopfe dastand, dann mich, barfuß und schlotternd neben ihm.

Mama und meine beiden Schwestern kamen aus ihren Zimmern, erschrocken blinzelnd. Vater wandte sich an sie gemeinsam und sagte: »Zieht eure Mäntel an und kommt!«

Er wartete, ohne sich zu bewegen und ohne ein Wort zu sagen. Die Frauen kamen wieder aus ihren Zimmern heraus, er begab sich ins Eßzimmer, alle folgten ihm. Er machte Licht, setzte den Hut ab, legte ihn auf das Büfett und sagte: »Wir wollen beten.«

Wir knieten nieder, und Vater begann zu beten. Das Feuer war schon ausgegangen, aber obwohl ich im Hemd auf dem eiskalten Fußboden kniete, fühlte ich die Kälte kaum.

Vater sagte amen und erhob sich. Er stand da, in Handschuhen, unbeweglich. Er erschien mir riesenhaft.

»Unter uns«, sagte er, ohne die Stimme zu heben, »ist ein Judas.«

Niemand bewegte sich, niemand hob die Augen zu ihm auf.

»Hörst du, Martha?«

»Ja, Heinrich«, sagte Mama mit schwacher Stimme.

Vater fuhr fort: »Heute abend – beim Beten – ihr habt es alle gehört – fragte ich Rudolf – ob er – sich ein Vergehen vorzuwerfen hätte.«

Er sah Mama an, und Mama nickte.

»Und ihr habt – alle – gehört – ihr habt es deutlich gehört, nicht wahr? – wie Rudolf – nein – antwortete.«

»Ja, Heinrich«, sagte Mama.

»Rudolf«, sagte Vater, »steh auf!«

Ich stand auf, ich zitterte vom Kopf bis zu den Füßen.

»Schaut ihn an!«

Mama, meine Schwestern und Maria starrten mich an.

»Er hat also nein geantwortet«, sagte Vater triumphierend, »nun sollt ihr erfahren – daß er – nur einige Stunden – bevor er nein antwortete – eine unerhörte – brutale Handlung – begangen hatte. Er hat«, fuhr Vater mit eiskalter Stimme fort, »einen kleinen hilflosen Kameraden mit Schlägen traktiert – und ihm das Bein zerbrochen.«

Vater brauchte nicht mehr zu sagen: Schaut ihn an! Aller Augen ließen mich nicht mehr los.

»Und dann«, fuhr Vater fort und hob seine Stimme, »hat sich dieses grausame Geschöpf – unter uns gesetzt – hat von unserm Brot gegessen – schweigend – und hat – mit uns gebetet – gebetet!«

Er sah auf Mama herab.

»Das ist der Sohn – den du mir geschenkt hast.«

Mama wandte den Kopf weg.

»Sieh ihn an!« sagte Vater wütend.

Mama blickte mich wieder an, und ihre Lippen fingen an zu beben.

»Und dieser Sohn«, fuhr Vater mit zitternder Stimme fort, »dieser Sohn – hat – hier – nur liebevolle Lehren empfangen ...«

Da geschah etwas Unerhörtes. Die dicke Maria murmelte etwas.

Vater reckte sich, ließ einen funkelnden Blick über uns hinschweifen und sagte leise, bedächtig und fast mit einem Lächeln auf den Lippen: »Wer etwas – zu sagen hat – sage es!«

Ich sah Maria an. Ihre Augen waren gesenkt, aber ihre dicken Lippen waren leicht geöffnet, und ihre derben Finger verkrampften sich in ihren Mantel. Eine Sekunde später hörte ich mit Bestürzung meine eigene Stimme.

»Ich habe gebeichtet.«

»Ich wußte es«, schrie Vater triumphierend.

Ich sah ihn niedergeschmettert an.

»Ihr sollt wissen«, fuhr Vater mit lauter Stimme fort, »daß dieser Teufel – nachdem er seine Missetat begangen hatte – in der Tat – einen Pater aufgesucht hat – mit einem Herzen voller Arglist – und von ihm – durch geheuchelte Reue – Absolution erhalten hat. Und noch mit der göttlichen Vergebung auf der Stirn – hat er gewagt – die Ehrfurcht – die er seinem Vater schuldig war – zu schänden – indem er ihm sein Verbrechen verheimlichte. Und wenn nicht zufällige Umstände – mir das Verbrechen – enthüllt hätten – hätte ich – sein Vater ...«

Er hielt inne, und in seine Stimme kam ein Schluchzen.

»Ich, sein Vater – der ich seit seinem zartesten Alter – seine Sünden – aus Liebe – auf mich genommen habe – als ob es meine wären – ich hätte mein eigenes Gewissen – besudelt – ohne es zu wissen ...« Und er schrie auf einmal: »... ohne es zu wissen! – mit seiner Missetat.«

Er sah Mama wütend an.

»Hörst du, Martha? ... Hörst du? Wenn ich nicht – zufällig – das Verbrechen deines Sohnes – erfahren hätte – hätte ich mich – vor Gott ...«, er schlug an seine Brust, »... ohne mein Wissen –

auf ewig – mit seiner Grausamkeit und seinen Lügen – belastet – Herr!« fuhr Vater fort und warf sich auf die Knie, »wie – kannst du mir – jemals – verzeihen ...«

Er hielt inne, und dicke Tränen rollten über die Runzeln seiner Wangen. Dann nahm er seinen Kopf in beide Hände, beugte sich vornüber, pendelte mit dem Oberkörper hin und her und stöhnte dabei mit eintöniger, ergreifender Stimme: »Vergebung, Herr! Vergebung, Herr! Vergebung, Herr! Vergebung, Herr!«

Nachher schien er leise zu beten, er beruhigte sich allmählich, hob den Kopf und sagte: »Rudolf, knie nieder und bekenne deine Schuld!«

Ich kniete nieder, faltete die Hände, öffnete den Mund, aber ich konnte kein einziges Wort herausbringen.

»Bekenne deine Schuld!«

Aller Augen richteten sich auf mich, ich machte eine verzweifelte Anstrengung, ich öffnete wieder den Mund, aber es kam kein Wort heraus.

»Es ist der Teufel!« rief Vater in einer Art Raserei. »Es ist der Teufel – der ihn am Sprechen hindert.«

Ich sah Mama an und flehte inständig und schweigend um Hilfe. Sie versuchte wegzublicken, aber diesmal gelang es ihr nicht. Eine volle Sekunde lang starrte sie mich mit aufgerissenen Augen an, dann flackerte ihr Blick, sie wurde bleich, und ohne ein Wort zu sagen, fiel sie der Länge nach zu Boden.

Ich begriff blitzschnell, was geschah. Wieder einmal lieferte sie mich Vater aus.

Maria richtete sich halb auf.

»Rühren Sie sich nicht!« schrie Vater mit schrecklicher Stimme.

Maria erstarrte, dann aber kniete sie wieder nieder. Vater blickte auf Mamas vor ihm liegenden regungslosen Körper und sagte ganz leise mit einer Art Freude: »Die Züchtigung beginnt.« Dann sah er wieder mich an und sagte mit dumpfer Stimme: »Bekenne deine Schuld!«

Es war in der Tat, als wäre der Teufel in mich gefahren. Ich konnte einfach nicht sprechen.

»Das ist der Teufel!« sagte Vater.

Bertha verbarg ihr Gesicht in den Händen und fing an zu schluchzen.

»Herr«, sagte Vater, »da du meinen Sohn – verlassen hast – erlaube mir – in deiner Barmherzigkeit – noch einmal – seine abscheuliche Missetat – auf meine Schultern zu nehmen.«

Schmerz entstellte sein Gesicht, er rang die Hände, und dann kamen in einem grauenvollen Röcheln nacheinander die Worte aus seiner Kehle: »Mein Gott – ich klage mich an – das Bein – Hans Werners – zerbrochen zu haben.«

Nichts von allem, was er bisher gesagt hatte, tat größere Wirkung auf mich.

Vater hob wieder den Kopf, ließ einen funkelnden Blick über uns schweifen und sagte: »Laßt uns beten!«

Er stimmte das Vaterunser an. Den Bruchteil eines Augenblicks später vereinigten Maria und meine beiden Schwestern ihre Stimmen mit der seinen. Vater sah mich an. Ich öffnete den Mund, kein einziger Ton kam heraus, der Teufel war in mir. Ich fing an, die Lippen zu bewegen, als ob ich leise betete, ich versuchte, gleichzeitig an die Worte des Gebets zu denken, aber alles war vergeblich, es gelang mir nicht.

Vater machte das Zeichen des Kreuzes, stand auf, holte aus der Küche ein Glas Wasser und goß es Mama ins Gesicht. Sie bewegte sich etwas, schlug die Augen auf und kam taumelnd auf die Beine.

»Geht schlafen«, sagte Vater.

Ich tat einen Schritt vorwärts.

»Sie nicht, mein Herr!« sagte Vater mit eisiger Stimme.

Mama ging hinaus, ohne mich anzusehen. Meine beiden Schwestern folgten ihr. Maria drehte sich auf der Schwelle noch einmal um, blickte Vater an und sagte langsam und deutlich: »Es ist eine Schande!«

Dann ging sie hinaus. Ich wollte schreien: Maria!, aber ich vermochte nicht zu sprechen. Ich hörte ihren schleppenden Schritt sich auf dem Korridor verlieren. Eine Tür klappte, und ich blieb mit Vater allein.

Er wandte sich um und sah mich so haßerfüllt an, daß ich einen Augenblick lang Hoffnung hatte. Ich glaubte, er würde mich schlagen.

»Komm!« sagte er mit dumpfer Stimme.

Mit seinem steifen Schritt ging er voraus, ich folgte ihm. Nach den Fliesen des Eßzimmers erschien der Fußboden des Korridors meinen nackten Füßen fast warm.

Vater öffnete die Tür seines Arbeitszimmers, es war eiskalt darin, er ließ mich vorangehen und schloß die Tür. Er zündete keine Lampe an, sondern zog die Vorhänge des Fensters auf. Die Nacht war klar, und die Dächer des Bahnhofs waren mit Schnee bedeckt.

»Wir wollen beten.«

Er kniete zu Füßen des Kruzifixes nieder, ich kniete hinter ihm. Nach einem Weilchen drehte er sich um.

»Du betest nicht?«

Ich sah ihn an und nickte bejahend.

»Bete laut!«

Ich wollte sagen: Ich kann nicht! Meine Lippen rundeten sich, ich griff mit den Händen nach meiner Kehle, aber es kam kein Ton heraus.

Vater faßte mich an den Schultern, als ob er mich schütteln wollte. Er ließ mich aber gleich wieder los, wie wenn die Berührung mit mir ihm Abscheu einflößte.

»Bete!« sagte er feindselig. »Bete, bete!«

Ich bewegte die Lippen, aber es kam nichts. Vater lag auf den Knien, halb zu mir gewandt; seine tiefliegenden funkelnden Augen starrten mich an, und es schien, als hätte es nun ihm die Sprache verschlagen.

Nach einer Weile blickte er weg und sagte: »Nun gut, dann bete leise!«

Dann drehte er sich um und stimmte ein Ave an. Diesmal bemühte ich mich nicht einmal mehr, die Lippen zu bewegen.

Mein Kopf war leer und heiß. Ich versuchte nicht mehr, mein Zittern zu unterdrücken. Von Zeit zu Zeit preßte ich die Schöße meines Hemdes an die Seiten.

Vater bekreuzigte sich, drehte sich um, sah mich starr an und sagte gewissermaßen triumphierend:

»Hiernach – Rudolf – wirst du verstehen – wie ich hoffe – wirst du verstehen – daß du noch – Priester – werden kannst – aber nicht mehr – Missionar.«

Am nächsten Tag wurde ich ernstlich krank. Ich erkannte niemanden, ich verstand nicht, was man zu mir sagte, und ich konnte nicht sprechen. Man drehte mich hin, man drehte mich her, man legte mir Kompressen auf, man ließ mich etwas trinken, man legte mir Eisbeutel auf den Kopf, man wusch mich. Darauf beschränkten sich meine Beziehungen zur Familie.

Was mir besonderes Vergnügen bereitete, war, daß ich die Gesichter nicht mehr klar erkennen konnte. Ich sah sie als weißliche ausgefüllte Kreise, ohne Nase, ohne Augen, ohne Mund, ohne Haar. Die Kreise bewegten sich im Zimmer hin und her, neigten sich über mich, wichen wieder zurück, und gleichzeitig hörte ich ein Gemurmel von Stimmen, undeutlich und eintönig wie das Summen von Insekten. Die Kreise waren verschwommen, die Umrißlinien zitterten unaufhörlich wie Gelee, und auch die Stimmen hatten etwas Weiches und Zitterndes. Weder die Kreise noch die Stimmen machten mir angst.

Eines Morgens saß ich in meinem Bett, den Rücken von Kissen gestützt, und beobachtete zerstreut, wie einer der Kreise sich in Höhe meines Deckbettes bewegte, als mit einem Male etwas Furchtbares geschah. Der Kreis färbte sich. Zuerst sah ich zwei kleine rote Flecken beiderseits eines gelben, viel wichtigeren, der sich unablässig zu bewegen schien, dann wurde das Bild schärfer, trübte sich von neuem, ich hegte einen Augenblick lang Hoffnung. Ich versuchte wegzublicken, aber meine Augen kehrten von selbst zu dem Bild zurück. Es wurde mit erschreckender Schnelligkeit schärfer, ein großer Kopf erschien, von zwei roten Bändern flankiert, und mit unerbittlicher Geschwindigkeit zeichnete sich ein Gesicht ab. Augen, Nase und Mund traten hervor, und plötzlich erkannte ich am Kopfende des Bettes auf einem Stuhl meine Schwester Bertha, die über ein Buch gebeugt saß. Mein Herz klopfte zum Zerspringen, ich schloß die Augen, öffnete sie wieder: sie war immer noch da.

Angst schnürte mir die Kehle zu, ich richtete mich in den Kissen auf, und ehe ich begriff, wie mir geschah, sagte ich langsam, mühevoll wie ein buchstabierendes Kind: »Wo – ist – Maria?«

Bertha sah mich mit erschrockenen Augen an, sprang auf, das Buch fiel zu Boden, und sie verließ schreiend das Zimmer.

»Rudolf hat gesprochen. Rudolf hat gesprochen.«

Gleich darauf traten Mama, Bertha und meine andere Schwester zögernden Schritts ins Zimmer, stellten sich an das Fußende meines Bettes und blickten mich ängstlich an.

»Rudolf?«

»Ja.«

»Du kannst sprechen?«

»Ja.«

»Ich bin deine Mama.«

»Ja.«

»Erkennst du mich?«

»Ja, ja.«

Ich wandte ärgerlich den Kopf und sagte: »Wo ist Maria?«

Mama schlug die Augen nieder und schwieg. Ich wiederholte zornig: »Wo ist Maria?«

»Sie ist gegangen«, sagte Mama hastig.

Mir zog es den Leib zusammen, und meine Hände fingen an zu zittern. Mit Mühe brachte ich heraus: »Wann?«

»An dem Tag, als du krank wurdest.«

»Warum?«

Mama antwortete nicht. Ich fuhr fort: »Vater hat sie entlassen?«

»Nein.«

»Sie selber hat gehen wollen?«

»Ja.«

»An dem Tag, als ich krank wurde?«

»Ja.«

Auch Maria hatte mich im Stich gelassen. Ich schloß die Augen.

»Willst du, daß ich bei dir bleibe, Rudolf?«

Ich sagte, ohne die Augen zu öffnen: »Nein.«

Ich hörte sie im Zimmer umhergehen, Medikamente klapperten auf meinem Nachttisch, sie seufzte, dann entfernten sich ihre weichen Schritte, die Türklinke schnappte leise ein, und ich konnte endlich die Augen öffnen.

In den folgenden Wochen begann ich über den Verrat Pater Thalers nachzudenken, und ich verlor den Glauben.

Mehrmals am Tage kam Mama ins Zimmer.

»Fühlst du dich gut?«

»Ja.«

»Willst du Bücher haben?«

»Nein.«

»Soll ich dir vorlesen?«

»Nein.«

»Sollen deine Schwestern dir Gesellschaft leisten?«

»Nein.«

Es entstand ein Schweigen, und dann sagte sie: »Soll ich hierbleiben?«

»Nein.«

Sie ordnete die Medikamente auf dem Nachttisch, klopfte mir die Kissen auf und lief ziellos im Zimmer umher. Ich beobachtete sie mit halbgeöffneten Augen. Wenn sie sich umdrehte, heftete ich meinen Blick auf ihren Rücken und dachte angestrengt: ›Geh doch! geh doch!‹ Nach einigen Augenblicken ging sie hinaus, und ich fühlte mich glücklich, wie wenn mein Blick sie dazu gebracht hätte, zu gehen.

Eines Abends, kurz vor dem Essen, kam sie ins Zimmer, betreten und schuldbewußt. Sie machte sich wie gewöhnlich zum Schein im Zimmer zu schaffen und sagte, ohne mich anzusehen: »Was willst du heute abend essen, Rudolf?«

»Dasselbe wie alle.«

Sie zog die Fenstervorhänge zu und sagte, ohne sich umzudrehen: »Vater sagt, du müßtest mit uns essen.«

Das war es also. Ich sagte trocken: »Gut.«

»Glaubst du, daß du es kannst?«

»Ja.«

Ich stand auf. Sie erbot sich, mir zu helfen, aber ich lehnte ihre Hilfe ab. Dann ging ich allein ins Eßzimmer. Auf der Schwelle blieb ich stehen. Vater und meine beiden Schwestern saßen schon am Tisch.

»Guten Abend, Vater.«

Er hob den Kopf. Er sah abgemagert und krank aus.

»Guten Abend, Rudolf.« Dann setzte er hinzu: »Fühlst du dich wohl?«

»Ja, Vater.«

»Setz dich!«

Ich setzte mich und sagte kein Wort mehr. Als wir mit Essen fertig waren, zog Vater seine Uhr und sagte: »Und jetzt wollen wir beten.«

Wir knieten nieder. Das neue Dienstmädchen kam aus der Küche und kniete mit uns nieder. Die Kälte der Fliesen an meinen nackten Knien ging mir durch und durch.

Vater stimmte ein Vaterunser an. Ich schickte mich an, seine Lippenbewegungen nachzumachen, ohne aber einen Laut herauszubringen. Er sah mich fest an, seine tiefliegenden Augen sahen traurig und müde aus, er unterbrach sich und sagte mit dumpfer Stimme: »Rudolf, bete laut!«

Alle Augen richteten sich auf mich. Ich blickte Vater eine

Zeitlang an, dann brachte ich mühsam heraus: »Ich kann nicht.«

Vater sah mich bestürzt an.

»Du kannst nicht?«

»Nein, Vater.«

Vater sah mich noch einen Augenblick lang an und sagte dann: »Wenn du nicht kannst, bete still.«

»Ja, Vater.«

Er fuhr in seinem Gebet fort, ich fing wieder an, die Lippen zu bewegen, und bemühte mich, an nichts zu denken.

Zwei Tage darauf ging ich wieder zur Schule. Niemand sprach mich wegen des Vorfalls an.

In der Morgenpause begann ich wieder meine Schritte zu zählen, ich hatte die Strecke sechsmal zurückgelegt, da tauchte ein Schatten zwischen der Sonne und mir auf. Ich hob die Augen: Es war Hans Werner.

»Guten Tag, Rudolf.«

Ich antwortete nicht und setzte meinen Weg fort. Er ging neben mir her. Während ich meine Schritte zählte, sah ich auf seine Beine. Er hinkte leicht.

»Rudolf, ich muß dich sprechen.«

Ich blieb stehen.

»Ich will mit dir nicht sprechen.«

»So!« sagte er nach einer Weile und blieb wie angenagelt stehen.

Ich setzte meinen Marsch fort und kam zur Kapellmauer. Werner stand immer noch da, wo ich ihn verlassen hatte. Ich kam wieder auf ihn zu, er schien zu zögern, schließlich machte er auf den Hacken kehrt und ging davon.

Am selben Tag traf ich auf einem Korridor Pater Thaler. Er sprach mich an. Ich blieb stehen und stand stramm.

»Da bist du ja!«

»Ja, Hochwürden.«

»Man hat mir erzählt, du wärst sehr krank gewesen.«

»Ja, Hochwürden.«

»Aber jetzt geht es dir wieder gut?«

»Ja, Hochwürden.«

Er sah mich schweigend scharf an, als falle es ihm schwer, mich wiederzuerkennen.

»Du hast dich verändert.«

Dann fuhr er fort: »Wie alt bist du jetzt, Rudolf?«

»Dreizehn Jahre, Hochwürden.«

Er schüttelte den Kopf.

»Dreizehn Jahre! Erst dreizehn Jahre!«

Er brummelte etwas in seinen Bart, klopfte mir auf die Wange und ging weiter. Ich betrachtete seinen Rücken, er war groß und mächtig. Ich dachte: ›Er ist ein Verräter!‹, und ein wilder Haß packte mich.

Am nächsten Morgen, nachdem ich Vater verlassen hatte, bog ich um die Ecke der Schloßstraße, als ich Schritte hinter mir hörte.

»Rudolf!«

Ich drehte mich um. Es war Hans Werner. Ich drehte ihm den Rücken zu und setzte meinen Weg fort.

»Rudolf«, sagte er, ganz außer Atem, »ich muß dich sprechen.«

Ich wandte nicht einmal den Kopf.

»Ich will mit dir nicht sprechen.«

»Aber begreifst du denn nicht, Rudolf, ich muß dich sprechen.«

Ich beschleunigte meine Schritte.

»Geh nicht so schnell, Rudolf, bitte! Ich komme nicht mit.«

Ich ging noch schneller. Er fing an, unbeholfen neben mir her zu hüpfen. Ich warf ihm von der Seite einen Blick zu und sah, daß sein Gesicht infolge der Anstrengung gerötet und verzerrt war.

»Natürlich«, sagte er keuchend, »versteh ich … daß du mit mir … nicht mehr reden willst … nach dem, was ich dir angetan habe.«

Ich blieb sofort stehen.

»Was hast du mir denn angetan?«

»Ich ja nicht«, sagte er peinlich berührt, »mein Alter war es. Mein Alter hat dich verpetzt.«

Ich sah ihn verdutzt an.

»Er hat es den Patres erzählt?«

»Noch am selben Abend«, erwiderte Werner, »am selben Abend ist er hingegangen und hat sie angeschnauzt. Er ist mitten in der Elternversammlung über sie hergefallen. Er hat die Patres vor allen Leuten angeschnauzt!«

»Hat er meinen Namen genannt?«

»Und ob! Er hat sogar hinzugefügt: ›Wenn Sie solche Rohlinge unter Ihren Schülern haben, müssen Sie sie fortjagen.‹«

»Das hat er gesagt?«

»Ja«, sagte Werner fast lustig, »aber du darfst dir nichts daraus machen, denn am nächsten Tag hat er dem Vorsteher geschrieben, du wärst nicht daran schuld gewesen, sondern der Schnee, und ich wollte nicht, daß du bestraft würdest.«

»So ist das also«, sagte ich langsam und kratzte mit der Fußspitze auf dem Trottoir.

»Haben sie dich bestraft?« sagte Werner.

Ich starrte auf meine Fußspitze, und Werner fragte noch einmal: »Haben sie dich bestraft?«

»Nein.«

Werner zögerte. »Und dein ...« Er wollte sagen, »dein Alter«, aber er besann sich noch rechtzeitig. »Und dein Vater?«

Ich sagte mit Nachdruck: »Er hat nichts gesagt.«

Nach einem Weilchen hob ich die Augen und sagte, ohne zu stocken: »Hans, ich bitte dich um Verzeihung wegen deines Beines.«

Er sah betreten aus.

»Das ist weiter nichts! Das ist weiter nichts!« sagte er hastig. »Das war der Schnee.«

Ich erwiderte: »Wirst du immer hinken?«

»O nein«, sagte er lachend, »nur ...« Er suchte nach dem richtigen Wort. »Nur vorübergehend. Verstehst du? Nur vorübergehend.«

Er wiederholte das Wort ganz entzückt.

»Das heißt«, fügte er hinzu, »es wird nicht so bleiben.«

Bevor wir durch das Schultor gingen, drehte er sich zu mir um, lächelte und streckte mir die Hand hin. Ich blickte auf seine Hand und fühlte, wie ich erstarrte. Mit Anstrengung sagte ich: »Ich will dir die Hand geben, aber nachher werde ich nicht mehr mit dir reden.«

»Aber Mensch!« rief er bestürzt aus. »Bist du immer noch böse?«

»Nein, ich bin dir nicht böse.« Ich setzte hinzu: »Ich bin niemandem böse.«

Ich hob langsam, mechanisch den Arm und drückte ihm die Hand. Ich zog sie sofort wieder zurück. Werner sah mich schweigend, wie versteinert an.

»Du bist komisch, Rudolf.«

Er sah mich noch einen Augenblick an, dann drehte er mir den Rücken und ging in die Schule hinein. Ich ließ ihn etwas vorausgehen und trat dann meinerseits ein.

Ich dachte den ganzen Tag und die ganze folgende Woche über diese Unterhaltung nach. Und schließlich entdeckte ich mit Erstaunen, daß abgesehen von meinen persönlichen Gefühlen für Pater Thaler sich nichts geändert hatte. Ich hatte den Glauben verloren, und er war für immer verloren.

15. Mai 1914. Vater starb, das Leben bei uns ging unverändert seinen Gang, ich ging weiter jeden Morgen in die Messe, Mutter führte das Geschäft weiter, und unsere wirtschaftliche Lage besserte sich. Mutter haßte und verachtete die jüdischen Schneider ebenso wie Vater, aber sie fand, daß dies kein Grund sei, es abzulehnen, ihnen Stoffe zu verkaufen. Mutter erhöhte auch gewisse Preise, die so lächerlich niedrig angesetzt waren, daß man sich wirklich fragen konnte, ob Vater, wie Onkel Franz behauptete, nur darauf aus gewesen sei, seinen eigenen Interessen zu schaden.

Etwa acht Tage nach Vaters Tod empfand ich beim Betreten der Kirche lebhaften Ärger. Unser Platz war besetzt. Ich setzte mich zwei Reihen dahinter, die Messe begann, ich folgte ihr in meinem Meßbuch Zeile um Zeile, als ich plötzlich abgelenkt wurde; ich hob den Kopf und schaute zum Gewölbe hinauf.

Ich hatte den Eindruck, daß auf einmal die Kirche sich ins Ungemessene ausdehnte. Die Stühle, die Statuen, die Säulen wichen mit rasender Geschwindigkeit in den Raum zurück. Plötzlich, genau wie eine Schachtel, deren Wände herunterklappen, fielen die Mauern um. Ich sah nur noch eine Mondwüste, unbewohnt und grenzenlos. Angst schnürte mir die Kehle zusammen, ich fing an zu zittern. Eine fürchterliche Drohung lag in der Luft, alles war in einer düsteren Erwartung erstarrt, als ob die Welt im Begriff sei, sich selbst zu vernichten, und mich im Leeren allein lassen wollte.

Ein Glöckchen erklang, ich kniete nieder und senkte den Kopf. Unter meiner linken Hand fühlte ich das Holz des Betpultes, ein Gefühl von Wärme und Festigkeit durchdrang meine Hand, alles wurde wieder normal, es war vorüber.

In den folgenden Wochen wiederholte sich dieser Anfall. Ich

merkte, daß er stets kam, wenn ich von meinen Gewohnheiten abging. Von diesem Augenblick an wagte ich keine einzige Bewegung mehr zu machen, ohne sicher zu sein, daß sie zu meinen üblichen gehörte. Wenn zufällig eine meiner Bewegungen mir von der »Regel« abzuweichen schien, würgte es mich in der Kehle, ich schloß die Augen und wagte die Gegenstände nicht mehr anzublicken, aus Furcht, sie sich auflösen zu sehen.

Wenn ich dann in meinem Zimmer war, nahm ich mir sofort eine mechanische Beschäftigung vor. Zum Beispiel wichste ich meine Schuhe. Mein Lappen glitt erst langsam und sacht auf der glänzenden Oberfläche hin und her, dann immer schneller. Wie gebannt ruhten meine Blicke darauf, ich atmete den Geruch des Krems und des Leders ein, und nach einer Weile stieg in mir ein Gefühl der Sicherheit auf, ich fühlte mich eingeschläfert und beschützt.

Eines Abends vor dem Essen betrat Mutter mein Zimmer. Selbstverständlich stand ich sofort auf.

»Ich habe mit dir zu reden.«

»Ja, Mutter.«

Sie seufzte, setzte sich, und sobald sie saß, sah man auf ihrem Gesicht die Ermüdung.

»Rudolf ...«

»Ja, Mutter.«

Sie blickte weg und sagte zögernd: »Willst du noch weiter jeden Tag um fünf Uhr aufstehen, um die Messe zu hören?«

Angst schnürte mir die Kehle zu. Ich wollte antworten, aber ich war ohne Stimme. Mutter strich hilflos die Schürze auf ihren Knien glatt und fuhr fort: »Ich dachte, du brauchtest vielleicht nur jeden zweiten Tag zu gehen.«

Ich schrie: »Nein.«

Mutter warf mir einen erstaunten Blick zu, sah dann wieder auf ihre Schürze hinunter und sagte zögernd: »Du siehst müde aus, Rudolf.«

»Ich bin nicht müde.«

Danach warf sie mir noch einen Blick zu, seufzte und sagte, ohne mich anzusehen: »Ich habe auch daran gedacht ... was das Abendgebet angeht ... jeder könnte vielleicht nach Belieben in seinem Zimmer beten ...«

»Nein.«

Mutter sackte auf ihrem Stuhl zusammen, und ihre Augen

blinzelten. Ein Schweigen entstand, dann fuhr sie schüchtern fort: »Aber du selbst ...«

Ich glaubte, sie wollte sagen: ›Du selbst betest ja nicht‹, aber sie sagte nur: »Aber du selbst betest leise.«

»Ja, Mutter.«

Sie blickte mich an. Ich sagte, ohne die Stimme zu heben, genauso wie Vater es tat, wenn er einen Befehl erteilte: »Es kann keine Rede davon sein, etwas zu ändern.«

Nach einer Weile seufzte Mutter, stand auf und verließ wortlos das Zimmer.

An einem Augustabend tauchte während des Essens Onkel Franz bei uns auf, sein Gesicht war gerötet und heiter, und von der Schwelle aus rief er triumphierend: »Der Krieg ist erklärt!«

Mutter stand auf, ganz bleich, und Franz sagte: »Zieh doch nicht so ein Gesicht! In drei Monaten ist alles vorüber.«

Er rieb sich befriedigt die Hände und setzte hinzu: »Meine Frau ist wütend.«

Mutter stand auf, um die Flasche mit dem Kirschwasser aus dem Büfett zu holen. Onkel Franz setzte sich, bog sich über die Lehne seines Stuhles zurück, streckte seine gestiefelten Beine weit von sich, knöpfte seinen Rock auf und sah mich blinzelnd an.

»Na, Junge«, sagte er belustigt, »was hältst du davon?«

Ich sah ihn an und sagte: »Ich werde mich freiwillig melden.«

Mutter rief: »Rudolf!«

Sie stand vor dem Büfett, die Flasche Kirschwasser in der Hand, aufrecht und bleich. Onkel Franz sah mich an, und sein Gesicht nahm einen ernsten Ausdruck an.

»Recht so, Rudolf! Du hast sofort an deine Pflicht gedacht.«

Er wandte sich zu meiner Mutter und sagte mit spöttischer Miene: »Stell nur die Flasche her. Du wirst sie noch zerbrechen.«

Mutter gehorchte, Onkel Franz sah sie an und sagte gutmütig: »Beruhige dich. Er hat noch nicht das nötige Alter.« Und er fügte hinzu: »Daran fehlt noch viel. Und wenn er es erreicht hat, ist alles vorbei.«

Ich stand wortlos auf, ging in mein Zimmer, schloß mich ein und fing an zu weinen.

Ein paar Tage später gelang es mir, mich außerhalb der Schulzeit als freiwilliger Hilfskrankenträger beim Roten Kreuz einstellen zu lassen, um die Lazarettzüge mit zu entladen.

Meine Anfälle schwanden, ich las begierig in den Zeitungen die Kriegsberichte, ich schnitt aus den Illustrierten Fotografien aus, die Haufen von Feindesleichen auf dem Schlachtfeld zeigten, und heftete sie mit Reißzwecken an die vier Wände meines Zimmers.

Mutter hatte auf dem Abort wieder eine Glühbirne eingesetzt, und jeden Morgen, ehe ich zur Messe ging, las ich dort die Zeitung, die ich am Abend vorher gelesen hatte, noch einmal. Sie war voll von Scheußlichkeiten, welche die Franzosen begingen, um ihren Rückzug zu bemänteln. Ich zitterte vor Empörung, ich hob den Kopf, der Teufel sah mich an. Ich hatte keine Angst mehr vor ihm. Ich erwiderte seinen Blick. Er hatte braunes Haar, schwarze Augen und ein häßliches Gesicht. Er glich in jeder Hinsicht den Franzosen. Ich zog einen Bleistift aus der Hosentasche, strich das Wort unter der Zeichnung: »Der Teufel« aus und schrieb darunter: »Der Franzose.«

Ich kam zehn Minuten zu früh in der Kirche an, nahm Vaters Platz ein, legte mein Meßbuch auf das Betpult, setzte mich und kreuzte die Arme. Tausende von Teufeln tauchten vor mir auf. Sie zogen besiegt, entwaffnet an mir vorüber, das französische Käppi zwischen ihren Hörnern, die Arme über dem Kopf erhoben. Ich ließ ihnen die Kleider wegnehmen. Sie zogen noch einmal im Kreis herum, dann trieb man sie auf mich zu … Ich saß in Helm und Stiefeln da, rauchte eine Zigarette, hatte ein glänzendes Maschinengewehr zwischen den Beinen, und als sie nahe genug heran waren, schlug ich das Zeichen des Kreuzes und begann zu schießen. Blut spritzte auf, sie fielen heulend nieder, krochen auf dem Bauch auf mich zu und baten um Gnade, ich zerschmetterte ihnen die Gesichter mit Stiefeltritten und schoß immer weiter. Andere tauchten auf, und wieder andere, Tausende und aber Tausende, ich mähte sie mit meinem Maschinengewehr unaufhörlich nieder, sie schrien, wenn sie fielen, Ströme von Blut flossen, die Leichen häuften sich vor mir, aber ich schoß immer weiter. Und dann war es plötzlich vorbei. Kein einziger Feind war mehr da. Ich erhob mich und befahl kurz meinen Leuten, aufzuräumen. Dann ging ich gestiefelt und behandschuht, fleckenlos, ins Offizierskasino, um ein Glas Kognak zu trinken. Ich war allein, ich fühlte mich hart und gerecht und hatte ein kleines Goldkettchen auf der rechten Brust.

Auf dem Bahnhof war ich jetzt bekannt wegen meiner Tätigkeit als Hilfskrankenträger und der Armbinde, die ich trug.

Im Frühjahr 1915 hielt ich es dort nicht mehr aus. Als ein Militärzug abfuhr, sprang ich auf das Trittbrett, Hände griffen nach mir, man zog mich hinauf, und erst als ich mitten unter ihnen war, dachten die Soldaten daran, mich zu fragen, was ich wollte. Ich sagte ihnen, daß ich mit ihnen zur Front wollte, um zu kämpfen. Sie fragten mich, wie alt ich wäre, und ich sagte: »Fünfzehn.« Da fingen sie laut zu lachen an und gaben mir Klapse auf den Rücken. Schließlich bemerkte einer von ihnen, den sie den »Alten« nannten, man würde mich auf jeden Fall bei der Ankunft festnehmen und nach Hause schicken, aber einstweilen wäre es vielleicht gar nicht schlecht für mich, das Leben des Soldaten zu erleben und zu sehen, »was daran sei«. Dann räumten sie mir einen Platz zwischen sich ein, und einer gab mir Brot. Es war schwarz und ziemlich schlecht, und »der Alte« sagte lachend: »Besser K-Brot als kein Brot.« Ich aß es mit Wonne. Dann fingen die Soldaten an zu singen, und ihr lauter, männlicher Gesang drang in mein Inneres wie ein Pfeil.

Die Nacht kam, sie schnallten ihr Koppel ab, machten die Kragen auf und streckten ihre Beine aus. In der feuchten Dunkelheit des Wagens atmete ich gierig den Leder- und Schweißgeruch ein, den sie ausströmten.

Ich machte einen zweiten Versuch Anfang März 1916. Er hatte nicht mehr Erfolg als der erste. An der Front angekommen, wurde ich festgenommen, verhört und nach Hause geschickt. Daraufhin verbot man mir den Zutritt zum Bahnhof, das Lazarett schickte mich nicht mehr zum Entladen der Züge, sondern verwandte mich als Aufwärter.

1916

Ich ging an Saal sechs vorüber, bog nach rechts, wendete mich hinter der Apotheke nochmals nach rechts. Dort waren die Offizierszimmer. Ich ging langsamer. Die Tür Rittmeister Günthers stand wie gewöhnlich offen, und ich wußte, daß er auf den Kissen saß, vom Kopf bis zu den Füßen in Verbände gewickelt, den Blick auf den Korridor geheftet.

Ich kam an der Tür vorbei, warf ihm einen raschen Blick zu, und er rief mit dröhnender Stimme: »Junge!«

Ich bekam Herzklopfen.

»Komm her!«

Ich ließ Eimer, Schürze und Lappen auf dem Korridor und betrat sein Zimmer.

»Brenn mir eine Zigarette an.«

»Ich, Herr Rittmeister?«

»Du, ja, Dummkopf! Ist sonst noch jemand im Zimmer?«

Und gleichzeitig hob er seine beiden Arme und zeigte mir die Verbände um seine Hände. Ich sagte: »Jawohl, Herr Rittmeister!«

Ich steckte ihm eine Zigarette zwischen die Lippen und zündete sie an. Er tat zwei oder drei Züge hintereinander und sagte dann kurz: »Raus!«

Ich nahm vorsichtig die Zigarette aus seinen Lippen und wartete. Der Rittmeister lächelte und sah dabei ins Leere. Soweit ich es bei den Verbänden, die ihn einhüllten, beurteilen konnte, war er ein sehr schöner Mann, und in seinem Lächeln wie in seinen Augen lag etwas Anmaßendes, das mich an Onkel Franz erinnerte.

»Rein!« kommandierte der Rittmeister.

Ich steckte ihm die Zigarette wieder zwischen die Lippen. Er zog daran.

»Raus!«

Ich nahm ihm abermals die Zigarette aus dem Mund. Er sah mich schweigend einen Augenblick scharf an, dann sagte er: »Wie heißt du?«

»Rudolf, Herr Rittmeister.«

»Nun, Rudolf«, sagte er leutselig, »ich sehe, daß du doch nicht so dumm bist wie Paul. Wenn dieses Schwein eine Zigarette anzündet, verbrennt er mindestens die Hälfte. Und obendrein ist er nie da, wenn ich ihn rufe.«

Er gab mir ein Zeichen, daß ich ihm die Zigarette zwischen die Lippen stecken sollte, tat einen Zug und sagte: »Raus!«

Er sah mich an.

»Und wo haben sie denn dich hergeholt, Bengel?«

»Aus der Schule, Herr Rittmeister.«

»Du kannst also schreiben?«

»Ja, Herr Rittmeister.«

»Setz dich, ich will dir einen Brief an meine Dragoner diktieren.«

Weiter sagte er: »Weißt du, wo meine Dragoner sind?«

»Saal 8, Herr Rittmeister.«

»Gut«, sagte er befriedigt, »setz dich!«

Ich setzte mich an seinen Tisch, er begann zu diktieren, und ich schrieb. Als er zu Ende war, brachte ich ihm den Brief, er las ihn noch einmal durch, schüttelte den Kopf und befahl mir, mich wieder hinzusetzen, um eine Nachschrift anzufügen.

»Rudolf«, sagte die Stimme der Oberschwester hinter meinem Rücken, »was machst du hier?«

Ich sprang auf. Sie stand auf der Türschwelle, groß und steif, das blonde Haar glattgestrichen, die Hände vor dem Leib übereinandergelegt, mit strenger, abweisender Miene.

»Rudolf«, sagte der Rittmeister Günther und sah die Oberschwester hochmütig an, »arbeitet für mich.«

»Rudolf«, sagte die Oberschwester, ohne ihn anzusehen, »ich habe dir befohlen, Saal zwölf zu reinigen. Ich habe dir hier zu befehlen und sonst niemand.«

Rittmeister Günther lächelte.

»Meine Gnädige«, sagte er mit hochmütiger Höflichkeit, »Rudolf wird Saal zwölf weder heute noch morgen reinigen.«

»So!« sagte die Oberschwester, indem sie sich ihm voll zuwandte, »und darf ich fragen, warum, Herr Rittmeister?«

»Weil er von heute an in meinen Dienst und den der Dragoner übertritt. Paul kann ja den Saal zwölf reinigen, wenn Sie es wünschen, meine Gnädige.«

Die Oberschwester richtete sich in ihrer ganzen Höhe auf

und sagte kalt: »Haben Sie sich über Paul zu beklagen, Herr Rittmeister?«

»Gewiß, meine Gnädige, ich habe mich über Paul zu beklagen. Paul hat dreckige Hände und Rudolf hat saubere. Paul zündet Zigaretten schweinemäßig an und Rudolf richtig. Paul schreibt auch schweinemäßig, und Rudolf schreibt sehr schön. Aus allen diesen Gründen, meine Gnädige, und außerdem, weil er nie da ist, kann Paul sich aufhängen lassen, und Rudolf tritt von jetzt an in meinen Dienst.«

Die Augen der Oberschwester funkelten. »Und darf ich fragen, Herr Rittmeister, wer das angeordnet hat?«

»Ich.«

»Herr Rittmeister«, rief die Oberschwester mit keuchender Brust, »ich möchte, daß Sie ein für allemal begreifen, daß hier nur ich über die Verwendung des Personals zu entscheiden habe.«

»So?« sagte Rittmeister Günther.

Und er lächelte mit einer unglaublichen Unverschämtheit, während er seinen Blick langsam über sie hingleiten ließ, als ob er sie auskleidete.

»Rudolf«, schrie sie mit vor Wut bebender Stimme, »komm mit! Komm sofort mit!«

»Rudolf«, sagte der Rittmeister Günther ruhig, »setz dich!«

Ich sah sie beide an, und eine volle Sekunde lang zögerte ich.

»Rudolf!« schrie die Oberschwester.

Der Rittmeister sagte nichts, er lächelte. Er ähnelte Onkel Franz.

»Rudolf!« rief die Oberschwester wütend.

Ich setzte mich wieder hin. Sie machte kehrt und verließ das Zimmer.

»Ich frage mich«, rief der Rittmeister mit dröhnender Stimme, »was diese steife blonde Jungfer im Bett angeben würde. Nicht viel wahrscheinlich! Wie denkst du darüber, Rudolf?«

Am nächsten Tag änderte die Oberschwester den Dienstplan, und ich wurde zum Dienst bei Rittmeister Günther und seinen Dragonern bestimmt.

Eines Morgens, als ich dabei war, in seinem Zimmer Ordnung zu machen, sagte er hinter meinem Rücken: »Ich habe schöne Geschichten von dir gehört.«

Ich drehte mich um, er sah mich mit strenger Miene an, mir war die Kehle wie zugeschnürt.

»Komm her!«

Ich näherte mich dem Bett. Er drehte sich in den Kissen auf die andere Seite, um mir ins Gesicht zu sehen.

»Es scheint, du hast deine Arbeit auf dem Bahnhof dazu benutzt, dich zweimal in Transporte einzuschmuggeln, die nach der Front gehen. Ist das wahr?«

»Ja, Herr Rittmeister.«

Er sah mich einen Augenblick streng an. »Setz dich!«

Ich hatte mich in seiner Gegenwart nie gesetzt, außer um die Briefe an seine Dragoner zu schreiben, und ich zögerte.

»Setz dich, Dummkopf!«

Ich nahm mir einen Stuhl, rückte ihn ans Bett und setzte mich mit klopfendem Herzen.

»Nimm eine Zigarette!«

Ich nahm eine Zigarette und hielt sie ihm hin. Er winkte ab.

»Sie ist für dich.«

Stolz überflutete mich. Ich nahm die Zigarette zwischen meine Lippen, zündete sie an, tat mehrere Züge hintereinander und fing sofort zu husten an. Der Rittmeister sah mir zu und lachte.

»Rudolf«, sagte er und wurde plötzlich wieder ernst, »ich habe dich beobachtet. Du bist klein, du hast nicht viel Benehmen, du redest nicht. Aber du bist klug, gebildet, und alles, was du tust, tust du, wie es ein guter Deutscher tun muß: gründlich.«

Er sagte das in demselben Ton wie Vater, und fast, wie mir schien, mit dessen Stimme.

»Dazu bist du mutig und begreifst deine Pflicht gegen das Vaterland.«

»Ja, Herr Rittmeister.«

Ich fing an zu husten. Er sah mich an und lächelte.

»Du kannst die Zigarette weglegen, wenn du willst, Rudolf.«

»Danke, Herr Rittmeister.«

Ich legte die Zigarette in den Aschenbecher auf dem Nachttisch, nahm sie dann zwischen Daumen und Zeigefinger und drückte sie sorgfältig aus. Er sah mir schweigend zu. Dann hob er seine verbundene Hand und sagte: »Rudolf.«

»Ja, Herr Rittmeister.«

»Es ist schön, daß du mit fünfzehn Jahren hast kämpfen wollen.«

»Ja, Herr Rittmeister.«

»Und es ist schön, daß du es nach einem Mißerfolg noch einmal versucht hast.«

»Ja, Herr Rittmeister.«

»Es ist schön, daß du hier arbeitest.«

»Ja, Herr Rittmeister.«

»Aber es wäre noch schöner, wenn du Dragoner wärst.«

Ich stand verblüfft auf.

»Ich, Herr Rittmeister?«

»Setz dich!« schrie er mich an. »Niemand hat dir befohlen aufzustehen.«

Ich stand stramm und sagte: »Jawohl, Herr Rittmeister«, und setzte mich wieder.

»Nun«, sagte er nach einer kleinen Weile, »wie denkst du darüber?«

Ich antwortete mit bebender Stimme: »Herr Rittmeister, ich denke, das wäre ganz einfach wunderbar.«

Er sah mich mit vor Stolz funkelnden Augen an, schüttelte den Kopf und wiederholte ein paarmal in verhaltenem Ton: »Ganz einfach wunderbar.« Dann sagte er ernst, bedächtig und fast leise: »Gut, Rudolf, gut.«

Das Herz hüpfte mir in der Brust. Ein Schweigen entstand, dann sagte der Rittmeister: »Rudolf, ich habe Auftrag, wenn die Kratzer hier geheilt sind, eine Abteilung aufzustellen.« Er fuhr fort: »Für eine unserer Fronten. Bevor ich von hier weggehe, gebe ich dir die Anschrift der Kaserne, und du meldest dich bei mir. Alles Weitere erledige ich.«

»Ja, Herr Rittmeister!« sagte ich, am ganzen Leibe zitternd. Dann kam mir sofort ein schrecklicher Gedanke.

»Herr Rittmeister«, stammelte ich, »aber sie werden mich nicht nehmen; ich bin noch nicht sechzehn.«

»Ach was!« sagte der Rittmeister lachend. »Das macht nichts! Mit sechzehn ist man alt genug, um zu kämpfen! Das sind ihre idiotischen Gesetze! Aber du brauchst keine Angst zu haben, Rudolf, ich werde das erledigen.«

Er richtete sich in den Kissen hoch, seine Augen leuchteten auf, und er rief nach der Tür hin: »Guten Tag, mein Schatz!«

Ich drehte mich um. Die kleine blonde Schwester, die ihn

pflegte, war da. Ich wusch mir am Waschtisch die Hände und half ihr, die Verbände des Rittmeisters abzunehmen. Das dauerte eine Weile, und während der ganzen Zeit hörte der Rittmeister, der gegen Schmerz unempfindlich zu sein schien, nicht auf zu lachen und zu scherzen. Schließlich fing die Schwester an, ihn von neuem wie eine Mumie in seine Verbände einzuwickeln. Mit seiner verbundenen Hand hob er ihr Gesicht hoch und fragte sie in halb ernstem, halb scherzhaftem Ton, wann sie sich entschließen würde, mit ihm zu schlafen.

»Ach! Ich will aber nicht, Herr Rittmeister«, sagte sie.

»Warum nicht?« sagte er und sah sie spitzbübisch an. »Gefalle ich Ihnen nicht?«

»Doch, doch, Herr Rittmeister!« sagte sie lachend. »Sie sind ein sehr schöner Mann.« Dann setzte sie mit völlig ernsthafter Miene hinzu: »Das ist doch Sünde.«

»Ach was!« sagte er ärgerlich. »Sünde! Dummes Zeug!«

Und bis zum Schluß tat er den Mund nicht mehr auf. Als sie gegangen war, drehte er sich mit wütendem Gesicht zu mir um. »Hast du's gehört, Rudolf? Diese kleine Gans! Hat so schöne Brüstchen und glaubt noch an Sünde. Herrgott, Sünde, was für eine Torheit! Das setzen ihnen die Pfaffen in den Kopf. Sünde! So betrügt man unsere biederen Deutschen. Diese Schweine hängen ihnen Sünden an, und unsere biederen Deutschen zahlen ihnen dafür Geld. Und je mehr diese Läuse ihnen das Blut aussaugen, um so zufriedener sind unsere Dummköpfe. Es sind Läuse, Rudolf, Läuse! Sie sind schlimmer als die Juden. Ich wünschte, ich hätte sie alle hier in meiner Hand; Herrgott, sie würden eine böse Viertelstunde erleben. Sünde! Man ist kaum geboren, da ist sie schon da. Man ist schon mit einer belastet. Von der Geburt an heißt es: Auf die Knie! So verdummen sie unsere biederen Deutschen. Mit Hilfe der Furcht! Die armen Idioten sind so feige geworden, daß sie nicht einmal mehr zu küssen wagen. Statt dessen rutschen sie auf den Knien, die Idioten, beten und schlagen sich an die Brust: ›Verzeihung, Herr! ... Verzeihung, Herr!‹«

Er ahmte so treffend einen Gläubigen nach, der seine Sünde bekennt, daß ich für den Bruchteil einer Sekunde Vater vor mir zu sehen glaubte.

»Zum Donnerwetter! Welch eine Dummheit! Es gibt nur eine Sünde, Rudolf! Hör mir gut zu! Und das ist: kein guter

Deutscher zu sein. Das ist Sünde. Ich, Rittmeister Günther, bin ein guter Deutscher. Was Deutschland mir zu tun befiehlt, das tue ich. Was meine deutschen Vorgesetzten mir zu tun befehlen, das tue ich. Und damit basta! Aber ich will nicht, daß diese Läuse mir das Blut aussaugen.«

Er hatte sich halb aus den Kissen erhoben und seinen mächtigen Oberkörper mir zugedreht; seine Augen schossen Blitze. Noch nie war er mir schöner erschienen.

Nach einer Weile wollte er aufstehen und, auf meine Schulter gestützt, ein paar Schritte im Zimmer auf und ab gehen. Er hatte wieder gute Laune und lachte über jede Kleinigkeit.

»Sag mal, Rudolf, was reden sie denn hier von mir?«

»Hier im Lazarett?«

»Ja, du Dummkopf, im Lazarett. Wir sind doch hier im Lazarett, oder?«

Ich überlegte sorgfältig.

»Sie sagen, daß Sie ein echter deutscher Held sind, Herr Rittmeister.«

»So, so! Sagen sie das? Und was noch?«

»Daß Sie so lustig sind, Herr Rittmeister.«

»Und weiter?«

»Und die Frauen sagen, Sie wären …«

»Was?«

»Darf ich es wiederholen, Herr Rittmeister?«

»Natürlich, Dummkopf.«

»… ein ganz Gerissener.«

»So, so! Sie haben nicht unrecht. Ich werde es ihnen beweisen.«

»Und dann sagen sie, daß Sie sonderbar wären.«

»Und weiter?«

»Sie sagen auch, daß Sie Ihre Leute lieben.«

Das war genau das, was man sagte, und ich glaubte ihm eine Freude zu machen, indem ich es wiederholte, aber sein Gesicht verdüsterte sich.

»Quatsch! Dummes Zeug! Ich liebe meine Leute! Da sieht man ihre blöde Sentimentalität! Sie müssen überall die Liebe hineinbringen. Hör zu, Rudolf, ich liebe meine Leute nicht, ich nehme mich ihrer an, das ist etwas anderes. Ich nehme mich ihrer an, weil es Dragoner sind und ich Dragoneroffizier bin, und Deutschland braucht Dragoner. Das ist alles.«

»Aber sie sagen, als der kleine Erich starb, hätten Sie seiner Frau die Hälfte Ihres Soldes geschickt.«

»Ja, ja«, sagte der Rittmeister augenzwinkernd, »und außerdem einen schönen Brief, in dem ich das Lob dieses kleinen Dreckfinken und Drückebergers, der nicht einmal richtig reiten konnte, in allen Tonarten gesungen habe. Und warum tat ich das, Rudolf? Weil ich Erich liebte? Ach! Überleg doch mal, Rudolf! Der kleine Dreckfink war tot; er war also kein Dragoner mehr. Nein, wenn ich das getan habe, so darum, damit jeder im Dorf meinen Brief lesen und sagen sollte: ›Unser Erich war ein deutscher Held, und sein Offizier ist ein deutscher Offizier!‹«

Er blieb stehen und schaute mir in die Augen.

»Des guten Beispiels halber, verstehst du? Wenn du eines Tages Offizier wirst, denke daran: an das Geld, an den Brief und alles. So muß man es machen, genau so! Des Beispiels halber, Rudolf, um Deutschlands willen.«

Er stellte sich vor mich hin, legte mir plötzlich seine beiden verbundenen Hände auf die Schultern und zog mich an sich.

»Rudolf!«

»Jawohl, Herr Rittmeister.«

Er sah auf mich herunter und versenkte seinen Blick in meinen.

»Hör gut zu!«

»Jawohl, Herr Rittmeister.«

Er drückte mich an sich und sagte betont und laut: »Für mich gibt's nur eine Kirche, und die heißt Deutschland.«

Ein Schauer überlief mich vom Kopf bis zu den Füßen. Ich sagte mit bebender Stimme: »Jawohl, Herr Rittmeister!«

Er beugte sich zu mir herab und preßte mich unbarmherzig an sich.

»Meine Kirche heißt Deutschland. Wiederhole das!«

»Meine Kirche heißt Deutschland.«

»Lauter.«

Ich wiederholte mit Donnerstimme: »Meine Kirche heißt Deutschland.«

»Gut so, Rudolf.«

Er ließ mich los und ging ohne meine Hilfe wieder zu Bett. Nach einem Weilchen schloß er die Augen und befahl mir durch einen Wink zu gehen. Bevor ich das Zimmer verließ, nahm ich aus dem Aschenbecher rasch die Zigarette, die er mir gegeben hatte, und als ich auf dem Korridor war, steckte ich sie in meine Brieftasche.

Als ich an diesem Abend nach Hause kam, war es halb acht durch. Mutter und meine beiden Schwestern saßen schon am Tisch. Sie warteten auf mich. Ich blieb auf der Schwelle stehen und ließ meinen Blick langsam über sie hingleiten.

»Guten Abend.«

»Guten Abend, Rudolf«, sagte Mutter, und gleich darauf sagten es meine Schwestern als ihr Echo.

Ich setzte mich. Mutter trug die Suppe auf. Ich setzte den Löffel an die Lippen, und sogleich taten es mir alle nach.

Als wir die Suppe gegessen hatten, brachte Mutter eine große Schüssel Kartoffeln herein und stellte sie auf den Tisch.

»Immer wieder Kartoffeln!« sagte Bertha und schob ihren Teller verdrießlich zurück.

Ich sah sie an.

»Bertha, im Schützengraben haben sie nicht einmal alle Tage Kartoffeln.«

Bertha wurde rot, aber dann erwiderte sie: »Was weißt du davon! Du warst doch nicht dort.«

Ich legte die Gabel auf den Tisch und sah sie an.

»Bertha«, sagte ich, »ich habe zweimal versucht, an die Front zu gehen. Sie haben mich nicht gewollt. Inzwischen arbeite ich täglich zwei Stunden in einem Lazarett.«

Ich machte eine Pause und sprach dann betont und laut: »Das tue ich für Deutschland. Und du, Bertha, was tust du für Deutschland?«

»Bertha«, sagte Mutter, »du solltest dich schämen ...«

Ich unterbrach sie.

»Bitte, Mutter!«

Sie schwieg. Ich wandte mich wieder an Bertha, sah sie fest an und wiederholte, ohne die Stimme zu erheben: »Bertha, was tust du für Deutschland?«

Bertha fing an zu weinen, und bis zum Nachtisch fiel kein Wort mehr. Als Mutter aufstehen wollte, um abzudecken, sagte ich: »Mutter ...«

Sie setzte sich wieder, und ich sah sie an.

»Ich hab mir's überlegt. Vielleicht wäre es besser, das gemeinsame Abendgebet wegzulassen. Jeder könnte in seinem Zimmer beten.«

Mutter sah mich an.

»Du hast doch nein gesagt, Rudolf.«

»Ich hab mir's überlegt.«

Es entstand ein Schweigen, und Mutter sagte: »Wie du willst, Rudolf.«

Sie schien noch etwas hinzufügen zu wollen, besann sich aber. Sie fing an, mit meinen Schwestern den Tisch abzuräumen. Ich blieb sitzen, ohne mich zu rühren. Als sie wieder aus der Küche hereinkamen, sagte ich: »Mutter …«

»Ja, Rudolf.«

»Es ist noch etwas.«

»Ja, Rudolf.«

»Von jetzt an werde ich mit euch zusammen frühstücken.«

Ich fühlte, daß meine Schwestern mich anstarrten. Ich drehte mich zu ihnen um. Sie schlugen sofort die Augen nieder. Mutter setzte mechanisch das Glas, das sie in die Hand genommen hatte, wieder auf den Tisch. Auch sie hatte die Augen gesenkt.

Nach einem Weilchen sagte sie: »Du standest bis jetzt um fünf Uhr auf, Rudolf.«

»Ja, Mutter.«

»Und du willst es nicht mehr?«

»Nein, Mutter.« Ich setzte hinzu: »Ich werde von jetzt an um sieben Uhr aufstehen.«

Mutter rührte sich nicht, sie war nur etwas bleich geworden, und ihre Hand schob das Glas auf dem Tisch hin und her. Zögernd sagte sie: »Um sieben Uhr, ist das nicht zu spät, Rudolf?«

Ich sah sie an.

»Nein, Mutter. Ich gehe von hier aus direkt in die Schule.«

Ich betonte das »direkt«. Mutter blinzelte, sagte aber nichts.

Ich fuhr fort: »Ich fühle mich etwas müde.«

Mutters Gesicht hellte sich auf.

»Natürlich«, sagte sie hastig, und als ob diese Bemerkung sie von einer großen Last befreit hätte: »Natürlich, bei der Arbeit, die du leistest …«

Ich unterbrach sie. »Also abgemacht?«

Sie nickte zustimmend, ich sagte: »Gute Nacht«, wartete, bis alle mir darauf geantwortet hatten, und ging in mein Zimmer.

Ich schlug mein Geometriebuch auf und begann, meine Aufgabe für den nächsten Tag durchzugehen. Es gelang mir nur schlecht, meine Aufmerksamkeit darauf zu richten. Ich legte das Buch auf den Tisch, nahm meine Schuhe und fing an, sie zu wichsen. Nach einem Weilchen glänzten sie, und ich empfand Befriedigung darüber. Ich stellte sie sorgfältig ans Fußende meines Bettes, wobei ich darauf achtgab, daß die Absätze auf einer Linie des Fußbodens standen. Dann stellte ich mich vor den Spiegelschrank, und als ob eine Stimme mir den Befehl gegeben hätte, stand ich plötzlich stramm. Fast eine Minute lang studierte und korrigierte ich geduldig meine Haltung, und als sie wirklich vollkommen war, blickte ich in den Spiegel, sah mir in die Augen; und langsam, deutlich, ohne eine Silbe auszulassen, genauso, wie Vater es tat, wenn er betete, sprach ich die Worte: »Meine Kirche heißt Deutschland.«

Danach zog ich mich aus, legte mich ins Bett, nahm die Zeitung vom Stuhl und fing an, die Kriegsnachrichten von der ersten bis zur letzten Zeile zu lesen. Auf dem Bahnhof schlug es neun Uhr. Ich faltete die Zeitung zusammen, legte sie auf den Stuhl und streckte mich in meinem Bett aus, mit offenen Augen, aber bereit, sie zu schließen, sobald Mutter in mein Zimmer käme, um das Licht zu löschen. Ich hörte die Tür meiner Schwestern leicht knarren, dann Mutter mit weichen Schritten an meiner Tür vorbeigehen. Mutters Tür knarrte ebenfalls, der Riegel scharrte, Mutter fing hinter der Wand an zu husten, dann wurde es still.

Ich wartete noch unbeweglich eine Minute lang. Dann nahm ich wieder die Zeitung zur Hand, schlug sie auf und fing wieder an zu lesen. Nach einer Weile sah ich nach der Uhr. Es war halb zehn. Ich legte die Zeitung weg, stand auf und löschte das Licht.

Am 1. August 1916 trat ich, nachdem ich zum drittenmal von Hause ausgerissen war, dank Rittmeister Günther beim Dragonerregiment 23 in B. ein. Ich war fünfzehn Jahre und acht Monate alt.

Die Ausbildung ging schnell. Ich war klein, aber kräftig genug für meine Größe und hielt die Anstrengungen des Dienstes rühmlich aus. Ich hatte einen großen Vorteil vor den anderen Rekruten: ich konnte schon reiten, da ich mehrere Ferien auf einem Gut in Mecklenburg zugebracht hatte. Und vor allem liebte ich die Pferde. Es war nicht nur das Vergnügen am Reiten. Es machte mir Freude, sie zu sehen, sie zu pflegen, ihren Geruch einzuatmen, um sie zu sein. In der Kaserne stand ich bald im Ruf, gefällig zu sein, weil ich gern die Stallwache meiner Kameraden zu meiner hinzu übernahm. Aber darin lag keinerlei Verdienst. Ich war lieber mit Tieren zusammen.

Das geregelte Kasernenleben war gleichfalls für mich eine große Quelle des Vergnügens. Ich glaubte zu wissen, was geregelter Betrieb war, weil zu Hause unsere Stunden genau eingeteilt waren. Aber es war doch nicht ganz dasselbe. Zu Hause gab es hin und wieder noch unausgefüllte Zeiten, leere Augenblicke. In der Kaserne war die Regelung wahrhaft vollkommen. Die Behandlung der Waffen entzückte mich besonders. Ich hätte gewünscht, auf diese Weise das ganze Leben so in Stücke zerlegen zu können. Morgens, gleich nach dem Wecken, trieb ich ein kleines Spiel, das ich erfunden und durchgebildet hatte, wobei ich darauf achtete, daß kein Kamerad es merkte. Beim Aufstehen zerlegte ich meine Bewegungen: erstens die Decke zurückwerfen, zweitens die Beine heben, drittens sie auf den Boden fallen lassen, viertens stehen. Dieses kleine Spiel verschaffte mir ein Gefühl der Befriedigung und Sicherheit, und während der ganzen Dauer der Ausbildung unterließ ich es kein einziges Mal. Ich glaube sogar, ich hätte es den ganzen Tag über auf alle meine Bewegungen ausgedehnt, wenn ich nicht gefürchtet hätte, daß man es auf die Dauer merken würde.

Rittmeister Günther wiederholte unaufhörlich mit frohlockender Miene, wir kämen »anderswohin, Herrgott! anderswohin«, aber die Pessimisten sagten, seine fröhliche Laune sei im Grunde alberne Angeberei, und wir wären sicher für Rußland bestimmt. Eines Morgens jedoch erhielten wir Befehl, uns auf Kammer zu begeben, um neue Uniformen zu fassen. Wir traten in Reihe vor der Tür an, und als die ersten mit dem neuen Bündel wieder herauskamen, sahen wir, daß Khakisachen und ein Tropenhelm darin waren. Sofort lief ein Wort wie ein Schauer durch die ganze Reihe, und schließlich platzte es wie eine Bombe als Zeichen der Freude und Erleichterung heraus: »Türkei!«

Dann kam lächelnd Rittmeister Günther, und der Orden Pour le mérite, den er eben erhalten hatte, glitzerte an seinem Hals. Er hielt einen Dragoner an, zeigte uns Stück für Stück der Ausrüstung und bemerkte, daß darin Tausende von Mark steckten. Als er zu der kurzen Hose kam, faltete er sie auseinander, ließ sie lustig in der Luft tanzen und sagte, die Armee verwandle uns in kleine Jungens, damit wir den Engländern nicht zuviel Angst einjagten. Die Dragoner fingen an zu lachen, und einer sagte, die kleinen Jungens würden sie zum Laufen bringen. Rittmeister Günther sagte: »Jawohl, mein Herr!« und setzte hinzu, diese Nichtstuer von Engländern verbrächten an den Ufern des Nils ihre Zeit damit, Tee zu trinken und Fußball zu spielen, aber bei Gott!, wir würden ihnen zeigen, daß Ägypten weder eine Teestube noch ein Fußballplatz sei.

Als wir in Konstantinopel ankamen, leitete man uns nicht, wie uns gesagt worden war, nach Palästina, sondern nach dem Irak. In Bagdad verließen wir den Zug, die Abteilung stieg in den Sattel, und wir erreichten in kurzen Tagesmärschen ein kleines elendes Nest mit langgestreckten, niedrigen Lehmhütten, das Fellalieh hieß. Dort waren einige primitive Befestigungsanlagen, und etwa zweihundert Meter von dem türkischen Lager entfernt schlugen wir unseres auf.

Eine Woche nach unserer Ankunft griffen die Engländer täglich bei wunderbar klarem Wetter nach starker Artillerievorbereitung mit Hindutruppen an.

Gegen Mittag nahm der Unteroffizier drei Mann, Schmitz, Becker und mich, und ein Maschinengewehr mit. Er führte uns ganz weit vor, auf den rechten Flügel unserer Truppe, in ein vereinzeltes Grabenstück, das nur wenig tief in den Sand eingegraben war. Vor uns lag eine riesige Ebene mit kleinen Palmengruppen hier und da. Die Sturmgräben der Hindus verliefen fast parallel zu uns. Sie waren vollständig einzusehen.

Wir brachten das Maschinengewehr in Stellung, und der Unteroffizier sagte trocken: »Wenn einer am Leben bleibt, bringt er das Maschinengewehr zurück.«

Schmitz drehte sich zu mir um, seine dicken Backen waren bleich, und er sagte durch die Zähne: »Hast du das gehört?«

»Becker!« sagte der Unteroffizier.

Becker setzte sich hinter das Maschinengewehr, er preßte die Lippen zusammen, und der Unteroffizier sagte: »Feuer frei!«

Ein paar Sekunden später krepierten um uns herum kleine Granaten, und Becker kippte der Länge nach rückwärts um. Sein Gesicht war weggerissen.

»Schmitz!« sagte der Unteroffizier und machte eine kleine Bewegung mit der Hand.

Schmitz zog Beckers Körper nach hinten. Seine Wangen zitterten.

»Los, Mensch!« schrie der Unteroffizier.

Schmitz nahm hinter dem Maschinengewehr Platz und fing an zu schießen. Schweiß rann ihm an den Backen herunter. Der Unteroffizier entfernte sich einige Meter nach rechts, ohne sich die Mühe zu machen, dabei in Deckung zu gehen. Schmitz fluchte zwischen den Zähnen. Man hörte ein hartes Krachen, ein Sandregen ging auf uns nieder, und als wir den Kopf hoben, war der Unteroffizier verschwunden.

Schmitz sagte: »Ich werde mal nachsehen.«

Er kroch hin. Ich bemerkte, daß an seinen Stiefelsohlen mehrere Zwecken fehlten.

Einige Sekunden verstrichen. Schmitz erschien wieder, sein Gesicht war grau, und er sagte mit tonloser Stimme: »In Stücke zerrissen.« Dann fuhr er leise fort, wie wenn der Unteroffizier ihn noch hören könnte: »Der Esel! Aufrecht in die Granaten hineinzulaufen! Was dachte der sich bloß? Daß sie einen Bogen um ihn machen würden?«

Er setzte sich wieder hinter das Maschinengewehr, ohne zu schießen und ohne sich zu bewegen. Man hörte das Artilleriefeuer ziemlich weit entfernt auf unserm linken Flügel, aber seitdem unser Maschinengewehr schwieg, deckte uns der Feind nicht mehr zu. Es war seltsam, daß es in unserer Ecke so ruhig war, während die übrige Front unter Feuer lag.

Schmitz nahm eine Handvoll Sand in die Hand, ließ ihn zwischen den Fingern durchlaufen und sagte angewidert: »Und dafür kämpfen wir!«

Er legte langsam seine Backe an das Maschinengewehr, aber statt zu schießen, warf er mir einen Seitenblick zu und sagte: »Wenn man jetzt ...«

Ich schaute ihn an. Er saß nach vorn übergebeugt, seine dicke runde Backe lag am Maschinengewehr, sein Puppengesicht war zur Hälfte mir zugewandt.

»Schließlich«, sagte er, »haben wir unsere Pflicht getan.« Er fuhr fort: »Wir haben keinen Befehl.«

Da ich immer noch schwieg, setzte er hinzu: »Der Unteroffizier hat befohlen, das Maschinengewehr zurückzubringen, wenn es Überlebende gibt.«

Ich sagte trocken: »Der Unteroffizier hat gesagt: einen Überlebenden.«

Schmitz starrte mich an, und seine Porzellanaugen wurden ganz groß.

»Junge«, sagte er, »du bist ja verrückt. Es liegt nicht der geringste Grund vor, zu warten, bis einer von uns beiden draufgeht.«

Ich sah ihn an, ohne zu antworten.

»Aber das ist doch Wahnsinn!« fuhr er fort. »Wir können ins Lager zurückgehen. Niemand wird uns das übelnehmen. Keiner weiß, was uns der Unteroffizier gesagt hat.«

Er schob seinen großen runden Schädel vor und legte seine Hand auf meinen Arm. Ich zog meinen Arm sofort zurück.

»Herrgott«, sagte er weiter, »ich hab doch eine Frau und drei Kinder!«

Ein Schweigen folgte, dann sagte er entschlossen: »Los! Komm! Ich habe keine Lust, in Stücke zerrissen zu werden. Soviel Diensteifer ist für einen Unteroffizier ganz richtig, aber nicht für uns.«

Er legte die Hand an das Maschinengewehr, als ob er es aufheben wollte. Ich legte sofort meine neben seine und sagte: »Du kannst ja gehen, wenn du willst. Ich bleibe hier. Und das Maschinengewehr auch.«

Er zog seine Hand zurück und sah mich verstört an.

»Aber Mensch«, sagte er mit rauher Stimme, »du bist doch vollkommen verrückt. Wenn ich ohne das Maschinengewehr zurückkomme, erschießen sie mich. Das ist doch klar!«

Plötzlich liefen seine Augen rot an und funkelten, er stieß einen Fluch aus und gab mir mit der Faust einen Stoß vor die Brust. Ich taumelte zurück, er packte das Maschinengewehr mit beiden Händen und hob es auf.

Ich griff rasch nach meinem Karabiner, lud und legte auf ihn an. Er blickte mich bestürzt an.

»Aber hör mal, hör mal ...«, stammelte er.

Ich blieb schweigend und unbeweglich sitzen, die Mündung des Karabiners auf ihn gerichtet. Er ließ langsam das Maschinengewehr nieder, setzte sich wieder dahinter und blickte weg.

Ich legte meinen Karabiner über die Knie, die Mündung auf ihn gerichtet, und legte einen neuen Streifen in das Maschinengewehr ein. Schmitz sah mich an, öffnete den Mund, seine Porzellanaugen blinzelten mehrere Male, dann lehnte er seine rundliche Backe an die Waffe und fing wieder an zu schießen. Einige Sekunden später hagelte es um uns herum Granaten, die uns jedesmal mit Sand überschütteten.

Das Maschinengewehr fing an zu rauchen, und ich sagte: »Halt!«

Schmitz hörte mit Schießen auf und sah mich an. Ich ließ meine rechte Hand auf dem Karabiner liegen, ergriff mit der linken meine Feldflasche, machte sie mit den Zähnen auf und goß den Inhalt über den Lauf. Sobald das Wasser auf das Metall traf, verdampfte es mit Gezisch. Der Feind schoß nicht mehr her.

Schmitz war in sich zusammengesunken. Er sah mir zu, ohne etwas zu sagen. Schweiß rieselte langsam zu beiden Seiten seines Mundes herunter.

Er sagte schüchtern: »Laß mich gehen!«

Ich schüttelte verneinend den Kopf. Er strich mit der Zunge über seine Lippen, wandte die Augen weg und sagte mit tonloser Stimme: »Ich laß dir das Maschinengewehr da. Laß mich gehen!«

»Du kannst gehen, wenn du willst. Ohne deinen Karabiner.«

Er öffnete den Mund und sah mich an.

»Du bist verrückt! Ich brauche ihn für den Fall, daß sie mich erschießen wollen.« Da ich schwieg, fuhr er fort: »Warum denn ohne Karabiner?«

»Ich will nicht, daß du mich hinterrücks erschießt, dann zurückkommst und das Maschinengewehr holst.«

Er sah mich an. »Ich schwöre dir, daß ich daran nicht gedacht habe.«

Er blickte beiseite und sagte mit der leisen, flehenden Stimme eines Kindes: »Laß mich gehen!«

Ich legte wieder einen neuen Streifen ein, es knackte, er hob den Kopf und sah mich an. Dann, ohne ein Wort zu sagen, lehnte er seine runde Backe an die Waffe und schoß. Es regnete wieder Granaten. Sie schlugen mit hartem Krachen hinter uns ein, und jedesmal klatschte der Sand schaufelweise auf unsere Rücken.

Mit ganz gewöhnlicher Stimme sagte Schmitz: »Ich sitze schlecht.«

Er hob wieder den Kopf, rückte sich zurecht, warf dann plötzlich die Arme in die Luft wie ein Hanswurst und fiel auf mich drauf. Ich drehte ihn um. Er hatte mitten in der Brust ein großes schwarzes Loch, und ich war von seinem Blut überströmt.

Schmitz war groß und schwer, und es machte mir viel Mühe, ihn nach hinten zu ziehen. Als ich es geschafft hatte, nahm ich seine Feldflasche und die von Becker, goß beide über dem Maschinengewehr aus und wartete. Das Maschinengewehr war noch zu heiß zum Schießen. Ich betrachtete Schmitz. Er lag der Länge nach auf dem Rücken. Seine halbgeschlossenen Augen gaben ihm das Aussehen jener Puppen, die ihre Augen öffnen, wenn man sie aufsetzt.

Ich schleppte das Maschinengewehr zweihundert Meter höher in ein engeres und etwas tieferes Loch, machte es fertig und legte meine Backe daran. Ich fühlte mich allein, das Maschinengewehr glänzte zwischen meinen Beinen, und ein Gefühl der Befriedigung überkam mich.

In etwa achthundert Meter Entfernung sah ich plötzlich Hindus sich mit einer Langsamkeit vom Boden erheben, die mir komisch vorkam, und in leichtem Laufschritt in langer Reihe, fast parallel zu mir, vorgehen. Ich sah deutlich ihre langen dürren Beine sich bewegen. Hinter ihnen tauchte eine zweite Linie auf, dann eine dritte. Ich hatte sie alle im Längenfeuer. Ich zielte etwas vor die erste Reihe und drückte auf den Abzug. Während des Schießens verlegte ich das Feuer von vorn nach hinten, dann wieder nach vorn und noch einmal nach hinten. Dann stoppte ich.

Genau in diesem Augenblick fühlte ich so etwas wie einen heftigen Faustschlag gegen die linke Schulter. Ich fiel nach hinten, aber ich setzte mich sofort wieder auf. Ich blickte auf meine Schulter, sie war mit Blut befleckt, ich fühlte keinen Schmerz, aber ich konnte den Arm nicht bewegen. Ich nahm ein Verbandpäckchen in die rechte Hand, riß es mit den Zähnen auf und schob es zwischen Bluse und Schulter. Sogar bei der Berührung fühlte ich nichts. Ich überlegte und dachte, es wäre jetzt der gegebene Augenblick, sich zurückzuziehen und das Maschinengewehr mitzunehmen.

Während des Zurückkriechens sah ich auf einer Anhöhe vor einer Gruppe Palmen vier oder fünf Hindureiter halten. Ihre dünnen hochstehenden Lanzen zeichneten sich am Himmel ab. Ich brachte vorsichtig mein Maschinengewehr in Stellung und mähte sie nieder.

Dann legte ich noch ein paar hundert Meter in Richtung auf unsere Linien zurück, aber kurz bevor ich dort ankam, muß ich ohnmächtig geworden sein, denn ich erinnere mich an nichts mehr.

Nach meiner Genesung erhielt ich das Eiserne Kreuz und wurde an die Front in Palästina, nach Birseba, geschickt. Aber dort blieb ich nicht lange, ich kriegte Malaria und wurde sofort nach Damaskus verfrachtet.

Im Lazarett von Damaskus lag ich eine Zeitlang ohne Besinnung, und meine erste deutliche Erinnerung ist ein blondes Gesicht, das sich über mich beugte.

»Fühlst du dich wohl, mein Junge?« sagte eine muntere Stimme.

»Ja, Fräulein.«

»Nicht Fräulein«, sagte die Stimme. »Vera. Für die deutschen Soldaten bin ich Vera. Und jetzt aufgepaßt.«

Zwei frische und starke Hände glitten unter meinen Körper und hoben mich hoch.

Alles war verworren, eine Frau trug mich, ich hörte das Keuchen ihres Atems, und ganz nahe vor meinen Augen sah ich große Schweißtropfen über ihren Hals perlen. Ich fühlte, daß ich auf ein Bett gelegt wurde.

»So, und nun«, sagte die muntere Stimme, »wollen wir es ausnutzen, daß Baby mal weniger Fieber hat, und es waschen ...«

Ich fühlte, wie ich ausgekleidet wurde; eine weiche Hand strich über meinen Körper, ein rauher Stoff kratzte mich, und dann lag ich wieder erfrischt mit halboffenen Augen in den Kissen. Ich wandte langsam den Kopf, denn mir tat der Nacken weh, und sah, daß ich in einem kleinen Zimmer war.

»Na, mein Junge? Fühlst du dich wohl?«

»Ja, Fräulein.«

»Vera, für die deutschen Soldaten Vera.«

Eine rote Hand hob meinen Nacken, klopfte mein Kissen auf und legte meinen Kopf wieder behutsam auf den frischen Bezug.

»Es macht dir doch nichts aus, in einem Zimmer allein zu sein? Weißt du, warum man dich hierher gelegt hat?«

»Nein, Vera.«

»Weil du in der Nacht, wenn du irre redest, so viel Lärm machst, daß deine Nachbarn nicht schlafen können.«

Sie fing an zu lachen und beugte sich über mich, um mich zuzudecken. Die Haut ihres Halses war rot, als käme sie eben aus dem Bad, ihr Blondhaar war glatt nach hinten gestrichen, und sie roch gut nach Toilettenseife.

»Wie heißt du?«

»Rudolf Lang.«

»Schön, ich werde dich Rudolf nennen. Erlaubt es der Herr Dragoner?«

»Bitte ja, Vera.«

»Für einen Dragoner bist du sehr höflich, Rudolf. Wie alt bist du denn?«

»Sechzehneinhalb.«

»Gott im Himmel! Sechzehn Jahre.«

»Und einhalb.«

Sie fing an zu lachen.

»Das halbe Jahr dürfen wir nicht vergessen, Rudolf. Das halbe ist wichtig, nicht wahr?«

Sie sah mich lächelnd an.

»Wo bist du her?«

»Aus Bayern.«

»Aus Bayern? Ach! In Bayern sind sie schwer von Begriff! Bist du auch schwer von Begriff?«

»Ich weiß nicht.«

Sie lachte noch immer und strich mir mit dem Handrücken über die Wange.

Dann sah sie mich ernst an und sagte mit einem Seufzer: »Sechzehn Jahre, drei Verwundungen und Malaria!« Dann setzte sie hinzu: »Bist du sicher, daß du nicht schwer von Begriff bist, Rudolf?«

»Ich weiß nicht, Vera.«

Sie lachte.

»So. Es ist sehr einfach zu antworten: ›Ich weiß nicht, Vera.‹ Du weißt es nicht, und da antwortest du: ›Ich weiß nicht, Vera.‹ Wenn du es wüßtest, würdest du antworten: ›Ja, Vera‹ oder ›Nein, Vera‹. Nicht wahr?«

»Ja, Vera.«

Sie lachte wieder.

»Aber du darfst nicht soviel sprechen. Man könnte fast meinen, das Fieber steigt wieder. Du siehst ganz rot aus, Rudolf. Bis zum Abend, Baby.«

Sie trat ein paar Schritte zur Tür hin, dann drehte sie sich lächelnd um.

»Sag mal, Rudolf, wem hast du denn das Bein zerbrochen?«

Ich richtete mich auf. Das Herz klopfte mir, und ich blickte sie verwirrt an.

»Aber was hast du denn?« sagte sie erschrocken und kam mit lebhaften Schritten an mein Bett. »Los, leg dich wieder hin. Was bedeutet das denn? Du erzählst davon die ganze Zeit in deinen Fieberträumen. Los, leg dich wieder hin!«

Sie faßte mich an den Schultern und zwang mich, mich wieder auszustrecken. Dann setzte sich jemand auf mein Bett und legte mir die Hand auf die Stirn.

»Na?« sagte eine Stimme. »Geht es jetzt besser? Was macht das mir aus, wenn du zehntausend Menschen das Bein brichst?«

Das Zimmer schien sich um mich zu drehen, und ich sah, daß Vera am Kopfende saß, Vera mit ihrer roten Haut, ihrem glatten Haar und dem Geruch von Toilettenseife. Ich wandte den Kopf, um sie besser zu sehen, aber plötzlich verschwand sie in einem rötlichen Nebel.

»Vera!«

»Ja?«

»Sind Sie es?«

»Ich bin es. Ja, ich bin es, dummer Kerl. Ich bin es, Vera. Leg dich hin.«

»An dem gebrochenen Bein war ich nicht schuld, Vera, das war der Schnee.«

»Ich weiß, ich weiß, du hast es oft genug gesagt. Beruhige dich!«

Ich fühlte, wie zwei große kühle Hände meine Handgelenke faßten.

»Genug davon! Sonst steigt das Fieber.«

»Es war nicht meine Schuld, Vera.«

»Ich weiß, ich weiß.«

Ich fühlte frische Lippen ganz nah an meinem Ohr.

»Es war nicht deine Schuld, hörst du?« sagte eine Stimme.

»Ja.«

Jemand legte mir die Hand auf die Stirn und ließ sie eine Weile darauf liegen.

»Schlaf jetzt, Rudolf!«

Mir war es, als ergriffe eine Hand den Bettpfosten und rüttelte daran.

»Na?« sagte eine Stimme, und ich schlug die Augen auf.

»Sind Sie es, Vera?«

»Ja, ja. Sei jetzt still.«

»Jemand rüttelt am Bett.«

»Es ist nichts.«

»Warum rüttelt man am Bett?«

Ein blonder Kopf neigte sich über mich, und ich roch den Duft von Toilettenseife.

»Sind Sie es, Vera?«

»Ich bin es, Baby.«

»Bleiben Sie noch ein bißchen da, bitte, Vera!«

Ich vernahm ein helles Lachen, dann wurde es dunkel um mich, ein eisiger Hauch wehte mich an, und ein Schwindel packte mich.

»Vera! Vera! Vera!«

Ich hörte von weitem eine Stimme: »Ja, mein Junge?«

»Es war nicht meine Schuld.«

»Nein, nein, mein Schäfchen! Es war nicht deine Schuld. Und jetzt genug davon.« Ganz laut drang die Stimme an mein Ohr, wie ein Befehl: »Genug davon!«

Und ich dachte mit unsagbarer Befriedigung: ›Das ist ein Befehl.‹

Es wurde dunkel um mich, ich vernahm wirres Stimmengemurmel, und als ich die Augen aufschlug, war das Zimmer völlig in Dunkelheit getaucht, und jemand, den ich nicht sehen konnte, bewegte unaufhörlich das Fußende meines Bettes. Ich schrie laut: »Bewegt doch nicht mein Bett!«

Es trat tiefe Stille ein, dann erhob sich am Kopfende meines Bettes Vater, ganz in Schwarz gekleidet, und sah mich mit seinen tiefliegenden, glänzenden Augen fest an.

»Rudolf«, sagte er in seiner abgerissenen Redeweise, »steh auf – und komm – wie du bist.«

Dann fing er plötzlich an, mit einer irren Geschwindigkeit in den Raum zurückzuweichen, aber anscheinend ohne sich zu bewegen, und bald war er nur noch eine hochragende Silhouette unter anderen, seine Beine wurden lang und dürr, er war ein Hindu, er fing an, mit ihnen zu rennen; ich saß auf meinem Bett, ein Maschinengewehr zwischen den Beinen, ich schoß auf die Reihen der rennenden Hindus, das Maschinengewehr hüpfte auf der Matratze, und ich dachte: ›Es ist nicht erstaunlich, daß sich das Bett bewegt.‹

Ich machte die Augen auf, sah Vera vor mir stehen, Sonne durchflutete das Zimmer, und ich sagte: »Ich muß ein bißchen geschlafen haben.«

»Ein bißchen?« sagte Vera. Dann fügte sie hinzu: »Hast du Hunger?«

»Ja, Vera.«

»Gut, das ist gut, das Fieber ist heruntergegangen. Du hast noch die ganze Nacht dummes Zeug geredet, Baby.«

»Ist die Nacht vorbei?«

Sie lachte.

»Aber nein, sie ist noch nicht vorbei. Was denkst du denn? Die Sonne hat sich geirrt.«

Sie sah mir beim Essen zu, und als ich fertig war, räumte sie ab und beugte sich über mich, um mich zuzudecken. Ich sah ihr glattgestrichenes blondes Haar, ihren leicht geröteten Hals und atmete ihren Seifenduft ein. Als ihr Kopf nahe genug war, schlang ich meine Arme um ihren Hals.

Sie versuchte nicht, sich zu befreien. Sie wandte mir das Gesicht zu und sah mich an.

»Das sind Dragonermanieren.«

Ich machte keinerlei Bewegung. Sie sah mich immer noch an, hörte auf zu lächeln und sagte leise und vorwurfsvoll: »Du auch, Baby?«

Und mit einemmal sah sie traurig und müde aus. Ich fühlte, daß sie etwas sagen wollte, daß ich ihr Rede stehen müßte, und löste sogleich meine Arme.

Sie streichelte mir mit dem Handrücken die Wange und sagte kopfschüttelnd: »Natürlich.«

Dann setzte sie leise hinzu: »Später«, lächelte traurig und ging weg. Ich sah ihr nach. Ich wunderte mich selbst, daß ich es getan hatte. Aber jetzt war der Anfang gemacht, ich konnte nicht mehr zurück. Ich wußte nicht recht, ob es mir Freude machte oder nicht.

Am Nachmittag brachte mir Vera Zeitungen und Briefe aus Deutschland. Der eine war von Doktor Vogel. Er hatte drei Monate gebraucht, um mich zu erreichen. Er enthielt die Mitteilung von Mutters Tod. Den gleichen Gegenstand behandelten zwei kurze Briefe von Bertha und Gerda. Sie waren schlecht geschrieben und voller Fehler.

Doktor Vogel teilte mir auch mit, daß er künftig unser Vormund sei, daß er meine beiden Schwestern der Obhut von Onkel Franzens Frau anvertraut und unseren Laden einem Geschäftsführer übergeben habe. Was mich beträfe, so verstehe er gewiß die patriotischen Beweggründe, denen ich nachgegeben hätte, indem ich mich freiwillig meldete, aber er mache mich trotzdem darauf aufmerksam, daß meine übereilte Flucht meiner armen Mutter große Sorge bereitet habe und daß sicherlich diese Flucht oder, besser gesagt: dieses Ausreißen, ihren Zustand verschlimmert und vielleicht ihr Ende beschleunigt habe. Er hoffe wenigstens, daß ich an der Front meine Pflicht täte, aber er erinnere mich auch daran, daß ich nach Beendigung des Krieges noch andere Pflichten zu erfüllen hätte.

Ich faltete die Briefe sorgfältig zusammen und legte sie in meine Brieftasche. Dann schlug ich die Zeitungen auf und las alles, was über den Krieg in Frankreich darin stand. Als ich damit fertig war, faltete ich sie zusammen, steckte sie wieder in die Streifbänder und legte sie auf den Stuhl neben meinem Bett. Dann kreuzte ich die Arme und beobachtete durch das Fenster, wie die Strahlen der Sonne auf den flachen Dächern immer länger wurden.

Der Abend kam, und ich schlief mit Vera.

Ich kehrte an die Front in Palästina zurück, wurde von neuem verwundet, ausgezeichnet, und nach meiner Rückkehr zur Truppe ernannte man mich trotz meiner Jugend zum Unteroffizier. Kurz darauf wurde die Abteilung Günther der 3. Kavallerie-Division angegliedert, die von dem türkischen Oberst Essad Bey befehligt wurde, und nahm an dem Gegenangriff gegen den Ort Es Salt teil, den arabische Helfershelfer den Engländern ausgeliefert hatten.

Der Kampf war zermürbend, wir saßen ab, verbissen uns in den Boden, und nach achtundvierzig Stunden Nahkampf drangen wir endlich in den Ort ein.

Am nächsten Tage wurde ich durch dumpfe Schüsse geweckt. Ich verließ die Unterkunft, die Sonne blendete mich, ich lehnte mich an eine Mauer und öffnete meine Augen einen Spalt breit. Ich sah eine weiße, blendende Masse, eine dichtgedrängte Menge von Arabern, unbeweglich, schweigend, mit erhobenen Köpfen. Ich hob meinerseits den Kopf und bemerkte in der Sonne, die sie von hinten beleuchtete, etwa vierzig Araber, die mit verrenkten Köpfen sich wunderlich in der Luft hin und her bewegten, als ob sie barfuß über den Köpfen der Zuschauer tanzten. Dann wurden allmählich ihre Bewegungen schwächer, ohne aber ganz aufzuhören, sie schaukelten weiter und drehten sich um sich selbst, wobei sie bald ihr Gesicht, bald ihr Profil zeigten. Ich ging ein paar Schritte weiter, der Schatten eines Hauses schnitt ein schwarzes Viereck aus dem blendenden Sonnenlicht heraus, eine köstliche Kühle umfing mich, ich machte die Augen ganz auf, und erst da sah ich die Stricke.

Der türkische Dolmetscher Suleiman stand ein wenig abseits, die Arme über der Brust gekreuzt, mit verächtlicher und unzufriedener Miene.

Ich näherte mich ihm und deutete auf die Gehängten. »Ach das!« sagte er stirnrunzelnd. »Das sind die Aufrührer des Emir Faisal.«

Ich sah ihn an.

»... Die Notabeln, die Es Salt den Engländern auslieferten. Ein bescheidenes Beispiel, mein Freund! Seine Exzellenz Dschemal Pascha ist wahrhaftig zu barmherzig! Das Richtige wäre, sie alle aufzuhängen.«

»Alle?«

Er blickte mich an und entblößte lautlos seine weißen Zähne.

»Alle Araber.«

Ich hatte schon viele Tote gesehen, seitdem ich in der Türkei war, aber diese Gehängten machten auf mich einen seltsamen, unangenehmen Eindruck. Ich kehrte ihnen den Rücken zu und ging weg.

Am Abend ließ mich Rittmeister Günther rufen. Er saß in seinem Zelt auf einem kleinen Klappstuhl. Ich nahm Stellung und grüßte. Er winkte mir, zu rühren, und spielte weiter mit einem prachtvollen arabischen Dolch mit silbernem Griff, den er in den Händen hin und her drehte.

Nach einer Zeit kam Leutnant von Ritterbach. Er war sehr groß und sehr hager, seine schwarzen Augenbrauen zogen sich bis zu den Schläfen hin. Der Rittmeister drückte ihm die Hand und sagte, ohne ihn anzusehen: »Eine verdammte Arbeit für Sie heute abend, Herr Leutnant. Die Türken machen eine Strafexpedition gegen ein arabisches Dorf hier in der Nähe. Es ist ein Dorf, das sich schlecht aufgeführt hat, als die Engländer die Türken aus Es Salt verjagten.«

Der Rittmeister warf von Ritterbach einen Seitenblick zu.

»Meiner Meinung nach«, fuhr der Rittmeister mürrisch fort, »ist es eine Geschichte, die nur die Türken angeht. Aber sie wollen deutsche Beteiligung.«

Von Ritterbach verzog hochmütig die Augenbrauen. Der Rittmeister erhob sich ungeduldig, kehrte ihm den Rücken zu und machte im Zelt ein paar Schritte.

»Herrgott«, sagte er und wandte sich um, »ich bin doch nicht hier, um mich mit den Arabern herumzuschlagen.«

Von Ritterbach sagte nichts. Der Rittmeister tat noch ein paar Schritte, machte dann kehrt und fuhr fast gemütlich fort: »Hören Sie zu, Herr Leutnant, Sie nehmen etwa dreißig Mann mit und hier unsern kleinen Rudolf, und alles, was Sie zu tun haben, ist, das Dorf einzuschließen.«

Von Ritterbach sagte: »Zu Befehl, Herr Rittmeister.«

Der Rittmeister nahm den arabischen Dolch, ließ ihn in der Scheide spielen und sah Ritterbach von der Seite an.

»Ihr Befehl lautet, eine Sperre um das Dorf zu legen und die aufrührerischen Bewohner daran zu hindern, querfeldein zu entwischen. Das ist alles.«

Die schwarzen Augenbrauen Ritterbachs verzogen sich nach den Schläfen hin.

»Herr Rittmeister …«

»Ja?«

»Und wenn Frauen unsere Sperre durchbrechen wollen?«

Der Rittmeister sah ihn mißmutig an, schwieg eine Sekunde und bemerkte trocken: »Im Befehl steht darüber nichts.«

Von Ritterbach hob das Kinn, und ich sah den Adamsapfel in seinem mageren Hals auf und nieder steigen.

»Sind Frauen und Kinder als Aufrührer zu betrachten, Herr Rittmeister?«

Der Rittmeister stand auf.

»Herrgott, Herr Leutnant«, donnerte er los, »ich habe Ihnen schon gesagt, daß im Befehl darüber nichts steht.«

Von Ritterbach erblaßte etwas, straffte sich und sagte mit eisiger Höflichkeit: »Noch eine Frage, Herr Rittmeister. Wenn die Rebellen durchbrechen wollen?«

»Befehlen Sie ihnen zurückzugehen.«

»Wenn sie nicht zurückgehen wollen?«

»Herr Leutnant«, schrie der Rittmeister, »sind Sie Soldat oder nicht?«

Von Ritterbach tat etwas Unerwartetes: er lächelte.

»Gewiß bin ich Soldat«, sagte er bitter.

Der Rittmeister winkte ab. Ritterbach grüßte unglaublich steif und ging hinaus. Nicht ein einziges Mal während des Gesprächs, selbst dann nicht, als der Rittmeister von »unserm kleinen Rudolf« sprach, hatte er geruht, mich anzusehen.

»Ach, Rudolf«, brummte der Rittmeister, während er ihm nachsah, »diese Junker! Mit ihrem Gehabe! Mit ihrem Dünkel! Und ihr verfluchtes christliches Gewissen! Eines Tages werden wir alle diese ›Herren von‹ wegfegen.«

Ich erklärte meinen Leuten den Befehl, und gegen elf Uhr abends gab Leutnant von Ritterbach das Zeichen zum Aufbruch. Die Nacht war außergewöhnlich hell.

Nach einer Viertelstunde Trab stieß Suleiman zu uns, der die Verbindung mit der türkischen Abteilung aufrechterhielt, und teilte uns mit, daß wir jetzt nahe heran wären und er uns zugeteilt sei, um uns zu führen. Tatsächlich leuchteten ein paar Minuten später im Mondschein weiße Flecke auf, und die ersten Häuser des Ortes wurden sichtbar. Von Ritterbach befahl mir, mich mit meinen Leuten nach Osten zu wenden, und ließ die andere Gruppe westlich herumreiten. Wenige Sekunden, nachdem ich meine Leute aufgestellt hatte, traf ich die zweite Gruppe auf der anderen Seite des Dorfes. Kein Hund bellte. Wir warteten einige Minuten, der Trab der türkischen Reiter, die von Süden her kamen, erschütterte den Boden, dann trat Stille ein, ein rauhes Kommando zerriß die Luft, das Geklapper der Hufe setzte wieder ein, ein wildes Geschrei erhob sich, zwei Schüsse wurden abgefeuert, und ein Dragoner links von mir sagte dumpf: »Es geht los.«

Die Schreie hörten auf, man hörte noch einen vereinzelten Schuß, und alles war wieder still.

Ein Dragoner kam zu mir heran. Er rief: »Herr Unteroffizier. Befehl vom Herrn Leutnant: Nach Süden sammeln.« Er setzte hinzu: »Die Türken haben sich im Dorf geirrt.«

Ich ritt den Weg in entgegengesetzter Richtung zurück und sammelte meine Leute. Am Dorfeingang war von Ritterbach in einem sehr lebhaften Gespräch mit Suleiman begriffen. Ritterbach saß stocksteif auf seinem Pferd, sein fahles Gesicht wurde ganz vom Mond beschienen, er blickte mit Verachtung auf Suleiman herab. Einmal stieg seine Stimme an, und ich hörte deutlich: »Nein! … Nein! … Nein! …«

Suleiman schoß wie ein Pfeil davon. Einige Sekunden später kam er mit einem türkischen Major wieder, der so groß und dick war, daß sein Pferd sichtlich Mühe hatte, ihn zu tragen. Der türkische Major zog den Säbel und hielt auf türkisch eine lange Rede, wobei er immer seinen Säbel schwang. Von Ritterbach rührte sich nicht mehr als eine Statue. Als der türkische Major seine Rede beendet hatte, erklang Suleimans Stimme in deutscher Sprache, mit großer Zungenfertigkeit, feierlich und schneidend. Ich verstand die Worte: »Major … Ehrenwort … auf seinen Säbel … nicht das richtige Dorf …«

Daraufhin grüßte von Ritterbach kurz und kam auf uns zu. Er ritt an mich heran und sagte mit eisiger Stimme: »Es liegt ein Irrtum vor. Wir reiten weiter.«

Sein Pferd war ganz nahe an meinem, und ich sah in seinen langen braunen Händen die Zügel zittern. Einen Augenblick später fuhr er fort: »Sie nehmen die Spitze. Dieser Suleiman wird Ihnen den Weg zeigen.«

Ich sagte: »Zu Befehl, Herr Leutnant.«

Er starrte ins Leere vor sich hin, aber plötzlich fing er an, wütend zu schreien: »Wissen Sie nichts anderes zu sagen als ›Zu Befehl, Herr Leutnant‹?«

Nach einer halben Stunde Trab streckte Suleiman vor meiner Brust den Arm aus. Ich hielt.

»Horchen Sie! Man hört die Hunde.« Dann setzte er hinzu: »Diesmal ist es das Dorf der Aufrührer.«

Ich schickte einen Dragoner ab, den Leutnant zu benachrichtigen, und nun rollte dasselbe Manöver ab wie vorher, aber diesmal von wütendem Gebell begleitet. Meine Leute begaben sich von selbst auf ihre Plätze. Sie waren mürrisch und schweigsam.

Plötzlich erschien eine kleine weiße Gestalt zwischen den Häusern. Die Dragoner rührten sich nicht, aber ich fühlte, wie eine Spannung durch die ganze Reihe lief. Die Gestalt näherte sich uns mit einem seltsamen Geräusch und blieb schließlich stehen. Es war ein Hund. Er fing kläglich an zu heulen und wich vor uns Schritt für Schritt zurück, das Hinterteil flach auf dem Boden.

In diesem Augenblick erscholl Geklapper von Hufen, eine Salve Gewehrfeuer und in dem kurzen Schweigen, das darauf folgte, der Schrei einer Frau, gellend, herzzerreißend, endlos. Im nächsten Augenblick knatterten gleichzeitig an allen Ecken Schüsse, dann erhellte ein grelles Licht den Himmel, man hörte dumpfe Schläge, Getrappel, Klageschreie, und unsere Pferde fingen an, unruhig zu werden.

Drei Hunde kamen wie der Wirbelwind aus dem Dorfe heraus, jagten auf uns zu und hielten plötzlich, fast unter den Füßen unserer Pferde, an. Einer hatte eine große blutige Schnittwunde in der Achselhöhle. Sie fingen an zu kläffen und Klageschreie auszustoßen wie Kinder. Dann wurde einer von ihnen mit einem Male kühn und flitzte wie ein Pfeil zwischen Bürkels Pferd und meinem durch. Die beiden andern stürzten sofort hinterher, ich wandte mich im Sattel, um ihnen nachzuschauen, sie machten noch ein paar Sprünge, dann blieben sie plötzlich stehen, setzten sich auf ihr Hinterteil und fingen an, schrecklich zu heulen.

Auf einen gellenden Schrei hin drehte ich mich wieder um, aus dem Dorf klangen dumpfe Schläge, und zweimal pfiffen Kugeln über unsere Köpfe. Die Hunde hinter uns heulten entsetzlich, die Pferde wurden unruhig, ich wandte den Kopf nach rechts und sagte: »Bürkel, geben Sie einen Schuß ab, um die Tiere zu verjagen!«

»Auf die Tiere, Herr Unteroffizier?«

Ich sagte scharf: »Aber nein, nicht auf die armen Tiere; schießen Sie in die Luft!«

Bürkel schoß. Aus dem Dorf kam eine Gruppe weißer Gestalten gerannt, den Hang herunter auf uns zu, eine schrille Frauenstimme erscholl, ich richtete mich im Sattel auf und rief auf arabisch: »Weg hier!«

Die weißen Gestalten blieben stehen, fluteten zurück, und als sie zögerten, stürzten sich dunkle Gestalten auf sie, Säbel blitzten auf, und dann war alles vorbei. Dreißig Meter vor uns hob sich vom Boden deutlich ein kleines, weißes, unbewegliches Häufchen ab, das nur wenig Platz einnahm.

Rechts von mir beleuchtete eine kleine blaue Flamme die Hände und das Gesicht eines Dragoners; ich begriff, daß er nach der Uhr sah, und da dies wahrhaftig nicht wichtig war, rief ich: »Ihr könnt rauchen.«

Eine Stimme antwortete freudig: »Schönen Dank!«; kleine

rote Punkte leuchteten in der ganzen Linie auf, und die Spannung ließ nach. Die Schreie und das Geheul setzten wieder mit solcher Stärke ein, daß sie das Hundegebell übertönten. Es war unmöglich, Männer- und Frauenstimmen zu unterscheiden, sie klangen zugleich schrill und rauh und als ob ein Choral heruntergeleiert würde.

Als es etwas stiller wurde, sagte Bürkel: »Herr Unteroffizier, sehen Sie dort!«

Eine kleine weiße Gestalt kam den Hang herunter auf uns zu, merkwürdig zögernd, und jemand sagte gleichgültig: »Ein Hund.« Die kleine Gestalt wimmerte leise wie ein weinerliches Kind, sie kam mit erstaunlicher Langsamkeit vorwärts und stolperte über Steine. Einmal schien sie zu fallen und mehrere Meter weiterzurollen, dann kam sie wieder auf die Füße. Sie verschwand im Schatten eines Hauses, man verlor sie vollkommen aus den Augen, dann trat sie plötzlich wieder in das Mondlicht heraus. Sie war nun ganz nahe bei uns. Es war ein kleiner Junge von fünf, sechs Jahren, im Hemd, barfuß, mit einer blutigen Wunde am Hals. Er stand vor uns, schwankte ein bißchen auf den Füßen, sah uns mit seinen dunklen Augen an und fing plötzlich mit ungewöhnlich kräftiger Stimme zu schreien an: »Baba! Baba!« Dann fiel er der Länge nach mit dem Gesicht zu Boden.

Bürkel sprang vom Pferd, lief zu ihm hin und kniete nieder. Sein Pferd machte einen Satz zur Seite. Es gelang mir, die Zügel zu fassen, und ich sagte mit scharfer Stimme: »Bürkel!«

Es folgte keine Antwort, und nach einem Weilchen wiederholte ich, ohne die Stimme zu heben: »Bürkel!«

Er erhob sich langsam und kam zu mir her. Er stand neben meinem Pferd, sein dicker Schädel glänzte im Mondlicht, ich sah ihn an und sagte: »Wer hat Ihnen erlaubt, abzusitzen?«

»Niemand, Herr Unteroffizier.«

»Habe ich Ihnen den Befehl gegeben, abzusitzen?«

»Nein, Herr Unteroffizier.«

»Warum haben Sie es getan?«

Ein Schweigen entstand, dann sagte er: »Ich glaubte es richtig zu machen, Herr Unteroffizier.«

»Man darf nicht glauben, Bürkel. Man muß gehorchen.«

Er preßte die Lippen zusammen, und ich sah, wie ihm der Schweiß über seine zusammengezogene Kinnlade herunterlief. Er sagte mühsam: »Jawohl, Herr Unteroffizier.«

»Sie werden bestraft werden, Bürkel.«

Schweigen. Ich fühlte die Spannung unter den Männern und sagte: »Sitzen Sie wieder auf.«

Bürkel sah mich wohl eine Sekunde lang an. Der Schweiß floß ihm über das Kinn. Er sah verstört aus.

»Herr Unteroffizier, ich habe einen kleinen Jungen in demselben Alter.«

»Sitzen Sie wieder auf, Bürkel.«

Er nahm mir die Zügel aus der Hand und schwang sich in den Sattel. Nach einer Weile sah ich eine brennende Zigarette einen leuchtenden Streifen durch die Nacht ziehen und dann funkensprühend zu Boden fallen. In der nächsten Sekunde folgte eine zweite, dann wieder eine, noch eine, und so weiter, die ganze Linie entlang. Und ich begriff, daß meine Leute mich haßten.

»Nach dem Kriege«, sagte Suleiman in der Mittagspause, »werden wir die Araber genauso ausrotten, wie wir unsere armenischen Untertanen ausgerottet haben. Und aus dem gleichen Grunde.«

Selbst unter dem Zelt war die Glut der Sonne unerträglich. Ich stützte mich auf die Ellenbogen auf, und gleich waren meine Handflächen feucht.

»Aus welchem Grunde?«

Suleiman antwortete rasch und in lehrhaftem Ton: »In der Türkei ist kein Platz für Araber und Türken.«

Er setzte sich mit untergeschlagenen Beinen hin und fing plötzlich an zu lächeln.

»Das versuchte gestern abend unser dicker Major Ihrem Leutnant von Ritterbach begreiflich zu machen. Glücklicherweise versteht Ihr Leutnant kein Türkisch …«

Er machte eine Pause.

»… denn er hätte keinesfalls begriffen, daß man, weil die Aufrührer klugerweise aus ihrem Dorf verschwunden waren, ganz einfach das nächste arabische Dorf ausrottete …«

Ich sah ihn mit offenem Munde an. Er fing an zu lachen, es war ein schrilles, weibisches Lachen. Seine Schultern zuckten dabei, er wiegte seinen Oberkörper vor und zurück, und jedesmal, wenn er nach vorn kam, schlug er mit beiden Händen auf den Boden.

Allmählich beruhigte er sich, brannte sich eine Zigarette an, blies den Rauch durch die Nase und sagte: »Da sehen Sie, was ein guter Dolmetscher wert ist.«

Ich erwiderte nach einer Weile: »Aber dieses Dorf war doch unschuldig.«

Er schüttelte den Kopf.

»Mein Lieber, das verstehen Sie nicht! Das Dorf war arabisch. Also war es nicht unschuldig ...« Dabei fletschte er seine weißen Zähne. »Wissen Sie, das ist interessant, Ihren Einwand hat man einst unter ähnlichen Umständen unserm Propheten Mohammed gemacht ...«

Er nahm die Zigarette aus dem Munde, seine Gesichtszüge veränderten sich, und er sagte ernst und andächtig: »Der Friede Allahs sei mit ihm!« Dann fuhr er fort: »Und unser Prophet Mohammed antwortete: ›Wenn du von einem Floh gestochen wirst, tötest du sie da nicht alle?‹«

Wie es meine Pflicht war, berichtete ich noch am selben Abend Rittmeister Günther, was mir Suleiman erzählt hatte. Er lachte eine ganze Weile, wiederholte dann mehrere Male mit entzücktem Gesicht die Worte des Propheten über die Flöhe.

Ich begriff, daß er die Sache als einen guten Streich ansah, den die Türken »diesem Idioten von Ritterbach« gespielt hatten.

Ich weiß nicht, ob er sich nachher den Spaß gemacht hat, alles dem Leutnant wiederzuerzählen, aber auf jeden Fall war das ohne Bedeutung, denn zwei Tage später ließ sich Ritterbach törichter- und unnützerweise vor meinen Augen töten, und man hätte wirklich denken können, er habe es absichtlich getan, denn ausgerechnet an diesem Tage hatte er seine sämtlichen Orden und seine eleganteste Uniform angelegt.

Ich ließ ihn in sein Zelt schaffen, Rittmeister Günther holen und blieb mit dem Unteroffizier Schrader zu Häupten der Leiche stehen. Nach kurzer Zeit kam der Rittmeister, nahm Aufstellung zu Füßen des Betts, salutierte, schickte Schrader hinaus und fragte mich, wie es gekommen sei. Ich berichtete es mit allen Einzelheiten. Er runzelte die Stirn, und als ich zu Ende war, fing er an, im Zelt hin und her zu gehen, wobei er hinter dem Rücken die Hände auf- und zumachte. Dann blieb er stehen, betrachtete mit unzufriedener Miene den Leichnam und brummelte zwischen den Zähnen: »Wer hätte gedacht, daß dieser Idiot ...« Dann warf er mir einen flüchtigen Blick zu und schwieg.

Am nächsten Tage fand ein Unternehmen statt, und danach hielt uns der Rittmeister eine kleine Rede. Ich fand, daß es eine schöne Rede war und gewiß für die Moral der Leute nützlich, aber daß vielleicht der Rittmeister Ritterbach mehr Lob spendete, als dieser verdiente.

Am 19. September 1918 griffen die Engländer mit starken Kräften an, und die Front brach zusammen. Die Türken flohen nach Norden, man hielt in Damaskus an, aber es war nur ein kurzer Aufschub, und wir mußten weiter bis Aleppo zurückgehen. Anfang Oktober wurde unsere Abteilung nach Adana befördert, am Golf von Alexandrette; wir verbrachten dort untätig einige Tage, und Suleiman erhielt für seine Tapferkeit während des Rückzuges das Eiserne Kreuz.

Gegen Ende Oktober brach in den Dörfern um Adana herum die Cholera aus, erreichte dann allmählich den Ort selbst, und am 28. Oktober wurde Rittmeister Günther binnen weniger Stunden von ihr dahingerafft.

Das war ein trauriges Ende für einen Helden. Ich bewunderte Rittmeister Günther, dank ihm hatte ich ins Heer eintreten können, aber an diesem und an den folgenden Tagen wunderte ich mich, daß sein Tod keine größere Wirkung auf mich ausübte. Als ich darüber nachdachte, wurde mir klar, daß die Frage, ob ich ihn liebte oder nicht, nicht mehr in Betracht kam als zum Beispiel in bezug auf Vera.

Am Abend des 31. Oktober erfuhren wir, daß die Türkei mit der Entente einen Waffenstillstand abgeschlossen hatte. »Die Türkei hat kapituliert«, sagte mir Suleiman beschämt, »und Deutschland kämpft noch!«

Den Befehl über die Abteilung Günther erhielt Hauptmann Graf Reckow, und der Rückmarsch in die Heimat begann. Wir schlugen uns langsam über den Balkan nach Deutschland durch. Der Marsch war sehr beschwerlich, weil wir nur mit unsern leichten Kolonialuniformen bekleidet waren und die Kälte, die für die Jahreszeit außerordentlich lebhaft war, große Verheerungen unter uns anrichtete.

In Mazedonien, am 12. November, an einem grauen, regnerischen Morgen, als wir aus einem elenden Dorf heraus waren, in dem wir die Nacht zugebracht hatten, befahl Hauptmann Graf Reckow, zu halten und auf der linken Straßenseite Front zu machen. Er selbst begab sich auf ein umgepflügtes Feld und ritt so weit zurück, daß er auch die beiden Flügel der Kolonne übersehen konnte. Eine ganze Weile schwieg er. In sich zusammengefallen, saß er im Sattel, und sein Schimmel sowie seine zerschlissene Uniform bildeten einen hellen Fleck gegen die dunkle Erde. Endlich hob er den Kopf, machte mit der rechten Hand eine kleine Bewegung und sagte mit ungewöhnlich schwacher und tonloser Stimme: »Deutschland hat kapituliert.« Ein guter Teil der Leute hörte es gar nicht, und es entstand von einem Ende der Kolonne zum andern eine Bewegung und ein Getuschel. Mit seiner gewöhnlichen Stimme rief von Reckow: »Ruhe!« Es trat Stille ein, und er wiederholte, kaum lauter als vorher: »Deutschland hat kapituliert.« Darauf gab er seinem Pferd die Sporen, setzte sich wieder an die Spitze der Kolonne, und man hörte nur noch das Klappern der Hufe.

Ich sah geradeaus vor mich hin, und mir war, als ob sich unter meinen Füßen plötzlich ein großes schwarzes Loch geöffnet hätte. Nach ein paar Minuten stimmte jemand »Siegreich wolln wir Frankreich schlagen« an, einige Dragoner sangen im Chor wild drauflos, der Regen fiel heftiger, die Pferdehufe klapperten dazu in verkehrtem Rhythmus, und plötzlich wurden der Regen und der Wind so heftig, daß der Gesang immer schwächer wurde, sich verzettelte und erstarb. Hinterher war es schlimmer, als wenn man nicht gesungen hätte.

1918

In Deutschland wurde unsere Abteilung von Ort zu Ort geschickt, ohne daß jemand wußte, wer uns zu betreuen hätte, und der Unteroffizier Schrader sagte zu mir: »Von uns will niemand mehr etwas wissen. Wir sind eine verlorene Abteilung.« Endlich erreichten wir unsern Ausgangspunkt, die kleine Stadt B. Dort beeilte man sich, uns zu demobilisieren, um uns nicht weiterverpflegen zu müssen; man gab uns die Zivilkleider zurück, etwas Geld und einen Fahrschein, damit wir nach Hause zurückkehren konnten.

Ich nahm den Zug nach H. Im Abteil kam ich mir in meiner Windjacke und der Hose, die mir jetzt viel zu kurz war, lächerlich vor, und ich ging auf den Gang hinaus. Gleich darauf sah ich von hinten einen großen, mageren, braunen Burschen mit kahlem Schädel, dessen breite Schultern eine abgetragene Jacke zu sprengen drohten. Er drehte sich um; es war Schrader. Er sah mich an, rieb sich seine zerbrochene Nase mit dem Handrücken und brach in ein Gelächter aus.

»Du bist es? Wie bist du denn angezogen? Du hast dich wohl als kleinen Jungen verkleidet?«

»Du auch.«

Er warf einen Blick auf seinen Anzug.

»Ich auch.«

Seine schwarzen Augenbrauen senkten sich wie ein einziger dicker Strich über seine Augen, er blickte mich einen Augenblick lang an, und sein Gesicht wurde traurig.

»Wir sehen wie zwei magere Clowns aus.«

Er trommelte an das Wagenfenster und fuhr fort: »Wo willst du hin?«

»Nach H.«

Er pfiff.

»Ich auch. Wohnen deine Eltern dort?«

»Die sind tot, aber meine Schwestern und mein Vormund leben da.«

»Und was willst du nun machen?«

»Ich weiß nicht.«

Er trommelte wieder an die Scheibe, ohne etwas zu sagen. Dann holte er eine Zigarette aus der Tasche, brach sie entzwei und gab die eine Hälfte mir.

»Siehst du«, sagte er bitter, »man ist hier überflüssig. Man hätte nicht zurückkehren sollen.«

Nach einem Schweigen sagte er: »Zum Beispiel da drin sitzt eine kleine Blonde.«

Er zeigte mit dem Daumen nach seinem Abteil.

»Ein hübsches kleines Ding. Mir gerade gegenüber. Die sah mich an, als ob ich Dreck wäre!«

Er machte eine wegwerfende Handbewegung.

»Es ist alles Dreck! Das Eiserne Kreuz und alles! Alles ist Dreck!« Er setzte hinzu: »Deshalb bin ich auch lieber rausgegangen.«

Er tat einen Zug, bog seinen Kopf zu mir herunter und sagte: »Weißt du, was in Berlin die Zivilisten mit den Offizieren machen, die in Uniform auf der Straße herumlaufen?«

Er blickte mich an und sagte mit verhaltener Wut: »Sie reißen ihnen die Schulterstücke herunter.«

Ich fühlte einen Kloß in meiner Kehle und sagte: »Bist du sicher?«

Er schüttelte den Kopf, und wir standen eine Weile schweigend da. Dann begann er von neuem: »Also was willst du jetzt machen?«

»Ich weiß nicht.«

Er erwiderte: »Was kannst du denn?«

Ohne mir Zeit zu einer Antwort zu lassen, sagte er grinsend: »Streng dich nicht an; ich will für dich antworten: Nichts. Und ich, was kann ich denn? Nichts. Wir können kämpfen, aber es scheint, daß man nicht mehr zu kämpfen braucht. Soll ich dir sagen, was wir sind? Wir sind Arbeitslose.«

Er fluchte.

»Aber um so besser. Herrgott, ich will lieber mein ganzes Leben lang Arbeitsloser sein als für ihre verdammte Republik arbeiten.«

Er legte seine großen Hände auf den Rücken und sah zu, wie die Landschaft vorüberflog. Nach einer Weile zog er ein Stückchen Papier und einen Bleistift aus der Tasche, legte es gegen die Scheibe, kritzelte ein paar Zeilen darauf und hielt mir das Papier hin.

»Da, das ist meine Adresse. Wenn du nicht weißt, wohin, brauchst du nur zu mir zu kommen. Ich habe nur ein Zimmer, aber in meiner Bude ist für einen alten Kameraden von der Abteilung Günther immer Platz.«

»Bist du sicher, dein Zimmer frei vorzufinden?«

Er fing an zu lachen.

»Was das angeht, ja!« Dann setzte er hinzu: »Meine Wirtin ist eine Witwe.«

In H. ging ich sofort zu Onkel Franz. Es war finster, ein feiner Regen fiel, ich hatte keinen Mantel und war vom Kopf bis zu den Füßen durchnäßt.

Die Frau von Onkel Franz öffnete.

»Ach, du bist es«, sagte sie, als ob sie mich erst am Tag vorher gesehen hätte, »komm doch herein.«

Sie war eine große, dürre, verdrießlich aussehende Frau mit einem Anflug von Schnurrbart und schwarzen Haaren auf den Wangen. Unter der Lampe im Vorsaal erschien sie mir sehr gealtert.

»Deine Schwestern sind da.«

Ich sagte: »Und Onkel Franz?«

Sie sah mich von oben herab an und sagte trocken: »In Frankreich gefallen.« Dann setzte sie hinzu: »Nimm hier die Überschuhe. Du machst alles schmutzig.«

Sie ging voraus und öffnete die Küchentür. Zwei junge Mädchen saßen da und nähten. Ich wußte, daß es meine Schwestern waren, aber ich hätte sie schwerlich wiedererkannt.

»Komm doch herein«, sagte meine Tante.

Die beiden jungen Mädchen standen auf und sahen mich unbeweglich an.

»Das ist euer Bruder Rudolf«, sagte meine Tante.

Sie kamen näher und drückten mir nacheinander die Hand, ohne ein Wort zu sagen; dann setzten sie sich wieder.

»Na, setz dich doch, das kostet nichts«, sagte die Tante.

Ich setzte mich und betrachtete meine Schwestern. Sie waren sich immer etwas ähnlich gewesen, aber jetzt konnte ich sie überhaupt nicht mehr unterscheiden. Sie hatten wieder zu nähen angefangen und warfen mir von Zeit zu Zeit einen verstohlenen Blick zu.

»Hast du Hunger?« fragte die Tante.

Ihre Stimme klang falsch, und ich sagte: »Nein, Tante.«

»Wir haben schon gegessen, aber wenn du Hunger gehabt hättest …«

»Danke, Tante.«

Es entstand ein neues Schweigen, dann sagte Tante: »Wie schlecht du aber angezogen bist, Rudolf.«

Meine Schwestern hoben die Köpfe und sahen mich an.

»Das ist die Windjacke, in der ich fortgegangen bin.«

Daraufhin schüttelte die Tante vorwurfsvoll den Kopf und nahm ihre Arbeit wieder auf.

Ich fügte hinzu: »Sie haben uns die Uniform nicht lassen wollen, weil es die Kolonialausrüstung war.«

Von neuem trat ein Schweigen ein. Tante sagte: »Da bist du nun also.«

»Ja, Tante.«

»Deine Schwestern sind groß geworden.«

»Ja, Tante.«

»Du wirst hier alles verändert finden. Das Leben ist sehr hart. Man hat nichts mehr zu essen.«

»Ich weiß.«

Sie seufzte und machte sich wieder an ihre Arbeit. Meine Schwestern hielten den Kopf gesenkt und nähten, ohne ein Wort zu sagen. So verging eine ganze Weile. Dann plötzlich erstarrte die Stille. Es lag eine Spannung in der Luft, und ich begriff, um was es ging. Meine Tante wartete darauf, daß ich von meiner Mutter sprechen und nach Einzelheiten ihrer Krankheit und ihres Todes fragen sollte. Dann würden meine Schwestern zu weinen anfangen, meine Tante eine pathetische Erzählung loslassen, und ohne mich irgendwie direkt anzuklagen, würde aus ihrer Erzählung hervorgehen, daß ich es sei, der Mutters Tod verursacht hätte.

»Na«, sagte die Tante nach einer Weile, »du bist nicht gerade gesprächig, Rudolf.«

»Nein, Tante.«

»Man sollte nicht glauben, daß du zwei Jahre von zu Hause weg warst.«

»Ja, Tante, zwei Jahre.«

»Du scheinst dich nicht sehr für uns zu interessieren.«

»Doch, Tante.«

Mir war die Kehle wie zugeschnürt, ich dachte: ›Jetzt kommt der Augenblick‹, und sagte: »Ich wollte euch eben fragen …«

Die drei Frauen hoben den Kopf und sahen mich an. Ich unterbrach meine Rede. In ihrer Erwartung lag etwas Entsetzliches und Freudiges, das mir durch und durch ging, und, ich weiß nicht warum, statt zu sagen: ›Wie ist Mama gestorben?‹, wie ich beabsichtigt hatte, sagte ich: »Wie ist Onkel Franz gestorben?«

Es entstand ein lastendes Stillschweigen, und meine Schwestern blickten die Tante an.

»Sprich mir nicht von diesem Taugenichts«, sagte die Tante mit eisiger Stimme. Dann setzte sie hinzu: »Er hatte nur eins im Kopf – wie alle Männer. Kämpfen, kämpfen, immer nur kämpfen … und den Mädchen nachlaufen!«

Ich stand auf, die Tante sah mich an.

»Du gehst schon?«

»Ja.«

»Hast du schon eine Wohnung gefunden?«

Ich log. »Ja.«

Sie richtete sich auf.

»Um so besser. Hier ist es zu eng. Und dann habe ich schon deine Schwestern da. Aber eine Nacht oder zwei hätte es sich einrichten lassen.«

»Danke, Tante.«

Sie sah mich scharf an und betrachtete meine Kleidung.

»Du hast keinen Mantel?«

»Nein, Tante.«

Sie überlegte.

»Warte. Ich habe vielleicht einen alten Mantel von deinem Onkel.«

Sie ging hinaus, und ich blieb mit meinen Schwestern allein. Sie nähten, ohne die Köpfe zu heben. Ich sah sie nacheinander an und sagte: »Wer von euch ist denn Bertha?«

»Ich.«

Die, die geantwortet hatte, hob ihr Gesicht, unsere Blicke trafen sich, und sie blickte sofort wieder weg. Man mußte in der Familie nicht gut von mir gesprochen haben.

»Da«, sagte die Tante, als sie wieder hereinkam, »probier einmal den.«

Es war ein abgetragener, fadenscheiniger, mottenlöcheriger grüner Raglanmantel, der für mich viel zu groß war. Ich erinnerte mich nicht, Onkel Franz jemals darin gesehen zu haben. Onkel Franz trug sich in Zivil immer sehr elegant.

»Danke, Tante.«

Ich zog ihn an.

»Man müßte ihn kürzer machen lassen.«

»Ja, Tante.«

»Er ist noch gut, weißt du. Wenn du ihn schonst, geht er noch lange.«

»Ja, Tante.«

Sie lächelte. Sie sah stolz und gerührt aus. Sie hatte mir einen Mantel geschenkt. Ich hatte nicht von Mutter gesprochen, und trotzdem hatte sie mir einen Mantel geschenkt. Alles Unrecht war auf meiner Seite.

»Bist du zufrieden?«

»Ja, Tante.«

»Willst du wirklich keine Tasse Kaffee?«

»Nein, Tante.«

»Du kannst noch ein bißchen bleiben, wenn du willst, Rudolf.«

»Danke, Tante. Ich muß gehen.«

»Na, ich halte dich nicht.«

Bertha und Gerda standen auf und gaben mir die Hand. Sie waren beide etwas größer als ich.

»Besuch uns wieder, wann du willst«, sagte Tante.

Ich stand auf der Schwelle der Küche mitten zwischen den drei Frauen. Die Schultern des Mantels fielen mir auf die Oberarme herunter, und meine Hände verschwanden in den Ärmeln. Plötzlich erschienen mir die drei Frauen sehr groß, eine von ihnen drehte den Kopf zur Seite, es gab einen Knacks, und ich hatte den Eindruck, als berührten ihre Füße nicht mehr den Boden, sondern tanzten in der Luft wie die der gehängten Araber in Es Salt. Dann verwischten sich ihre Gesichter, die Mauern der Küche schwanden, eine erstarrte, eiskalte Wüste tat sich vor mir auf, und in der unermeßlichen Weite waren, so weit der Blick reichte, nur Puppen zu sehen, die in der Luft hingen und sich unablässig drehten.

»Na«, sagte eine Stimme, »hörst du denn nicht? Ich habe gesagt, du kannst wiederkommen, wann du willst.«

Ich sagte: »Danke«, und schritt schnell der Vorsaaltür zu. Die Schöße des Mantels schlugen fast an meine Fersen.

Meine Schwestern blieben in der Küche. Meine Tante begleitete mich.

»Morgen früh«, sagte sie, »mußt du Doktor Vogel aufsuchen. Gleich morgen. Versäume das nicht.«

»Nein, Tante.«

»Dann auf Wiedersehen, Rudolf.«

Sie öffnete die Tür. Ihre Hand lag hart und kalt in der meinen.

»Du bist also froh, den Mantel zu haben?«

»Sehr froh, Tante.«

Ich stand wieder auf der Straße. Die Tante schloß sofort die Tür, und ich hörte, wie sie drin den Riegel vorschob. Ich blieb unter der Tür stehen, ich hörte ihre Schritte verklingen, und es war gerade so, als ob ich noch im Hause wäre. Ich sah förmlich Tante die Küchentür aufmachen, sich hinsetzen und ihre Arbeit aufnehmen, und das Ticktack der Wanduhr klang in der Stille frostig und hart. Nach einer Weile würde Tante meine Schwestern anblicken und kopfschüttelnd sagen: »Er hat nicht einmal von seiner Mutter gesprochen!« Dann würden meine Schwestern zu weinen anfangen, Tante würde sich ein paar Tränen abwischen, und alle drei würden zusammen glücklich sein.

Die Nacht war kalt, es fiel ein leichter feiner Regen, ich kannte den Weg nicht genau und brauchte eine halbe Stunde, um zu der Adresse zu gelangen, die mir Schrader gegeben hatte.

Ich klopfte, und nach einer Weile öffnete eine Frau. Sie war groß, blond und hatte einen starken Busen.

»Frau Lippmann?«

»Das bin ich.«

»Ich möchte Unteroffizier Schrader sprechen.«

Sie blickte auf meinen Mantel und fragte barsch: »In welcher Angelegenheit?«

»Ich bin ein Freund von ihm.«

»Sie sind ein Freund von ihm?«

Sie musterte mich noch einmal und sagte: »Treten Sie ein.«

Ich trat ein, und wieder betrachtete sie meinen Mantel.

»Folgen Sie mir.«

Ich folgte ihr über einen langen Korridor. Sie klopfte an eine Tür, öffnete sie, ohne eine Antwort abzuwarten, und sagte mit zusammengekniffenen Lippen: »Ein Freund von Ihnen, Herr Schrader.«

Schrader war in Hemdsärmeln. Er drehte sich verblüfft um. »Du bist es! Schon! Komm doch herein! Was machst du denn für ein Gesicht! Und der Mantel! Wo hast du bloß den Fetzen her? Komm herein! Frau Lippmann, ich stelle Ihnen den Unteroffizier Lang von der Abteilung Günther vor. Einen deutschen Helden, Frau Lippmann!«

Frau Lippmann nickte mir zu, gab mir aber nicht die Hand.

»Aber so komm doch herein!« sagte Schrader mit plötzlich ausbrechender Lustigkeit. »Komm doch herein! Und Sie auch, Frau Lippmann! Und zieh erst mal diesen Fetzen aus. So siehst du viel besser aus. Frau Lippmann! Frau Lippmann!«

Frau Lippmann girrte: »Ja, Herr Schrader.«

»Frau Lippmann, lieben Sie mich?«

»Ach«, sagte Frau Lippmann mit einem verzückten Blick, »was für Sachen Sie sagen, Herr Schrader! Und noch dazu vor Ihrem Freund!«

»Wenn Sie mich lieben, dann holen Sie mir sofort Bier und belegte Brote … was Sie kriegen können … für den Jungen hier, für mich und auch für Sie, Frau Lippmann. Wenigstens wenn Sie mir die Ehre antun, mit mir zu speisen.«

Er zog seine dichten Brauen hoch, blinzelte ihr schelmisch zu, umschlang sie und machte mit ihr pfeifend einige Walzerschritte durchs Zimmer.

»Ach, Herr Schrader«, sagte Frau Lippmann mit einem girrenden Lachen, »ich bin doch viel zu alt zum Walzertanzen.«

»Was? Zu alt?« sagte Schrader. »Kennen Sie denn nicht das französische Sprichwort?«

Er flüsterte ihr einige Worte ins Ohr, und sie schüttelte sich vor Lachen. Er ließ sie los.

»Und dann, hören Sie zu, Frau Lippmann, bringen Sie eine Matratze für den Jungen. Er wird heute abend hier schlafen.«

Frau Lippmann hörte auf zu lachen und kniff die Lippen zusammen.

»Hier?«

»Los, los!« sagte Schrader. »Er ist eine Waise, er kann doch nicht auf der Straße schlafen. Herrgott, er ist ein deutscher Held! Frau Lippmann, für einen deutschen Helden muß man auch etwas tun können!«

Sie verzog schmollend den Mund, und er fing an zu schreien: »Frau Lippmann! Frau Lippmann! Wenn Sie sich weigern, weiß ich nicht, was ich mit Ihnen mache.«

Er nahm sie in seine Arme, hob sie wie eine Feder hoch und begann mit ihr im Zimmer herumzulaufen, während er rief: »Sie holt der Wolf! Sie holt der Wolf!«

»Ach, Sie sind ja verrückt, Herr Schrader!« sagte sie und lachte dabei wie ein kleines Mädchen.

»Los, mein Schatz!« sagte er und setzte sie zu Boden, recht derb, wie mir schien. »Los, meine Liebe! Los!«

»Aber nur Ihnen zu Gefallen, Herr Schrader.«

Und als sie durch die Tür ging, gab er ihr einen tüchtigen Klaps auf den Hintern. »Aber Herr Schrader!« sagte sie, und man hörte ihr girrendes Lachen auf dem Korridor verklingen.

Nach einer Weile kam sie wieder. Wir tranken Bier und aßen Schmalzbrote, und Schrader überredete Frau Lippmann, uns Schnaps und noch mehr Bier zu bringen. Wir tranken weiter, Schrader redete unaufhörlich, die Witwe wurde immer röter und girrte immer mehr. Gegen elf Uhr zog sich Schrader mit ihr zurück; nach einer halben Stunde kam er mit einer Handvoll Zigaretten allein wieder.

»Da«, sagte er mit düsterer Miene, während er mir die Hälfte davon auf die Matratze warf, »man muß für einen deutschen Helden etwas tun können.«

Am folgenden Nachmittag begab ich mich zu Doktor Vogel. Ich nannte dem Dienstmädchen meinen Namen, sie kam nach einer kleinen Weile zurück und sagte mir, der Herr Doktor würde mich gleich empfangen. Ich wartete etwa eine Dreiviertelstunde im Salon. Die Geschäfte des Doktor Vogel mußten seit dem Kriege gut gegangen sein, denn das Zimmer war so luxuriös geworden, daß ich es gar nicht wiedererkannte.

Endlich kam das Dienstmädchen zurück und führte mich in das Arbeitszimmer. Doktor Vogel saß hinter einem riesigen leeren Schreibtisch. Er war dick geworden und ergraut, aber sein Gesicht war immer noch schön.

Er blickte auf meinen Mantel, winkte mir, näher zu kommen, drückte mir mit eisiger Miene die Hand und wies auf einen Sessel.

»Nun, Rudolf«, sagte er und legte seine beiden Hände flach auf den Tisch, »da bist du also.«

»Ja, Herr Doktor Vogel.«

Er sah mich eine ganze Weile an. Sein Körper und seine Hände zeigten keine Bewegung. Sein Gesicht mit den kraftvollen, regelmäßigen Zügen, das Gesicht eines römischen Kaisers, wie Vater sagte, sah wie eine schöne starre Maske aus, in deren Schutz seine graublauen Augen sich unaufhörlich bewegten und umherhuschten.

»Rudolf«, sagte er mit seiner tiefen, metallisch klingenden Stimme, »ich will dir keinen Vorwurf machen.«

Er machte eine Pause und sah mich an.

»Nein, Rudolf«, wiederholte er mit Nachdruck, »ich will dir keinen Vorwurf machen. Was du getan hast, kann niemand ungeschehen machen. Die Verantwortung, die du trägst, ist schwer genug; ich brauche wohl nichts weiter hinzuzufügen. Übrigens habe ich dir ja geschrieben, wie ich über dein Ausreißen dachte und über die nicht wiedergutzumachenden Folgen, die es hatte.«

Er hob mit schmerzlicher Miene den Kopf und setzte hinzu: »Ich glaube, ich habe damit genug gesagt.«

Er hob leicht die rechte Hand.

»Was geschehen ist, ist geschehen. Es handelt sich jetzt um deine Zukunft.«

Er blickte mich mit ernster Miene an, als erwarte er eine Antwort, aber ich sagte nichts.

Er beugte den Kopf leicht vornüber und schien sich zu sammeln.

»Du kennst den Willen deines Vaters. Ich bin jetzt der Vollstrecker seines Willens. Ich habe deinem Vater versprochen, alles zu tun, was in meiner Macht steht, in moralischer wie in materieller Hinsicht, um die Durchführung zu sichern.«

Er hob den Kopf wieder und blickte mir in die Augen.

»Rudolf, ich muß dir jetzt eine Frage vorlegen. Hast du die Absicht, den Willen deines Vaters zu achten?«

Es entstand ein Schweigen, er trommelte mit den Fingerspitzen auf den Tisch, und ich sagte: »Nein.«

Doktor Vogel schloß für den Bruchteil einer Sekunde die Augen, aber kein Muskel seines Gesichts bewegte sich.

»Rudolf«, sagte er in ernstem Ton, »der Wille eines Toten ist heilig.«

Ich antwortete nicht darauf.

»Du weißt sehr gut«, fuhr er fort, »daß dein Vater in diesem Punkt selbst durch ein Gelübde gebunden war.«

Und da ich nichts sagte, setzte er hinzu: »Durch ein heiliges Gelübde.«

Ich schwieg noch immer, und nach einer Weile begann er wieder: »Deine Seele ist verhärtet, Rudolf, und ohne Zweifel darf man darin die Folgen deines Vergehens erblicken. Aber du wirst sehen, Rudolf, die Vorsehung wendet wirklich die Dinge zum Guten. Denn während sie, um dich zu strafen, aus deinem Herzen eine Wüste machte, legte sie gleichzeitig sozusagen das Heilmittel neben das Übel und schuf günstige Bedingungen für deine Erlösung. – Rudolf«, fuhr er nach einer Weile fort, »als du deine Mutter im Stich ließest, ging das Geschäft gut, eure finanzielle Lage war gut … oder wenigstens«, fuhr er mit hochmütiger Miene fort, »befriedigend. Beim Tod deiner Mutter habe ich einen Geschäftsführer eingesetzt. Er ist ein arbeitsamer Mensch und ein guter Katholik. Er ist über jeden Verdacht erhaben. Aber die Geschäfte gehen wirklich sehr schlecht, und was der Laden jetzt einbringt, reicht kaum aus, um die Pension für deine Schwestern zu bezahlen.«

Er faltete die Hände.

»Bisher habe ich diese peinliche Lage beklagt, aber heute merke ich, daß das, was ich für ein ungerechtes Unglück hielt, in der Tat nur eine verhüllte Wohltat war. Ja, Rudolf, die Vorsehung wendet die Dinge zum Guten, und ihr Wille scheint mir sehr klar zu sein: Sie bestimmt deinen Weg.«

Er machte eine Pause und sah mich an.

»Rudolf«, fuhr er lauter fort, »du mußt wissen, daß es für dich gegenwärtig nur eine Möglichkeit gibt, zu studieren, eine einzige, nämlich als Student der Theologie mit einem bischöflichen Stipendium in einem Internat. Was du darüber hinaus notwendig brauchst, werde ich persönlich dir als Vorschuß geben.«

Seine blauen Augen fingen plötzlich an zu glänzen, anscheinend ohne sein Wissen, aber sofort senkte er seine Lider. Dann legte er wieder seine gepflegten Hände flach auf den Tisch und wartete. Ich betrachtete sein schönes, gefühlloses Gesicht und fing an, ihn aus Leibeskräften zu hassen.

Er begann wieder: »Nun, Rudolf?«

Ich schluckte meinen Speichel hinunter und sagte: »Können

Sie mir nicht für ein anderes Studium als das theologische Vorschuß geben?«

»Rudolf! Rudolf!« sagte er mit einem halben Lächeln. »Wie kannst du so etwas von mir verlangen? Wie kannst du von mir verlangen, dir dabei zu helfen, deinem Vater ungehorsam zu sein, wo ich der Vollstrecker seines Letzten Willens bin?«

Darauf war nichts zu erwidern. Ich stand auf. Er sagte milde: »Setz dich, Rudolf, ich bin noch nicht zu Ende.«

Ich setzte mich wieder.

»Du bist in heller Empörung, Rudolf«, sagte er mit einem Ton von Trauer in seiner schönen, tiefen Stimme, »und willst den Wink, den dir die Vorsehung gibt, nicht sehen. Und der Wink ist doch so deutlich. Indem sie dich vernichtet, indem sie dich in Armut stürzt, zeigt sie dir den einzig möglichen Weg, den sie für dich wünscht, den dein Vater für dich gewählt hat ...«

Darauf antwortete ich ebensowenig. Doktor Vogel legte die Hände übereinander, beugte sich leicht vor und sagte, während er mich durchdringend ansah: »Bist du sicher, Rudolf, daß dieser Weg nicht der für dich richtige ist?«

Dann senkte er die Stimme und sagte mild, fast liebevoll: »Bist du sicher, daß du nicht zum Priester geschaffen bist? Prüfe dich, Rudolf! Regt sich in dir nichts, das dich zum Leben eines Priesters beruft?«

Er hob seinen schönen weißen Kopf.

»Hast du kein Verlangen, Priester zu werden? – Nun, du antwortest nicht, Rudolf«, sagte er nach einer Weile, »und ich weiß, daß es einst dein Traum war, Offizier zu werden. Aber du weißt es selbst, Rudolf, es gibt kein deutsches Heer mehr. Überlege doch, was kannst du also jetzt machen? Ich begreife dich nicht.«

Er machte eine Pause, und da ich noch immer nicht antwortete, wiederholte er leicht ungeduldig: »Ich begreife dich nicht. Was hält dich denn davon ab, Priester zu werden?«

Ich sagte: »Mein Vater.«

Doktor Vogel wurde dunkelrot, seine Augen funkelten, er erhob sich zu seiner ganzen Größe und schrie: »Rudolf!«

Ich stand meinerseits auf. Er sagte mit erstickter Stimme: »Du kannst gehen.«

Ich schritt in meinem viel zu langen Mantel durch das ganze Zimmer. An der Tür angekommen, hörte ich seine Stimme: »Rudolf!«

Ich drehte mich um. Er saß an seinem Schreibtisch, die Hände flach vor sich auf der Tischplatte. Sein schönes Gesicht war wieder geglättet.

»Überleg es dir! Du kannst wiederkommen, wann du willst. Meine Vorschläge bleiben unverändert.«

Ich sagte: »Danke, Herr Vogel.«

Und ich ging hinaus. Auf der Straße ging ein leichter eisiger Regen nieder, ich schlug den Kragen meines Mantels hoch und dachte: ›Nun gut! Das ist vorbei. Das ist endgültig vorbei.‹

Ich lief aufs Geratewohl drauflos, ein Auto streifte mich, der Chauffeur fluchte, und ich merkte, daß ich, wie ein Soldat unter Waffen, auf dem Fahrdamm marschierte. Ich ging auf den Fußweg zurück und setzte meinen Weg fort.

Ich kam in eine belebte Gegend, junge Mädchen überholten mich lachend und drehten sich meines Mantels wegen um. Ein offener Lastwagen fuhr vorüber. Er war vollgestopft mit Soldaten und mit Arbeitern in ihrer Arbeitskleidung. Alle trugen sie ein Gewehr und eine rote Armbinde. Sie sangen die Internationale. Aus der Menge heraus stimmte man im Chor ein. Ein dürres Männchen, barhäuptig, mit geschwollenem Gesicht, überholte mich. Es trug eine feldgraue Uniform, und an der dunkleren Färbung des Stoffes an den Schultern erkannte ich, daß ihm die Abzeichen seines Ranges abgerissen worden waren. Ein anderer Lastwagen fuhr vorüber, voller Arbeiter, sie schwenkten Gewehre und riefen: »Hoch Liebknecht!« Die Menge erwiderte im Chor: »Liebknecht! Liebknecht!« Sie war jetzt so dicht, daß ich nicht weiter konnte. Eine plötzliche Gegenströmung warf mich beinahe um, ich hielt mich am Arm meines rechten Nachbarn fest und sagte: »Entschuldigen Sie bitte!« Der Mann hob den Kopf, er war ziemlich alt, sehr ordentlich gekleidet, und seine Augen blickten traurig. Er sagte: »Keine Ursache.« Die Menge rückte weiter, ich fiel wieder gegen ihn und fragte: »Wer ist Liebknecht?« Er warf mir einen mißtrauischen Blick zu, sah sich um und schlug die Augen nieder, ohne zu antworten. Dann hörte man Schüsse, alle Fenster wurden geschlossen, und die Menge fing an zu laufen. Sie zog mich mit vorwärts, ich bemerkte rechts eine Seitenstraße, drängte mich durch, erreichte sie und rannte hinein. Nach fünf Minuten merkte ich, daß ich in einem Labyrinth enger Straßen war, die ich nicht kannte. Ich ging aufs Geratewohl eine von ihnen entlang. Der Regen hatte aufgehört. Da rief eine Stimme: »Du! Der Judenjunge da!«

Ich drehte mich um. Zehn Meter entfernt von mir, in einer Seitenstraße, sah ich einen Trupp Soldaten und einen Unteroffizier.

»Du da!«

»Ich?«

»Ja, du!«

Ich schrie wütend: »Ich bin kein Jude.«

»Ach was!« sagte der Unteroffizier. »Nur ein Jude trägt so einen Mantel.«

Die Soldaten fingen an zu lachen, während sie mich musterten. Ich zitterte vor Wut.

»Ich verbitte mir, daß man mich einen Juden nennt.«

»Sachte, Kerl!« sagte der Unteroffizier. »Mit wem glaubst du, daß du sprichst? Komm mal ein bißchen näher und zeig deine Papiere.«

Ich ging hin, nahm Haltung an und sagte: »Unteroffizier Lang, Dragonerregiment 28, Asienkorps.«

Der Unteroffizier runzelte die Stirn und sagte kurz: »Deine Papiere.«

Ich reichte sie ihm. Er prüfte sie lange und mißtrauisch, dann hellte sich sein Gesicht auf, und er gab mir einen kräftigen Schlag auf den Rücken.

»Entschuldige, Dragoner! Aber du verstehst, dein Mantel. Du sahst so komisch aus. Wie ein Spartakist.«

»Hat nichts zu sagen.«

»Und was machst du denn hier?«

»Ich gehe spazieren.«

Die Soldaten lachten, und einer rief: »Das ist kein Wetter zum Spazierengehen.«

»Er hat recht«, sagte der Unteroffizier, »geh nach Hause! Es wird gleich Krawall geben.«

Ich sah ihn an. Vor kaum zwei Tagen trug auch ich Uniform, hatte Männern zu befehlen und Vorgesetzte, die mir Befehle gaben.

Ich erinnerte mich an die Rufe der Menge und fragte: »Kannst du mir sagen, wer Liebknecht ist?«

Die Soldaten platzten laut heraus, und der Unteroffizier lächelte.

»Wie«, sagte er, »das weißt du nicht? Wo kommst du denn her?«

»Aus der Türkei.«

»Ach richtig!« sagte der Unteroffizier.

»Liebknecht«, sagte ein kleiner braunhaariger Soldat, »ist der neue Kaiser.«

Und alle fingen an zu lachen. Dann sah mich ein großer Blonder mit einem groben Gesicht prüfend an und sagte langsam, mit starkem bayrischem Akzent: »Liebknecht, das ist der Schweinehund, wegen dem wir hier stehen.« Der Unteroffizier sah mich lächelnd an und sagte: »Los, geh nach Hause!«

»Und wenn du Liebknecht triffst«, rief der kleine braune Soldat, »sag ihm, wir warten auf ihn.«

Und er schwenkte sein Gewehr. Seine Kameraden lachten. Es war das Lachen von Soldaten, frei und fröhlich.

Ich entfernte mich, ich hörte ihr Gelächter schwächer werden, und das Herz krampfte sich mir zusammen. Ich war in Zivil, ich hatte eine Bleibe bei Schrader, keinen Beruf und in der Tasche gerade so viel, um acht Tage leben zu können.

Ich fand wieder ins Stadtzentrum zurück und war überrascht, es so belebt zu sehen. Die Läden waren geschlossen, aber in den Straßen wimmelte es von Menschen, der Verkehr war sehr stark, und niemand hätte denken können, daß zehn Minuten vorher geschossen worden war. Ich ging mechanisch geradeaus, und plötzlich trat die Krise ein. Eine Frau ging ganz nahe an mir vorbei. Sie lachte. Sie machte dabei den Mund weit auf, ich sah ihr rosiges Zahnfleisch, ihre glänzenden Zähne, die mir riesig erschienen, Furcht würgte mich, die Gesichter der Passanten glitten ohne Unterlaß an mir vorbei, wurden größer und schwanden wieder, und plötzlich waren es nur noch Kreise; Augen, Nase, Mund, Farbe, alles verschwamm, es waren nur noch weißliche Kreise wie die Augen von Blinden, sie schwollen an, wenn sie auf mich zukamen, wie zitterndes Gallert, sie wurden noch größer und berührten fast mein Gesicht, ich bebte vor Entsetzen und Abscheu, es gab einen harten Klang, alles verschwand, und dann tauchte zehn Schritt vor mir ein anderer weißer, milchiger Kreis auf und kam, größer werdend, auf mich zu. Ich schloß die Augen, blieb stehen, von Furcht gelähmt, und eine Hand preßte mir die Kehle zu, wie um mich zu erwürgen.

Mir strömte der Schweiß herunter, ich holte tief Atem und

wurde allmählich ruhiger. Ich fing wieder an, ziellos weiterzulaufen, immer geradeaus. Die Gegenstände sahen fahl und verschwommen aus.

Plötzlich blieb ich wider Willen stehen, wie wenn jemand mir »Halt!« zugerufen hätte. Mir gegenüber war ein steinerner Torbogen, und unter dem Torbogen stand ein sehr schönes schmiedeeisernes Gittertor offen.

Ich ging über die Straße, durch das Gittertor und die Stufen hinauf. Ein vertrautes derbes Gesicht erschien, und eine Stimme sagte: »Was wollen Sie?«

Ich blieb stehen, blickte umher, alles war verschwommen und grau wie in einem Traum, und ich sagte mit einer Stimme wie von weit her: »Ich möchte Pater Thaler sprechen.«

»Der ist nicht mehr da.«

Ich wiederholte: »Nicht mehr da?«

»Nein.«

Ich fuhr fort: »Ich bin ein alter Schüler.«

»Es schien mir auch so«, sagte die Stimme. »Warten Sie mal, sind Sie nicht der Kleine, der mit sechzehn Jahren sich freiwillig meldete?«

»Ja.«

»Mit sechzehn Jahren!« sagte die Stimme.

Ein Schweigen entstand. Alles war grau und gestaltlos. Das Gesicht des Mannes schien über mir zu schweben wie ein Ballon.

Von neuem ergriff mich Furcht, ich wandte die Augen weg und sagte: »Darf ich eintreten und einmal herumgehen?«

»Gewiß. Die Schüler haben Unterricht.«

Ich sagte: »Danke«, und trat ein. Ich ging über den Hof der Unterklassen, dann über den der Mittelklassen, und endlich kam ich in meinen Hof. Ich überquerte ihn in der Diagonale. Ich sah vor mir eine Steinbank. Es war die Bank, auf die man Hans Werner gelegt hatte.

Ich schlug einen Bogen, um sie zu meiden, setzte meinen Weg fort, erreichte die Kapellmauer, dann machte ich kehrt, stellte meine Hacken an den Fuß der Mauer und ging los, meine Schritte zählend.

So verging eine ganze Weile, und mir war, als hätte mich jemand sanft und kräftig in seine Arme genommen und wiegte mich.

Gerade zu dem Zeitpunkt, als wir nur noch ein paar Pfennige besaßen, fand Schrader für uns beide eine Anstellung in einer kleinen Fabrik, die Metallschränke herstellte. Schrader wurde in die Malerwerkstatt gesteckt, was ihm täglich einen halben Liter Magermilch eintrug.

Die Arbeit, die man mir anvertraute, war leicht. Ich nahm die Schranktüren eine nach der andern und schlug mit einem Hammer einen kleinen Stahlbolzen in die Türbänder ein, um ihnen die richtige Form für die Angeln zu geben. Einen Schlag auf den Kopf des Bolzens, damit er hineinging, zwei kleine Schläge von der Seite, damit er Spiel bekam, und dann zog ich ihn mit der linken Hand heraus. Ich legte immer vier Türen übereinander auf die Werkbank. Wenn eine Tür fertig war, ließ ich sie hinuntergleiten und lehnte sie an einen Pfeiler. Wenn alle vier Türen fertig waren, trug ich sie an einen andern Pfeiler, links neben dem Monteur, der sie in die Angeln der Schränke einsetzte.

Da die Türen ziemlich schwer waren, trug ich anfangs immer nur eine. Aber nach einer Stunde befahl mir der Meister, zwei auf einmal zu nehmen, um Zeit zu sparen. Ich gehorchte, aber da fing die Schwierigkeit an. Der Monteur – ein Alter namens Karl – kam viel weniger schnell voran als ich, weil er, nachdem er die Türen eingehängt hatte, noch die schweren, sperrigen Schränke mit der Hand fortbewegen und auf die Karren laden mußte, die sie in die Malerwerkstatt brachten. Ich hatte also einen Vorsprung vor ihm, und die Türen, die ich durchgesehen hatte, fingen an, sich an seinem Pfeiler zu häufen. Der Meister bemerkte es und sagte dem alten Karl, er solle schneller machen. Der strengte sich an, aber selbst dann gelang es ihm nicht mitzukommen, und jedesmal, wenn ich neue Türen brachte, brummte er: »Langsam, Mensch, langsam!« Aber ich sah nicht, wie ich langsamer machen könnte, wenn ich zwei Türen auf einmal trug. Schließlich wurde der Stapel Türen beim alten Karl immer größer, der Meister kam und machte in schrofferem Ton wieder eine Bemerkung. Karl beschleunigte sein Tempo, er wurde ganz rot und schwitzte, aber es half alles nichts. Als die Sirene ertönte, hatte sich sein Rückstand nicht vermindert.

Dann wusch ich mir im Waschraum Hände und Gesicht. Der alte Karl stand neben mir. Er war ein großer, magerer, braunhaariger, bedächtiger Preuße. Er mochte fünfzig Jahre alt sein.

Er sagte zu mir: »Warte auf mich am Ausgang. Ich habe mit dir zu reden.«

Ich nickte, zog meinen Mantel an, gab beim Pförtner meine Marke ab und ging durchs Tor. Der alte Karl wartete schon auf mich. Er winkte mir, ich folgte ihm, wir gingen ein paar Minuten schweigend nebeneinanderher, dann blieb er stehen und sah mir ins Gesicht.

»Hör mal, Junge, ich habe nichts gegen dich, aber so kann das nicht weitergehen. Du bringst mich in Verzug.«

Er sah mich an und wiederholte: »Du bringst mich in Verzug. Und wenn ich im Verzug bin, kann mir die Gewerkschaft nicht helfen.«

Ich sagte nichts, und er fuhr fort: »Du scheinst das nicht zu verstehen. Weißt du, was geschieht, wenn ich in Verzug gerate?«

»Nein.«

»Zuerst Vorhaltungen, dann Abzüge und schließlich ...«, er ließ seine Finger knacken, »... Rausschmiß!«

Ein Schweigen entstand, dann sagte ich: »Ich kann doch nichts dafür. Ich hab gemacht, was der Meister mir gesagt hat.«

Er sah mich eine Weile an.

»Arbeitest du das erstemal in einer Fabrik?«

»Ja.«

»Und vorher, wo warst du da?«

»Beim Heer.«

»Freiwillig gemeldet?«

»Ja.«

Er schüttelte den Kopf und fuhr fort: »Hör mal, du mußt langsamer machen.«

»Aber ich kann doch nicht langsamer machen. Sie haben doch selbst gesehen ...«

»Zuerst mal«, unterbrach mich der alte Karl, »sag nicht Sie zu mir! Was sind das für Manieren?« Er fuhr fort: »Mit dem Kameraden, der vor dir da war, ging alles gut. Und der hatte auch Anweisung, mir zwei Türen auf einmal zu bringen.«

Er brannte sich eine alte, schwarze, schartige Pfeife an.

»Wie viele von den Türbändern, die du einpaßt, meinst du, sind so eng, daß es schwer ist, den Bolzen wieder herauszukriegen?«

Ich überlegte.

»Einer von fünfzehn oder zwanzig.«

»Und da verlierst du Zeit?«

»Ja.«

»Na hör mal, es gibt doch auch Türbänder, in die der Bolzen ohne Hammer wie geschmiert reingeht?«

»Ja.«

»Und da sparst du Zeit?«

»Ja.«

»Gut. Hör jetzt gut zu, Junge. Morgen wird von zehn Türbändern eins schwer gehen.«

Ich sah ihn verdutzt an. Er sagte: »Verstehst du das nicht?«

Ich sagte zögernd: »Sie wollen damit sagen, daß ich so tun soll, als ob ich in einem von zehn Fällen Mühe hätte, den Bolzen herauszuziehen.«

»Ganz richtig!« sagte er befriedigt. »Aber das ist noch nicht alles. Wenn du weite Türbänder hast, mußt du den Bolzen mit dem Hammer einschlagen und mit dem Hammer wieder herausklopfen. Verstanden? Sogar, wenn er wie geschmiert hineingeht. Du wirst sehen, alles wird gut gehen. Aber du mußt gleich morgen damit anfangen, denn heute habe ich schon fünf Schränke mehr montiert. Einmal geht das. Die Kameraden in der Malerwerkstatt haben es fertiggebracht, sie anzupinseln. Aber wenn es so weitergeht, wird das nicht mehr möglich sein, verstehst du? Der Meister wird es merken, und wenn er es merkt, dann ist es aus. Er muß dann jeden Tag seine fünf Schränke mehr kriegen! Und da ich das nicht aushalte, würde ich rausfliegen.«

Er zündete seine Pfeife wieder an.

»Hast du also verstanden? Gleich morgen.«

Es entstand ein Schweigen, und ich sagte: »Das kann ich nicht machen.«

Er zuckte die Achseln.

»Mußt vor dem Meister keine Angst haben, Junge. Der Kamerad, der vor dir da war, hat das fünf Jahre lang so gemacht, und niemand hat es gemerkt.«

»Ich habe keine Angst vorm Meister.«

Der alte Karl sah mich erstaunt an.

»Warum willst du dann nicht?«

Ich sah ihm offen ins Gesicht und sagte: »Das ist Sabotage.«

Der alte Karl wurde dunkelrot, und seine Augen blitzten vor Zorn.

»Hör mal, Junge, du bist hier nicht mehr beim Militär! Sabotage! Meine Fresse! Ich bin ein guter Arbeiter, ich hab noch nie Sabotage getrieben.«

Er blieb stehen, er konnte nicht weitersprechen. Er preßte die Pfeife in der rechten Hand, und seine Finger wurden ganz weiß.

Nach einer Weile sah er mich an und sagte leise: »Das ist keine Sabotage, Junge, das ist Solidarität.«

Ich erwiderte nichts darauf, und er fuhr fort: »Überleg doch. Beim Militär gibt es Vorgesetzte und Befehle und sonst nichts. Aber hier gibt es auch Kameraden. Und wenn du nicht auf Kameraden Rücksicht nimmst, wirst du nie ein Arbeiter werden.«

Er drehte mir den Rücken zu und ging davon. Ich kehrte zu Frau Lippmann zurück und traf Schrader in seinem Zimmer beim Rasieren an. Schrader rasierte sich immer abends.

Beim Eintreten sah ich eine Halbliterflasche Magermilch auf dem Tisch stehen, die man ihm in der Fabrik gegeben hatte. Sie war noch halb voll.

»Da«, sagte Schrader, indem er sich umdrehte und mit dem Rasiermesser darauf zeigte, »das ist für dich.«

Ich blickte auf die Flasche. Die Milch sah bläulich aus, aber es war immerhin Milch. Ich wandte den Kopf.

»Nein, Schrader, danke.«

Er drehte sich abermals zu mir um.

»Ich will keine mehr.«

Ich nahm eine halbe Zigarette aus der Tasche und brannte sie mir an.

»Nein, Schrader, das ist deine Milch. Das ist für dich Arznei.«

»Hör mir bloß einer diesen Idioten an!« rief Schrader und hob sein Rasiermesser gen Himmel. »Wenn ich dir sage, daß ich keine mehr will! Los, trink, Dummkopf!«

»Kommt nicht in Frage.«

Er brummte: »Verdammter bayrischer Dickschädel«, dann entblößte er seinen Oberkörper, beugte sich über das Waschbecken und wusch sich unter vielem Prusten.

Ich setzte mich und rauchte weiter. Die Milchflasche stand vor mir. Nach einer Weile setzte ich mich schräg zu ihr, um sie nicht mehr zu sehen.

»Was hat dir denn der alte Karl gesagt?« fragte Schrader, während er sich den Rücken mit dem Handtuch abtrocknete.

Ich erzählte ihm alles. Als ich zu Ende war, warf er den Kopf nach hinten, seine wuchtige Kinnlade schob sich vor, und er fing an zu lachen.

»Ach, so ist das also!« rief er. »In der Malerwerkstatt stöhnten sie alle, daß der alte Karl ihnen zu viele Schränke schickte. Und es war gar nicht der alte Karl, sondern du warst's! Es war der kleine Rudolf!«

Er zog sein Hemd wieder an, aber ohne es in die Hose zu stecken, und setzte sich.

»Und du wirst jetzt tun, was dir der alte Karl gesagt hat, nicht?«

»Kommt nicht in Frage.«

Er sah mich an, und die schwarze Linie seiner Augenbrauen senkte sich auf die Augen herunter.

»Und warum kommt es nicht in Frage?«

»Ich werde dafür bezahlt, diese Arbeit zu verrichten, und meine Pflicht ist es, sie gut zu verrichten.«

»Quatsch!« sagte Schrader. »Du machst sie gut, aber du wirst schlecht bezahlt. Bist du dir klar darüber, daß sie wegen dir den alten Karl rausschmeißen werden?«

Er trommelte mit den Fingerspitzen auf den Tisch und fuhr fort: »Und es ist doch klar, daß der alte Karl nicht zum Meister hingehen kann und sagen: ›Sehen Sie, mit dem Burschen, der vor Rudolf da war, haben wir fünf Jahre lang Beschiß gemacht, und so und so ist das zugegangen.‹«

Er sah mich an, und da ich nichts sagte, setzte er hinzu: »Er sitzt eklig in der Klemme, der alte Karl. Wenn du ihm nicht hilfst, fliegt er.«

»Dafür kann ich nichts.«

Er rieb seine gebrochene Nase mit dem Handrücken.

»Und wenn er fliegt, werden die Kameraden in der Fabrik dich schief ansehen.«

»Dafür kann ich doch nichts.«

»Doch, du kannst was dafür.«

Es entstand ein Schweigen, und dann sagte ich: »Ich tu meine Pflicht.«

»Deine Pflicht!« schrie Schrader und sprang auf, daß die Schöße seines Hemds um ihn herumflogen. »Willst du wissen, wohin deine Pflicht führt? Dazu, daß täglich fünf Schränke mehr gemacht werden, damit der alte Säcke mehr Geld in seine

Taschen kriegt, die schon zum Platzen voll sind. Hast du heute früh den alten Säcke in seinem Mercedes kommen sehen? Mit seiner Fresse wie ein rosa Ferkel und seinem Wanst! Da kannst du sicher sein, daß der nicht auf einer Pritsche schläft. Und die Milch in seinem Morgenkaffee ist auch keine Magermilch, bestimmt nicht. Ich will dir sagen, was die Folge deiner verfluchten ›Pflicht‹ ist, Rudolf: daß der alte Karl auf der Straße liegt und der alte Säcke mehr verdient.«

Ich wartete, bis er sich etwas beruhigt hatte, und sagte: »Solche Erwägungen stelle ich nicht an. Für mich ist die Frage klar. Man stellt mir eine Aufgabe, und meine Pflicht ist es, sie gut und gründlich auszuführen.«

Schrader ging mit bestürzter Miene ein paar Schritte im Zimmer hin und her, dann trat er wieder an den Tisch.

»Der alte Karl hat fünf Kinder.«

Ein Schweigen entstand, und ich sagte sehr schnell, schroff und ohne ihn anzusehen: »Das spielt dabei keine Rolle.«

»Zum Donnerwetter!« schrie Schrader und schlug mit der Faust auf den Tisch. »Du bist widerlich.«

Ich stand auf, verbarg meine zitternden Hände in den Taschen und sagte: »Wenn ich dir widerlich bin, kann ich ja gehen.«

Schrader sah mich an, und sein Zorn verebbte augenblicklich.

»Wahrhaftig, Rudolf«, sagte er mit seiner gewöhnlichen Stimme, »manchmal frage ich mich, ob du nicht verrückt bist.«

Er steckte die Schöße seines Hemdes in die Hose, ging zum Schrank und kam mit Brot, Schmalz und Bier zurück. Er stellte alles auf den Tisch.

»Zu Tisch! Zu Tisch!« sagte er mit erkünstelter Heiterkeit.

Ich setzte mich wieder. Er strich ein Brot und gab es mir herüber. Dann machte er eins für sich und fing an zu essen. Als er damit fertig war, goß er sich ein Glas Bier ein, brannte sich eine halbe Zigarette an, klappte sein Messer zusammen und steckte es in die Tasche. Er sah traurig und müde aus.

»Tja«, sagte er nach einer Weile, »so ist das im Zivilleben. Du steckst im Dreck bis an den Hals, und niemand ist da, der dir Befehle gibt. Niemand, der dir sagt, was du tun sollst. Du mußt immer alles selber entscheiden.«

Ich dachte einen Augenblick darüber nach und war der Meinung, daß er recht hätte.

Als ich am nächsten Morgen meine Arbeit wieder anfing, ging ich beim alten Karl vorbei, er lächelte mir zu und sagte in herzlichem Ton: »Na, Junge?« Ich sagte ihm guten Tag und begab mich an meine Werkbank. Meine Knie waren weich, und Schweiß lief mir zwischen den Schulterblättern den Rücken hinunter. Ich legte vier Türen aufeinander. Die Halle fing an zu vibrieren vom Gekreisch der Maschinen, die das Blech zerschnitten. Ich nahm meinen kleinen Stahlbolzen, meinen Hammer und machte mich an die Arbeit.

Ich stieß zunächst auf schwierige Türbänder, ich verlor etwas Zeit, und als ich die vier ersten Türen zu Karl brachte, lächelte er mich wieder an und flüsterte mir zu: »So klappt es, Junge!« Ich wurde rot und antwortete nicht.

Die nächsten Türbänder waren gleichfalls schwierig, und ich hoffte schon, daß an diesem und den folgenden Tagen alle so sein würden und daß auf diese Weise kein Problem entstünde. Aber nach einer Stunde gab es keine Schwierigkeiten mehr, die Türbänder waren so weit, daß ich den Hammer nicht mehr zu benutzen brauchte, um den Bolzen einzuführen. Ich fühlte, wie mir wieder Schweiß über den Rücken lief. Ich zwang mich, das Denken auszuschalten. Nach ein paar Minuten löste sich etwas in mir, und ich fing an, blindlings, mit der Perfektion einer Maschine, draufloszuarbeiten.

Nach Verlauf einer Stunde stand jemand vor meiner Werkbank; ich blickte nicht auf. Ich sah, wie eine Hand über meine Türen strich, die Hand hielt eine kleine schwarze, ausgebrochene Pfeife, die Pfeife klopfte zweimal hart auf das Metall, und ich hörte die Stimme des alten Karl, der sagte: »Was fällt dir denn ein?« Ich legte den Bolzen an die Öffnung des Türbands, stieß zu, und er ging ohne Schwierigkeit hinein. Ich zog ihn sofort wieder heraus und legte ihn an das zweite Türband. Auch da ging er leicht hinein. Ich zog ihn rasch heraus, und immer, ohne aufzublicken, ließ ich eine Tür hinuntergleiten und lehnte sie gegen den Pfeiler. Die Hand, in der die Pfeife lag, war noch immer da. Sie zitterte leicht. Dann war plötzlich nichts mehr da, und ich hörte Schritte, die sich entfernten.

Die Maschinen ließen die weite Halle vibrieren, ich arbeitete unablässig, ich war tätig und innerlich unbeteiligt, ich hatte kaum das Empfinden, dazusein. Der Karren der Malerwerkstatt kam knarrend an, die Räder kreischten auf dem Zement, und ich hörte den Fahrer wütend zu Karl sagen: »Was fällt dir denn ein? Hat dich Säcke am Reingewinn beteiligt?«

Stille trat ein, ich hielt die Augen gesenkt und sah nur, wie Karls Pfeife sich hob und auf mich zeigte.

Nach einer Weile knarrte der Karren von neuem, ein Schatten glitt an meiner Werkbank vorbei, und die Stimme des Meisters klang deutlich und barsch durch das Zittern der Maschinen: »Ich verstehe das nicht! Was haben Sie denn? Schlafen Sie?« – »Bleiben Sie bloß zehn Minuten bei mir«, sagte die Stimme Karls, »und Sie werden sehen, ob ich schlafe.« Wieder trat Stille ein, der Schatten kam wieder an meiner Werkbank vorbei, und ich hörte den alten Karl leise fluchen. Der Meister kam eine halbe Stunde später noch einmal, aber diesmal konnte ich nicht verstehen, was er sagte.

Nachher hatte ich eine ganze Weile den Eindruck, daß die Augen des alten Karl mich nicht losließen. Ich warf ihm einen raschen Blick zu. Es war nicht der Fall. Er drehte mir den Rücken zu, sein Nacken war gerötet, sein Haar schweißverklebt, und er arbeitete wie ein Verrückter. Es lehnten jetzt so viele Türen an seinem Pfeiler, daß sie ihn in seinen Bewegungen behinderten.

Die Sirene kündete die Mittagspause an, die Maschinen blieben stehen, und Stimmengewirr erfüllte die Halle. Ich ging mir die Hände waschen, wartete auf Schrader und begab mich dann mit ihm nach der Kantine. Sein Gesicht war starr, und er sagte, ohne mich anzusehen: »In der Malerwerkstatt sind sie wütend.«

Als ich die Tür der Kantine öffnete, hörten die lauten Unterhaltungen sofort auf, und ich fühlte, daß alle Blicke auf mich gerichtet waren. Ich sah niemanden an, ging geradewegs auf einen Tisch zu. Schrader folgte mir, und allmählich fingen die Unterhaltungen wieder an.

Die Kantine war ein großer, heller, sauberer Raum mit kleinen rotgestrichenen Tischen und einem Strauß künstlicher Nelken auf jedem Tisch. Schrader setzte sich neben mich, und nach einer Weile stand an einem Nachbartisch ein lang aufgeschossener, abgemagerter Arbeiter auf, den ich »Zigarettenpapier« hatte nennen hören, und setzte sich uns gegenüber. Schrader hob den Kopf und sah ihn scharf an. »Zigarettenpapier« winkte leicht zum Gruß, und ohne ein Wort zu sagen oder uns anzusehen, fing er an zu essen. Die Kantinenwirtin kam mit

Bechern und schenkte Tee ein. Mein Gegenüber drehte den Oberkörper zu ihr um, und ich verstand jetzt, warum man ihn »Zigarettenpapier« nannte. Er war groß und breit, aber wenn man seinen Körper von der Seite sah, hatte man den Eindruck, daß es ihm an Dicke fehle. Ich aß und blickte über seinen Kopf hinweg geradeaus. Mitten auf der ockerfarbenen Wand mir gegenüber war ein großer rechteckiger Fleck in einem etwas dunkleren Ocker, und auf diesen Fleck starrte ich. Von Zeit zu Zeit warf ich einen Blick zu Schrader. Er aß mit gesenktem Kopf, und die schwarze Linie seiner Augenbrauen verdeckte seine Augen.

»Junge«, sagte »Zigarettenpapier«.

Ich sah ihn an. Seine Augen waren farblos. Er lächelte.

»Du arbeitest zum erstenmal in einer Fabrik?«

»Ja.«

»Wo warst du denn vorher?«

Aus seinem Ton ging hervor, daß er es schon wußte.

»Dragonerunteroffizier.«

»Unteroffizier?« sagte »Zigarettenpapier« und pfiff durch die Zähne.

Schrader hob den Kopf und sagte barsch: »Ich auch.«

»Zigarettenpapier« lächelte und umspannte seinen Becher mit beiden Händen. Ich hob den Kopf und sah auf den großen rechteckigen Fleck an der Wand. Ich hörte Schrader sein Messer zusammenklappen, und an dem Stoß seines Ellenbogens gegen meine Hüfte merkte ich, daß er es in die Tasche steckte.

»Junge«, sagte »Zigarettenpapier«, »der alte Karl ist ein guter Kamerad, und wir hätten es nicht gern, wenn er rausgeschmissen würde.«

Ich blickte ihn an. Sein aufreizendes Lächeln erschien wieder, und plötzlich kam mich die Lust an, ihm meinen Becher Tee ins Gesicht zu gießen.

»Und wenn er rausgeschmissen wird«, sagte »Zigarettenpapier«, ohne sein Lächeln aufzugeben, »bist du dran schuld.«

Ich sah auf den rechteckigen Fleck an der Wand, stellte fest, daß dort früher ein Bild gehangen hatte, und fragte mich, warum man es wohl weggenommen hatte. Schrader stieß mich mit dem Ellenbogen an, und ich hörte mich antworten: »Und?«

»Das ist ganz einfach«, sagte »Zigarettenpapier«, »du machst, was der alte Karl dir gesagt hat.«

Schrader spielte auf dem Tisch mit den Fingerspitzen Klavier, und ich sagte: »Nein.«

Schrader hörte auf, Klavier zu spielen, und legte beide Hände flach auf den Tisch. Ich sah »Zigarettenpapier« nicht an, aber ich fühlte, daß er lächelte.

»Schweinehund«, sagte er leise.

Und plötzlich begriff ich: Es war kein Gemälde gewesen, das man von der Wand abgenommen hatte. Es war das Bild des Kaisers gewesen. In der nächsten Sekunde gab es ein klatschendes Geräusch, und im Saal entstand Totenstille. Schrader stand auf und packte mich am Arm.

»Du bist verrückt!« schrie er.

»Zigarettenpapier« stand da und wischte sich mit dem Ärmel das Gesicht ab. Ich hatte ihm meinen Becher Tee ins Gesicht gegossen.

Er sah mich an, seine Augen funkelten, er stand von seinem Stuhl auf und kam auf mich zu. Ich rührte mich nicht.

Schraders Arm bewegte sich zweimal nacheinander blitzartig an mir vorbei, zwei dumpfe Schläge waren zu hören, und »Zigarettenpapier« wälzte sich am Boden. Alle standen auf, ein grollendes Gemurr erhob sich, und mir war, als ob der ganze Saal über uns zusammenschlüge. Ich sah, wie Schraders Hände sich um seinen Stuhl krampften. Die Stimme des alten Karl rief: »Laßt sie rausgehen!« Und mit einemmal öffnete sich für uns ein Weg zur Tür hin. Schrader nahm mich beim Arm und zog mich mit sich fort.

Schrader ging in den Waschraum, um sich die Hände zu waschen. Seine Fingergelenke bluteten. Ich brannte mir einen Zigarettenstummel an. Als Schrader fertig war, hielt ich ihm den Stummel hin. Er tat ein paar Züge und gab ihn mir wieder. Die Fabriksirene ertönte, aber wir warteten noch ein paar Minuten, ehe wir hinausgingen.

Schrader machte einen Umweg, um mich in die Halle zu bringen. Ich stieß die Tür auf und blieb bestürzt stehen. Die Halle war völlig leer. Schrader sah mich an und schüttelte den Kopf. Ich ging an meinen Platz, und nach einem Weilchen verließ mich Schrader.

Ich legte vier Türen auf meine Werkbank und fing an, die Türbänder zu weiten. Dann trug ich immer zwei Türen auf einmal an den Pfeiler des alten Karl. Ich sah auf meine Uhr.

Die Sirene war vor zehn Minuten ertönt. Die riesige Halle war leer.

Die Glastür im Hintergrund öffnete sich, der Meister steckte den Kopf herein und rief: »Zur Direktion!« Ich legte den kleinen Stahlbolzen und den Hammer auf die Werkbank und ging.

An der Tür zur Direktion traf ich Schrader. Er schob mich vor sich her, und ich öffnete die Tür. Ein kleiner Büroangestellter mit einem Rattengesicht stand hinter einem Zahltisch. Er sah uns an, als wir kamen, und rieb sich die Hände.

»Sie sind entlassen!« sagte er leicht lächelnd.

»Warum?« fragte Schrader.

»Tätlichkeiten gegen einen Kameraden.«

Schraders Brauen senkten sich über seine Augen.

»So schnell!«

»Der Arbeiterrat!« sagte das Rattengesicht grinsend. »Sofortige Entlassung oder Streik.«

»Und Säcke hat nachgegeben?«

»Ja, ja, Herr Säcke hat nachgegeben.«

Er legte zwei Umschläge auf den Tisch.

»Da ist die Abrechnung. Anderthalb Tag.«

Dann wiederholte er: »Ja, ja, Herr Säcke hat nachgegeben.«

Er blickte sich um und sagte dann leise: »Du glaubst wohl, wir sind noch in der guten alten Zeit?« Dann fuhr er im gleichen Ton fort: »Da hat also ›Zigarettenpapier‹ eins in die Fresse gekriegt?«

»Zwei«, sagte Schrader.

Das Rattengesicht blickte sich wieder um und flüsterte: »Da ist dem Schweinehund von Spartakisten recht geschehen.«

Und er blinzelte Schrader zu.

»Wir sitzen im Dreck«, sagte er. »So weit haben wir es gebracht. Im dicksten Dreck!«

»Da hast du recht«, sagte Schrader.

»Aber warte nur«, sagte das Rattengesicht und blinzelte von neuem, »nicht immer werden diese Herren oben und wir unten sein.«

»Heil!« sagte Schrader.

Auf der Straße empfing uns derselbe leichte, eisige Regen, der schon seit acht Tagen fiel. Schweigend gingen wir ein paar Schritte, dann sagte ich: »Du hättest nicht dazwischentreten müssen.«

»Laß doch«, sagte Schrader.

Er rieb sich mit dem Handrücken seine gebrochene Nase. »Meiner Meinung nach ist es viel besser so.«

Wir kamen in sein Zimmer. Nach einem Weilchen hörten wir auf dem Korridor den Schritt der Frau Lippmann, Schrader ging hinaus und zog die Tür hinter sich zu.

Zuerst hörte man Lachen, knallende Geräusche und das bekannte Girren. Dann steigerte sich die Stimme der Frau Lippmann. Es war aber kein Girren mehr. Sie war kreischend und schneidend.

»Nein! Nein! Nein! Das habe ich satt. Wenn ihr nicht innerhalb von acht Tagen Arbeit findet, muß dein Freund gehen.«

Ich hörte Schrader fluchen, und dann steigerte er seinerseits seine tiefe Stimme: »Dann geh ich auch!«

Darauf wurde es still. Frau Lippmann sprach lange und leise; dann brach sie plötzlich in ein hysterisches Lachen aus und rief mit gellender Stimme: »Also gut! Abgemacht, Herr Schrader, Sie ziehen aus!«

Schrader kam ins Zimmer zurück und knallte die Tür zu. Er war rot im Gesicht, und seine Augen funkelten vor Zorn. Er setzte sich aufs Bett und sah mich an.

»Weißt du, was die verdammte Hexe mir gesagt hat?«

»Ich hab es gehört.«

Er stand auf.

»Dieses Luder!« sagte er mit erhobenen Armen. »Dieses Luder! Nicht einmal ihr Bauch ist dankbar.«

Dieser Scherz schockierte mich, und ich fühlte, daß ich errötete. Schrader sah mich von der Seite an, sein Gesicht hellte sich wieder auf, er zog sein Hemd aus, nahm seinen Rasierpinsel und begann, sich unter Pfeifen die Backen einzuseifen. Dann nahm er sein Rasiermesser und hielt seinen Ellenbogen genau in Höhe der Schultern. Er hörte auf zu pfeifen, und ich vernahm das beharrliche leichte Kratzen der Klinge auf der Haut.

Nach einer Minute drehte er sich um, mit hocherhobenem Pinsel. Sein Gesicht, mit Ausnahme der Nase und Augen, war ein einziger weißer Schaum, und er sagte: »Sag mal, du scheinst dich nicht viel um Frauen zu kümmern?«

Darauf war ich nicht gefaßt, und ich sagte, ohne zu überlegen: »Nein.« Sofort aber dachte ich ängstlich: ›Jetzt wird er mich sicher ausfragen.‹

»Warum?« sagte Schrader.

Ich blickte weg.

»Ich weiß nicht.«

Er fing von neuem an, den Schaum auf seinem Gesicht zu verteilen.

»Ja, ja«, sagte er, »aber du hast es trotzdem versucht, nicht wahr?«

»Ja, einmal, in Damaskus.«

»Und?«

Da ich nicht antwortete, fing er wieder an: »Wie sitzt du denn da auf deinem Stuhl! Wie ein toter Hering! Und siehst ins Leere! Antworte doch! Erzähle von dem einen Mal! Hat es dir Spaß gemacht, ja oder nein?«

»Ja.«

»Na also.«

Ich gab mir einen Ruck und sagte: »Es hat mich nicht zur Wiederholung veranlaßt.«

Er erstarrte, den Rasierpinsel in der Hand. »Weshalb denn nicht? War sie unsympathisch?«

»O nein.«

»Hatte sie einen Geruch an sich?«

»Nein.«

»So sprich doch! War sie vielleicht nicht hübsch?«

»Doch … ich glaube.«

»Du glaubst!« sagte Schrader lachend. Dann fuhr er fort: »Was ist denn schiefgegangen?«

Ein Schweigen trat ein, dann wiederholte er: »Los, sprich doch!«

»Na ja«, sagte ich verlegen, »ich mußte mit ihr die ganze Zeit reden. Ich fand das ermüdend.«

Schrader sah mich an, machte ganz große Augen, sperrte den Mund auf und brach in ein Gelächter aus.

»Herrgott!« sagte er. »Du bist doch ein komischer kleiner Hering, Rudolf.«

In mir flammte plötzlich Zorn auf, und ich sagte: »Schweig!«

»Ach, du bist komisch, Rudolf«, rief Schrader, noch lauter lachend, »und soll ich dir was sagen, Rudolf? Ich frage mich, ob du nicht besser getan hättest, trotz allem Priester zu werden.«

Ich schlug mit der Faust auf den Tisch und heulte auf »Schweig!«

Nach einer Weile drehte sich Schrader um, sein rechter Ellenbogen hob sich langsam, und durch die Stille erklang wieder das leise Kratzen.

Frau Lippmann brauchte nicht die acht Tage abzuwarten, die sie uns Aufschub gewährt hatte. Zwei Tage nach unserer Entlassung aus der Fabrik stürmte Schrader ins Zimmer und schrie wie ein Verrückter: »Los, Mensch, los! Es werden Freiwillige für die Freikorps gesucht!« Drei Tage später verließen wir H., neu eingekleidet und mit Waffen ausgerüstet.

Frau Lippmann weinte sehr. Sie begleitete uns auf den Bahnhof, sie schwenkte auf dem Bahnsteig ihr Taschentuch, und Schrader, der hinter dem Fenster des Abteils stand, sagte zwischen den Zähnen: »Sie war verrückt, aber sie war nicht übel.« Ich saß auf der Bank, der Zug ruckte an, ich betrachtete meine Uniform und hatte das Gefühl, daß ich wieder zu leben anfing.

Man wies uns an den Grenzschutz in W., zur Abteilung Roßbach. Oberleutnant Roßbach gefiel uns. Er war hoch aufgeschossen, sein aschblondes Haar lichtete sich auf der Stirn schon etwas. Er hielt sich steif, wie andere Offiziere, aber zugleich lag in seinen Bewegungen eine gewisse Anmut.

Er verzehrte sich vor Ungeduld, und wir auch. In W. war nichts zu tun. Man wartete auf Befehle, und die Befehle kamen nicht. Von Zeit zu Zeit hörte man, was in Lettland vorging, und man beneidete die deutschen Freikorps, die gegen die Bolschewisten kämpften. Gegen Ende Mai erfuhr man, daß sie Riga eingenommen hatten, und zum erstenmal hörte man von Leutnant Albert Leo Schlageter, der an der Spitze einer Handvoll Männer als erster in die Stadt eingedrungen war.

Die Einnahme von Riga war die letzte große Tat der »Baltikumer«. Bald kamen die ersten Schlappen, und Roßbach erklärte uns das falsche Spiel Englands. Solange die Bolschewisten die baltischen Provinzen besetzt hielten, hatte es trotz des Waffenstillstands die Augen vor der Anwesenheit deutscher Truppen in Lettland verschlossen. Und die »Herren im Gehrock« in der deutschen Republik verschlossen sie auch. Als aber einmal die Bolschewisten geschlagen waren, merkte England »mit Erstaunen«, daß die »Baltikumer« im Grunde eine flagrante Verletzung des Waffenstillstands darstellten. Unter seinem Druck rief die deutsche Republik die »Baltikumer«

zurück. Aber die kamen nicht. Merkwürdig, sie verwandelten sich in ein Korps weißrussischer Freiwilliger. Es schien sogar, daß sie anfingen, russisch zu singen … Ein Gelächter brach los, und Schrader klatschte sich auf die Schenkel.

Kurz darauf erfuhren wir mit Bestürzung, daß die »Herren im Gehrock« den Vertrag von Versailles unterzeichnet hatten. Aber Roßbach berührte dies mit keinem Wort. Die Nachricht schien ihn überhaupt nicht zu betreffen. Er sagte nur, das wahre Deutschland wäre nicht in Weimar, sondern überall, wo deutsche Männer weiterkämpften.

Leider wurden die Nachrichten über die »Baltikumer« immer schlimmer. England hatte die Litauer und Letten gegen sie bewaffnet. Sein Gold floß in Strömen, seine Flotte ankerte vor Riga und hißte die lettische Flagge, um auf unsere Truppen schießen zu können.

Gegen Mitte November sagte uns Roßbach, daß die »Baltikumer« uns die Ehre erwiesen, uns zu Hilfe zu rufen. Dann machte er eine Pause und fragte uns, ob es uns gleichgültig wäre, von den »Herren im Gehrock« als Rebellen angesehen zu werden. Wir lächelten, und Roßbach sagte, er zwänge keinen und diejenigen, die es wollten, könnten zurückbleiben. Niemand muckste sich, Roßbach sah uns an, und seine blauen Augen strahlten vor Stolz.

Wir setzten uns in Marsch, und die deutsche Regierung sandte eine Abteilung des Heeres, um uns aufzuhalten. Aber die Abteilung war schlecht ausgesucht worden; sie vereinigte sich mit uns. Kurze Zeit später fand das erste Treffen statt. Litauische Truppen stellten sich uns entgegen. In weniger als einer Stunde waren sie weggefegt. Am Abend lagerten wir auf litauischem Boden und sangen: »Wir sind die letzten deutschen Männer, die am Feind geblieben sind.« Das war das Lied der »Baltikumer«. Wir kannten den Text schon seit mehreren Monaten. Aber an diesem Abend fühlten wir zum erstenmal, daß wir das Recht hatten, es zu singen.

Einige Tage später bahnte sich die Abteilung Roßbach einen Weg durch die lettischen Truppen und befreite die in Thorensberg eingeschlossene deutsche Besatzung. Aber gleich darauf begann der Rückzug. Schnee fiel unaufhörlich auf die Steppen und Sümpfe Kurlands, es wehte ein eisiger Wind, wir kämpften Tag und Nacht, und ich weiß nicht, was Leutnant von Ritterbach gedacht haben würde, wenn er gesehen hätte, daß wir die Letten genauso behandelten, wie die Türken die Araber behandelt hatten. Wir zündeten Dörfer an, wir plünderten Gutshöfe, wir fällten Bäume, wir machten keinen Unterschied zwischen Zivilisten und Soldaten, zwischen Männern und Frauen, zwischen Erwachsenen und Kindern. Alles, was lettisch war, war dem Tode geweiht. Wenn man einen Gutshof eingenommen und seine Bewohner niedergemetzelt hatte, warf man die Leichen in den Brunnen und ein paar Handgranaten darauf; am Abend schaffte man dann alle Möbel auf den Hof und machte damit ein Freudenfeuer; die Flammen stiegen hoch und hell über dem Schnee empor. Schrader sagte leise zu mir: »Das mag ich gar nicht«, ich antwortete nichts, ich sah zu, wie die Möbel sich schwärzten und in den Flammen zusammenschrumpften, und ich hatte das Gefühl, daß die Dinge sehr wirklich waren, da man sie zerstören konnte.

Die Abteilung Roßbach war zusammengeschmolzen, wir gingen immer weiter zurück. Bei Mitau, Anfang November, fand in einem Wald ein blutiger Kampf statt, dann hörten die Letten auf, uns zuzusetzen, es herrschte eine kurze Zeit Ruhe, kaum daß noch ein paar Kugeln pfiffen. Schrader stand auf und lehnte sich an eine Tanne. Er lächelte müde, schob seinen Helm nach hinten und sagte: »Herrgott! Das bißchen Leben gefällt mir doch.« In demselben Augenblick beugte er sich leicht vornüber, sah mich überrascht an, ging langsam in die Knie, senkte verlegen die Augen und brach zusammen. Ich kniete bei ihm nieder und legte ihn auf den Rücken. Er hatte ein winzig kleines Loch in der linken Brust und kaum ein paar Tropfen Blut auf seiner Bluse.

Darauf kam der Befehl zum Angriff, wir stießen vor, das Gefecht dauerte den ganzen Tag, dann zogen wir uns zurück, und am Abend lagerten wir wieder im Wald. Kameraden, die zurückgeblieben waren, um die Stellung vorzubereiten, teilten mir mit, daß sie Schrader begraben hätten. Die Leiche war gefroren, und da sie die Beine nicht hatten biegen können, hatten sie ihn im Sitzen begraben. Sie übergaben mir seine Erkennungsmarke. Kalt und glänzend lag sie in meiner hohlen Hand. An den folgenden Tagen, während wir zurückgingen, dachte ich viel an Schrader. Ich sah ihn unbeweglich unter der Erde sitzen. Und manchmal sah ich ihn im Traum, wie er verzweifelt versuchte, sich aufzurichten und die harte, eiskalte Erde über seinem Kopf zu sprengen. Trotzdem litt ich nicht sehr darunter, ihn nicht mehr an meiner Seite zu sehen.

Die »Baltikumer« kehrten in kleinen Tagemärschen nach Ostpreußen zurück. Die deutsche Republik wollte uns verzeihen, daß wir für Deutschland gekämpft hatten. Sie schickte uns nach S. in Garnison. Und es war wieder dasselbe wie in W. Wir hatten nichts zu tun. Man wartete. Schließlich brach, wie zur Belohnung, der Tag des Kampfes an. Die Bergarbeiter an der Ruhr, von Juden und Spartakisten aufgehetzt, traten in den Streik, der Streik wurde zum Aufruhr, und man schickte uns hin, ihn zu unterdrücken. Die Spartakisten waren ziemlich gut mit leichten Waffen ausgerüstet, sie kämpften tapfer und waren Meister im Straßenkampf. Aber der Kampf war für sie hoffnungslos, wir besaßen Kanonen und Minenwerfer, sie wurden unerbittlich zusammengeschlagen; jeder, der eine rote Armbinde trug, wurde unverzüglich erschossen.

Es kam nicht selten vor, daß wir unter den gefangenen Spartakisten ehemalige Kameraden aus den Freikorps entdeckten, die durch die jüdische Propaganda irregeführt worden waren. Ende April traf ich in Düsseldorf unter einem Dutzend roter Arbeiter, die ich zu bewachen hatte, einen gewissen Henckel wieder, der in Thorensberg und in Mitau an meiner Seite gekämpft hatte. Er lehnte mit seinen Kameraden an einer Mauer, der Verband, den er um den Kopf trug, war blutbefleckt, und er sah sehr bleich aus. Ich sprach ihn nicht an, und es war mir unmöglich zu sehen, ob er mich erkannt hatte. Der Leutnant kam auf seinem Motorrad an, sprang ab und überflog die Gruppe mit einem Blick, ohne sich ihr zu nähern. Die Arbeiter saßen längs einer Mauer, regungslos, schweigend, die Hände auf den Knien. Nur ihre Augen zeigten Leben. Sie waren auf den Leutnant gerichtet. Ich eilte herbei und bat um Befehle. Der Leutnant preßte die Lippen zusammen und sagte: »Wie gewöhnlich.« Ich teilte ihm mit, daß ein ehemaliger »Baltikumer« dabei sei. Er fluchte zwischen den Zähnen und verlangte, ich solle ihn ihm bezeichnen. Ich wollte auf Henckel nicht mit der Hand zeigen und sagte: »Der mit dem Kopfverband.« Der Leutnant sah ihn an und rief leise: »Das ist doch Henckel!« Nach einer Weile schüttelte er den Kopf und sagte rasch: »Wie schade! Ein so guter Soldat!« Dann bestieg er sein Motorrad, ließ den Motor aufbrummen und fuhr los. Die Arbeiter sahen ihm nach. Als er um die Ecke der Straße verschwunden war, standen sie auf, sogar ohne meinen Befehl abzuwarten.

Ich stellte zwei Mann an die Spitze der Kolonne, einen auf jede Seite, und ich selbst beschloß den Zug. Henckel ging allein im letzten Glied, gerade vor mir. Ich gab ein Kommando, die Kolonne setzte sich in Bewegung. Ein paar Meter marschierten die Arbeiter mechanisch im Gleichschritt, dann sah ich einige von ihnen fast zur gleichen Zeit den Schritt wechseln, der Marschrhythmus war zum Teufel, und ich begriff, daß sie es absichtlich getan hatten. Der rechte Begleitmann drehte im Marschieren den Oberkörper herum und fragte mich mit einem Blick. Ich zuckte die Achseln. Der Mann lächelte, zuckte seinerseits die Achseln und drehte sich wieder um.

Henckel hatte sich etwas zurückfallen lassen. Er marschierte jetzt rechts neben mir auf gleicher Höhe. Er war sehr bleich und blickte vor sich hin. Dann hörte ich jemanden ganz leise summen. Ich wandte den Kopf, Henckels Lippen bewegten sich, ich näherte mich etwas, er warf mir einen raschen Blick zu, seine Lippen bewegten sich von neuem, und ich hörte: »Wir sind die letzten deutschen Männer, die am Feind geblieben sind.« Ich fühlte, daß er mich anblickte, und nahm wieder Abstand. Nach ein paar Metern sah ich von der Seite, wie Henckel nervös das Gesicht hob, es immer mehr nach rechts drehte und nach vorn blickte. Ich blickte in dieselbe Richtung, aber es war nichts zu sehen als eine kleine Straße, die in unsere mündete. Henckel ließ sich immer weiter zurückfallen, er war jetzt hinter mir und summte: »Wir sind die letzten deutschen Männer, die am Feind geblieben sind«, mit leiser, bittender Stimme, aber ich konnte mich nicht entschließen, ihn anzusprechen, um ihm zu sagen, er solle schneller gehen und still sein. In diesem Augenblick kam links von mir mit lautem Geklapper eine Straßenbahn vorbei, mechanisch drehte ich den Kopf hin, und im selben Augenblick hörte ich von rechts das Geräusch des Laufschritts, ich drehte mich um: Henckel lief davon. Er hatte schon fast die Ecke der kleinen Straße erreicht, als ich mein Gewehr hochriß und schoß: er drehte sich zweimal um sich selbst und fiel auf den Rücken.

Ich rief »Halt!«, die Kolonne blieb stehen, ich eilte zu Henckel hin, ein Beben lief durch seinen Körper, er sah mich starr an. Ohne anzulegen, schoß ich aus weniger als einem Meter Entfernung noch einmal, ich zielte auf den Kopf, die Kugel schlug auf den Bürgersteig. Zwei Meter von mir entfernt kam aus einem Hause eine Frau. Sie blieb wie angenagelt mit verstörtem Blick auf der Schwelle stehen. Ich schoß noch zweimal ohne Erfolg. Schweiß lief mir den Hals herunter, meine Hände zitterten. Henckel starrte mich an. Schließlich setzte ich die Mündung der Waffe an seinen Verband, sagte leise: »Verzeihung, Kamerad!« und drückte ab. Ich hörte einen gellenden Schrei, ich wandte den Kopf, die Frau hielt ihre schwarzbehandschuhten Hände vor die Augen und schrie wie eine Verrückte.

Nach den Kämpfen an der Ruhr schlug ich mich noch in Oberschlesien mit den polnischen Aufständischen herum, die, insgeheim von der Entente unterstützt, Deutschland die Gebiete zu entreißen suchten, welche die Volksabstimmung ihm gelassen hatte. Die Freikorps warfen die Sokols siegreich zurück, und die neue, von der Interalliierten Kommission aufgestellte Demarkationslinie bestätigte den Raumgewinn unserer Truppen. »Die letzten deutschen Männer« hatten nicht umsonst gekämpft.

Doch kurz darauf erfuhren wir, daß die deutsche Republik zum Dank dafür, daß wir die Ostgrenzen verteidigt, einen Spartakistenaufstand unterdrückt und Deutschland zwei Drittel von Oberschlesien erhalten hatten, uns auf die Straße warf. Die Freikorps wurden aufgelöst; Widerspenstige wurden verhaftet und mit Gefängnis bedroht. Ich kehrte nach H. zurück, wurde dort entlassen und erhielt meine Zivilkleider und den Mantel des Onkel Franz zurück.

Ich suchte Frau Lippmann auf und teilte ihr den Tod Schraders mit. Sie schluchzte sehr und behielt mich zum Übernachten da. Aber an den folgenden Tagen gewöhnte sie sich an, jeden Augenblick in mein Zimmer zu kommen und mit mir von Schrader zu reden. Wenn sie am Ende war, wischte sie ihre Tränen ab, blieb noch eine Weile, ohne etwas zu sagen, brach dann plötzlich in ein girrendes Gelächter aus und begann mich zu necken. Schließlich behauptete sie, stärker zu sein als ich, und daß sie bei einem Ringkampf mich mit beiden Schultern auf den Boden legen könnte. Da ich die Herausforderung nicht annahm, faßte sie mich um den Leib, ich kämpfte, um mich von ihr frei zu machen, sie drückte fester, wir wälzten uns auf dem Fußboden, ihr Atem wurde schwer, ihr Busen und ihre Schenkel preßten sich an meinen Körper; es ekelte mich an und machte mir gleichzeitig Vergnügen. Endlich gelang es mir, mich frei zu machen, sie stand auch auf, rot und schwitzend, warf mir einen bösen Blick zu, beschimpfte mich, und manchmal versuchte sie sogar, mich zu schlagen. Nach einer Weile geriet ich dann in Zorn, ich schlug zurück, sie klammerte sich an mich, ihr Atem ging immer schneller, sie keuchte, und alles begann wieder von neuem.

Eines Abends brachte sie eine Flasche Schnaps und Bier mit. Ich war den ganzen Tag herumgelaufen, um Arbeit zu suchen, ich war traurig und müde. Frau Lippmann holte Fleisch; nach jedem Bissen goß sie mir Bier und Schnaps ein, sie trank mit, und als wir mit Essen fertig waren, fing sie an, von Schrader zu sprechen, zu weinen und Schnaps zu trinken. Gleich darauf schlug sie mir vor, mit ihr zu ringen, sie faßte mich um den Leib und wälzte sich mit mir auf dem Boden herum. Ich forderte sie auf, mein Zimmer zu verlassen. Sie fing an, wie verrückt zu lachen, es wäre ihre Wohnung, und sie würde mir zeigen, ob ich ihr etwas zu sagen hätte. Daraufhin ging das Gebalge wieder los. Dann trank sie wieder Schnaps, füllte auch mein Glas, weinte, sprach von ihrem verstorbenen Mann, von Schrader, von einem anderen Mieter, den sie vor ihm gehabt hätte. Sie sagte immer wieder, Deutschland sei kaputt, alles wäre kaputt, auch die Religion wäre kaputt, es gäbe keine Moral mehr, und die Mark sei nichts mehr wert. Was sie betreffe, so wäre sie mir gut, aber ich hätte überhaupt kein Herz, ich wäre, wie Schrader sagte, ein »toter Hering«, er hätte recht gehabt, ich liebte nichts und niemanden, und am nächsten Tag werde sie mich ganz bestimmt hinauswerfen. Darauf traten ihr die Augen aus dem Kopf, und sie schrie: »Raus, mein Herr, raus!« Dann stürzte sie auf mich los, um mich zu schlagen, sie kratzte und biß. Wir wälzten uns noch einmal auf dem Boden, und sie preßte mich an sich, daß ich fast erstickte. Es drehte sich mir im Kopf, mir war, als kämpfte ich schon stundenlang mit dieser Furie, es war wie ein Alpdruck, ich wußte nicht mehr, wo ich war, noch wer ich war. Schließlich packte mich ein rasender Zorn, ich warf mich auf sie, schlug auf sie ein und nahm sie.

Am nächsten Morgen verließ ich in der Dämmerung das Haus wie ein Dieb und sprang in den Zug nach M.

1922

In M. war ich nacheinander Erdarbeiter, Handlanger in einer Fabrik, Laufbursche und Zeitungsverkäufer. Aber diese Beschäftigungen dauerten nie lange, und in immer häufigeren Zwischenräumen reihte ich mich in die große Masse der deutschen Arbeitslosen ein. Ich nächtigte in Asylen, ich versetzte meine Taschenuhr, ich lernte hungern. Im Frühjahr 1922 hatte ich unerhörtes Glück. Es gelang mir, als Handlanger beim Bau einer Brücke eingestellt zu werden, die voraussichtlich in drei Monaten fertig sein würde. Während dieser drei Monate war ich also beinahe sicher, wenn die Mark nicht noch mehr sank, mir eine dritte Mahlzeit leisten zu können.

Zuerst entlud ich Sandwagen, das war eine ziemlich beschwerliche Arbeit, aber man konnte wenigstens zwischen zwei Schaufelwürfen verschnaufen. Leider versetzte man mich nach zwei Tagen an eine Betonmaschine, und von der ersten Stunde an fragte ich mich voller Angst, ob ich die Kraft besäße, es auszuhalten. Ein kleiner Wagen brachte uns den Sand und kippte ihn hinter der Maschine aus; zu viert mußten wir mit unsern Schaufeln ohne Unterbrechung eine riesige Schraube füttern, die zugleich mit dem Zement den Sand in den Mischbottich hineinzog. Die Betonmaschine drehte sich unbarmherzig, man mußte ihr unablässig Futter hinschütten, es war keine Sekunde zu verlieren; sobald das Metall der Schraube sichtbar wurde, fing der Meister an zu schimpfen.

Ich hatte das scheußliche Gefühl, in ein Räderwerk geraten zu sein. Der Elektromotor brummte über unseren Köpfen, der Kamerad, der ihn bediente – ein gewisser Siebert –, nahm von Zeit zu Zeit einen Sack Zement, riß ihn auf und schüttete den Inhalt in den Trichter. Sogleich rieselte Zementstaub auf uns nieder, setzte sich an uns fest und blendete uns. Ich schaufelte unablässig, das Kreuz tat mir weh, die Beine zitterten fortwährend, und es gelang mir nicht, richtig Atem zu holen.

Der Meister pfiff, und jemand sagte halblaut: »Zwölf Uhr fünf. Das Schwein hat uns wieder fünf Minuten gestohlen.«

Ich warf meine Schaufel hin, machte taumelnd einige Schritte und ließ mich auf einen Kieshaufen fallen.

»Es geht wohl nicht?« sagte Siebert.

»Es geht schon.«

Ich holte mein Mittagbrot aus der Tasche: Brot mit ein bißchen Schmalz darauf. Ich fing an zu kauen. Ich empfand Hunger und gleichzeitig Übelkeit. Die Knie zitterten mir.

Siebert setzte sich neben mich. Er war sehr groß und mager, er hatte eine lange, spitzige Nase, schmale Lippen und abstehende Ohren.

»Siebert«, hörte ich eine Stimme, »du mußt dem Meister sagen, daß Mittag um zwölf Uhr ist.«

»Ja, ja, Zitronenschale«‹, sagte Siebert grinsend.

Sie sprachen ganz in meiner Nähe, aber ihre Stimmen klangen sehr entfernt.

»Das Schwein wird seine Uhr herausziehen und sagen: ›Genau zwölf Uhr, mein Herr‹.«

Ich blickte auf. Die Sonne trat aus einer Wolke hervor und beleuchtete die Betonmaschine, die ein paar Schritte hinter mir stand. Sie war ganz neu, hellrot angestrichen. Neben ihr stand eine Lore auf Schienen. Davor waren Schaufeln in den Sand gestoßen. Auf der anderen Seite der Betonmaschine erhob sich das Förderband, das den frischen Beton bis zur Brücke beförderte. Mir war übel, ich hatte Ohrensausen, ich sah alles verschwommen und verzerrt, während ich mein Brot kaute. Plötzlich fühlte ich Angst aufsteigen, ich senkte die Augen, es war zu spät; der Wagen, die Betonmaschine, die Schaufeln waren lächerlich klein geworden, wie Spielzeug, sie fingen an, mit einer tollen Geschwindigkeit in das Nichts zurückzuweichen; eine schwindelnde Leere tat sich auf, vor mir und hinter mir war alles leer, und in dem Leeren lag Erwartung, als ob etwas Furchtbares hereinbrechen wollte, das viel schrecklicher war als der Tod.

Eine Stimme traf mein Ohr, ich sah meine Hände. Sie waren fest geschlossen, mein linker Daumen rieb den rechten in seiner ganzen Länge, ich blickte darauf hin, ich fing an, leise zu zählen: »Eins, zwei, drei, vier ...«, es war wie ein Krampf, dann löste sich alles. Rechts neben mir sah ich das große abstehende Ohr Sieberts, jemand sagte: »Donnerwetter! Weißt du, was dieses Schwein macht? Vor zwölf stellt er seine Uhr fünf Minuten zurück. Warum sagst du ihm das nicht?«

Die Stimme drang wie durch dichte Lagen Baumwolle zu mir, aber es war eine Stimme, ich verstand, was sie sagte, und hörte eifrig zu.

»Ach, wenn er nicht die Frau hätte und das kranke Mädchen!«

Sie saßen da, ich beobachtete sie und versuchte, mich an ihre Namen zu erinnern. Siebert, »Zitronenschale«, Hugo, und der Kleine neben ihm, der blasse, braunhaarige, wie hieß er doch? Eine heftige Übelkeit befiel mich, ich legte mich der Länge nach auf den Boden. Nach einer Weile hörte ich: »Essen mußt du, nicht wahr?«

»Ja, ja.«

Ich hörte zu, ich klammerte mich an ihre Stimmen, ich hatte Angst, daß sie schweigen würden.

»Der liebe Gott hätte uns Deutschen keinen Magen machen sollen.«

»Oder aber einen Magen, der Sand frißt, wie die verdammte Maschine.«

Jemand lachte, ich schloß die Augen und dachte: ›Der kleine Braunhaarige heißt Edmund.‹ Meine Knie zitterten.

»Dir ist wohl nicht gut?«

Ich schlug die Augen auf. Eine lange, spitzige Nase beugte sich über mich. Es war Siebert. Ich bemühte mich zu lächeln und fühlte, wie die Kruste platzte, die der Zementstaub und der Schweiß auf meinen Backen gebildet hatten.

»Es geht wieder.« Und ich setzte hinzu: »Danke schön.«

»Das ist gratis«, sagte Siebert.

»Zitronenschale« lachte. Ich schloß wieder die Augen, ein schriller Pfiff zerriß die Luft, ein paar Sekunden verstrichen, ich kam nicht hoch, dann fühlte ich, wie mich jemand an den Schultern rüttelte.

»Los, komm!« sagte Siebert.

Schwankend erhob ich mich, nahm meine Schaufel und sagte halblaut: »Ich verstehe das nicht. Ich war doch immer kräftig.«

»Ach was«, sagte »Zitronenschale«, »das hat mit der Kraft nichts zu tun, sondern mit dem Essen. Wie lange warst du denn arbeitslos?«

»Vier Wochen.«

»Na ja, wie ich sage, es kommt aufs Essen an. Sieh doch die verdammte Maschine. Wenn du ihr nichts zu fressen gibst, funktioniert sie auch nicht. Aber die, Mensch, die wird gepflegt! Die wird gefüttert! Die ist auch Geld wert.«

Siebert senkte den linken Arm, der Motor brummte, die riesige Schraube zu unseren Füßen fing an, sich langsam zu drehen. »Zitronenschale« warf eine Schaufel voll Sand hinein.

»Vorwärts!« sagte er voller Haß. »Friß!«

»Da, alte Hure!« sagte Edmund.

»Da!« sagte »Zitronenschale«. »Friß! Friß!«

»Friß und krepiere!« sagte Edmund.

Es regnete Sand. Ich dachte: ›Edmund, er heißt Edmund.‹ Es trat Schweigen ein. Ich warf einen Blick auf »Zitronenschale«. Er strich mit dem Daumenrücken über seine Stirn und schüttelte den Schweiß von der Hand ab.

»Ach was«, sagte er bitter, »wir werden krepieren!«

Meine Arme waren ohne Kraft. Jedesmal, wenn ich die Schaufel hob, zitterte ich. Ich empfand eine Leere, ich hörte nichts mehr und fragte mich ängstlich, ob sie wohl weitersprechen würden.

»Hugo«, sagte »Zitronenschale«.

Es war gerade so, als ob man die Nadel auf eine Grammophonplatte aufsetzte. Ich horchte, ich wollte die Stimme nicht überhören.

»Wieviel kostet so eine Betonmaschine?«

Hugo spuckte aus.

»Ich kaufe keine.«

»Zweitausend Mark«, rief Siebert, während er einen Sack Zement aufriß.

Der Zementstaub flog umher, hüllte uns ein, und ich mußte husten.

»Und was kosten wir denn?« sagte »Zitronenschale«.

»Das Stück?«

»Ja.«

Ein Schweigen entstand. Aber war es wirklich ein Schweigen? Sprachen sie wirklich nicht?

»Zwanzig Pfennig.«

»Und das ist noch gut bezahlt«, sagte Edmund.

»Zitronenschale« schaufelte wütend drauflos.

»Das kann man wohl sagen.«

»Was kann man sagen?«

»Daß der Mensch sehr billig ist.«

Ich wiederholte leise: »Daß der Mensch sehr billig ist«, dann hörte ich mit einemmal nichts mehr.

Ich setzte die Schaufel ein, sie stieß an, der Stiel rutschte mir aus der Hand, ich schlug der Länge nach hin, mein Kopf fiel nach hinten, und die Sonne erlosch.

Jemand sagte: »Steh auf, Herrgott noch mal!«

Ich schlug die Augen auf, alles um mich herum war undeutlich, das gelbe, verwitterte Gesicht von »Zitronenschale« tanzte vor meinen Augen.

»Der Meister ist da. Steh auf!«

Eine Stimme sagte: »Er wird dich entlassen.«

Sie schaufelten alle wie die Verrückten. Ich sah ihnen zu, aber ich konnte mich nicht bewegen.

»Machen wir!« sagte Siebert und hob die linke Hand.

Der Motor hörte auf zu brummen, und »Zitronenschale« setzte sich still neben mich. Der Kies knirschte hinter ihm, und ich sah, wie im Nebel, vor meinem Gesicht die glänzenden schwarzen Stiefel des Meisters.

»Was ist los?«

»Eine Störung«, sagte Sieberts Stimme.

Edmund setzte sich und sagte ganz leise: »Dreh ihm den Rücken zu! Du siehst ganz weiß aus.«

»Immer noch?«

»Ein schlechter Kontakt.«

»Schnell, Mensch, schnell!«

»Noch zwei Minuten.«

Ein Schweigen entstand, der Kies knirschte, und Hugo sagte halblaut: »Auf Wiedersehen, Schweinehund.«

»Da«, sagte Sieberts Stimme, »trink mal!«

Der Schnaps floß in meine Kehle.

»Siebert«, sagte Hugo, »ich fühle mich auch ganz schwach.«

»Friß Sand.«

Es gelang mir aufzustehen.

»Geht es wieder?« sagte »Zitronenschale«.

Ich nickte und sagte: »Es war wirklich ein Glück, daß es eine Störung gab.«

Sie fingen laut an zu lachen, und ich sah sie alle nacheinander verwirrt an.

»Junge, Junge«, rief »Zitronenschale«, »du bist noch dümmer als der Meister.«

Ich blickte Siebert an. »Du hast das gemacht?«

»Zitronenschale« drehte sich zu Siebert um und sagte mit komischem Erstaunen: »Du hast das gemacht?«

Das Gelächter verdoppelte sich. Siebert lächelte mit seinen dünnen Lippen und schüttelte den Kopf.

Ich sagte schroff: »Das war unrecht von dir.«

Das Lachen verstummte. Hugo, Edmund und »Zitronenschale« sahen mich an.

»Zitronenschale« sagte mit verhaltener Wut: »Und wenn ich dir jetzt die Schaufel in die Fresse schlage, hätte ich da unrecht?«

»Schweinehund«, sagte Edmund.

Es entstand ein Schweigen, dann sagte Siebert: »Genug. Er hat recht. Wenn wir das richtige Regierungssystem hätten, brauchte man das nicht zu machen.«

»Mit deinem System«, sagte »Zitronenschale«, »du weißt, was ich davon halte.«

Siebert lachte und sah mich an.

»Störung beseitigt?«

»Vorwärts!« sagte »Zitronenschale« wütend, »vorwärts! Keine Minute verloren! Man könnte dem Chef unrecht tun.«

»Na, geht's?« sagte Siebert und blickte mich an.

Ich nickte, er senkte den linken Arm, der Motor brummte, und die Schraube zu unsern Füßen fing wieder an, sich mit unerbittlicher Langsamkeit zu drehen.

An den folgenden Tagen vermehrten sich meine Krisenzustände. Aber es zeigte sich darin eine beachtenswerte Veränderung. Die Dinge blieben, was sie waren. Es gab keine Leere mehr, sondern nur eine Erwartung. Wenn man ein Orchester hört und die Trommel sich vernehmen läßt, liegt für uns in dem scharfen, dumpfen Schlag etwas Geheimnisvolles, Drohendes, Feierliches. Genauso empfand ich. Der ganze Tag war für mich mit Trommelwirbeln ausgefüllt. Etwas Furchtbares kündigte sich an, in meiner Kehle steckte ein Kloß, und ich wartete, wartete in wilder Angst auf etwas, das nicht kam. Die Trommelschläge hörten auf, ich hatte den Eindruck, von einem Alpdruck zu erwachen, und plötzlich war es mir, als wäre die Welt nicht mehr wirklich. Man hatte hinter meinem Rücken die Dinge verändert, sie trugen alle eine Maske. Ich blickte mich voller Mißtrauen und Angst um. Die Sonne, die meine Schaufel glänzen ließ, log. Der Sand log. Die rote Betonmaschine log. Und in diesen Lügen steckte ein grausamer Sinn. Alles verschwor sich gegen mich. Eine drückende Stille senkte sich herab. Ich beobachtete die Kameraden, ihre Lippen bewegten sich, ich vernahm kein einziges Wort, aber ich verstand sehr gut, daß sie absichtlich ihre Lippen bewegten, ohne zu sprechen, um mich glauben zu machen, ich sei verrückt.

Ich hatte Lust, ihnen zuzurufen: ›Ich durchschaue euer Spiel, ihr Schweinehunde!‹

Ich öffnete schon den Mund, aber plötzlich flüsterte mir eine Stimme etwas ins Ohr, die dumpf und abgehackt klang, die Stimme meines Vaters.

Acht Stunden täglich handhabte ich die Schaufel. Sogar nachts im Traum handhabte ich sie. Oft träumte ich, daß ich nicht schnell genug schaufelte, das glänzende blanke Metall der Schraube erschien, der Meister fing an zu schimpfen. In Schweiß gebadet, wachte ich auf, die Hände um einen unsichtbaren Stiel gekrampft. Manchmal sagte ich mir: »Du bist jetzt zur Schaufel geworden. Du bist eine Schaufel.«

So vergingen einige Tage, und ich faßte den Entschluß, mich zu töten. Ich bestimmte dazu den Sonnabend, denn um essen zu können, hatte ich Siebert auf meinen künftigen Lohn hin angeborgt, und ich wollte meine Schulden zurückzahlen, ehe ich starb.

Der Sonnabend kam, und ich bezahlte meine Schulden. Mir blieb noch so viel, daß ich drei Tage davon leben konnte, wenn ich sehr bescheiden war. Ich entschloß mich, alles gleich am selben Tag auszugeben und mich vor dem Tode wenigstens noch einmal satt zu essen. Ich benutzte die Straßenbahn, und bevor ich in meine Kammer hinaufstieg, kaufte ich Speck, Brot und eine Schachtel Zigaretten.

Ich stieg die fünf Treppen hoch, öffnete die Tür und dachte daran, daß Frühling war. Die Sonne fiel schräg durch das kleine, weit offenstehende Fenster herein, und zum erstenmal seit einem Monat sah ich mich in meinem Zimmer um. Da waren eine Matratze auf einem Holzgestell, ein Tisch aus rohem Holz, ein Waschbecken und ein Schrank. Die Wände waren schwarz von Schmutz. Ich hatte sie abgewaschen, aber das hatte nichts genützt. Man hätte sie abschaben müssen. Ich hatte einen Versuch gemacht, aber nicht die Kraft gehabt, damit fortzufahren.

Ich legte mein Paket auf den Tisch, fegte mein Zimmer aus, ging dann auf den Flur hinaus, um an dem Etagenhahn Wasser zu holen, kehrte zurück und wusch mir Gesicht und Hände. Ich ging wieder hinaus, um das schmutzige Wasser auszugießen, und als ich ins Zimmer zurückkam, trennte ich die Naht meiner Matratze zehn Zentimeter breit auf, fuhr mit der Hand in die Öffnung und holte meine Mauserpistole heraus.

Ich entfernte die Lappen, in die sie gewickelt war, untersuchte das Magazin, zog die Sicherung zurück und legte dann die Waffe auf den Tisch. Den Tisch rückte ich vor das Fenster, um die Sonne zu genießen, und setzte mich.

Ich schnitt acht ziemlich dünne Scheiben Brot und legte auf jede ein viel dickeres Stück Speck. Ich kaute ohne Hast, methodisch. Während des Essens betrachtete ich die in Reih und Glied auf dem Tisch liegenden Brot- und Speckschnitten, und jedesmal, wenn ich eine nahm, zählte ich die noch übrigen. Die Sonne beleuchtete meine Hände, und im Gesicht fühlte ich ihre Wärme. Ich war in Hemdsärmeln, ich dachte an nichts, ich war glücklich, essen zu können.

Als ich fertig war, las ich die Krumen auf dem Tisch zusammen und warf sie in einen alten Marmeladeneimer, der mir als Mülltonne diente. Dann wusch ich mir die Hände. Da ich keine Seife hatte, rieb ich sie lange in der Hoffnung, das Fett entfernen zu können. Ich dachte: ›Du hast die Schaufel gut eingefettet, und jetzt willst du sie zerbrechen.‹ Und ich weiß nicht, warum, ich hatte Lust zu lachen. Ich trocknete mir die Hände an einem alten zerfetzten Hemd, das ich an einen Nagel gehängt hatte und das mir als Handtuch diente. Dann ging ich zum Tisch zurück, brannte mir eine Zigarette an und stellte mich ans Fenster.

Die Sonne schien auf die Schieferdächer. Ich tat einen Zug aus der Zigarette, stieß den Rauch zum Teil wieder aus und atmete gierig den Duft ein. Ich reckte mich, stellte mich fest auf die Beine, auf einmal fühlte ich sie fest und kräftig unter mir, und plötzlich sah ich mich in einem Film: Ich stand am Fenster, ich rauchte, ich blickte auf die Dächer. Wenn dann die Zigarette aufgeraucht sein würde, würde ich die Pistole nehmen, sie an die Schläfe setzen, und alles würde vorbei sein.

Da klopfte es zweimal an meine Tür, ich blickte auf die Pistole auf dem Tisch, aber bevor ich Zeit gehabt hätte, sie zu verstecken, ging die Tür auf. Es war Siebert.

Er blieb auf der Schwelle stehen und grüßte durch Handanlegen. Ich ging ihm rasch entgegen und stellte mich vor den Tisch. Er sagte: »Stör ich dich auch nicht?«

»Nein.«

»Ich wollte dir bloß einmal guten Tag sagen.«

Ich antwortete nicht, er wartete eine Sekunde, dann schloß er die Tür und trat einen Schritt ins Zimmer herein.

»Deine Wirtin war sehr überrascht, als ich nach dir fragte.«

»Ich bekomme nie Besuch.«

»So?« sagte er.

Er lächelte, seine spitzige Nase schien noch länger zu werden, und seine großen Ohren schienen noch mehr abzustehen. Er tat noch einen Schritt vorwärts, sah sich im Zimmer um und zog eine Grimasse. Dann warf er mir einen Blick zu und wandte sich zum Fenster.

Ich ging um den Tisch herum und stellte mich zwischen ihn und den Tisch. Er steckte die Hände in die Taschen und sah auf die Dächer hinaus.

»Du hast wenigstens Aussicht.«

»Ja.«

Er war viel größer als ich, meine Augen waren in Höhe seines Nackens.

»Ein bißchen kalt im Winter, nicht?«

»Ich weiß nicht. Ich wohne erst seit zwei Monaten hier.«

Er machte auf den Hacken kehrt und stand mir nun gegenüber. Sein Blick ging über meinen Kopf hinweg, und er hörte auf zu lächeln.

»Hallo!« sagte er.

Ich machte eine Bewegung, er schob mich mit der flachen Hand sacht zur Seite und ergriff die Pistole. Ich sagte eindringlich: »Vorsicht! Sie ist geladen.«

Er warf mir einen scharfen Blick zu, nahm die Waffe und untersuchte das Magazin. Er sah mich fest an.

»Und sie ist nicht gesichert.«

Ein Schweigen entstand, und er fuhr fort: »Ist das deine Gewohnheit, eine geladene Pistole auf dem Tisch liegen zu haben?«

Ich antwortete nicht, er legte die Waffe hin und setzte sich auf den Tisch. Ich setzte mich auch.

»Ich habe dich aufgesucht, weil ich etwas nicht verstehe.«

Ich schwieg, und nach einer Weile begann er wieder: »Warum hast du mir deine Schulden auf einen Schlag bezahlen wollen?«

»Ich habe nicht gern Schulden.«

»Du hättest mir die Hälfte bezahlen können. Und die andere Hälfte nächste Woche. Ich habe dir doch gesagt, daß es mir nichts ausmachen würde.«

»Ich schleppe nicht gern Schulden mit mir herum.«

Er sah mich an.

»So!« sagte er lächelnd. »Du schleppst nicht gern Schulden mit dir herum, und jetzt hast du gerade noch so viel übrig, daß du drei Tage zu essen hast, aber die Woche hat sieben Tage, mein Herr.«

Ich antwortete nicht, sein Blick glitt über den Tisch, er zog plötzlich die Brauen hoch, und seine Lippen wurden noch dünner.

»Mit Zigaretten zwei Tage.«

Er nahm die Schachtel, betrachtete sie aufmerksam und pfiff.

»Du läßt dir nichts abgehen.«

Ich antwortete nicht, und er fuhr in sarkastischem Ton fort: »Hat dir vielleicht dein Vormund eine Postanweisung geschickt?«

Ich wandte den Kopf, sah ins Leere und sagte schroff und hastig: »Das geht dich alles nichts an.«

»Gewiß, mein Herr, das geht mich nichts an.«

Ich drehte ihm das Gesicht zu. Er sah mich fest an.

»Selbstverständlich geht mich das nichts an. Du willst um jeden Preis alles bezahlen, was du mir schuldest: Das geht mich nichts an. Du hast nur noch drei Tage zu essen: Das geht mich nichts an. Du kaufst Zigaretten wie ein Millionär: Das geht mich nichts an. Du hast eine geladene Pistole auf deinem Tisch liegen: Und auch das geht mich nichts an.«

Er sah mich fest an. Ich wandte den Kopf weg, aber ich fühlte seinen Blick auf mir ruhen. Es war, als ob Vater mich angeblickt hätte. Ich steckte meine Hände unter den Stuhl, preßte meine Knie zusammen und fragte mich besorgt, ob ich nicht anfangen würde zu zittern.

Das Schweigen dauerte eine ganze Weile, dann sagte Siebert mit verhaltener Wut: »Du willst dich umbringen.«

Ich machte eine heftige Anstrengung und sagte: »Das ist meine Sache.«

Er sprang auf, packte mich mit beiden Händen vorn am Hemd, hob mich vom Stuhl auf und schüttelte mich.

»Du Schweinehund«, zischte er, »du willst dich umbringen.«

Seine Blicke brannten, ich drehte den Kopf weg, ich fing an zu zittern und wiederholte leise: »Das ist meine Sache.«

»Nein!« schrie er auf, während er mich schüttelte. »Das ist nicht deine Sache, du Schweinehund. Und was wird aus Deutschland?«

Ich senkte den Kopf und sagte: »Deutschland ist futsch.«

Ich fühlte, wie Sieberts Finger mein Hemd losließen, und wußte, was geschehen würde. Ich hob den rechten Arm, aber es war zu spät. Seine Hand klatschte mit voller Wucht auf meine Backe. Der Schlag war so kräftig, daß ich taumelte, Sieberts Linke erwischte mich beim Hemd, und er ohrfeigte mich von neuem. Dann stieß er mich zurück, und ich fiel auf den Stuhl.

Meine Backen brannten, in meinem Kopf drehte sich alles, ich fragte mich, ob ich nicht vom Stuhl aufstehen und mich auf ihn stürzen sollte. Ich rührte mich aber nicht, eine ganze Sekunde verstrich, Siebert stand vor mir, eine glückliche Betäubung überfiel mich.

Siebert sah mich an, seine Augen funkelten, und ich sah, wie seine Kinnmuskeln sich bewegten.

»Schweinehund!« sagte er.

Er vergrub seine Hände in den Taschen, fing an, im Zimmer herumzulaufen, und schrie aus vollem Halse: »Nein! Nein! Nein!« Dann sah er mich wieder mit flammenden Augen an.

»Du!« schrie er. »Du! Du, ein alter Freikorpsmann!«

Er drehte sich so wütend um, daß ich glaubte, er wolle sich auf mich stürzen.

»Hör zu! Deutschland ist nicht futsch! Nur ein Schweinehund von einem Juden kann sagen, daß es futsch ist. Der Krieg geht weiter, verstehst du? Sogar nach dieser Schweinerei, dem Diktat von Versailles, geht er weiter!«

Er fing von neuem an, wie ein Irrer im Zimmer herumzulaufen.

»Herrgott«, schrie er, »das ist doch klar.«

Er rang nach Worten, seine Kiefermuskeln bewegten sich unaufhörlich, er ballte die Fäuste und fing plötzlich an zu schreien: »Es ist klar! Es ist klar!«

»Da«, sagte er und zog eine Zeitung aus der Tasche, »ich bin kein Redner, da drin steht es schwarz auf weiß.«

Er fuchtelte mir mit der Zeitung vor der Nase herum.

»Deutschland wird zahlen! Das haben sie sich so gedacht. Sie wollen uns unsre ganze Kohle nehmen. Das haben sie sich jetzt ausgedacht. Sieh hier, da steht es schwarz auf weiß. Sie wollen Deutschland vernichten.«

Und plötzlich fing er an zu brüllen: »Und du, du Schweinehund, willst dir das Leben nehmen.«

Er schwenkte die Zeitung in seiner rechten Hand und schlug sie mir ins Gesicht.

»Da«, rief er, »lies! Lies! Lies laut!«

Er zeigte mit zitterndem Finger auf einen Artikel, und ich fing an zu lesen.

»Nein, Deutschland ist nicht besiegt ...«

»Steh auf, Schweinehund!« rief Siebert. »Steh auf, wenn du von Deutschland sprichst!«

Ich stand auf.

»Deutschland ist nicht besiegt. Deutschland wird siegen. Der Krieg ist noch nicht zu Ende. Er hat nur andere Formen angenommen. Die Armee ist auf ein Nichts reduziert, und die Freikorps sind aufgelöst. Aber jeder deutsche Mann, mit oder ohne Uniform, muß sich noch als Soldat betrachten. Mehr als je wird an seinen Mut, an seine unbeugsame Entschlossenheit appelliert. Wer keinen Anteil am Schicksal des Vaterlandes nimmt, verrät es. Wer sich der Verzweiflung hingibt, desertiert angesichts des Feindes. Die Pflicht jedes deutschen Mannes ist, für das deutsche Volk und das deutsche Blut zu kämpfen und zu sterben, wo immer er steht.«

»Donnerwetter«, sagte Siebert, »man könnte glauben, das wäre für dich geschrieben.«

Niedergeschmettert blickte ich auf die Zeitung. Es war wahr: Das war für mich geschrieben.

»Das ist doch klar«, sagte Siebert, »du bist Soldat. Du bist immer noch Soldat. Was kommt es auf die Uniform an? Du bist Soldat!«

Mein Herz begann heftig in der Brust zu schlagen, und ich stand unbeweglich da, wie angenagelt. Siebert sah mich aufmerksam an, dann lächelte er, Freude überzog sein Gesicht, er schlang seine Arme um meine Schultern, es lief mir warm über den Rücken, und er schrie wie ein Irrer: »Das ist doch klar!«

Ich sagte leise: »Laß mich!«

»Du lieber Gott«, sagte er, »du wirst doch nicht ohnmächtig werden?«

»Laß mich!«

Ich setzte mich, nahm den Kopf in die Hände und sagte: »Ich schäme mich, Siebert.« Und eine köstliche Erleichterung überkam mich.

»Ach was!« sagte Siebert verlegen.

Er drehte mir den Rücken zu, nahm eine Zigarette, brannte sie an und stellte sich ans Fenster; ein langes Schweigen folgte, dann stand ich auf, setzte mich an den Tisch und ergriff mit zitternder Hand die Zeitung. Ich sah nach dem Titel. Es war der »Völkische Beobachter«.

Auf der ersten Seite sprang mir eine Karikatur in die Augen. Sie stellte den internationalen Juden dar, der dabei war, Deutschland zu erwürgen. Ich betrachtete fast zerstreut die Einzelheiten im Gesicht des Juden, und plötzlich war mir, als erhielte ich einen Stoß von unerhörter Heftigkeit. Ich erkannte ihn, ich erkannte diese wulstigen Augen, diese gebogene lange Nase, diese weichen Backen, diese verhaßten, abstoßenden Züge. Ich hatte sie einst oft genug auf dem Stich, den mein Vater mit Reißnägeln an der Klosettür befestigt hatte, betrachtet. Mir ging ein blendendes Licht auf. Ich begriff jetzt alles. Das war er. Der Instinkt meiner Kindheit hatte mich nicht getäuscht. Ich hatte recht gehabt, ihn zu hassen. Mein einziger Irrtum war gewesen, auf die Versicherung der Priester hin zu glauben, daß es ein unsichtbarer Geist sei, den man nur durch Gebet bekämpfen könne, durch Klagelieder oder kultische Gebräuche. Aber jetzt begriff ich, daß er sehr wirklich, sehr lebendig war, daß man ihm auf der Straße begegnete. Der Teufel war nicht der Teufel, der Teufel war der Jude.

Ich stand auf, ein Schauer überlief mich vom Kopf bis zu den Füßen. Meine Zigarette verbrannte mir die Finger. Ich warf sie weg. Dann steckte ich meine zitternden Hände in die Taschen, stellte mich ans Fenster und atmete mit vollen Lungen. Ich fühlte Sieberts Arm an meinem, und seine Kraft ging in mich über. Sieberts beide Hände lagen auf der Schutzstange. Er sah mich nicht an, rührte sich nicht. Rechts von mir ging die Sonne in einer Orgie von Blut unter. Ich drehte mich um, ergriff meine Pistole, hob sie langsam bis zur Horizontalen und zielte auf die Sonne.

»Das ist eine gute Waffe«, sagte Siebert, und seine Stimme klang zart und verhalten.

Ich sagte leise: »Ja«, und legte die Pistole auf den Tisch zurück. Im nächsten Augenblick ergriff ich sie wieder. Ihr Kolben lag schwer und vertraut in meiner hohlen Hand, sie sah hart und wirklich aus, ihr Gewicht lastete in der Hand, und ich dachte: ›Ich bin Soldat. Was kommt es auf die Uniform an? Ich bin Soldat.‹

Der nächste Tag war ein Sonntag, und ich mußte bis zum Montag warten, um nach der Arbeit auf das Standesamt gehen zu können.

Hinter der Schranke unterhielt sich ein Beamter mit einem kleinen Kinnbärtchen und Stahlbrille mit einem weißhaarigen Mann. Ich wartete, bis er zu Ende war, und sagte: »Ich bitte um eine Änderung im Personenstandsregister.«

Der Beamte mit der Stahlbrille sagte, ohne mich anzusehen: »Worum handelt es sich?«

»Um Kirchenaustritt.«

Die beiden Männer blickten gleichzeitig auf. Dann wandte sich der Beamte mit der Brille zu seinem Kollegen um und schüttelte leicht den Kopf. Dann sah er wieder mich an.

»Unter welcher Konfession waren Sie eingetragen?«

»Katholisch.«

»Und Sie sind nicht mehr katholisch?«

»Nein.«

»Welche Religion wollen Sie eintragen lassen?«

»Keine.«

Der Beamte blickte den Weißhaarigen an und schüttelte den Kopf.

»Warum haben Sie bei der letzten Volkszählung keine Erklärung in diesem Sinne abgegeben?«

»Ich bin nicht mitgezählt worden.«

»Warum nicht?«

»Ich war in Kurland in einem Freikorps.«

Der Weißhaarige nahm ein Lineal und schlug sich damit leicht auf die Innenfläche seiner linken Hand. Der Beamte sagte: »Das ist vollkommen vorschriftswidrig. Sie hätten eine Erklärung abgeben müssen. Und jetzt sind Sie im Nachteil.«

»In den Freikorps wurde keine Zählung vorgenommen.«

Der Beamte schüttelte mit ärgerlichem Gesicht den Kopf.

»Ich werde diese Sache melden. Das ist unzulässig. Eine Volkszählung ist ganz allgemein. Selbst die Herren von den Freikorps waren davon nicht ausgenommen.«

Es entstand ein Schweigen, bis ich sagte: »Ich bin im Jahre 1916 mitgezählt worden.«

Der Beamte sah mich an, seine Brillengläser blitzten.

»Und warum sind Sie damals als Katholik eingetragen worden?«

»Meine Eltern haben es eintragen lassen.«

»Wie alt waren Sie da?«

»Sechzehn Jahre.«

Er blickte mich an.

»Sie sind also zweiundzwanzig Jahre alt.«

Er seufzte, wandte sich zu seinem Kollegen, und beide schüttelten den Kopf.

»Und jetzt«, fragte nochmals der Beamte, »sind Sie nicht mehr katholisch?«

»Nein.«

Er schob seine Brille auf die Stirn.

»Warum nicht?«

Ich war der Meinung, daß er seine Befugnisse überschritt, indem er diese Frage stellte, und sagte hastig und scharf: »Meine philosophischen Überzeugungen haben sich geändert.«

Der Beamte sah seinen Kollegen an und flüsterte ihm zu: »Seine philosophischen Überzeugungen haben sich geändert!« Der Weißhaarige zog die Augenbrauen hoch, öffnete den Mund ein wenig und schüttelte den Kopf von links nach rechts. Der Beamte wandte sich wieder zu mir.

»Nun, dann warten Sie die nächste Volkszählung ab, um Ihren Kirchenaustritt zu vollziehen.«

»Ich möchte nicht zwei Jahre warten.«

»Warum nicht?«

Da ich nicht antwortete, fuhr er fort, wie wenn er die Unterhaltung beenden wollte: »Sie sehen, es ist nicht so eilig.«

Ich sah ein, daß ich für meine Eile einen verwaltungstechnischen Grund angeben mußte, und sagte: »Ich sehe keinen Grund, daß ich noch zwei Jahre lang Kirchensteuern bezahlen soll, da ich keiner Kirche mehr angehöre.«

Der Beamte richtete sich in seinem Stuhl auf, sah seinen Kollegen an, und seine Augen fingen wieder an, hinter den Brillengläsern zu blitzen.

»Sicher, sicher, mein Herr, werden Sie zwei Jahre lang keine Kirchensteuer zu zahlen haben, aber die Vorschrift sagt ausdrücklich ...«, er machte eine Pause und zeigte mit dem Finger auf mich, »... daß Sie eine Ausgleichsabgabe zu zahlen haben, die höher ist als die Kirchensteuer.«

Er lehnte sich in seinem Stuhl zurück und betrachtete mich mit triumphierender Miene. Der Weißhaarige lächelte.

Ich sagte barsch: »Das ist mir ganz gleichgültig.«

Die Brillengläser des Beamten blitzten wieder, er kniff die Lippen zusammen und blickte seinen Kollegen an. Dann beugte er sich hinunter, zog eine Schublade auf, entnahm ihr drei Formulare und legte sie – oder vielmehr: warf sie – auf die Tafel.

Ich nahm die Formulare und füllte sie sorgfältig aus. Als ich damit fertig war, reichte ich sie dem Beamten. Er warf einen Blick darauf, machte eine Pause und las dann mit einem Grinsen laut vor: »Konfessionslos, aber gottgläubig. Das sind Sie also?«

»Ja.«

Er warf seinem Kollegen einen Blick zu.

»Das sind ... Ihre neuen philosophischen Überzeugungen?«

»Ja.«

»Es ist gut«, sagte er und faltete die Blätter zusammen.

Ich grüßte mit einem Kopfnicken. Er geruhte nicht, mich zu sehen. Er sah seinen Kollegen an. Ich machte kehrt und wandte mich dem Ausgang zu. Ich hörte, wie er hinter meinem Rücken murmelte: »Wieder einer von der neuen Sippschaft.«

Auf der Straße zog ich den »Völkischen Beobachter« aus der Tasche und vergewisserte mich über die Adresse. Es war ziemlich weit, aber die Straßenbahn zu benutzen kam nicht in Frage.

Ich lief ungefähr eine Dreiviertelstunde. Ich war ganz außer Atem. Am Abend vorher hatte ich auf eine Mahlzeit verzichten müssen. Zu Mittag hatte mir Siebert die Hälfte seines Brotes gegeben und mir ein paar Mark geliehen. Als ich die Baustelle verließ, hatte ich mir ein Stück Brot gekauft. Aber der Hunger fing wieder an zu bohren, und die Beine wurden schwach.

Die Geschäftsstelle der Partei lag im ersten Stock. Ich klingelte, die Tür wurde ein Stück geöffnet, und ein braunhaariger junger Mann zeigte sich in der Öffnung. Seine schwarzen Augen blickten aufmerksam.

»Sie wünschen?«

»Ich will mich einschreiben lassen.«

Die Tür öffnete sich etwas weiter. Hinter dem jungen Braunhaarigen sah ich den Rücken eines andern jungen Mannes, der an einem Fenster stand. Die Sonne legte einen roten Strahlenkranz um seinen Kopf. Es vergingen einige Sekunden, dann drehte sich der Rothaarige um, machte ein Zeichen mit dem Daumen und sagte: »In Ordnung.«

Die Tür wurde jetzt vollständig geöffnet, und ich trat ein. Etwa zehn junge Leute im Braunhemd blickten mich an. Der junge Braunhaarige nahm mich am Arm und sagte mit außerordentlich sanfter und höflicher Stimme: »Bitte, kommen Sie.«

Er führte mich an einen kleinen Tisch, ich setzte mich. Er gab mir ein Formular, und ich begann es auszufüllen. Als ich damit fertig war, reichte ich dem jungen Mann das Formular, er nahm es und ging, sich zwischen den Tischen hindurchschlängelnd, damit nach hinten. Seine Bewegungen waren lebhaft und graziös. Er verschwand durch eine graugestrichene Tür.

Ich sah mich um. Der Raum war groß und hell. Mit seinen Kartothekschränken, seinen Schreibtischen und seinen zwei Schreibmaschinen ließ er auf den ersten Blick an ein beliebiges Kontor denken. Aber die Atmosphäre war nicht die eines Kontors.

Die jungen Leute trugen alle ein braunes Hemd, Koppel und Stiefel. Sie rauchten und unterhielten sich. Einer las eine Zeitung. Die anderen taten nichts Besonderes, und doch schienen sie keine Müßiggänger zu sein. Es sah aus, als warteten sie.

Ich stand auf. Es lag so etwas wie eine Spannung in der Luft. Ich betrachtete die jungen Männer im Braunhemd. Keiner von ihnen schien auf mich achtzugeben, und dennoch hatte ich den

Eindruck, daß nicht eine meiner Bewegungen ihnen entging. Ich trat ans Fenster, lehnte meine Stirn an die Scheibe, und eine Sekunde lang zog es mir schmerzhaft durch den Magen.

»Schönes Wetter, nicht wahr?«

Ich wandte den Kopf, der junge Rothaarige stand neben mir, so nahe, daß sein Arm meine Hüfte berührte. Er lächelte übers ganze Gesicht, zutraulich, aber seine Augen blickten ernst und wachsam. Ich sagte: »Ja«, und sah auf die Straße hinab. Unten auf dem Gehsteig schritt ein schmächtiger junger Mann im Braunhemd auf und ab. Durch sein Gesicht zog sich eine Narbe. Ich hatte ihn bei meinem Eintreten nicht bemerkt. Auf der gegenüberliegenden Seite standen zwei junge Leute vor einem Schaufenster. Von Zeit zu Zeit drehten sie sich um und warfen ihrem Kameraden gegenüber einen Blick zu. Nach einer Weile zog sich mir der Magen zusammen, und ich fühlte Leere im Kopf. Ich dachte, es wäre besser zu sitzen, und machte kehrt. Sofort war wieder die Spannung in der Luft. Ich blickte die jungen Männer der Reihe nach an. Keiner hatte die Augen auf mich gerichtet.

Ich hatte keine Zeit, mich zu setzen. Die kleine graue Tür im Hintergrund ging plötzlich auf, der junge Braunhaarige erschien, trat mit einer raschen, graziösen Bewegung zur Seite, und ein etwa vierzigjähriger Mann tauchte auf. Er war klein, untersetzt, Apoplektiker. Die jungen Leute knallten die Hacken zusammen und erhoben den rechten Arm. Der untersetzte Mann erhob den Arm seinerseits, ließ ihn wieder sinken, blieb unbeweglich auf der Schwelle stehen und musterte mich mit einem raschen, scharfen Blick, wie wenn er in seinem Gedächtnis nachforschte, ob er mich schon einmal gesehen hätte. Seine mächtige Brust schwellte das Braunhemd, er trug das Haar sehr kurz geschnitten, und seine Augen verschwanden unter geschwollenen Augenlidern.

Er kam näher. Sein Schritt war schwer, fast stampfend. Als er zwei Meter vor mir war, lösten sich zwei junge Leute aus der Gruppe und stellten sich, ohne ein Wort zu sagen, neben mich.

»Freddie?« sagte der untersetzte Mann.

Der junge Braunhaarige knallte die Hacken zusammen.

»Hier, Obersturmführer.«

»Das Formular.«

Freddie gab ihm das Formular. Der Obersturmführer nahm es in seine riesige Faust und legte den Zeigefinger der anderen Hand darauf.

»Lang?«

Ich stand stramm und sagte: »Jawohl, Herr Obersturmführer.«

Sein kurzer, dicker, an der Spitze klobiger Finger lief über die Zeilen des Formulars. Dann hob er den Kopf und sah mich an. Die Schwellungen an seinen Augen ließen nur eine dünne Spalte frei. Er sah träge und schläfrig aus.

»Wo arbeiten Sie?«

»Bei der Firma Lingenfelser.«

»Ist einer Ihrer Kameraden dort in der Partei?«

»Einer, glaube ich.«

»Sie wissen es aber nicht sicher?«

»Nein, aber er liest den ›Völkischen Beobachter‹.«

»Wie heißt er?«

»Siebert.«

Der Obersturmführer wandte sich zu Freddie um. Er drehte dabei nicht den Hals, sondern den ganzen Oberkörper, als sei sein Hals an den Schultern angeschweißt.

»Stell es fest!«

Freddie setzte sich an einen Tisch und sah in einer Kartei nach. Der Obersturmführer legte wieder seinen dicken Zeigefinger auf das Formular.

»Türkei?«

»Jawohl, Herr Obersturmführer.«

»Mit wem?«

»Herrn Rittmeister Günther.«

Freddie erhob sich.

»Siebert ist Mitglied.«

Der dicke Zeigefinger übersprang mehrere Zeilen.

»Aha! Freikorps!«

Und mit einemmal sah er nicht mehr schläfrig aus.

»Bei wem?«

»Oberleutnant Roßbach.«

Der Obersturmführer lächelte, seine Augen blitzten durch die Spalten hindurch, und er steckte genießerisch die Zungenspitze hervor.

»Im Baltikum, an der Ruhr, in Oberschlesien?«

»Auf allen drei Schauplätzen.«

»Gut!«

Er klopfte mir auf die Schulter. Die beiden jungen Leute, die mich flankierten, entfernten sich und setzten sich wieder. Der Obersturmführer drehte seinen Körper zu Freddie um.

»Schreib seinen vorläufigen Ausweis aus.«

Seine Augenspalten verengten sich. Er sah wieder schläfrig aus.

»Sie sind zuerst SA-Anwärter; dann, wenn wir es für zweckmäßig halten, leisten Sie den Eid auf den Führer und werden in die SA aufgenommen. Haben Sie Geld, sich eine Uniform zu kaufen?«

»Leider nein.«

»Warum nicht?«

»Vor einer Woche war ich noch arbeitslos.«

Der Obersturmführer drehte seinen Körper nach dem Fenster hin.

»Otto!«

Der junge Rothaarige drehte sich um seine Achse, eilte leicht hinkend herbei und schlug die Hacken zusammen. Sein hageres, mit Sommersprossen übersätes Gesicht war zu einem Lächeln verzogen.

»Du gibst ihm die Uniform von Heinrich.«

Otto hörte auf zu lächeln, sein Gesicht wurde ernst und traurig, und er sagte: »Die Uniform von Heinrich wird ihm zu groß sein.«

Der Obersturmführer zuckte die Achseln.

»Er kann sie kleiner machen.«

Im Zimmer entstand ein Schweigen. Der Obersturmführer ließ seinen Blick über die jungen Leute schweifen und sagte mit lauter Stimme: »Ein Freikorpsmann hat das Recht, die Uniform von Heinrich zu tragen.«

Freddie reichte ihm eine gefaltete Karte. Er öffnete sie, warf einen Blick hinein, schloß sie und übergab sie mir.

»Augenblicklich hast du Befehl, bei deiner Firma zu bleiben.«

Ich bemerkte voller Glück, daß er »du« zu mir sagte.

»Gib Otto deine Adresse. Er wird dir die Uniform von Heinrich bringen.«

Der Obersturmführer machte kehrt, dann besann er sich und drehte sich noch einmal mir zu.

»Ein Freikorpsmann hat sicher eine Waffe?«

»Eine Mauserpistole.«

»Wo hast du sie versteckt?«

»In meinem Strohsack.«

Er hob seine mächtigen Schultern. »Kindlich.«

Er drehte seinen Oberkörper der Gruppe der jungen Leute zu, blinzelte und sagte: »Strohsäcke stellen für die Schupos kein Versteck dar.«

Die jungen Leute fingen an zu lachen, er stand unbewegt da. Als das Gelächter aufhörte, fuhr er fort: »Otto wird dir zeigen, wie man sie versteckt.«

Freddie berührte mich am Arm.

»Zu Otto kannst du Vertrauen haben. Seinen Revolver hat er so gut versteckt, daß er ihn selber nicht mehr finden kann.«

Die jungen Leute fingen wieder an zu lachen, und diesmal stimmte der Obersturmführer ein. Dann packte er mit seiner mächtigen Tatze Freddie im Genick und drückte ihn mehrere Male nach vorn, wozu er auf französisch sagte: »Petite canaille! Petite canaille!«

Freddie begann sich zu winden, um sich loszumachen, aber ohne sich sehr anzustrengen.

»Petite canaille! Petite canaille!« sagte der Obersturmführer, und sein Gesicht lief rot an.

Schließlich schleuderte er Freddie mit einem einzigen Stoß in die Arme Ottos, der infolge des Anpralls beinahe gefallen wäre. Die jungen Leute brachen in lautes Gelächter aus.

»Achtung!« rief der Obersturmführer.

Und alle standen unbeweglich. Der Obersturmführer legte seine Hand auf meine Schulter, sein Gesicht wurde ernst, und er sagte: »SA-Anwärter!«

Er machte eine Pause, und ich stand stramm.

»Der Führer erwartet von dir unbegrenzte Hingabe.«

Ich sagte: »Jawohl, Herr Obersturmführer.«

Der Obersturmführer ließ mich los, trat einen Schritt zurück, stand stramm, hob den rechten Arm und rief mit lauter Stimme: »Heil Hitler!«

Die jungen Leute erstarrten mit erhobenem Arm. Dann riefen sie unisono mit rauher und lauter Stimme, wobei sie die Silben dehnten: »Heil Hitler!«

Ihre Stimmen klangen in meiner Brust mächtig wider. Ich

empfand ein tiefes Gefühl des Friedens. Ich hatte meinen Weg gefunden. Er lag gerade und klar vor mir. Die Pflicht wartete auf mich in jedem Augenblick meines Lebens.

Wochen vergingen, Monate, und trotz der schweren Arbeit an der Betonmaschine, des Sturzes der Mark und des Hungers war ich glücklich. Abends, sobald ich die Baustelle verlassen hatte, beeilte ich mich, meine Uniform anzuziehen, ich ging in die Geschäftsstelle des Sturms, und mein wahres Leben begann.

Unaufhörlich gab es Kämpfe mit den Kommunisten. Wir sprengten ihre Versammlungen und sie die unsern. Wir stürmten ihre Lokale, und sie griffen uns ihrerseits an. Es vergingen kaum ein paar Wochen ohne Schlägereien. Obwohl wir grundsätzlich beiderseits ohne Waffen waren, kam es nicht selten vor, daß man im Verlauf des Handgemenges einen Revolver knallen hörte. Heinrich, dessen Uniform ich trug, war durch einen Schuß mitten ins Herz getötet worden, und ich hatte in meinem Braunhemd die beiden Löcher stopfen müssen, welche die Kugel gerissen hatte.

Der 11. Januar war für die Kämpfer der Partei ein entscheidendes Datum. Die Regierung des Präsidenten Poincaré ließ die Ruhr besetzen. Sie schickte »eine einfache Abordnung von Ingenieuren« hin – eine Abordnung, die von sechzigtausend Soldaten begleitet war, aber deren Ziele, nach einem Ausdruck, der unter uns sehr beliebt wurde, »rein friedliche« waren. In ganz Deutschland flammte die Entrüstung auf gleich einer Fackel. Der Führer hatte immer behauptet, daß den Alliierten das Diktat von Versailles nicht genüge und daß sie früher oder später Deutschland den Gnadenstoß versetzen wollten. Dieses Ereignis gab ihm recht, die Anhängerschaft der Partei vervielfachte sich, sie erreichte nach einem Monat eine noch nicht dagewesene Ziffer, und die wirtschaftliche Katastrophe, die dann über unser unglückliches Land hereinbrach, beschleunigte nur noch den wunderbaren Aufschwung der Bewegung. Der Obersturmführer sagte öfter lächelnd, in Anbetracht der Lage der Dinge müßte die Partei dem Präsidenten Poincaré ein Standbild errichten.

Bald erfuhren wir, daß der französische Eindringling an der Ruhr auf einen viel weniger passiven Widerstand traf, als ihn der Reichskanzler Cuno proklamiert hatte. Die Sabotage an Güterzügen, welche die deutsche Kohle nach Frankreich verschleppten, wurde in ungeheurem Maßstab organisiert, Brücken wurden gesprengt, Lokomotiven sprangen aus den Schienen, Weichenanlagen wurden zerstört. Im Vergleich zu diesen Heldentaten und den Gefahren, mit denen sie verbunden waren, verloren unsere fast täglichen Kämpfe mit den Kommunisten ihren Glanz. Wir wußten, daß die Partei, neben anderen patriotischen Gruppen, am deutschen Widerstand an der Ruhr beteiligt war, und wir drei – Siebert, Otto und ich – baten gleich in den ersten Tagen um einen Geheimauftrag in der französischen Besatzungszone. Die Antwort kam in Form eines Befehls. Wir wären in M. nützlich und müßten in M. bleiben. Wiederum hatte ich, wie in W. beim Freikorps, das Gefühl, in einer friedlichen Garnison zu verschimmeln, während andere für mich kämpften.

Meine Ungeduld wuchs noch, als ich erfuhr, daß viele der Kameraden und Führer der Freikorps sich in der Widerstandsbewegung auszeichneten, namentlich der Leutnant Albert Leo Schlageter.

Der Name Schlageter hatte für einen ehemaligen Angehörigen der Freikorps Zauberkraft. Er war der Held von Riga. Seine Kühnheit kannte keine Grenzen, er hatte überall gekämpft, wo man nur kämpfen konnte. In Oberschlesien war er dreimal von polnischen Gruppen eingeschlossen gewesen, und dreimal war es ihm gelungen zu entkommen. Wir erfuhren, daß er es an der Ruhr verschmähte, sich an den Weichenanlagen zu vergreifen, weil er das für zu leicht hielt, und lieber vor der Nase der französischen Wachen die Eisenbahnbrücken zerstörte. Er handele so, sagte er mit Humor, in »rein friedlicher« Absicht.

Am 23. Mai versetzte uns eine furchtbare Nachricht in Bestürzung. Nach der Zerstörung einer Brücke an der Linie von Duisburg nach Düsseldorf hatten die Franzosen Schlageter verhaftet und erschossen. Einige Tage später teilte mir eine patriotische Gruppe, die mit der Partei zusammenarbeitete und aus ehemaligen Roßbach-Leuten bestand, mit, daß Schlageter von einem gewissen Walter Kadow, einem Schullehrer, den Franzosen denunziert und daß ich mit zweien meiner Kameraden dazu bestimmt worden sei, diesen hinzurichten.

Die Hinrichtung fand in einem Wald bei P. statt. Wir schlugen Kadow mit Knüppeln tot und vergruben die Leiche. Doch sie wurde kurz darauf von der Polizei gefunden, wir wurden verhaftet, man machte uns den Prozeß, und ich wurde ebenso wie meine Kameraden zu zehn Jahren Haft verurteilt.

Ich verbüßte meine Strafe im Gefängnis von D. Das Essen dort war schlecht, aber ich hatte Schlimmeres kennengelernt, als ich arbeitslos war, und mit den Paketen der Partei stillte ich annähernd meinen Hunger. Die Arbeit – die meist darin bestand, daß ich auf der Maschine Militär-Effekten nähen mußte – war sehr viel weniger schwer als alles, was ich bis dahin kennengelernt hatte. Ich verrichtete sie in der Zelle, und allein arbeiten zu können war für mich eine Erleichterung.

Manchmal hörte ich während des Spaziergangs Mitgefangene sich leise über die Wärter beklagen, aber ich glaube, daß sie ihrerseits nicht das Nötige taten, denn meine Beziehungen waren immer ausgezeichnet. Dazu gehörte nicht viel Talent. Ich war höflich und willig, ich stellte keine Fragen, ich verlangte nichts und tat stets sofort alles, was man mir zu tun befahl.

In dem Formular, das ich bei der Einlieferung ins Gefängnis hatte ausfüllen müssen, hatte ich angegeben, ich sei konfessionslos, aber gottgläubig. Ich war also erstaunt, den Besuch des protestantischen Gefängnisgeistlichen zu erhalten. Er beklagte zuerst, daß ich alle Andachtsübungen aufgegeben hätte. Dann wollte er wissen, in welcher Lehre ich erzogen worden sei, und schien recht befriedigt, zu erfahren, daß es die katholische gewesen war. Danach fragte er mich, ob ich die Bibel lesen wollte. Ich antwortete bejahend, er gab mir eine und ging fort. Einen Monat später drehte sich der Schlüssel im Schloß, und der Pastor erschien. Selbstverständlich stand ich sofort auf. Er fragte mich, ob ich begonnen hätte, in der Bibel zu lesen, und ob ich die Lektüre interessant gefunden hätte. Ich antwortete mit Ja. Dann fragte er mich, ob ich mein Verbrechen bereute. Ich sagte ihm, daß ich es nicht zu bereuen hätte, denn dieser Kadow wäre ein Verräter gewesen, und wir hätten die Tat aus Liebe zum Vaterland ausgeführt. Er bemerkte dagegen, daß nur der Staat das Recht habe, Verräter zu richten. Ich schwieg, denn ich meinte, hier, wo ich mich befand, dürfte ich ihm nicht sagen, was ich von der Weimarer Republik hielt. Aber er verstand mein Schweigen, denn er schüttelte traurig den Kopf, zitierte einige Bibelverse und ging wieder.

Ich log nicht, als ich dem Pastor antwortete, die Bibel hätte mich interessiert. Sie bestätigte mir alles, was mein Vater, der Rittmeister Günther und die Partei mich gelehrt hatten, über die Juden zu denken. Es war ein Volk, das alles aus Eigennutz tat, das systematisch die schmutzigsten Listen gebrauchte und das im täglichen Leben eine ekelhafte Geilheit zeigte. In der Tat, nicht ohne Unbehagen las ich gewisse dieser Geschichten, in denen unaufhörlich, oft in den anstößigsten Ausdrücken, von Konkubinen und Blutschande die Rede war.

Im dritten Jahr meines Gefangenendaseins geschah etwas Außerordentliches: Ich erhielt einen Brief. Fiebernd zog ich ihn aus dem Umschlag. Er war unterzeichnet: Doktor Vogel, und er lautete:

»Mein lieber Rudolf!
Obwohl ich mich rechtmäßig von jeder Verpflichtung Dir gegenüber wegen Deines abscheulichen Betragens als entbunden betrachten kann, bin ich der Meinung, daß ich es dem Andenken Deines Vaters schuldig bin, Dich in der Schande, die jetzt Dein Los ist, nicht im Stiche zu lassen, sondern Dir eine helfende Hand zu reichen und Beleidigungen zu vergessen.

Drei Jahre sind vergangen, seitdem Gott seine Hand schwer auf Dich gelegt hat, damit Du nicht länger Deine Freiheit benutzest, um Böses zu tun. Diese drei Jahre, dessen bin ich sicher, werden Dir heilsam gewesen sein. Du bist Deinen Gewissensbissen ausgesetzt gewesen. Du hast die Last Deiner Verfehlungen getragen.

Ich weiß nichts von diesen Verfehlungen. Du hast Sorge getragen, mir diese Kenntnis vorzuenthalten, indem Du jede Beziehung zu mir abbrachst. Aber was das für ein Leben gewesen sein muß, daß es schließlich zum Mord führte, welch entsetzliches Beispiel an Faulheit und zügelloser Sinnenlust es Dir gegeben haben muß, stelle ich mir nicht ohne tiefe Trauer vor. Es ist stets das Vergnügen – und Vergnügen niederster Art –, das den jungen Menschen vom harten Weg der Pflicht und des Gehorsams ablenkt.

Aber jetzt, mein lieber Rudolf, ist die unerbittliche Züchtigung endlich über Dich gekommen. Sie ist gerecht, und Du fühlst es. Aber Gott in seiner unendlichen Nachsicht ist bereit, Dir zu verzeihen.

Gewiß ist es jetzt nicht mehr möglich, den heiligen Willen eines Sterbenden buchstäblich auszuführen, und Deine Schande schließt die Gnade aus, jemals das erhabene Amt zu versehen, das Dein Vater für Dich gewünscht hatte. Aber es gibt bescheidenere Berufe, in denen Du Deine Verfehlung begraben könntest und für die man nichts weiter als ein reuiges Herz verlangt, sowie den festen Willen, Gott zu dienen. Da liegt jetzt für Dich das Heil, und Dein Vater, der vom Himmel auf Dich niederschaut, würde nicht anders entschieden haben.

Wenn Deine Reue, wie ich hoffe, Dir die Augen geöffnet hat, wenn Du bereit bist, Deinen Hochmut zu beugen, auf die Anarchie und Unordnung Deines Lebens zu verzichten, wird es mir ohne Zweifel möglich sein, eine Herabsetzung Deiner Strafe zu erlangen. Ich bin nicht ohne einige Beziehungen, und ich habe eben erfahren, daß es den Eltern des jungen W. – Deines Mitschuldigen bei dem Verbrechen – vor einigen Monaten gelungen ist, ihn amnestieren zu lassen. Darin liegt für dich ein glücklicher Präzedenzfall, den auszunutzen mir zweifellos möglich sein wird, wenn ich mich vergewissert habe, daß die Züchtigung Dein verhärtetes Herz aufgebrochen hat und Dich reuig und lenksam in unsere Arme zurückführen wird.

Deine Tante und Deine Schwestern haben mir keine Botschaft an Dich aufgetragen. Du wirst verstehen, daß die im tiefsten ehrenhaften Frauen im Augenblick nicht wünschen, mit einem Sträfling zu tun zu haben. Aber sie wissen, daß ich Dir schreibe, und beten unaufhörlich, daß Dein Herz von Reue erfaßt werde. Das ist es auch, was ich Dir aus tiefster Seele wünsche.

Doktor Vogel.«

Ein Vierteljahr, nachdem ich diesen Brief erhalten hatte, ging meine Zellentür auf, und der Oberaufseher trat herein, gefolgt von einem Aufseher, blickte sich prüfend um und rief mit Stentorstimme: »Zum Herrn Direktor! Schnell!« Er ließ mich vorausgehen. Der Aufseher verschloß wieder die Tür, und der Oberaufseher rief: »Schnell, Mensch, schnell!«

Ich beschleunigte meine Schritte, wir durchschritten endlose Korridore, mir zitterten die Beine.

Der Oberaufseher war ein ehemaliger aktiver Unteroffizier. Er ging steif, hielt sich kerzengerade, sein Schnurrbart à la Wilhelm II. war völlig weiß und gewichst. Er überragte mich um einen ganzen Kopf, und ich mußte zwei Schritte machen, wenn er einen machte. Dann ging er etwas langsamer und sagte halblaut: »Hast du Angst, Dragoner?« Ich sagte: »Nein, Herr Oberaufseher.« Wir gingen noch ein paar Schritte, ich fühlte, daß er mich ansah, und nach einem Weilchen begann er wieder: »Du brauchst auch keine Angst zu haben. Du hast nichts Schlimmes getan. Wenn du etwas Schlimmes getan hättest, wüßte ich es.« Ich sagte: »Danke, Herr Oberaufseher.« Er ging noch langsamer und setzte halblaut hinzu: »Hör mal zu! Achte gut auf das, was du dem Herrn Direktor sagst. Er ist ein sehr gelehrter Mann, aber ...«, er senkte die Stimme noch mehr, »... er ist ein bißchen ...« Er hob die rechte Hand in Gürtelhöhe und zeigte abwechselnd den Handrücken und das Innere. »Und außerdem«, fuhr er fort, »ist er etwas ...« Er legte den Zeigefinger an seine Stirn und blinzelte mir zu. Ein Schweigen folgte, er verlangsamte seinen Schritt noch mehr und sagte lauter: »Also gib gut acht, daß du die Antworten gibst, die er haben will.« Ich sah ihn an, er blinzelte mir wieder zu und fuhr fort: »Denn bei ihm weiß man nie, welche Antworten man geben soll.« Ich sah ihn an, er schüttelte mit wissender Miene den Kopf, blieb stehen und legte mir die Hand auf den Arm. »Also zum Beispiel: Du glaubst, eine Dummheit gesagt zu haben. Aber keineswegs. Er ist zufrieden.« Er fügte hinzu: »Und umgekehrt.« Er setzte seinen Marsch fort, zupfte lange an seinem Schnurrbart und sagte: »Also gib gut acht auf deine Antworten!« Er gab mir einen kleinen Klaps auf die Schulter, und ich sagte: »Vielen Dank auch, Herr Oberaufseher.«

Erst kam noch ein langer Gang, dann trat glänzend gebohnerter Eichenfußboden an die Stelle der Steinplatten, wir gingen durch eine Doppeltür, und ich hörte das Geklapper einer Schreibmaschine. Der Oberaufseher ging vor mir, zog seinen Rock zurecht, klopfte an eine rotgestrichene Tür, trat ein, stand stramm und rief mit lauter Stimme: »Der Häftling Lang ist zur Stelle, Herr Direktor.« Eine Stimme sagte: »Lassen Sie ihn eintreten!« Der Oberaufseher schob mich vor sich her. Das Zimmer war sehr hell, und das starke Leuchten der weißen Wände blendete mich.

Nach einer Weile bemerkte ich den Direktor. Er stand an einem großen Fenster, ein grünes Buch in der Hand. Er war klein, mager, sehr blaß, hatte eine hohe Stimme und einen durchdringenden Blick hinter seiner goldenen Brille.

Er sah mich an und sagte: »Lang?«, und sein Gesicht zuckte.

Der Oberaufseher stieß mich mit der Hand leicht in den Rücken. Dann lockerte er den Druck. Ich befand mich etwa einen Meter vor dem Schreibtisch, der Oberaufseher stand rechts von mir. Hinter dem Schreibtisch war die Wand vom Boden bis zur Decke mit Büchern bedeckt.

»Aha!« sagte der Direktor mit schriller, kreischender Stimme.

Dann warf er von der Stelle, wo er stand, das grüne Buch auf seinen Schreibtisch. Aber er verfehlte sein Ziel. Das Buch erreichte nur die Ecke des Tisches und fiel zu Boden. Der Oberaufseher machte eine Bewegung.

»Halt!« rief der Direktor mit schriller Stimme.

Seine Augen, seine Nase, seine Stirn, alles an ihm bewegte sich. Mit unglaublicher Heftigkeit streckte er seinen Zeigefinger in Richtung auf den Oberaufseher aus und sagte: »Ich habe es fallen lassen. Also ist es an mir, es aufzuheben. Ist das klar?«

»Das ist klar, Herr Direktor«, sagte der Oberaufseher.

Der Direktor tänzelte rasch zum Schreibtisch, hob das Buch auf und legte es neben einen Aschenbecher, der mit halb aufgerauchten Zigaretten angefüllt war. Dann zog er die rechte Schulter hoch, sah mich an, nahm ein Lineal vom Tisch, drehte mir den Rücken zu und fing an, mit rasender Geschwindigkeit im Zimmer herumzutänzeln.

»Also, das ist Lang«, sagte er.

Ein Schweigen trat ein, und der Oberaufseher rief, meiner Meinung nach ziemlich unnützerweise: »Jawohl, Herr Direktor.«

»Lang«, sagte der Direktor hinter meinem Rücken, »ich habe hier eine Klage über Sie von Herrn Doktor Vogel.«

Ich hörte, wie er hinter meinem Rücken mit dem Lineal auf einen weichen Gegenstand schlug.

»Er beklagt sich darüber, daß Sie auf einen Brief von ihm nicht geantwortet haben, von dem er mir eine Abschrift beigelegt hat.«

Ich schluckte meinen Speichel hinunter und sagte: »Herr Direktor, Doktor Vogel ist nicht mehr mein Vormund. Ich bin mündig.«

Er stand vor mir und schwang mit einer Grimasse sein Lineal.

»Ist das der Grund, weshalb Sie nicht auf seinen Brief geantwortet haben?«

»Nein, Herr Direktor. Der Grund ist, daß ich nicht will, was er will.«

»Wenn ich den Brief recht verstehe« (ein Schlag mit dem Lineal auf den Schreibtisch), »den Herr Doktor Vogel geschrieben hat« (ein Schlag mit dem Lineal auf die Lehne des Sessels), »einen, ich kann sagen, sehr interessanten Brief« (ein Schlag mit dem Lineal auf die Handfläche), »so war es der Wille Ihres Vaters, daß Sie Priester würden?«

»Ja, Herr Direktor.«

»Warum?«

»Er hatte es bei meiner Geburt der Heiligen Jungfrau gelobt.«

Es folgten mehrere Schläge mit dem Lineal, ein Wasserfall von schrillen Ahas, und er begann wieder herumzutänzeln.

»Und Sie waren nicht einverstanden?«

»Nein, Herr Direktor.«

Hinter meinem Rücken: »Haben Sie das Ihrem Vater gesagt?«

»Mein Vater fragte mich nie nach meiner Meinung.«

Ein Schlag mit dem Lineal auf den Fensterriegel.

»Aha!«

Vor mir: »Ist das der Grund, weshalb Sie konfessionslos geworden sind?«

»Nein, Herr Direktor.«

»Welches ist der wahre Grund?«

»Ich hatte den Eindruck, daß mein Beichtvater das Beichtgeheimnis verletzt hätte.«

Ein Schlag mit dem Lineal auf den Schreibtisch, Grimassen, Gehüpfe.

»Wem – nach Ihrer Annahme –« (Schlag mit dem Lineal an das Bücherregal) »hatte er es enthüllt?«

»Meinem Vater.«

Hinter meinem Rücken: »Und war das der Fall?«

»Nein, Herr Direktor, es war nicht der Fall. Aber ich habe es erst später erfahren.«

Immer noch hinter meinem Rücken: »Aber Sie haben den Glauben nicht wiedergefunden?«

»Nein, Herr Direktor.«

Ein Scharren mit dem Lineal auf Holz. Sehr schrille Ahas, und plötzlich laut schreiend: »Interessant!«

Ein kräftiger Schlag hinter meinem Rücken auf einen hölzernen Gegenstand.

»Oberaufseher!«

Der Oberaufseher sagte, ohne sich umzudrehen: »Jawohl, Herr Direktor.«

»Interessant!«

»Jawohl, Herr Direktor.«

Vor mir: »Ich habe in dem Brief von Doktor Vogel gelesen …«, er nahm das Blatt mit den Fingerspitzen auf und hielt es mit angewiderter Miene weit von sich weg, »… daß er sich anheischig machte, Ihre Begnadigung zu erwirken« (Schlag mit dem Lineal auf den Brief), »wenn Sie auf seine Absichten eingingen. Glauben Sie, daß er es könnte?«

»Gewiß, Herr Direktor. Doktor Vogel ist ein Gelehrter und hat viele …«

Lächeln, Schläge mit dem Lineal auf den Brief, Gehüpfe.

»So! Herr Doktor Vogel ist ein Gelehrter. Und worin ist denn Herr Doktor Vogel so gelehrt?«

»In der Medizin, Herr Direktor.«

»So!«

Hinter meinem Rücken: »Ist Ihnen nicht der Gedanke gekommen, daß Sie vorgeben könnten, sich dem Doktor Vogel zu unterwerfen, und dann, wenn Sie erst begnadigt sind, Ihre Freiheit wiedererlangen könnten?«

»Nein, Herr Direktor, der Gedanke ist mir nicht gekommen.«

»Und wie denken Sie jetzt darüber?«

»Ich werde es nicht tun.«

»Aha!«

Vor mir stehend, das eine Ende des Lineals auf den Schreibtisch aufgesetzt und mit beiden Händen auf das andere Ende gestützt: »Warum nicht?«

Ich schwieg eine ganze Weile, und der Oberaufseher sagte in strengem Ton zu mir: »Antworten Sie doch dem Herrn Direktor!« Der Direktor erhob sein Lineal und sagte energisch: »Lassen Sie ihm Zeit!« Wieder trat ein Schweigen ein, und dann sagte ich: »Ich weiß nicht.«

Der Direktor zog eine Grimasse, kniff die Lippen zusammen, warf dem Oberaufseher einen wütenden Blick zu, schlug mit dem Lineal an eine kleine Bronzestatuette auf dem Schreibtisch und tänzelte dann wieder mit größter Geschwindigkeit um mich herum.

»Kennen Sie außer Herrn Doktor Vogel jemanden, der Schritte unternehmen könnte, um Ihre Begnadigung zu erreichen?«

»Nein, Herr Direktor.«

Hinter meinem Rücken stehend: »Wissen Sie, daß in Ihrem Falle die Begnadigung fünf Jahre ausmachen kann? Sie würden also fünf statt zehn Jahre abzusitzen haben.«

»Ich wußte es nicht, Herr Direktor.«

»Und haben Sie jetzt, da Sie es wissen, die Absicht, den Brief des Doktor Vogel zu beantworten?«

»Nein, Herr Direktor.«

»Sie wollen also lieber fünf Jahre mehr absitzen, als sich den Anschein geben, daß Sie sich dem Doktor Vogel unterwerfen?«

»Jawohl, Herr Direktor.«

»Warum?«

»Das hieße ihn täuschen.«

Vor mir stehend, mit ernster Miene, mit dem Lineal auf mich weisend und seinen durchdringenden Blick auf mich gerichtet: »Betrachten Sie Herrn Doktor Vogel als einen Freund?«

»Nein, Herr Direktor.«

»Empfinden Sie für ihn Zuneigung und Achtung?«

»Gewiß nicht, Herr Direktor.« Ich setzte hinzu: »Doch er ist ein großer Gelehrter.«

»Lassen wir den großen Gelehrten beiseite.« Dann fuhr er fort: »Lang, ist es erlaubt, einen Feind des Vaterlandes zu töten?«

»Gewiß, Herr Direktor.«

»Und gegen ihn eine Lüge anzuwenden?«

»Gewiß, Herr Direktor.«

»Auch die schmutzigste List?«

»Gewiß, Herr Direktor.«

»Doch gegen Herrn Doktor Vogel wollen Sie keine List anwenden?«

»Nein, Herr Direktor.«

»Warum nicht?«

»Das ist nicht dasselbe.«

»Warum ist es nicht dasselbe?«

Ich überlegte und sagte dann: »Weil es sich nur um mich handelt.«

Er sagte »Aha!« in einem scharfen, triumphierenden Ton, seine Augen funkelten hinter den Brillengläsern, er warf das Lineal auf den Tisch, kreuzte die Arme und sah sehr befriedigt aus.

»Lang«, sagte er, »Sie sind ein gefährlicher Mensch.«

Der Oberaufseher drehte den Kopf zu mir und sah mich mit strenger Miene scharf an.

»Und wissen Sie, warum Sie ein gefährlicher Mensch sind?«

»Nein, Herr Direktor.«

»Weil Sie ehrlich sind.«

Seine goldene Brille funkelte, und er fuhr fort: »Alle ehrlichen Menschen sind gefährlich. Nur die Lumpen sind harmlos. Und wissen Sie, warum, Oberaufseher?«

»Nein, Herr Direktor.«

»Möchten Sie es wissen, Oberaufseher?«

»Jawohl, Herr Direktor, ich möchte es wissen.«

»Weil die Lumpen nur aus Eigennutz handeln, das heißt kleinlich.«

Er setzte sich, legte die Arme auf die Seitenlehnen des Sessels und sah von neuem höchst befriedigt aus.

»Lang«, begann er wieder, »ich bin froh, daß dieser Brief des gelehrten Doktor Vogel« (er nahm ihn mit den Fingerspitzen auf) »meine Aufmerksamkeit auf Ihren Fall gelenkt hat. Es ist wenig wahrscheinlich, daß der gelehrte Doktor Vogel jetzt noch« (er lächelte) »etwas für Sie unternimmt. Aber ich dagegen ...«

Er stand auf, hüpfte lebhaft nach dem Bücherregal, zog aufs Geratewohl ein Buch heraus und sagte, mir den Rücken zuwendend: »Zum Beispiel kann ich in Anbetracht Ihrer guten Führung eine Herabsetzung Ihrer Strafe beantragen.«

Er drehte sich mit affenartiger Behendigkeit um, stieß mit dem Lineal wie ein Fechter nach mir, seine Augen blitzten, und plötzlich rief er mit schriller Stimme: »Und ich werde es tun.«

Er stellte das Buch wieder an seinen Platz, tänzelte zu seinem Schreibtisch, setzte sich, hob den Blick und schien plötzlich ganz erstaunt zu sein, uns hier zu sehen. Er machte eine kleine ungeduldige Bewegung mit der Hand.

»Führen Sie den Gefangenen ab!« Und ohne Übergang fing er an zu schreien: »Schnell, schnell, schnell!«

»Vorwärts!« rief der Oberaufseher.

Und wir verließen das Zimmer fast im Laufschritt.

Der Direktor hielt Wort, obwohl ich noch zwei Jahre warten mußte, bevor ich die Wirkung spürte. Im Jahre 1929 erfuhr ich, daß meine Strafe auf die Hälfte herabgesetzt worden war. Und ich verließ das Gefängnis fast auf den Tag genau fünf Jahre, nachdem ich eingeliefert worden war.

Ich war sehr gewachsen, und meine Zivilkleider waren abermals zu klein geworden. Auf jeden Fall war ich sehr froh, daß beinahe schon Sommer war und die Witterung mild, denn so brauchte ich den Mantel von Onkel Franz nicht zu tragen.

Über meinen Arbeitslohn hinaus erhielt ich einen Fahrtausweis nach M. Im Zug ertappte ich mich dabei, daß ich an meine Zelle dachte, und seltsamerweise mit Bedauern. Ich hielt mich im Gang des Wagens auf, sah zum Fenster hinaus, die reifen Felder flogen vorüber, sie wogten leicht im Sonnenschein, und ich dachte: ›Ich bin frei.‹ Es war sonderbar, das zu denken, und daß es letztlich der Brief des Doktor Vogel gewesen war, dem ich meine Freiheit verdankte.

Nach einer Weile setzte ich mich wieder ins Abteil. Meine unbeschäftigten Hände hingen herab, die Minuten vergingen eine nach der andern, es war niemand mehr da, der mir sagte, was ich tun sollte, ich langweilte mich. Ich ging wieder auf den Gang hinaus und sah durchs Fenster. Die Kornfelder waren sehr schön. Der Wind strich mit leichtem Schauern über sie weg wie über einen See.

Im Gefängnis hatte man mir fünf Zigaretten mitgegeben, aber nichts, um sie anzuzünden. Ich trat in mein Abteil, bat einen Mitreisenden um Feuer und ging wieder auf den Gang. Die Zigarette hatte keinen Geschmack, und nach ein paar Zügen ließ ich das Fenster herunter und warf sie in weitem Bogen hinaus. Der Wind trieb sie an den Wagon zurück, und eine Funkengarbe sprühte auf. Dann schloß ich das Fenster wieder und betrachtete von neuem die Felder. Neben den Feldern sah ich auch Wiesen in recht gutem Zustand, aber ich sah keine Pferde.

Nach einer Weile dachte ich an die Partei und fühlte mich glücklich.

1929

Die Partei beschloß, mich eine Zeitlang »aufs Land« zu schicken, und fand für mich eine Stellung im Gestüt des Obersten Baron von Jeseritz, der ein großes Gut in W., in Pommern, besaß.

Meine neue Arbeit entzückte mich. Die Tiere waren schön und gut gepflegt, die Stallungen sehr modern, und der Baron von Jeseritz – man nannte ihn stets »Herr Oberst«, obwohl er nicht mehr im Dienst war – übte eine eiserne Disziplin. Er war groß und hager, sein Gesicht gebräunt und von Runzeln durchzogen, ein übermäßig langes Kinn gab ihm selbst das Aussehen eines Pferdes. Die Stallknechte nannten ihn hinter seinem Rücken »Stahlschnauze«, aber ich habe niemals erfahren können, ob wegen seines Kinns oder wegen seiner Augen. Diese hatten auf den ersten Blick nichts Ungewöhnliches. Sie waren blau, und mehr war darüber nicht zu sagen. Aber wenn Jeseritz sie unvermittelt fest auf einen richtete, hätte man meinen können, daß er an einem Schalter drehte. Ihr Glanz war unerträglich.

Ich war schon drei Monate in seinen Diensten, er hatte noch kein einziges Mal das Wort an mich gerichtet, und ich glaubte, da ich durch seinen Vertrauensmann angestellt worden war, ich sei ihm völlig unbekannt, als ich eines Nachmittags, an dem ich allein auf einer Weide damit beschäftigt war, die Einzäunung auszubessern, hinter mir den charakteristischen Trab seiner Stute erkannte; ich hörte ein Schnalzen, und plötzlich stand die Stute vor mir, hoch und feingliedrig; ihre Muskeln traten unter ihrem schönen schwarzen Fell sanft hervor.

»Lang!«

Ich richtete mich auf, und bei der jähen Bewegung, die ich machte, um strammzustehen, spitzte die Stute die Ohren. Jeseritz tätschelte sie und sagte, ohne mich anzusehen und als ob er mit sich selbst spräche: »Ich habe einen kleinen Hof in Marienthal. Er ist vollständig heruntergewirtschaftet ...«

Er schwieg, und ich wartete ab.

»Ich hab mir gedacht«, fuhr er wie geistesabwesend fort, als ob er bloß laut dachte, »ich könnte vielleicht dort ein paar Pferde unterbringen, wenn der Boden sie ernähren kann.«

Er senkte die Spitze seiner Reitpeitsche, legte sie zwischen die Ohren der Stute und streichelte sie leicht.

»Zur Zeit meines Vaters waren dort Pferde. Aber niemand hat dort aushalten wollen ... Es ist ein Dreckloch. Überall Wasser. Die Baulichkeiten sind in einem traurigen Zustand. Der Boden auch. Man muß alles erneuern, den Boden wieder instand setzen ...«

Er hob die Reitpeitsche wieder und richtete seine unerträglichen blauen Augen auf mich.

»Verstanden?«

»Jawohl, Herr Oberst.«

Nach einem Weilchen blickte er weg, und ich fühlte mich erleichtert.

»Ich hab an dich gedacht.«

Er kratzte sich mit der Spitze der Reitpeitsche hinter dem Ohr und sagte barsch: »Die Bedingungen sind die folgenden. Zunächst stelle ich dir zwei Mann, und du versuchst, alles zu erneuern. Du erhältst denselben Lohn wie jetzt. Wenn es dir gelingt, ziehst du hin, und ich stelle ein paar Pferde ein. Gleichzeitig gebe ich dir eine Zuchtsau, ein paar Hühner und Saatgut. Es ist ein Stück Feld dabei. Alles, was du aus dem Feld, dem Schwein, dem Geflügel und zwei kleinen Waldstücken, die zu dem Gut gehören, herauswirtschaftest, gehört dir. Auch die Jagd gehört dir. Aber vergiß nicht, daß du von dem Augenblick an, an dem du einziehst, keinen Pfennig erhältst. Verstanden? Keinen Pfennig!«

Er schwenkte seine Reitpeitsche, sein durchbohrender Blick fiel auf mich, und plötzlich schrie er wütend: »Nicht einen einzigen Pfennig!«

Ich sagte: »Ja, Herr Oberst.«

Es entstand ein Schweigen, und dann fuhr er mit ruhiger Stimme fort: »Sag nicht ja. Nimm ein Pferd und sieh dir's an! Wenn du es gesehen hast, kannst du ja sagen.«

»Jetzt gleich, Herr Oberst?«

»Jetzt gleich. Und sag Georg, er soll dir Stiefel geben. Du wirst sie brauchen.«

Er wendete sein Pferd und ritt davon. Ich kehrte in unsere Baracke zurück und sagte Georg, daß mich Jeseritz nach Marienthal schicke. Georg sah mich an, kniff die Augen zusammen und schüttelte ein paarmal den Kopf. Dann sagte er mit geheimnisvoller Miene: »Du also!«

Er lächelte, seine Zahnlücken wurden sichtbar, und er sah sofort viel älter aus.

»Ach, ist der Alte schlau! Er spekuliert jetzt auf den armen Landstreicher.«

Er holte mir Stiefel, sah zu, wie ich sie anprobierte, und sagte langsam: »Freu dich nicht zu schnell! Das ist ein Dreckloch. Und sag nicht ja, wenn du glaubst, daß du es nicht schaffen kannst.«

Ich bedankte mich, er bestimmte ein Pferd für mich, und ich ritt los. Vom Gestüt nach Marienthal waren es zehn Kilometer. Der Himmel war wolkenlos, aber obwohl erst September war, war die Luft außerordentlich frisch.

Im Dorf ließ ich mir die Richtung nach dem Gut angeben und legte noch zwei oder drei Kilometer auf einem sehr schmutzigen Weg zurück, der halb von Heidekraut überwuchert war. Ich sah weder ein Haus noch ein Stück Feld. Alles war unbebaut und wüst. Der Weg hörte vor einer völlig verfaulten hölzernen Schranke auf, ich stieg vom Pferd und band es an einer Pappel an. Obgleich es seit acht Tagen nicht geregnet hatte, war der Boden weich und schwammig.

Ich ging noch ein paar Schritte und entdeckte das Haus. Das Dach war teilweise durchgebrochen, weder eine Tür noch Fensterläden waren vorhanden, und zwischen den zerbrochenen Fliesen wuchs Gras. Ich machte einen Rundgang und kam in den Stall. Sein Dach hielt noch, aber eine der Wände war eingestürzt.

Georg hatte mir einen Plan der zugehörigen Landstücke mitgegeben, und ich begann diese ohne Eile abzugehen. Der Wald war ein feuchtes und mageres Gebüsch. Außer Heizung und Jagd war nichts herauszuholen. Ich sah im Vorübergehen, was ein Acker sein sollte: armer, sandiger Boden.

Dann war noch ein kleines Fichtenwäldchen da, und ich zählte mit Vergnügen etwa hundert ziemlich gute Stämme und ungefähr ebensoviel junge Bäume. Dahinter fingen die Wiesen an. Ich zählte im ganzen fünf, die durch Hecken oder Zäune getrennt waren. Drei von ihnen waren mit Binsen bewachsen. Die beiden anderen, unterhalb eines schlammigen Pfades gelegen, waren vollkommen naß. Es konnte keine Rede davon sein, sich daraufzuwagen, selbst nicht in meinen Stiefeln. Ich ging den Fußweg entlang; nach einer Viertelstunde Marsch kam ich an einen Teich und begriff, was geschehen war. Der Teich mußte durch einen Damm abgeschlossen gewesen sein, den dann ein Hochwasser zerstört hatte. Das Wasser hatte die beiden tiefer gelegenen Wiesen überschwemmt und war in die drei anderen eingesickert, nur viel langsamer, weil an dieser Stelle eine leichte Bodenwelle seinem Lauf Widerstand geleistet hatte.

Ich zog mich aus und ging in den Teich hinein. Das Wasser war eisig, ich holte tief Atem und tauchte. Nach einiger Zeit fand ich den Damm, ich zog mich hinauf, das Wasser ging mir bis an die Knie. Mit dem Fuß tastend, stellte ich die Richtung des Dammes fest und ging langsam weiter. Das Wasser war dunkel und schlammig, und ich war immer darauf gefaßt, den Boden unter den Füßen zu verlieren, sobald ich an die Stelle kam, wo der Damm gebrochen war. Und in der Tat, ich war noch nicht bis zur Mitte des Teiches gelangt, als ich schwimmen mußte, bis ich drei oder vier Meter weiter den zweiten Abschnitt des Dammes wiederfand. Ich faßte darauf Fuß und erreichte das Ufer. Eine andere Lücke gab es nicht.

Ich stieg aus dem Wasser und ging im Laufschritt um den Teich herum, um auf der anderen Seite wieder zu meinen Kleidern zu kommen. Mir klapperten die Zähne, und ich sank mehrmals bis zu den Knöcheln in den Schlamm ein. Aber beim Laufen trocknete mich der Wind, und ich war kaum noch feucht, als ich mich wieder ankleidete.

Ich setzte mich dem Teich gegenüber auf einen großen Stein, die Sonne sank schon, ich fröstelte und fühlte Müdigkeit und Hunger. Ich zog mein Brot aus der Tasche und fing an, es langsam zu verzehren, während ich auf den Teich hinblickte. Er war von einer Menge Binsen umgeben, und dahinter stieg im Westen eine große schwarze Wolke auf und verhüllte die Sonne. Mit einemmal brach die Dunkelheit herein, ein faulig-feuchter Geruch stieg vom Boden auf, und alles war von einer furchtbaren Traurigkeit erfüllt. Dann drang ein Sonnenstrahl durch die Wolke, streifte das dunkle Wasser, und brauner Nebel fing an, sich in den Vertiefungen der Wiesen zu sammeln. Der Stein, auf dem ich saß, steckte zur Hälfte im Schlamm, alles um mich herum war kalt und klebrig, und ich hatte die Empfindung, in einem Meer von Schlamm verloren zu sein.

Als ich auf das Gut zurückkam, nahm Georg mein Pferd beim Zügel und sagte: »Der Alte wartet auf dich in seinem Büro. Geh schnell hin!«

Dann sah er mich an und sagte leise: »Na, was hältst du davon? Dort im Winter, he? ...«

Im Büro brannte ein großes Holzfeuer, und vor dem Feuer saß oder vielmehr lag in einem kleinen Lehnstuhl, mit dem Hintern auf dem Sesselrand, Herr von Jeseritz, eine lange Pfeife in der Hand, seine langen gestiefelten Beine weit ausgestreckt. Er wandte den Kopf, seine blauen Augen blickten mich fest an, und er rief: »Nun?«

Ich stand stramm und sagte: »Ja.«

Er erhob sich und stellte sich fest auf seine Beine. Das erstaunte mich. Bisher hatte ich ihn immer nur zu Pferde gesehen.

»Hast du es dir gut überlegt?«

»Jawohl, Herr Oberst.«

Er ging auf und ab und sog an seiner Pfeife.

»Glaubst du, daß es dir gelingen wird?« sagte er mit verhaltener Stimme.

»Jawohl, Herr Oberst, wenn es mir gelingt, den Damm auszubessern. Er hat eine Lücke von vier Metern.«

Er blieb plötzlich stehen und sah mich scharf an.

»Woher weißt du, daß sie vier Meter lang ist?«

»Ich bin ins Wasser hineingestiegen.«

»Und eine andere Lücke gibt es nicht?«

»Nein, Herr Oberst.«

Er nahm seinen Marsch wieder auf.

»Das ist nicht so schlimm, wie ich glaubte.«

Er blieb stehen und kratzte sich mit dem Mundstück seiner Pfeife hinter dem Ohr.

»Also du bist ins Wasser gegangen?«

»Jawohl, Herr Oberst.«

Er sah mich zufrieden an.

»Na, du bist der erste, der auf diesen Gedanken gekommen ist.«

Er setzte sich, legte seine Beine aneinander und streckte sie aus.

»Und dann?«

»Dann, Herr Oberst, müßte man die beiden tiefer liegenden Wiesen trockenlegen. Was die drei andern angeht, würde es genügen, sie zu säubern und die Vertiefungen auszufüllen.«

»Kannst du den Stall und das Haus selber ausbessern?«

»Jawohl, Herr Oberst.«

Ein Schweigen trat ein. Er stand auf, lehnte sich an den Kamin und sagte: »Hör jetzt gut zu!«

»Jawohl, Herr Oberst.«

»Für mich bedeuten ein paar Pferde dort nichts. Das zählt überhaupt nicht mit. Was wichtig ist ...«, er machte eine Pause, stellte sich breitbeinig hin und sagte: »... das ist, daß ein Stück deutschen Bodens der Kultur zurückgewonnen wird und daß eine deutsche Familie davon lebt. Verstanden?«

Ich antwortete nicht sofort. Ich war verblüfft, ihn von einer Familie reden zu hören, da er das Gut doch mir anvertrauen wollte.

Er wiederholte ungeduldig: »Verstanden?«

Ich sagte: »Jawohl, Herr Oberst.«

»Gut. Du fängst morgen an. Georg wird dir die Leute mitgeben und alles, was nötig ist. Das ist also abgemacht?«

»Jawohl, Herr Oberst.«

»Gut. Aber denk daran: Sobald du im Bruch eingezogen bist, gibt es keinen Pfennig. Selbst wenn du vor Hunger krepierst, keinen Pfennig! Was auch kommen mag, keinen Pfennig!«

Ich brauchte ein Jahr, um die Arbeit durchzuführen, die ich übernommen hatte. Sogar in der Armee hatte ich keine härtere Zeit erlebt. Es waren unglaubliche Lebensbedingungen, und es bestätigte sich mir, was ich schon in Kurland bemerkt hatte: Man findet sich mit der Hitze ab, und man findet sich mit der Kälte ab, aber niemals gewöhnt man sich an den Schlamm.

Der Damm machte uns viel Mühe. Wir waren kaum mit der Ausbesserung fertig, als er an einer anderen Stelle weggespült wurde. Dann folgten vom Oktober an unaufhörlich Unwetter, und wir arbeiteten den ganzen Tag mit den Füßen im Teich stehend und den Körper vom Regen gepeitscht. Trocken waren wir nur abends. Wir schliefen auf den Fliesen des Hauses unter Pferdedecken. Das Dach hatten wir ausgebessert, aber der

Kamin hatte so schlechten Zug, daß wir die Wahl hatten, entweder vor Kälte zu schlottern oder vom Rauch erstickt zu werden. Dennoch wurde der Damm fester, aber ich erkannte, daß die Festigkeit immer nur scheinbar sein würde und daß man in der Folge ständig darüber würde wachen müssen.

Ich hatte auch Schwierigkeiten mit meinen Gehilfen. Sie beklagten sich, sie würden zu derb angefaßt. Ich bat Jeseritz, einen von ihnen als warnendes Beispiel zu entlassen, und nachher hatte ich keinen Verdruß mehr. Doch der Mann, den man mir als Ersatz gab, kriegte eine Lungenentzündung und mußte von sich aus weggehen. Ich selbst hatte einen ziemlich schweren Malariaanfall, der mich einige Tage niederwarf, und zweimal wäre ich beinahe versunken.

Endlich kam der Tag, an dem ich Jeseritz mitteilen konnte, daß das Gut wieder instand sei. Als ich sein Büro betrat, traf ich dort den alten Wilhelm. Er winkte mir freundschaftlich zu, und ich war darüber so erstaunt, daß ich den Gruß nicht erwiderte. Der alte Wilhelm war ein Pächter des Herrn von Jeseritz, und im allgemeinen hielten sich die Pächter für so hoch über den Stallknechten stehend, daß es ihnen nicht in den Sinn gekommen wäre, das Wort an sie zu richten.

Ich fand Jeseritz in seinen kleinen Lehnstuhl hingestreckt, die lange Pfeife in der Hand und die gestiefelten Beine weit von sich gestreckt. Rechts von ihm standen auf einem niedrigen Tischchen aus schwarzem Holz sechs Glas Bier und sechs kleine Gläser voll Schnaps.

»Ich bin fertig, Herr Oberst.«

»Gut!« sagte von Jeseritz und ergriff mit der rechten Hand ein Glas Schnaps.

Er stand auf, reichte es mir, ich sagte: »Danke schön, Herr Oberst«, er nahm auch eins, leerte es auf einen Zug, nahm ein Glas Bier und leerte es gleichfalls. Als ich meinen Schnaps ausgetrunken hatte, setzte ich das Gläschen auf den Tisch, aber Jeseritz bot mir kein Bier an.

»So«, sagte er und wischte sich mit dem Ärmel über die Lippen, »du bist fertig?«

»Ja, Herr Oberst.«

Er blickte mich an, sein Gesicht legte sich in Falten und bekam einen boshaften Ausdruck.

»Nein, nein«, sagte er endlich, während er mit dem Rücken

der linken Hand sein mächtiges Kinn strich, »du bist nicht fertig, es bleibt dir noch etwas zu tun.«

»Was denn, Herr Oberst?«

Seine Augen funkelten.

»Also, du bist fertig, nicht wahr? Das Haus ist fertig, du kannst einziehen?«

»Ja, Herr Oberst.«

»So, du hast keine Möbel, keine Wäsche, kein Geschirr, aber du willst trotzdem einziehen? Daran hast du nicht gedacht, will ich wetten.«

»Nein, Herr Oberst.«

»Also, siehst du, bist du nicht fertig.«

Er strich sich über seine Kinnlade und fing an zu lachen.

»Du wirst das alles kaufen müssen. Aber sicher hast du Geld, nicht wahr?«

»Nein, Herr Oberst.«

»Was? Was?« sagte er ganz erstaunt. »Kein Geld? Kein Geld? Aber das geht nicht, mein Freund, das geht doch nicht. Man braucht Geld, um Möbel zu kaufen.«

»Ich habe kein Geld, um Möbel zu kaufen, Herr Oberst.«

»Kein Geld!« wiederholte er kopfschüttelnd. »Schade! Schade! Kein Geld, keine Möbel, das ist klar! Und ohne Möbel kein Gut!«

Er blickte mich an, seine Augen erstarrten urplötzlich, dann fingen sie wieder an zu funkeln, und ich fühlte mich sehr unbehaglich.

»Ich könnte vielleicht unter einer Pferdedecke schlafen, Herr Oberst.«

»Was?« sagte er mit spöttischer Miene. »Ich, Oberst von Jeseritz, soll meinen Pächter auf dem nackten Boden schlafen lassen! Nein, nein, mein Freund! Keine Möbel, kein Gut, das ist klar.« Er sah mich boshaft an und fuhr fort: »Also du siehst, du bist nicht fertig. Es bleibt dir noch etwas zu tun.«

»Was denn, Herr Oberst?«

Er bückte sich, ergriff ein Schnapsglas, leerte es auf einen Zug, stellte es wieder auf den Tisch, nahm ein Glas Bier und trank es aus. Dann schnalzte er mit der Zunge, seine Augen funkelten, und er sagte: »Heiraten.«

Ich stammelte mit bebender Stimme: »Aber, Herr Oberst, ich will nicht heiraten.«

Sein Gesicht wurde sofort wieder starr.

»Was?« rief er. »Du willst nicht heiraten! Was für eine verflixte Frechheit! Du willst Pächter sein und nicht heiraten! Wofür hältst du dich denn?«

»Verzeihung, Herr Oberst, ich will nicht heiraten ...«

»Was?« schrie er.

Er reckte die Arme gen Himmel.

»Mir einfach nein zu sagen! Mir! Mir, einem Offizier! Mir, der dich sozusagen aus dem Dreck gezogen hat.«

Er sah mich mit einem durchdringenden Blick an.

»Du bist doch nicht etwa krank?«

»Nein, Herr Oberst.«

»Herrgott, du wirst doch nicht zufällig einer von diesen ...«

Ich sagte energisch: »Nein, Herr Oberst.«

Er fing plötzlich an zu brüllen: »Warum also?«

Ich sagte nichts, er sah mich eine ganze Weile an, dann kratzte er sich mit dem Mundstück seiner Pfeife hinter dem Ohr.

»Du bist doch normal, nicht?«

Ich sah ihn an.

»Kurz gesagt, du bist kein Wallach, sondern ein Hengst, hoffe ich.«

»Gewiß, Herr Oberst, ich bin normal.«

»Und du kannst Kinder machen?«

»Ich vermute, Herr Oberst.«

Er brach in Lachen aus.

»Wie, du vermutest?«

Es war mir schrecklich peinlich, und ich sagte: »Ich will damit sagen, daß ich nie versucht habe, Kinder zu machen, Herr Oberst.«

Er lachte, zeigte mit seiner Pfeife auf mich, und ich bemerkte flüchtig, daß die Vorderseite des Pfeifenkopfs einen Pferdekopf darstellte.

»Aber du hast trotzdem den ersten Schritt dazu getan, hoffe ich?«

»Ja, Herr Oberst.«

Er lachte abermals schallend und begann wieder: »Wievielmal?« Und da ich nicht antwortete, wiederholte er brüllend: »Wievielmal?«

»Zweimal, Herr Oberst.«

»Wa-as?« schrie er.

Und er lachte wohl eine ganze Minute lang. Als er sich ausgelacht hatte, leerte er Zug um Zug ein Glas Schnaps und ein Glas Bier, sein gebräuntes Gesicht rötete sich, und er sah mich mit funkelnden Augen an.

»Wart mal!« rief er, »das müssen wir klarstellen! Wievielmal, sagst du?«

»Zweimal, Herr Oberst.«

»Mit derselben?«

»Nein, Herr Oberst.«

Er hob mit geheucheltem Entsetzen seine Pfeife gen Himmel.

»Aber du bist ja ein richtiger … Wie nennt man das? … Es kommt nicht darauf an … Ein richtiger … Don Juan, glaube ich. Also mit jeder einmal! Einmal! Die armen Dinger! Was hatten sie dir denn getan?«

Ich haspelte heraus: »Die erste redete wirklich zuviel, und die zweite war meine Wirtin.«

»So, so!« rief von Jeseritz und leerte wieder schnell ein Glas Schnaps und ein Glas Bier. »Das ist sehr praktisch, die Wirtin. Da gibt es wenigstens keine Unterbrechung. Sie ist immer zur Stelle.«

»Das war es ja gerade«, sagte ich mit bebender Stimme. »Ich hatte Angst … daß es zur Gewohnheit würde.«

Er fing an zu lachen, als ob er nie wieder aufhören wollte.

»Herr Oberst«, sagte ich mit fester Stimme, »es ist nicht meine Schuld, aber ich bin nun mal nicht sinnlich.«

Er sah mich an. Der Gedanke schien ihn zu überraschen, und er hörte auf zu lachen.

»Da haben wir es«, sagte er befriedigt. »Ich wollte es schon sagen. Du bist nicht sinnlich veranlagt. Das ist die Erklärung. Du lehnst das weibliche Geschlecht ab. Ich habe solche Pferde gekannt.«

Er lehnte sich an den Kamin, steckte seine Pfeife wieder in Brand und sah mich mit Befriedigung an.

»Aber alles das«, begann er wieder nach einer Weile, »erklärt mir nicht, warum du nicht heiraten willst.«

Ich sah ihn mit offenem Munde an.

»Aber Herr Oberst, mir scheint …«

»Ta, ta, ta! Dir scheint gar nichts. Wenn du erst verheiratet bist, werde ich deine Sprünge nicht zählen, nicht wahr? Aber wenn du in fünf Jahren einmal im Jahr liebst, kannst du sehr gut fünf Kinder haben, und das ist alles, was das Vaterland von dir verlangt. Nein, nein, all das sagt mir noch nicht, warum du nicht heiraten willst.«

Er sah mich fest an, ich wandte den Kopf weg und sagte: »Es ist so ein Gedanke von mir, Herr Oberst.«

»Was?« rief er und hob seine Pfeife zum Himmel. »Ein Gedanke? Sieh mal an, du hast auf einmal Gedanken! – Hör zu«, fuhr er fort, »da du Gedanken liebst, will ich dir zwei in deinen verfluchten bayrischen Dickschädel einhämmern. Erstens: Ein guter Deutscher muß Stammvater eines neuen Geschlechts werden. Zweitens: Auf ein Gut gehört eine Frau. Stimmt's?«

Und da ich nicht antwortete, brüllte er: »Stimmt's?«

»Jawohl, Herr Oberst.«

Und in der Tat, im allgemeinen hatte er bestimmt recht.

»Nun gut«, sagte er, als ob die Diskussion abgeschlossen wäre, »das ist also abgemacht.«

Nach einem Schweigen sagte ich: »Aber, Herr Oberst, selbst wenn ich heiraten wollte – Sie wissen doch, daß ich hier niemand kenne.«

Er lehnte sich in seinen kleinen Sessel und streckte seine gestiefelten Beine von sich.

»Mach dir darüber keine Sorgen. Ich habe alles schon in die Wege geleitet.«

Ich sah ihn mit offenem Munde an.

»Freilich«, sagte er und richtete seine Augen fest auf mich, »du glaubst doch nicht, ich lasse zu, daß du irgendeine Hure auf mein Pachtgut bringst? Daß sie dir Hörner aufsetzt, daß du zu saufen anfängst und meine Pferde krepieren läßt? Nie und nimmer!«

Er schüttete die Asche seiner Pfeife ins Feuer, hob den Kopf wieder und sagte: »Ich habe dir die Elsie ausgesucht.«

Ich stammelte: »Elsie? Die Tochter des alten Wilhelm?«

»Kennst du hier eine andere Elsie?«

»Aber sie wird nichts von mir wissen wollen, Herr Oberst.«

»Natürlich wird sie.«

Er sah mich mit zusammengekniffenen Augen an.

»Zwar bist du ein bißchen klein, aber du bist nicht häßlich. Und du bist kräftig. Klar, sie ist etwas groß für dich. Aber um so besser, das gleicht sich aus. Mit deinem Brustkasten und ihren langen Stelzen werdet ihr ganz anständige Kinder machen. Und merke dir …«, er strich mit der Hand seine riesige Kinnlade, »… bei Kreuzungen weiß man nie, wie es geht. Vielleicht werden die Kinder am Ende alle nach dir schlagen: guter Brustkasten, aber kurze Beine. – Aber darauf kommt es jetzt nicht an«, fuhr er fort und stand auf, »um den Boden zu bearbeiten, sind kurze Beine besser. Nein, worauf es ankommt, ist die Rasse. Ihr seid alle beide gute Deutsche und werdet gute Deutsche zeugen; darauf kommt es an! Es gibt genug von diesen dreckigen Slawen hier in Pommern.«

Schweigen trat ein, ich straffte mich noch mehr, schluckte den Speichel hinunter und sagte: »Wirklich, Herr Oberst, ich möchte nicht heiraten.«

Er blickte mich an, der Mund blieb ihm offen stehen, seine Stirnadern schwollen, und so stand er ein paar Sekunden lang, ohne sprechen zu können, seine unerträglichen blauen Augen auf mich geheftet.

»Du gottverdammtes Arschloch!« brüllte er.

Er schritt auf mich zu, packte mich an den Jackenaufschlägen und schüttelte mich wie ein Verrückter.

»Die Möbel!« brüllte er. »Die Möbel! Der alte Wilhelm gibt dir Möbel.«

Er ließ mich los, warf seine Pfeife auf den Schreibtisch und ging in Richtung Tür, die Hände auf den Rücken gelegt.

»Du Lump!« schrie er und drehte sich zu mir um. »Ich gebe dir einen tadellosen Pachthof, ich gebe dir ein Mädel! Und du …«

Er ging auf mich los, und ich dachte, er wollte mich schlagen.

»Du Schwein«, schrie er, »du willst nicht heiraten! Nach allem, was ich für dich getan habe!«

»Herr Oberst, ich bin Ihnen gewiß sehr dankbar.«

»Schweig!« schrie er. Dann schüttelte ihn ein neuer Wutanfall, und während er hin und her lief und sich an seine Brust schlug, stammelte er: »Er hat … ge … wagt … in Gegen … wart … eines … Offi … ziers …«

Dann machte er kehrt und brüllte: »Die Möbel!«

Er kam auf mich zu und hielt mir die Faust unter die Nase.

»Ein Schlafzimmer in Eiche, ein Küchentisch, ein Küchenschrank aus Weichholz, sechs Rohrstühle, vier Bettbezüge, hörst du? Bettbezüge! Du hast in deinem Leben nie mehr als ein schmutziges Taschentuch besessen. Das Ganze in einem Wert von … von … mindestens sechshundert Mark. Und du? Aber ich werde dich vor die Tür setzen, ob du in der SA bist oder nicht. Du wirst in Nachtasylen verfaulen. Du wirst wie ein Pennbruder in der Suppenküche fressen. Hörst du, ich werde dich fortjagen.«

Er warf mir einen fürchterlichen Blick zu, mir wurde blitzartig zur Gewißheit, daß er es tun würde, und die Beine fingen mir an zu zittern.

»Da schlag doch einer lang hin!« fuhr er fort und durchbohrte mich dabei mit einem Blick. »Dieser kleine Herr lehnt Elsie ab. Ein untadeliges Füllen, handgängig, willig, die dir die Arbeit von zwei Männern leisten würde! Und außerdem gebe ich dir Möbel. Schließlich ist es ja ihr Vater, aber das kommt auf dasselbe heraus, denn um ihn dazu zu bringen, habe ich ihm einheizen müssen, bis ihm das Wasser im Arsch kochte. Herrgott! Ich laß dich einen prachtvollen Pachthof instand setzen, das hat mich den Jahreslohn von drei Knechten gekostet, das Material gar nicht gerechnet, aber wir wollen von meinen Opfern gar nicht sprechen. Schweinehund! Ich gebe dir den Hof, ich gebe dir die Möbel – und du lehnst ab!«

Mit einem Schlag beruhigte er sich.

»Und dann sehe ich übrigens gar nicht ein«, sagte er barsch, »warum ich mit dir diskutiere.«

Er trat zwei Schritt zurück, richtete sich in seiner ganzen Größe auf, und seine Stimme klang wie ein Peitschenknall: »Unteroffizier!«

Ich stand stramm.

»Jawohl, Herr Oberst.«

»Sie wissen doch, daß ein Soldat seinen Vorgesetzten um die Erlaubnis zur Heirat zu bitten hat.«

»Jawohl, Herr Oberst.«

Er fuhr fort und betonte die einzelnen Silben: »Unteroffizier, ich gebe Ihnen die Erlaubnis, Elsie Brücker zu heiraten!«

Und mit Donnerstimme setzte er hinzu: »Das ist ein Befehl.«

Daraufhin drehte er mir den Rücken zu, öffnete eine kleine Tür rechts vom Kamin und rief: »Elsie! Elsie!«

Ich sagte: »Aber Herr Oberst …«

Er blickte mich an. Es waren Vaters Augen. Es würgte mir in der Kehle, ich konnte nicht weitersprechen.

Elsie trat ein. Jeseritz drehte sich um seine Achse, gab ihr einen leichten Klaps auf den Hintern und ging hinaus, ohne sich umzuwenden.

Elsie nickte mir zu, aber sie reichte mir nicht die Hand. Sie blieb neben dem Kamin stehen, aufrecht und unbeweglich, mit niedergeschlagenen Augen. Nach einer Weile hob sie den Kopf, ihr Blick ruhte auf mir, und ich fühlte mich klein und lächerlich.

Es entstand ein langes Schweigen, dann sagte ich: »Elsie …«

Ich warf ihr einen Blick zu.

»Darf ich Sie Elsie nennen?«

»Ja.«

Ich sah, wie ihre Brust sich leicht hob; es war mir peinlich, und ich blickte ins Feuer.

»Elsie … Ich möchte Ihnen sagen … Wenn Sie einen andern lieben, wäre es besser, nein zu sagen.«

Sie sagte: »Es gibt keinen andern.«

Dann, da ich schwieg, setzte sie hinzu: »Ich bin nur etwas überrascht.«

Sie bewegte sich ein wenig, und ich begann wieder: »Ich möchte Ihnen auch noch sagen … Wenn ich Ihnen mißfalle, müssen Sie nein sagen.«

»Sie mißfallen mir nicht.«

Ich hob die Augen. In ihrem Gesicht war nichts zu lesen, ich blickte von neuem ins Feuer und setzte beschämt hinzu: »Ich bin etwas klein.«

Sie erwiderte lebhaft: »Darauf lege ich keinen Wert.« Sie fuhr fort: »Ich glaube, was Sie dort auf dem Pachthof geleistet haben, ist wirklich gut.«

Eine Welle von Stolz durchflutete mich. Das war eine Deutsche, eine echte Deutsche.

Sie war aufrichtig, standhaft und willig. Sie wartete darauf, daß ich etwas sagte, ehe sie wieder sprach.

»Sind Sie sicher, daß ich Ihnen nicht mißfalle?«

»Nein«, sagte sie mit deutlicher Stimme, »keineswegs, Sie mißfallen mir durchaus nicht.«

Ich blickte ins Feuer, ich wußte nicht mehr, was ich sagen sollte. Und plötzlich dachte ich verwundert: ›Sie gehört mir, wenn ich will.‹ Ich konnte mir aber nicht klarwerden, ob es mich freute oder nicht.

Das erste Jahr auf dem Gut war sehr schwer. Elsie hatte einen kleinen Geldbetrag erhalten, der aus der Erbschaft ihrer Tante stammte und ohne den wir uns nicht hätten einrichten können. Trotzdem war noch kein halbes Jahr vergangen, als ich das Fichtenwäldchen opfern mußte. Es war für uns ein schwerer Kummer, daß wir es so bald schon schlagen lassen mußten, denn mit ihm schwand unsere einzige Reserve dahin.

Doch unsere große Sorge war nicht das Geld, sondern der Damm. Von ihm hing der Bestand des Pachtguts und damit unser beider ganzes Leben ab. Es war ein ständiger Kampf, ihn zu erhalten. Sobald es etwas länger regnete, sahen wir uns besorgt an, und wenn mitten in der Nacht ein heftiges Gewitter ausbrach, stand ich auf, zog die Stiefel an, nahm die Laterne und sah nach, was geschah. Manchmal kam ich gerade noch zur rechten Zeit, patschte zwei, drei Stunden im Wasser herum und versuchte, das Hochwasser mit behelfsmäßigen Mitteln aufzuhalten. Ein paarmal war ich allein nicht imstande, eine Lücke zu stopfen, die sich zu erweitern drohte, ich mußte auf den Hof zurückkehren und Elsie holen, die, obwohl sie damals schwanger war, ohne Klage aus dem Bett aufstand und mit mir bis zum Morgen arbeitete. Endlich brach der Tag an, der Regen hörte auf, aber wir hatten kaum die Kraft, uns durch den Schlamm nach Hause zu schleppen und Feuer zu machen, um uns zu trocknen.

Im Frühjahr besuchte uns Herr von Jeseritz, er fand am Zustand des Hofes und der Pferde nichts auszusetzen, und nachdem er eingewilligt hatte, mit uns ein Glas Bier zu trinken, fragte er mich, ob ich dem »Bund der Artamanen« beitreten wolle. Er erklärte mir, es sei eine politische Bewegung, die er sich sehr angelegen sein lasse und die sich die Erneuerung des deutschen Bauerntums zum Ziel setze. Ich hatte in der Tat schon von dem Bund sprechen hören, und sein Wahlspruch – Blut, Boden und Schwert – war mir als eine ausgezeichnete Zusammenfassung der Grundsätze erschienen, auf denen das Heil Deutschlands beruhte. Ich erwiderte indessen Jeseritz, daß ich nicht wüßte, ob ich als Mitglied der Nationalsozialistischen

Partei zugleich dem Bund angehören könnte. Darauf fing er an zu lachen. Er kenne alle SA-Führer der Gegend und könne mir versichern, daß die Doppelzugehörigkeit von der Partei genehmigt wäre. Übrigens sei er selbst, was ich doch wüßte, auch Mitglied der Partei, aber er sehe nur Vorteile darin, unter dem Schutz des Bundes zu arbeiten statt unter dem nationalsozialistischen Aushängeschild, weil die Bauern einer Partei stets ein bißchen mißtrauten, während sie für die historischen Anknüpfungspunkte, die der Bund betone, empfänglich seien.

Daraufhin erklärte ich meinen Beitritt, und Jeseritz bat mich auch gleich, das Sekretariat der Bauernvereinigung des Dorfes zu übernehmen, denn es wäre wichtig, daß dieser Posten von einem Mitglied des Bundes eingenommen würde. Ich glaubte, nicht ablehnen zu dürfen, denn er versicherte mir, er rechne sehr darauf, daß ich politisch auf die jungen Leute einwirke, bei denen meine Eigenschaft als ehemaliger Unteroffizier in einem Freikorps mehr ausrichten würde als alle Reden.

Der Sommer kam, das Barometer stand fest auf Schönwetter, der Damm hörte auf, mich zu quälen, und ich konnte meinen neuen Aufgaben mehr Zeit widmen. Es gab im Dorf eine kleine Gruppe von Gegnern, die mir anfangs eine harte Nuß zu knacken gaben; als ich aber eine Handvoll entschlossener junger Leute um mich versammelt hatte, wandte ich gegen sie die Angriffstaktik an, die die Partei ihrerseits von den Freikorps geerbt hatte, und nach einigen exemplarischen Schlägereien verschwand die Opposition. Ich konnte dann ganz nach meinem Belieben zugleich die politische und militärische Ausbildung meiner Jungen durchführen. Die Ergebnisse waren ausgezeichnet, und nach einiger Zeit unternahm ich es, aus ihnen eine Art berittener Miliz zu bilden, die es mir erlaubte, in den benachbarten Dörfern rasch einzugreifen, wenn der örtliche Bund oder die Partei sich in Schwierigkeiten befand. Tatsächlich wurde diese Schar sehr bald so kriegstüchtig, daß ihr nur die Waffen fehlten, um eine wirkliche Truppe zu sein. Indessen war ich sicher, daß es diese Waffen irgendwo gab und daß, wenn »der Tag« für Deutschland anbrechen würde, von dieser Seite her nichts zu wünschen übrigbleiben würde.

Die Schwangerschaft strengte Elsie sehr an. Sie schleppte sich an ihre Arbeit mit abgespanntem Gesicht und kurzem Atem.

Eines Abends nach dem Essen saß ich vor dem Küchenofen und war dabei, mir eine Pfeife zu stopfen (ich war seit kurzem dazu übergegangen), und sie saß strickend auf einem niedrigen Stuhl neben mir, als sie plötzlich ihr Gesicht in den Händen verbarg und in Schluchzen ausbrach.

Ich sagte zärtlich: »Aber, Elsie!«

Ihr Schluchzen wurde stärker. Ich stand auf, nahm mit der Feuerzange ein Stückchen Glut aus dem Ofen und legte es auf den Tabak. Als er brannte, schüttelte ich die Pfeife leicht über dem Feuer, damit die Glut wieder herunterfiel.

Das Schluchzen hörte auf, ich setzte mich wieder und sah zu Elsie hinüber. Sie tupfte sich die Backen mit ihrem Taschentuch ab. Als sie damit fertig war, knäulte sie es zusammen, steckte es in ihre Schürzentasche und nahm ihre Strickerei wieder auf.

Ich sagte sanft: »Elsie.«

Sie blickte auf, und ich fuhr fort: »Kannst du es mir erklären?«

Sie sagte: »Ach, es ist weiter nichts.«

Ich sah sie an, ohne etwas zu sagen, und sie wiederholte: »Es ist weiter nichts.«

Ich glaubte, sie wolle wieder zu weinen anfangen. Ich sah sie an. Sie mußte wohl verstehen, daß ich wirklich eine Erklärung wünschte, denn nach einer Weile sagte sie, ohne aufzublicken und ohne mit Stricken aufzuhören: »Ich habe nur das Gefühl, daß du mit mir nicht zufrieden bist.«

Ich erwiderte lebhaft: »Was für ein Gedanke, Elsie! Ich habe dir nichts vorzuwerfen, das weißt du doch.«

Sie schnüffelte wie ein kleines Mädchen, zog dann von neuem ihr Tuch aus der Schürzentasche und schneuzte sich.

»Oh, ich weiß wohl, daß ich bei der Arbeit tue, was ich kann. Aber das ist es nicht, was ich meine.«

Ich wartete, und nach einer Weile sagte sie, ohne die Augen zu erheben: »Du bist mir so fern.«

Ich sah sie an; endlich hob sie den Kopf, und unsere Blicke trafen sich.

»Was willst du damit sagen, Elsie?«

»Du bist so schweigsam, Rudolf.«

Ich dachte darüber nach und sagte: »Aber du auch, Elsie, du bist auch nicht redselig.«

Sie legte das Strickzeug auf ihre Knie und lehnte sich im Stuhl weit zurück, wobei sie ihren Körper nach vorn schob, als ob der Unterleib ihr Beschwerden mache.

»Bei mir ist es nicht dasselbe. Ich schweige, weil ich darauf warte, daß du sprichst.«

Ich sagte leise: »Ich bin nicht redselig, das ist alles.«

Es folgte ein Schweigen, dann begann sie wieder: »Ach, Rudolf, glaube ja nicht, daß ich dir Vorwürfe machen will. Ich versuche es nur zu erklären.«

Ich fühlte mich durch ihren Blick verwirrt, senkte die Augen und starrte auf meine Pfeife.

»Nun, dann erkläre es, Elsie.«

»Es geht nicht so sehr darum, daß du nicht sprichst, Rudolf …«

Sie stockte, ich hörte ihren Atem pfeifen, und sie sagte leidenschaftlich: »Du bist mir so fern, Rudolf. Manchmal, wenn du am Tisch sitzt und mit deinen kalten Augen ins Leere blickst, habe ich das Gefühl, daß ich für dich überhaupt nicht zähle.«

Meine kalten Augen – auch Schrader hatte von meinen kalten Augen gesprochen. Ich sagte mit Überwindung: »Das ist meine Natur.«

»Ach, Rudolf«, sagte sie, anscheinend ohne es zu hören, »wenn du wüßtest, wie schrecklich es für mich ist, das Gefühl zu haben, beiseite geschoben zu sein. Für dich gibt es nur den Damm, die Pferde und den Bund auf der Welt. Und manchmal, wenn du dich im Stall verspätest, um noch deine Pferde zu pflegen, siehst du sie so liebevoll an, daß ich den Eindruck habe, du liebst nur sie …«

Ich zwang mich zu einem Lachen.

»Ach, dummes Zeug, Elsie! Natürlich hab ich dich lieb. Du bist doch meine Frau.«

Sie blickte mich an, und ihre Augen standen voll Tränen.

»Hast du mich wirklich lieb?«

»Aber ja, Elsie, natürlich.«

Sie sah mich eine volle Sekunde lang an, dann warf sie sich mir plötzlich an den Hals und bedeckte mein Gesicht mit Küssen. Ich ließ sie geduldig gewähren, dann faßte ich ihren Kopf, legte ihn an meine Brust und fing an, ihr übers Haar zu streichen. Sie blieb an mich gelehnt, ohne sich zu bewegen, und nach einer Weile wurde ich mir bewußt, daß ich schon nicht mehr an sie dachte.

Kurz nach der Geburt meines Sohnes kam ein Reitknecht des Herrn von Jeseritz und benachrichtigte mich, daß sein Herr mich dringend sprechen wolle. Ich sattelte meine Stute und ritt los. Die Stute ging einen guten Trab, und ich legte die zehn Kilometer, die mich vom Rittergut trennten, rasch zurück. Ich klopfte an die Tür des Büros, die Stimme des Herrn von Jeseritz rief: »Herein«, und ich trat ins Zimmer.

Scharfer Zigarrenrauch kam mir in die Kehle, und ich konnte kaum das halbe Dutzend Herren beim Schreibtisch erkennen, die um einen Mann in SS-Uniform herumsaßen.

Ich schloß die Tür, stand stramm und grüßte.

»Setz dich dorthin«, sagte Jeseritz.

Er wies auf einen Stuhl hinter sich. Ich setzte mich, die Unterhaltung nahm ihren Fortgang, und ich gewahrte, daß ich alle Herren, die da waren, kannte. Es waren Großgrundbesitzer aus der Umgebung, alle Mitglieder des Bundes. Den SS-Mann verdeckte mir der Rücken des Herrn von Jeseritz, und ich wagte mich nicht zur Seite zu biegen, um sein Gesicht betrachten zu können. Ich sah nur seine Hände. Es waren kleine, dicke Hände, die er unaufhörlich auf dem Tisch mechanisch zusammenlegte und wieder auseinandernahm.

Einer der Grundbesitzer gab einen Bericht über die Fortschritte des Bundes in unserm Bezirk und gab die Zahl der Mitglieder an. Als er geendet hatte, wurden mehrere ziemlich energische Einwände erhoben, dann klopften die kleinen dicken Hände auf den Tisch, es wurde still, und ich merkte, daß es der SS-Mann war, der sprach. Seine Stimme war matt und klanglos, aber er sprach flüssig, ohne Zögern, ohne Stocken, genauso, als läse er aus einem Buche vor. Er gab ein Bild der politischen Lage im Lande, analysierte die Aussichten der Partei für die Machtergreifung, führte auch seinerseits Mitgliederziffern an und forderte die Mitglieder des Bundes auf, örtlichen Partikularismus und personelle Fragen zu vergessen und mehr mit den nationalsozialistischen Führern des Bezirks zusammenzuarbeiten. Danach gab es eine kurze Diskussion, dann hoben die Herren die Sitzung auf, und plötzlich schien es im Zimmer viele Leute und großen Lärm zu geben.

Herr von Jeseritz sagte zu mir: »Bleib da. Ich brauche dich.«

Ich suchte mit meinen Blicken den SS-Mann. Er schritt nach der Tür, umgeben von einer Gruppe der Großgrundbesitzer. Einmal wandte er den Kopf, und ich sah, daß er einen Klemmer trug.

Herr von Jeseritz sagte mir, ich sollte ein neues Scheit Holz ins Feuer legen, und ich gehorchte. Die Tür klappte. Schweigen legte sich über den Raum, und als ich wieder den Kopf hob, kam der Mann in SS-Uniform auf uns zu. Ich sah die Eichenblätter auf seinem Kragenspiegel und erkannte seine Züge: Es war Himmler.

Ich knallte die Hacken zusammen und hob den rechten Arm. Das Herz klopfte mir.

»Das ist Lang«, sagte Jeseritz.

Himmler erwiderte meinen Gruß. Dann nahm er einen schwarzen Ledermantel von der Lehne eines Stuhls, zog ihn an, knöpfte methodisch alle Knöpfe zu, schnallte den Leibriemen um und zog schwarze Handschuhe an. Als er fertig war, wandte er sich zu mir, bog den Kopf leicht zu mir herüber und sah mich fest an. Sein Gesicht war ohne jeden Ausdruck.

»Sie haben an der Hinrichtung Kadows teilgenommen, nicht wahr?«

»Jawohl, Herr ...«

Er sagte energisch: »Nennen Sie meinen Titel nicht.« Dann fuhr er fort: »Sie haben fünf Jahre im Gefängnis Dachau zugebracht?«

»Ja.«

»Und vorher waren Sie in der Türkei?«

»Ja.«

»Als Dragonerunteroffizier?«

»Ja.«

»Sie sind Waise?«

»Ja.«

»Und Sie haben zwei verheiratete Schwestern?«

Ich zögerte den Bruchteil einer Sekunde und sagte: »Ich wußte nicht, daß meine Schwestern verheiratet sind.«

»Haha«, lachte von Jeseritz, »die Partei ist gut unterrichtet.«

Ohne den Anflug eines Lächelns, ohne den Kopf einen Millimeter zu bewegen, fuhr Himmler fort: »Ich freue mich, Ihnen mitteilen zu können, daß Ihre beiden Schwestern verheiratet sind.«

Dann sagte er: »Sie haben in Ihrem Abschnitt eine Schar Milizen des Bundes organisiert?«

»Jawohl.«

»Das ist …«

Ohne ersichtlichen Grund machte er eine Pause.

»Das ist ein ausgezeichneter Gedanke. Ich empfehle Ihnen, Ihre Tätigkeit auf dieses Gebiet zu verlegen, und ich beauftrage Sie, von jetzt an in Verbindung mit den Führern des Bundes und der Partei eine Reiterabteilung zu bilden.«

Während er sprach, blickte er starr über meinen Kopf hinweg auf einen bestimmten Punkt im Raum, und ich hatte den wunderlichen Eindruck, daß er dort abläse, was er mir zu sagen hätte.

Er machte eine Pause, ich sagte: »Jawohl«, und er fuhr sogleich fort: »Es wird gut sein, Ihre Milizen geistig darauf vorzubereiten, daß sie gegebenenfalls zu SS-Reitern umgebildet werden. Indessen unterlassen Sie ja, mit ihnen über meinen Besuch zu sprechen. Er darf nur den Führern des Bundes und Ihnen selbst bekannt sein.«

Er legte beide Hände flach an seinen Ledermantel und steckte die Daumen in den Gürtel.

»Es ist wichtig, Ihre Reiter gut auszuwählen. Lassen Sie mir einen Bericht über ihre physischen Fähigkeiten, ihre rassische Reinheit und ihre religiösen Überzeugungen zugehen. Es empfiehlt sich, von vornherein alle die fernzuhalten, die die Religion zu ernst nehmen. Wir wollen keine SS-Leute mit Gewissenskonflikten.«

Von Jeseritz brach in lautes Lachen aus. Himmler blieb davon unberührt. Sein Kopf war leicht nach rechts geneigt, sein Blick immer noch auf denselben Punkt im Raum geheftet. Es sah aus, als warte er geduldig, bis Jeseritz mit Lachen aufhörte, um dann seine Rede genau an derselben Stelle wieder aufzunehmen, wo er aufgehört hatte.

»Nein, nein«, brachte Jeseritz unter Lachen heraus, »wir wollen keine SS-Männer mit Gewissenskonflikten.« Dann schwieg er.

»Es ist wichtig«, fuhr Himmler sogleich fort, »daß Sie auch größten Wert auf die moralische Schulung Ihrer Männer legen. Die müssen begreifen, daß ein SS-Mann bereit sein muß, seine eigene Mutter hinzurichten, wenn ihm dieser Befehl gegeben wird.«

Er machte eine Pause und knöpfte seine schwarzen Handschuhe zu. An jedem Handschuh waren drei Knöpfe, und er knöpfte sie alle drei zu. Dann hob er den Kopf wieder, und sein Kneifer blitzte auf.

»Ich erinnere Sie daran, daß dies alles geheim ist.«

Er machte nochmals eine Pause und sagte dann: »Das ist alles.«

Ich grüßte, er erwiderte meinen Gruß in tadelloser Weise, und ich ging hinaus.

Nach dem Jungen wurden zwei Töchter geboren, und ich fühlte meine Verantwortlichkeit wachsen. Elsie und ich arbeiteten sehr schwer, aber endlich begriff ich, daß der Bruch uns zwar zur Not den Lebensunterhalt sicherte, aber keine Zukunft versprach, weder uns noch unsern Kindern. Wenn die Pferde uns gehört hätten oder wenn Jeseritz uns an der Zucht beteiligt hätte, sei es auch nur mit wenigem, hätten wir zurechtkommen können. Aber was die Schweine, das Geflügel und das bißchen Acker einbrachten, würde später, wenn die Kinder größer wurden, uns nicht erlauben, sie anständig zu erziehen.

Doch ich hatte trotzdem nicht die Absicht, die Landarbeit aufzugeben. Ganz im Gegenteil lag für mich in der Tatsache, daß ich Gutspächter war, etwas wirklich Wunderbares: Ich hatte die Gewißheit, mich immer satt essen zu können.

Das war ein Gefühl, das Elsie nicht begreifen konnte, weil sie immer auf einem Gut gelebt hatte. Ich hatte ein anderes Leben gekannt, und nachts träumte ich manchmal mit Entsetzen davon, daß Jeseritz mich wegjagte (wie er gedroht hatte, als ich mich weigerte zu heiraten) und ich von neuem auf schwachen Beinen durch die Straßen von M. lief, ohne Arbeit und ohne ein Dach über dem Kopf, und mein Magen von Krämpfen gequält wurde. Ich wachte auf, zitternd, in Schweiß gebadet, und selbst dann brauchte ich noch eine ganze Weile, um mir klarzumachen, daß ich in meiner Kammer im Bruch war und Elsie neben mir lag. Der Tag brach an, ich versorgte meine Tiere, aber die Träume hinterließen eine peinliche Erinnerung. Dann dachte ich daran, daß Jeseritz sich geweigert hatte, mit mir einen förmlichen Vertrag zu schließen, und daß er uns folglich von einem Tag zum andern vor die Tür setzen konnte. Ich sprach oft mit Elsie darüber, und anfangs beruhigte sie mich, indem sie sagte, es sei wenig wahrscheinlich, daß Jeseritz uns fortschicke, denn er würde sicherlich niemanden finden, der sich so mit den Pferden abgäbe, wie ich es täte, und zugleich die harten Bedingungen annähme, die er uns auferlegt hatte. Aber schließlich kam ich so oft auf diese Sorge zurück, daß meine Furcht sie ansteckte, und es wurde beschlossen, Geld zurückzulegen, um eines Tages ein kleines Gut kaufen zu können und auf diese Weise über die Zukunft beruhigt zu sein.

Von dem wenigen, das wir verdienten, etwas zurückzulegen hieß jeden Pfennig umdrehen und sich das Nötigste versagen. Doch wir beschlossen, es zu tun, und von diesem Tage an begann für uns beide und unsere Kinder ein System der Einschränkung von unerhörter Strenge. Drei Jahre lang wichen wir nicht im geringsten davon ab.

Gewiß führten wir ein sehr hartes Leben, aber dennoch empfand ich bei jeder neuen Entbehrung (sogar als ich zum Beispiel auf den Tabak verzichten mußte) ein lebhaftes Vergnügen, wenn ich daran dachte, daß wir uns allmählich dem Ziel näherten und daß ein Tag kommen würde, an dem ich Grund und Boden besäße, der ganz mein eigen wäre, und ich mir endlich mit absoluter Gewißheit sagen könnte, daß ich niemals wieder Hunger leiden würde.

Elsie fand, daß die Bauernvereinigung und der Bund mir viel Zeit wegnähmen, und schließlich, da ich den Hof nicht vernachlässigen wollte, beklagte sie sich darüber, daß ich mich von Jahr zu Jahr immer mehr übernähme. Ich fühlte übrigens selbst mitunter die Schwere meiner Aufgaben, und ich gestand mir beschämt, daß ich an meiner kämpferischen Tätigkeit nicht mehr so viel Gefallen fand wie einst. Es war nicht so, daß mein patriotischer Eifer oder meine Treue gegenüber dem Führer im geringsten nachgelassen hätte. Aber der Wunsch, mir ein Gut zu kaufen, dort Wurzel zu fassen und meine Familie sicherzustellen, war in mir so stark geworden, daß ich es manchmal beinahe bedauerte, aus dem Räderwerk, in das meine frühere politische Tätigkeit mein Leben verwickelt hatte, nicht heraus zu können. Es war mir zum Beispiel ganz klar, daß, wenn ich nicht im Freikorps gekämpft, noch mich in der SA betätigt, noch Kadow gerichtet hätte, Jeseritz oder Himmler niemals daran gedacht hätten, mich für den Bund oder zur Bildung einer SS-Reiterabteilung zu werben. Und mir kam zuweilen der Gedanke, daß, da ich in der Vergangenheit meinem politischen Glauben so viel geopfert hatte, ich ihm in der Zukunft um so mehr opfern müßte; daß es keine Möglichkeit mehr gäbe, loszukommen, da ich sonst vielleicht die Aussichten auf ein friedliches Leben für mich und meine Familie gefährden würde.

Jedoch kämpfte ich gegen diese Gedanken an, denn mir war klar, daß sie vom Egoismus diktiert wurden und daß der Wunsch, meine Lage zu verbessern, im Hinblick auf das Schicksal Deutschlands nur kleinlicher Ehrgeiz war. Es ist sonderbar, daß ich damals aus dem Beispiel meines Vaters die Kraft zog, diesen Schwächeanwandlungen zu widerstehen. Ich sagte mir tatsächlich, daß, wenn Vater den Mut gefunden hatte, täglich einem Gott, den es nicht gab, unglaubliche Opfer zu bringen, ich, der ich an ein sichtbares Ideal glaubte, das sich in einem Menschen von Fleisch und Blut verkörperte, mich mit besserem Grund ganz meinem Glauben hingeben sollte, ohne auf mein Interesse oder, wenn es sein müßte, auf mein Leben Rücksicht zu nehmen.

Trotzdem kam ich nicht um ein peinliches Gefühl herum, das noch durch einen dummen Vorfall verstärkt wurde, der sich im April 1932 ereignete.

Seit einiger Zeit sah der Bund eines benachbarten Dorfes seine Fortschritte durch die Propaganda eines Schmiedes namens Herzfeld gehemmt, der unter den Bauern große Autorität besaß, teils auf Grund seiner körperlichen Kraft, teils wegen seiner Witze und seiner Beredsamkeit. Er hatte den Bund aufs Korn genommen, er machte sich offen über dessen Führer lustig und erging sich ganz allgemein in zersetzenden und antipatriotischen Reden. Der örtliche Bund war außerstande, ihn zum Schweigen zu bringen, und rief mich zu Hilfe. Ich berichtete darüber meinen Führern, und sie gaben mir freie Hand. Ich legte also Herzfeld einen Hinterhalt, er tappte hinein, und ein Dutzend meiner Jungens stürzten sich mit Knüppeln auf ihn. Er kämpfte wie ein Löwe, setzte zwei von ihnen außer Gefecht; und die andern, außer sich vor Wut, als sie die beiden fallen sahen, schlugen wie die Verrückten los. Als ich dazwischentrat, war es zu spät: Herzfeld lag mit zerschmettertem Schädel am Boden.

Unter diesen Umständen war es unmöglich, eine Untersuchung zu vermeiden. Aber die Führer der Partei und des Bundes bemühten sich darum, die Polizei betrieb die Sache sehr lässig, man fand Zeugen, die bestätigten, daß es sich um einen Streit, in betrunkenem Zustand, wegen eines Mädchens gehandelt habe, und die Angelegenheit wurde abgesetzt.

Zwei Monate vorher hatte die Polizei im Fall eines SA-Mannes, der in ähnliche Umstände verwickelt gewesen war, einen Beweis von Strenge gegeben, und ihre nachgiebigere Haltung in unserm Fall stand offensichtlich im Zusammenhang mit dem triumphalen Erfolg des Führers, der vierzehn Tage zuvor bei der Präsidentschaftswahl mit dem großartigen Ergebnis von vierzehn Millionen Stimmen unmittelbar auf den Marschall Hindenburg folgte. Ich überlegte mir, daß, wenn der Tod Herzfelds vor der Wahl erfolgt wäre, die Polizei wahrscheinlich die Sache weiterverfolgt hätte, in welchem Falle es zu einem Prozeß und ich ins Gefängnis gekommen wäre. Soweit es mich betraf, war ich bereit, abermals jede, gleichviel welche Prüfung für eine gerechte Sache auf mich zu nehmen, aber ich fragte mich besorgt, was meine Frau in diesem Fall angefangen hätte, allein auf einem Gut mit drei kleinen Kindern. Vom alten Wilhelm hätte sie sicher nichts zu erwarten gehabt, und Jeseritz kannte ich zu gut, um hoffen zu können, daß er von seinem Entschluß abgegangen wäre, uns mit keinem Pfennig zu helfen, was auch immer geschehe.

Elsie fühlte wohl, daß in mir etwas vorging, und stellte mir unaufhörlich Fragen, die zu beantworten ich mich hütete. Aber in Wirklichkeit bereitete mir das alles große Sorge. Mitunter war ich sogar schwach genug, mir auszumalen, welche Erleichterung es für mich sein würde, in einer Gegend Arbeit zu finden, wo meine frühere politische Tätigkeit nicht bekannt war und die Führer der Partei mich folglich in Ruhe lassen würden. Aber ich wurde mir darüber klar, daß dies reine Kinderei von mir war. Im damaligen Deutschland war es fast unmöglich, Arbeit zu finden, und ich wußte sehr gut, daß, wenn ich kein wegen seiner Treue bekannter Kämpfer gewesen wäre, die Partei mich niemals an Herrn von Jeseritz empfohlen und Jeseritz mich nie eingestellt noch in der Folge mir einen Pachthof anvertraut hätte.

Es gelang mir, nicht ohne große Mühe, die Reiterabteilung auf die Beine zu bringen, die Himmler mir aufzustellen befohlen hatte. Mit voller Billigung meiner Männer schickte ich an Himmler über jeden ein Aktenstück für die SS-Anwartschaft. Diese Akten hatten Zeit beansprucht, und ich hatte mir viel Mühe gegeben, besonders bei der Aufstellung der Ahnentafeln, die ich selbst mit peinlicher Genauigkeit bei den Standesämtern erforscht hatte und bei denen ich soweit wie möglich zurückgegangen war, da ich wußte, welche Wichtigkeit die Partei bei der Rekrutierung der SS der rassischen Reinheit beimaß. Indessen hatte ich in einem Nachtrag zu meinem Bericht vermerkt, ich hätte es nicht für richtig gehalten, den Aktenstücken meiner Männer eins über mich beizufügen, denn ich wüßte, daß ich leider die verlangten körperlichen Bedingungen nicht erfüllte. Die SS verlangte in der Tat, daß die Anwärter eine Mindestgröße von ein Meter achtzig hätten, und in dieser Hinsicht wenigstens kam ich überhaupt nicht in Frage.

Genau am 12. Dezember erhielt ich die Antwort Himmlers. Er nahm die vorgeschlagenen Bewerber auf, beglückwünschte mich zu der Sorgfalt, die ich auf die Abfassung der Aktenstücke verwandt hätte – und teilte mir mit, daß er sich in Erwägung der geleisteten Dienste entschlossen habe, hinsichtlich der geforderten Körpermaße zu meinen Gunsten eine Ausnahme zu machen, und daß er mich in die Elitetruppe des Führers als Oberscharführer aufnähme.

Ich stand am Küchentisch, die Zeilen des Himmlerschen Briefes tanzten vor meinen Augen, mein ganzes Leben schlug eine neue Richtung ein.

Ich hatte große Mühe, Elsie begreiflich zu machen, welch unverhofftes Glück es für mich wäre, in die SS aufgenommen zu sein. Und wir hatten darüber zum erstenmal in unserm gemeinsamen Leben einige ziemlich lebhafte Auseinandersetzungen, besonders als ich das so streng für das eigene Gut gesparte Geld angreifen mußte, um mir eine Uniform machen zu lassen. Ich erklärte Elsie mit viel Geduld, daß der Gedanke, sich anzukaufen, jetzt überholt sei, daß ich, richtig besehen, niemals eine andere Berufung in mir gefühlt hätte als das Waffenhandwerk und daß ich die mir gebotene Gelegenheit, es wieder aufzunehmen, ergreifen müßte. Sie wandte ein, daß die SS nicht das Heer sei, daß ich außerdem keinen Sold erhielte, daß vor allem niemand behaupten könnte, der Sieg der Partei sei sicher, sondern daß tatsächlich, ich hätte es doch selbst zugegeben, bei den Wahlen, die auf die Präsidentschaftswahl folgten, die Partei viele Stimmen verloren hätte. Daraufhin gebot ich ihr streng zu schweigen, denn ich konnte nicht dulden, daß sie auch nur einen einzigen Augenblick den Erfolg der Bewegung in Zweifel zog.

Der Erfolg, den ich damals mit mehr Gläubigkeit als Überzeugung berief, kam früher, als ich zu hoffen gewagt hätte. Seit jener Unterredung war noch kein Monat verflossen, als der Führer Reichskanzler wurde und einige Wochen später die Partei, indem sie jeden Widerstand brach oder niederwarf, sich in den alleinigen Besitz der Macht setzte.

1934

Im Juni erhielt ich Befehl, mich mit meiner Abteilung nach S. zu begeben, um an einer Parade der SS-Reiter teilzunehmen. Der Aufmarsch durch die mit Hakenkreuzfahnen geschmückten Straßen rollte planmäßig ab, in prachtvoller Ordnung und unter beispielhafter Begeisterung der Bevölkerung. Nachdem Himmler uns eingehend inspiziert hatte, hielt er eine Rede, die auf mich tiefen Eindruck machte. Um die Wahrheit zu sagen, die Gedanken, die er vortrug, waren mir wie jedem SS-Mann seit langem vertraut. Aber sie bei dieser feierlichen Veranstaltung aus dem Munde des Reichsführers selbst zu hören, erschien mir als eine schlagende Bestätigung ihrer Wahrheit.

Der Reichsführer erinnerte zunächst an die für die SS und die Partei schweren Monate, die der Machtergreifung vorausgegangen waren, als uns die Leute den Rücken zukehrten und viele der Unseren im Gefängnis saßen. Aber Gott sei Dank hätten die Bewegung und die SS-Männer die Prüfung bestanden. Und jetzt hätte die Willensäußerung Deutschlands uns den Sieg geschenkt.

Der Sieg, beteuerte feierlich der Reichsführer, würde und dürfe an der geistigen Haltung des Schwarzen Korps nichts ändern. Die SS-Männer würden in den sonnigen Tagen bleiben, was sie im Sturm gewesen wären: Soldaten, die nur die Ehre begeistere. Jederzeit, fügte er hinzu, und schon in der weit zurückliegenden Epoche der Deutschritter wäre die Ehre als das höchste Ideal des Soldaten angesehen worden. Aber damals wußte man schlecht, was Ehre war. Und in der Praxis wäre es für die Soldaten oft schwierig, zwischen mehreren Wegen den zu wählen, der ihnen als der ehrenhafteste erschien. Diese Schwierigkeiten, sei der Reichsführer glücklich, sagen zu können, beständen für die SS-Männer nicht mehr. Unser Führer Adolf Hitler hätte ein für allemal die Ehre der SS definiert. Er hätte aus dieser Definition den Wahlspruch seiner Elitetruppe gemacht: Deine Ehre, habe er gesagt, heißt Treue. Infolgedessen sei von nun an alles ganz einfach und klar. Man brauche sich keine Gewissensfragen mehr vorzulegen. Es genüge, einfach treu zu sein, das heißt: zu gehorchen. Unsere Pflicht, unsere einzige Pflicht sei es, zu gehorchen. Und dank diesem unbedingten Gehorsam, der dem wahren Geist des Schwarzen Korps entspreche, wären wir sicher, uns nie mehr zu täuschen, stets auf dem rechten Wege zu sein und unerschütterlich in guten und in schlechten Tagen dem ewigen Grundsatz zu folgen: Deutschland, Deutschland über alles.

Nach seiner Rede empfing Himmler die Führer der Partei und der SS. Bei meinem bescheidenen Dienstgrad war ich überrascht, als er mich rufen ließ.

Er stand in einem Empfangsraum des Rathauses hinter einem großen leeren Tisch.

»Oberscharführer Lang, Sie haben an der Hinrichtung Kadows teilgenommen?«

»Jawohl, Reichsführer.«

»Sie haben fünf Jahre im Gefängnis Dachau zugebracht?«

»Jawohl, Reichsführer.«

»Und vorher waren Sie in der Türkei?«

»Jawohl, Reichsführer.«

»Als Unteroffizier?«

»Jawohl, Reichsführer.«

»Sie sind Waise?«

»Jawohl, Reichsführer.«

Ich war enttäuscht und höchst erstaunt. Himmler erinnerte sich genau meiner Karteikarte, aber er erinnerte sich nicht mehr, daß er sich ihrer schon einmal bedient hatte.

Es entstand ein Schweigen, er sah mich prüfend an und fuhr dann fort: »Ich habe Sie vor zwei Jahren bei Oberst Baron von Jeseritz getroffen?«

»Jawohl, Reichsführer.«

»Oberst Baron von Jeseritz beschäftigt Sie als Pächter?«

»Jawohl, Reichsführer.«

Plötzlich blitzte sein Kneifer auf, und er fragte mit harter Stimme: »Und ich habe Ihnen schon einmal alle diese Fragen gestellt?«

Ich stammelte: »Jawohl, Reichsführer.«

Sein Blick durchbohrte mich.

»Und Sie denken, daß ich mich nicht mehr daran erinnere?«

Ich brachte mit Anstrengung heraus: »Jawohl, Reichsführer.«

»Sie haben unrecht.«

Mein Herz klopfte, ich straffte mich so, daß mir alle Muskeln weh taten, und ich sagte betont und laut: »Ich hatte unrecht, Reichsführer.«

Er sagte leise: »Ein Soldat darf an seinem Führer nicht zweifeln.«

Danach entstand ein langes Schweigen. Ich fühlte, wie ich vor Scham erstarrte. Es besagte wenig, daß der Gegenstand meines Zweifels unbedeutend war. Ich hatte gezweifelt. Der jüdische Geist der Kritik und Verleumdung hatte sich in meine Adern ergossen. Ich hatte gewagt, über meinen Führer zu urteilen.

Der Reichsführer sah mich prüfend an und fuhr dann fort: »Das wird nicht wieder vorkommen.«

»Nein, Reichsführer.«

Es entstand abermals ein Schweigen, dann sagte er leise und schlicht: »Also wollen wir nicht mehr davon sprechen.«

Und ich begriff erschauernd, daß er mir wieder Vertrauen schenkte. Ich sah den Reichsführer an. Ich betrachtete seine ernsten, unbeweglichen Züge, und ein Gefühl der Sicherheit überkam mich.

Der Reichsführer heftete seinen teilnahmslosen Blick über meinen Kopf hinweg auf einen Punkt im Raum, und er begann wieder, als ob er vorläse: »Oberscharführer, ich habe Gelegenheit gehabt, mir über Sie in bezug auf Ihre SS-Arbeit ein Urteil zu bilden. Ich freue mich, Ihnen sagen zu können, daß dieses Urteil günstig ist. Sie sind ruhig, bescheiden, positiv. Sie drängen sich nicht vor, sondern lassen die Ergebnisse für Sie sprechen. Sie gehorchen prompt, und in dem Ihnen überlassenen Bereich zeigen Sie Initiative und Organisationsgabe. Ich habe in dieser Hinsicht besonders die Akten zu schätzen gewußt, die Sie mir über Ihre Leute eingeschickt haben. Sie zeugen von wahrhaft deutscher Genauigkeit.«

Und mit Nachdruck sagte er: »Ihre besondere Stärke ist die Praxis.«

Er blickte auf mich nieder und setzte hinzu: »Ich freue mich, Ihnen sagen zu können, daß Ihre Kenntnis des Gefängnislebens der SS von Nutzen sein kann.«

Sein Blick ging wieder über meinen Kopf hinweg, und ohne zu zögern oder zu stocken, ohne je nach einem einzigen Wort zu suchen, sprach er weiter: »Die Partei ist dabei, in verschiedenen Teilen Deutschlands Konzentrationslager einzurichten, die den Zweck haben, Verbrecher durch Arbeit zu bessern. In diesen Lagern werden wir in gleicher Weise die Feinde des nationalsozialistischen Staates einschließen müssen, um sie vor der Empörung ihrer Mitbürger zu schützen. Auch da wird der Zweck vor allem ein erzieherischer sein. Es handelt sich darum, auf Grund eines einfachen, tätigen und disziplinierten Lebens Charaktere umzuerziehen und auszurichten.

Ich habe mir vorgenommen, Ihnen zuerst einmal einen Posten in der Verwaltung des Konzentrationslagers Dachau anzuvertrauen. Sie werden die Besoldung erhalten, die Ihrem Dienstgrad entspricht, sowie verschiedene Nebenbezüge. Außerdem werden Sie freie Wohnung, Heizung und Verpflegung haben. Ihre Familie wird Sie begleiten.«

Er machte eine Pause.

»Ein echt deutsches Familienleben scheint mir eine kostbare Grundlage der moralischen Festigkeit für jeden SS-Mann zu sein, der in einem KZ einen Verwaltungsposten einnimmt.«

Er sah mich an.

»Indessen sollen Sie das nicht als einen Befehl betrachten, sondern nur als einen Vorschlag. Es steht bei Ihnen, ihn anzunehmen oder abzulehnen. Ich persönlich glaube, daß auf einem Posten dieser Art ihre Gefängniserfahrung und Ihre besonderen Eigenschaften der Partei am nützlichsten sein werden. Jedenfalls überlasse ich es Ihnen, in Anbetracht Ihrer geleisteten Dienste, andere Wünsche vorzubringen.«

Ich zögerte ein wenig und sagte: »Reichsführer, ich möchte Ihnen mitteilen, daß ich mich dem Oberst Baron von Jeseritz gegenüber für eine Zeit von zehn Jahren schriftlich verpflichtet habe.«

»Ist die Verpflichtung wechselseitig?«

»Nein, Reichsführer.«

»Sie haben also Ihrerseits keine Garantie, daß Sie Ihre Stellung behalten?«

»Nein, Reichsführer.«

»In diesem Falle, scheint mir, verlieren Sie nichts, wenn Sie ihn verlassen.«

»Nein, Reichsführer. Wenn es nur Herr von Jeseritz erlaubt?«

Er lächelte leicht. »Er wird es Ihnen erlauben, dessen können Sie sicher sein.« Er fuhr fort: »Überlegen Sie es sich und schreiben Sie mir Ihre Antwort innerhalb acht Tagen!«

Er klopfte mit den Fingerspitzen leicht auf den Tisch.

»Das wäre alles.«

Ich grüßte, er erwiderte meinen Gruß, und ich ging weg.

Ich kam erst am nächsten Abend in den Bruch zurück. Ich aß mit Elsie das Abendbrot, dann stopfte ich mir eine Pfeife, zündete sie an und setzte mich auf die Hofbank. Es war mild und die Nacht außergewöhnlich klar.

Nach einer Weile kam Elsie zu mir, und ich setzte sie von dem Vorschlag Himmlers in Kenntnis. Als ich geendet hatte, sah ich sie an. Sie hatte die Hände auf die Knie gelegt, und ihr Gesicht war unbewegt. Nach einem Weilchen fing ich wieder an: »Im Anfang werden die materiellen Bedingungen nicht sehr viel besser sein als hier – außer daß du weniger Arbeit haben wirst.«

Sie sagte, ohne den Kopf zu drehen: »Auf mich kommt es nicht an.«

Ich fuhr fort: »Verbessern wird sich die Lage, wenn ich erst Offizier bin.«

»Kannst du denn Offizier werden?«

»Ja. Ich bin jetzt ein alter Kämpfer, und mein Kriegsdienst zählt auch mit.«

Elsie wandte mir den Kopf zu, und ich sah, daß sie erstaunt zu sein schien.

»Du hast doch immer Offizier werden wollen, nicht wahr?«

»Ja.«

»Warum zögerst du dann?«

Ich setzte meine Pfeife wieder in Brand und sagte: »Es gefällt mir nicht recht.«

»Was gefällt dir denn nicht?«

»Ein Gefängnis ist immer ein Gefängnis. Sogar für den Aufseher.«

Sie legte die Hände übereinander.

»Dann freilich ist es klar, daß du ablehnen mußt.«

Ich antwortete nicht, und nach einer Weile fing Elsie wieder an: »Wird es dir der Reichsführer nicht übelnehmen, wenn du nein sagst?«

»Sicher nicht. Wenn ein Vorgesetzter einem Soldaten die Wahl läßt, kann er ihm seinen Entschluß nicht übelnehmen.«

Ich fühlte, daß Elsie mich ansah, und fragte: »Und gefällt es dir?«

Sie antwortete, ohne zu zögern: »Nein. Es gefällt mir nicht. Es gefällt mir gar nicht.« Sie setzte sofort hinzu: »Aber du brauchst keine Rücksicht darauf zu nehmen, was ich denke.«

Ich tat ein paar Züge aus meiner Pfeife, dann bückte ich mich, nahm eine Handvoll Kieselsteine auf und ließ sie in der hohlen Hand springen.

»Der Reichsführer meint, in einem KZ wäre ich der Partei am nützlichsten.«

»Einem KZ?«

»Einem Konzentrationslager.«

»Warum meint er das?«

»Weil ich fünf Jahre lang Gefangener war.«

Elsie lehnte sich zurück und blickte vor sich hin.

»Hier bist du auch nützlich.«

Ich sagte langsam: »Gewiß. Hier bin ich auch nützlich.«

»Und es ist eine Arbeit, die du gern tust.«

Ich dachte einen Augenblick nach und sagte: »Darauf kommt es nicht an. Wenn ich der Partei in einem KZ nützlicher bin, muß ich in ein KZ gehen.«

»Aber vielleicht bist du hier nützlicher?«

Ich stand auf.

»Der Reichsführer denkt es nicht.«

Ich warf meine Steinchen eins nach dem andern an den Brunnenrand, klopfte meine Pfeife am Stiefel aus und ging ins Haus. Ich fing an, mich auszuziehen, und nach einem Weilchen kam auch Elsie. Es war spät, ich war sehr müde, aber ich konnte nicht schlafen.

Am nächsten Tage nach dem Mittagessen brachte Elsie die Kinder zu Bett, ehe sie das Geschirr aufwusch. Ich setzte mich auf meinen Stuhl dem halboffenen Fenster gegenüber und brannte mir eine Pfeife an. Elsie drehte mir den Rücken zu, und ich hörte die Teller in der Schüssel leise klappern. Mir gerade gegenüber glänzten die zwei Pappeln rechts und links des Schlagbaums in der Sonne.

Ich hörte Elsies Stimme: »Wie entscheidest du dich?«

Ich wandte den Kopf zu ihr hin. Ich sah nur ihren Rücken. Sie stand über den Ausguß gebeugt.

»Ich weiß noch nicht.«

Ich bemerkte, daß ihr Rücken die Neigung zeigte, krumm zu werden. Die Teller klirrten leise, und ich dachte: ›Sie arbeitet zuviel. Sie übernimmt sich.‹ Ich drehte den Kopf weg und blickte wieder auf die Pappeln.

Elsie begann von neuem: »Warum trittst du nicht ins Heer ein?«

»Ein SS-Mann tritt nicht ins Heer ein.«

»Kannst du in der SS einen anderen Posten bekommen?«

»Ich weiß nicht. Der Reichsführer hat nicht davon gesprochen.«

Danach herrschte Schweigen, bis ich sagte: »Im Heer legt man bei der Beförderung großen Wert auf Bildung.«

»Und in der SS?«

»Da zählt besonders die Gesinnung. Und die Praxis.« Ich drehte mich halb zu ihr um und setzte hinzu: »Meine besondere Stärke ist die Praxis.«

Elsie nahm ein Tuch vom Haken und begann das Geschirr abzutrocknen. Sie fing immer mit den Tellern an und räumte sie gleich in den Küchenschrank ein.

»Warum gefällt es dir denn nicht, in ein KZ zu gehen?«

Ich hörte sie hinter mir hin und her gehen. Sie hatte ihre Holzschuhe ausgezogen und glitt leicht über den Fußboden. Ich sagte, ohne mich umzudrehen: »Es ist das Amt eines Kerkermeisters.«

Nach einem Weilchen setzte ich hinzu: »Und dann wird es dort keine Pferde geben.«

»Ach, deine Pferde!« sagte Elsie.

Ein Teller klirrte, als er auf den Stoß gesetzt wurde, die Socken Elsies glitten über den Fußboden. Sie blieb stehen.

»Man hat freie Wohnung?«

»Ja, und Heizung. Und Verpflegung. Wenigstens ich. Außerdem gibt es Prämien. Und du könntest zu Hause bleiben.«

»Ach, darum!« sagte Elsie.

Ich drehte mich um. Sie stand vor dem Küchenschrank. Sie kehrte mir den Rücken zu.

»Ich finde, du siehst müde aus, Elsie.«

Sie drehte sich zu mir um und richtete den Oberkörper auf.

»Ich fühle mich ganz wohl.«

Ich nahm meine alte Stellung wieder ein. Der Fensterpfosten verdeckte zur Hälfte die rechte Pappel, und ich bemerkte, daß der Schlagbaum frisch gestrichen werden müßte.

Elsie begann wieder: »Werden im KZ die Häftlinge mißhandelt?«

Ich sagte barsch: »Bestimmt nicht. Im nationalsozialistischen Staat sind solche Sachen unmöglich.« Ich setzte hinzu: »Die KZs haben einen erzieherischen Zweck.«

Eine Elster ließ sich schwerfällig auf dem Wipfel der rechten Pappel nieder. Ich stieß das Fenster auf, um sie besser zu sehen. An der Fensterscheibe hinterließ meine Hand eine Spur, und ich war verärgert. Ich sagte ganz laut: »Vater wollte Offizier werden, aber man hat ihn nicht gewollt. Er hatte etwas an den Bronchien.«

Und plötzlich war es, als ob ich wieder zwölf Jahre alt wäre. Ich putzte die großen Fenster im Salon, und von Zeit zu Zeit warf ich einen Blick auf die Offiziersbilder. Sie hingen genau der Rangordnung nach von links nach rechts. Onkel Franz war nicht unter ihnen. Auch Onkel Franz hatte Offizier werden wollen, aber er war nicht gebildet genug.

»Rudolf«, sagte Elsies Stimme.

Und ich hörte die beiden Türen des Wandschranks zusammenklappen.

»Offizier zu sein ist dein Traum, nicht wahr?«

Ich sagte ungeduldig: »Aber nicht so. Nicht in einem Lager.«

»Also gut, dann lehne ab.«

Elsie legte ihr Wischtuch über die Lehne meines Stuhles. Ich drehte mich zur Hälfte um. Sie sah mich an, und da ich nichts sagte, wiederholte sie: »Dann lehne ab.«

Ich stand auf.

»Der Reichsführer meint, daß ich in einem KZ am nützlichsten sein werde.«

Elsie zog den Tischkasten heraus und ordnete die Gabeln ein. Sie legte sie seitlich auf die Kante, damit sie ineinanderliegen konnten. Ich sah ihr einen Augenblick schweigend zu, dann nahm ich das Wischtuch von der Stuhllehne und wischte die Spur weg, die meine Hand an der Fensterscheibe hinterlassen hatte.

Es vergingen noch drei Tage, dann schrieb ich, es war nach dem Mittagessen, dem Reichsführer, daß ich seinen Vorschlag annähme. Ich ließ Elsie den Brief lesen, bevor ich ihn zuklebte. Sie las ihn langsam durch, steckte ihn dann wieder in den Umschlag und legte ihn auf den Tisch.

Wenig später erinnerte sie mich daran, daß ich nach Marienthal müsse, um die Stute beschlagen zu lassen.

In Dachau verging die Zeit rasch und friedlich. Das Lager war musterhaft organisiert, die Häftlinge waren einer strengen Disziplin unterworfen, und ich fand mit einem tiefen Gefühl der Zufriedenheit und Beruhigung die unerschütterliche Routine des Kasernenlebens wieder. Am 18. September 1936, kaum zwei Jahre nach meiner Ankunft im KZ, hatte ich die Freude, zum Untersturmführer ernannt zu werden. Von da an folgten meine Beförderungen rasch hintereinander. Im Oktober 1938 wurde ich zum Obersturmführer befördert und im Januar 1939 zum Hauptsturmführer.

Für mich und die Meinigen konnte ich von nun an vertrauensvoll in die Zukunft blicken. Im Jahre 1937 hatte mir Elsie einen Sohn geschenkt, den ich Franz nannte, zur Erinnerung an meinen Onkel. Er war mein viertes Kind. Karl, der Älteste, war sieben Jahre alt, Katharina fünf und Hertha vier. Als ich zum Offizier ernannt wurde, erhielten wir statt der Hälfte einer Villa, wo wir sehr beengt waren, eine ganze Villa, die viel bequemer war und günstiger lag. Die Offiziersbesoldung erlaubte mir auch ein großzügigeres Leben, und nach all den langen Jahren der Entbehrung war es eine große Erleichterung, nicht mehr jeden Pfennig umdrehen zu müssen.

Einige Monate nach meiner Ernennung zum Hauptsturmführer drangen unsere Truppen in Polen ein. Am gleichen Tage bat ich darum, an die Front gehen zu dürfen.

Die Antwort kam acht Tage später in Gestalt eines Rundschreibens des Reichsführers. Er dankte den zahlreichen SS-Offizieren der KZs, die sich aus dem wahren Geist des Schwarzen Korps heraus freiwillig für den polnischen Feldzug gemeldet hätten. Doch sie müßten verstehen, daß der Reichsführer, ohne die Lager in Unordnung zu bringen, nicht allen diesbezüglichen Wünschen gerecht werden könne. Er bitte also, künftig davon abzusehen, sie erneut vorzubringen, und ihm die Sorge zu überlassen, für die Waffen-SS diejenigen, welche die Lagerverwaltung notfalls entbehren könnte, selbst zu bestimmen.

Soweit es mich betraf, ließ dies mir wenig Hoffnung für die Zukunft. Denn ich war schon seit fünf Jahren in der Lagerverwaltung, hatte alle ihre Sprossen bereits erklommen, kannte den ganzen Betrieb, und es bestand wenig Aussicht, daß die Wahl des Reichsführers auf mich fallen würde. Ich fand mich nur schwer mit dem Leben eines Funktionärs ab, das jetzt das meine war, wenn ich an die Kameraden dachte, die an der Front kämpften.

Polen wurde, wie zu erwarten gewesen war, rasch erledigt, dann schlief der Krieg ein, der Frühling 1940 kam heran, man sprach immer mehr von einer Blitzoffensive, und der Führer hielt Anfang Mai im Reichstag eine wichtige Rede. Er erklärte, daß jetzt, da Polen aufgehört habe zu bestehen und Danzig ins Reich heimgekehrt sei, die Demokratien keinen Grund mehr hätten, mit dem Reich keine friedliche Regelung der europäischen Probleme zu suchen. Wenn sie es nicht täten, so darum, weil sich ihre jüdischen Herren dem widersetzten. Die Schlußfolgerung sei klar: Das Weltjudentum hätte den Zeitpunkt für günstig gehalten, gegen das Reich eine Koalition zusammenzubringen und mit dem Nationalsozialismus endgültig abzurechnen. In diesem Kampf wäre Deutschland wieder einmal gezwungen, sein Geschick aufs Spiel zu setzen. Aber die Demokratien und das Weltjudentum täuschten sich schwer, wenn sie glaubten, daß sich die Schande von 1918 wiederholen würde. Das Dritte Reich führe diesen Kampf mit einem unbeugsamen Willen, und der Führer erklärte feierlich, daß die Feinde des nationalsozialistischen Staates schnell und hart gezüchtigt werden würden. Was die Juden angehe, so würden sie überall, wo es möglich wäre, und überall, wo wir sie auf unserm Wege antreffen würden, ausgerottet werden.

Drei Tage nach dieser Rede empfing ich vom Reichsführer SS den Befehl, mich nach Polen zu begeben und eine ehemalige polnische Artilleriekaserne in ein Konzentrationslager zu verwandeln. Dieses neue KZ sollte nach dem Namen des nächstgelegenen Ortes Auschwitz heißen.

Ich entschied, daß Elsie und die Kinder vorläufig in Dachau bleiben sollten, und fuhr mit dem Obersturmführer Setzler, dem

Hauptscharführer Benz und einem Chauffeur ab. Mitten in der Nacht kam ich in Auschwitz an, übernachtete in einem requirierten Hause und besuchte am nächsten Tag das alte Lager. Es lag ungefähr drei Kilometer vom Ort entfernt. Aber das KZ sollte weit über die Kasernen der polnischen Artilleristen ausgedehnt werden und dazu noch ein anderes Lager einbegreifen, das bei der Ortschaft Birkenau in einer getrennten Umzäunung lag. Um die zwei Lager herum war ein weites Gebiet von achttausend Hektar enteignet worden, um einer intensiven Bodenkultur unterzogen zu werden oder industrielle Anlagen aufzunehmen.

Ich fuhr von einem Ende zum anderen. Das Land war vollkommen flach, von Sümpfen und Wäldern durchzogen. Die Wege waren in schlechtem Zustand, kaum gekennzeichnet, und verloren sich in Brachfeld. Häuser waren selten und erschienen in dieser grenzenlosen Ebene klein und verloren. Die ganze Zeit über, die meine Rundfahrt dauerte, begegnete ich keiner lebenden Seele. Ich ließ den Wagen halten und ging allein ein paar hundert Meter zu Fuß, um mir die Beine zu vertreten. Die Luft war lau, von einem fauligen Sumpfgeruch erfüllt. Es herrschte vollkommene Stille. Der Horizont war sozusagen auf gleicher Höhe mit dem Erdboden. Er bildete eine schwarze Linie, die kaum hier und da von einigen Baumgruppen unterbrochen wurde. Trotz der Jahreszeit hing der Himmel niedrig und regenschwer herab, und über dem Horizont zog sich ein grauer Wolkenstreif hin. So weit der Blick reichte, gab es keine einzige Bodenwelle. Alles war flach, öde, maßlos. Ich ging zurück und war froh, als ich wieder ins Auto steigen konnte.

Die polnischen Kasernen waren von Ungeziefer verseucht, und meine erste Sorge war, sie reinigen zu lassen. Die Insektenpulverfabrik Weerle & Frischler in Hamburg sandte mir eine ziemlich beträchtliche Menge Giftgas in Kristallform. Da die Handhabung der Kristalle sehr gefährlich war, schickte sie mir zwei technische Gehilfen mit, die selbst die Desinfektion vornahmen, wobei sie sich durch alle erdenklichen Vorsichtsmaßregeln schützten. Ein Kommando polnischer Kriegsgefangener wurde mir zur Verfügung gestellt, um die Stacheldrahtzäune und die Wachtürme der beiden Lager herzurichten, die, wie ich schon sagte, getrennt bleiben sollten. Auschwitz sollte die jüdischen Häftlinge aufnehmen und Birkenau Kriegsgefangene. Kurz darauf kamen die SS-Truppen an und bezogen die Kasernen, die ersten Offiziersvillen begannen zu entstehen, und gerade an dem Tage, als der glorreiche Frankreichfeldzug zu Ende ging, traf der erste Transport von jüdischen Häftlingen ein. Sie erhielten sofort die Aufgabe, ihr eigenes Lager zu errichten.

Im August konnte ich Elsie und die Kinder nachkommen lassen. Die Offiziersvillen drehten dem Lager den Rücken zu und blickten auf den Ort Auschwitz, aus dem sich die Kirche mit ihren zwei eleganten Glockentürmen heraushob. In dieser so flachen Landschaft erfreuten die beiden Türme das Auge, und darum hatte ich die Häuser nach dieser Seite hin orientiert. Es waren große, bequem eingerichtete Holzhäuser, auf Grundmauern aus Werkstein errichtet, mit nach Süden gelegenen Terrassen und Gärten. Elsie war sehr glücklich über ihre neue Wohnung und schätzte besonders die sehr modernen Zentralheizungs- und Warmwasseranlagen, womit ich sie hatte ausstatten lassen. In Auschwitz fand sie mühelos ein Dienstmädchen, und für die schwersten Arbeiten stellte ich ihr zwei Häftlinge zur Verfügung.

Nach den Befehlen des Reichsführers sollte ich außer dem Bau des Lagers für die Austrocknung der Sümpfe und überschwemmten Flächen, die sich zu beiden Seiten der Weichsel hinzogen, Sorge tragen, um sie für den Ackerbau nutzbar zu machen. Ich erkannte schnell, daß man in viel größerem Maßstabe das tun müßte, was ich schon auf dem Gelände des Herrn von Jeseritz gemacht hatte, und daß keine Dränage wirksam wäre, wenn die Wasser der Weichsel nicht durch Eindämmung in Schranken gehalten würden. Ich ließ Pläne entwerfen, rechnete sie aufs genaueste in bezug auf die verfügbaren Arbeitskräfte durch und teilte dem Reichsführer mit, daß ich drei Jahre brauchen würde, um das Werk zu vollbringen.

Vier Tage darauf kam die Antwort des Reichsführers: er gab mir ein Jahr Zeit.

Der Reichsführer bestrafte SS-Männer für so geringe Vergehen oder ließ sie sogar erschießen, daß ich mich keinerlei Täuschung darüber hingab, welches Schicksal mich erwartete, wenn die Eindämmung nicht am befohlenen Tage beendet sein würde. Dieser Gedanke gab mir übermenschliche Kräfte. Ich richtete mich auf der Baustelle häuslich ein, ich ließ meinem Stab keine Minute Ruhe, ich ließ die Häftlinge Tag und Nacht arbeiten. Die

Sterblichkeit unter ihnen stieg zu erschreckender Höhe an, aber das hatte für uns glücklicherweise keine nachteiligen Folgen, weil automatisch neue Transporte die Lücken auffüllten.

Schließlich wurde das Werk vierundzwanzig Stunden vor dem vorgeschriebenen Tag beendet, der Reichsführer kam persönlich zur Einweihung und hielt in Gegenwart der Meister und Lageroffiziere eine Rede. Er sagte, wir dürften uns als »Pioniere des Ostraums« ansehen, beglückwünschte uns zu der beispielhaften Schnelligkeit dieser »großartigen Verwirklichung« und erklärte, der nationalsozialistische Staat werde den Krieg gewinnen, weil er es verstanden habe, im Verlauf der Operationen wie bei den wirtschaftlichen Anstrengungen die überragende Wichtigkeit des »Faktors Zeit« klar zu erkennen. Zehn Tage nach dem Besuch des Reichsführers erhielt ich die Nachricht von meiner Ernennung zum Sturmbannführer.

Der Damm rächte sich leider in der Folge etwas für die Hast, mit der man ihn gebaut hatte. Zwei Wochen nach der Einweihung durch Himmler fiel in der ganzen Gegend ausgiebig Regen, die Weichsel führte plötzlich Hochwasser, und ein Teil des prächtigen Kunstbaues wurde buchstäblich weggefegt. Wir mußten neue Kredite anfordern und neue Arbeiten ausführen, mit der Begründung, ihn zu befestigen, tatsächlich, um ihn teilweise neu zu bauen. Und das Ergebnis war immer noch nur sehr mittelmäßig, denn um wirklich fest zu sein, hätte die ganze Arbeit von Grund auf wiederholt werden müssen.

Unter meinem Antrieb war das KZ Auschwitz-Birkenau eine riesige Stadt geworden. Aber so schnell auch das Lager wuchs, war es noch viel zu klein, um den immer mehr anschwellenden Zustrom von Häftlingen aufzunehmen. Ich sandte der Hauptverwaltung der SS Brief um Brief, daß man den Rhythmus der Transporte mäßigen solle. Ich stellte dar, daß ich weder genug Baracken noch Nahrungsmittel hätte, um so viel Menschen unterzubringen und zu ernähren. Alle diese Briefe blieben ohne Antwort, und die Transporte strömten immer weiter. Infolgedessen wurde die Lage im KZ entsetzlich, Epidemien wüteten, es gab keine Mittel, sie zu bekämpfen, und die Sterblichkeitskurve stieg steil an. Ich fühlte mich immer ohnmächtiger angesichts der unglaublichen Lage, die durch die fast tägliche Ankunft von Transporten geschaffen wurde. Alles, was ich tun konnte, war, unter der Masse der Häftlinge jeder Herkunft, die das Lager bevölkerten, die Ordnung aufrechtzuerhalten. Aber auch das war schwierig, denn in dem Maße, wie sich der Krieg in die Länge zog, waren die prächtigen jungen Freiwilligen der Totenkopfeinheiten an die Front gerufen worden, und ich hatte als Ersatz ältere Leute der Allgemeinen SS erhalten. Unter diesen waren leider recht zweifelhafte Elemente, und Übergriffe sowie Bestechlichkeit, wozu sie sich rasch verleiten ließen, erschwerten meine Aufgabe ganz erheblich.

Einige Monate vergingen so, dann setzte am 22. Juni der Führer die Wehrmacht gegen Rußland ein; am 24. erhielt ich ein Rundschreiben des Reichsführers, das mich davon in Kenntnis setzte, daß er künftig den KZ-Offizieren erlaube, um ihre Abstellung zur Front nachzusuchen; noch am selben Abend meldete ich mich, und sechs Tage später wurde ich von Himmler nach Berlin befohlen.

Ich fuhr mit der Eisenbahn, gemäß den jüngsten Vorschriften, streng mit Treibstoff zu sparen. Die Hauptstadt fieberte, die Straßen waren voller Uniformen, die Züge mit Truppen überfüllt. Man verkündete die ersten deutschen Siege über die Bolschewisten.

Der Reichsführer empfing mich am Abend. Sein Ordonnanzoffizier führte mich in das Arbeitszimmer und schloß beim Hinausgehen sorgfältig die Doppeltür. Ich grüßte, und als der Reichsführer meinen Gruß erwidert hatte, trat ich auf ihn zu.

Das Zimmer wurde nur durch eine bronzene Stehlampe auf dem Schreibtisch erhellt. Der Reichsführer stand unbeweglich da, und sein Gesicht lag im Schatten.

Er machte mit der rechten Hand eine kleine Geste und sagte höflich: »Nehmen Sie bitte Platz.«

Ich setzte mich, geriet in den Lichtkreis der Lampe und hatte das Gefühl, als wäre mein Gesicht nackt.

Im selben Augenblick klingelte das Telefon, Himmler hob den Hörer ab und bedeutete mir mit der andern Hand, zu bleiben, wo ich war. Ich hörte den Reichsführer von einem gewissen Wulfslang und vom KZ Auschwitz sprechen; es war mir peinlich, dies aufgeschnappt zu haben, und ich hörte sofort auf, hinzuhören. Ich senkte die Augen und ging dazu über, die berühmte Schreibtischgarnitur aus grünem Marmor zu betrachten, die seinen Tisch schmückte. Sie war ein Geschenk des KZ Buchenwald zum Julfest. In Buchenwald hatten sie wirklich erstaunliche Künstler. Ich merkte mir vor, nachzuforschen, ob es unter meinen Juden nicht auch Künstler gäbe.

Der Hörer fiel auf den Sockel zurück, und ich hob die Augen.

»Sturmbannführer«, sagte Himmler sofort, »ich freue mich, Ihnen sagen zu können, daß der Inspekteur der Lager, Gruppenführer Görtz, mir einen ausgezeichneten Bericht über Ihre Tätigkeit als Lagerkommandant des KZ Auschwitz eingereicht hat. Andererseits erfahre ich«, fuhr er fort, »daß Sie mir ein Gesuch eingereicht haben, an die Front gehen zu dürfen.«

»Das ist richtig, Reichsführer.«

»Soll ich das so verstehen, daß Sie einem patriotischen Gefühl gehorchen oder daß Ihnen Ihre Funktionen im KZ Auschwitz mißfallen?«

»Ich gehorche einem patriotischen Gefühl, Reichsführer.«

»Das freut mich. Es kann keine Rede davon sein, Ihre Verwendung zu ändern. Im Hinblick auf gewisse Projekte betrachte ich Ihre Anwesenheit in Auschwitz als unerläßlich.«

Nach einem Schweigen sagte er: »Was ich Ihnen jetzt mitteilen werde, ist geheim. Ich bitte Sie, bei Ihrer Ehre zu schwören, daß Sie darüber unbedingtes Stillschweigen bewahren werden.«

Ich blickte ihn an. So viele Dinge waren in der SS vertraulich, Geheimes machte einen so großen Teil unserer Alltagsarbeit aus, daß es nicht jedesmal einen Eid zu erfordern schien.

»Sie müssen verstehen«, begann Himmler wieder, »daß es sich nicht um ein einfaches Dienstgeheimnis handelt, sondern« (er dehnte die Worte) »um ein wirkliches Staatsgeheimnis.«

Er trat in den Schatten zurück und sagte in ernstem Ton: »Sturmbannführer, wollen Sie mir bei Ihrer Ehre als SS-Offizier schwören, niemandem dieses Geheimnis zu offenbaren.«

Ich sagte, ohne zu zögern: »Ich schwöre es bei meiner Ehre als SS Offizier.«

»Ich mache Sie darauf aufmerksam«, fuhr er nach einer Weile fort, »daß Sie gehalten sind, es niemandem zu offenbaren, selbst nicht Ihrem Vorgesetzten, Gruppenführer Görtz.«

Ich fühlte mich unbehaglich. Da die Lager unmittelbar dem Reichsführer unterstanden, war es nicht außergewöhnlich, daß er mir Weisungen gab, ohne daß sie über Görtz gingen. Aber es war dagegen höchst erstaunlich, daß er es ohne dessen Wissen tat.

»Sie dürfen sich über diese Anordnung nicht wundern«, fuhr

Himmler fort, wie wenn er meine Gedanken gelesen hätte. »Sie stellt keinerlei Ausdruck des Mißtrauens gegen den Inspekteur der Lager, Gruppenführer Görtz, dar. Dieser wird später davon in Kenntnis gesetzt, zu einem Zeitpunkt, den ich bestimmen werde.«

Der Reichsführer bewegte den Kopf, und die untere Hälfte seines Gesichts trat ins Licht. Seine dünnen, bartlosen Lippen waren zusammengepreßt.

»Der Führer«, sagte er mit klarer Stimme, »hat die endgültige Lösung des Judenproblems in Europa befohlen.«

Er machte eine Pause und setzte hinzu: »Sie sind dazu ausersehen, diese Aufgabe durchzuführen.«

Ich sah ihn an. Er sagte schroff: »Sie sehen bestürzt aus. Der Gedanke, mit den Juden Schluß zu machen, ist doch nicht neu.«

»Nein, Reichsführer. Ich bin nur überrascht, daß man mich dazu ausersehen hat …«

Er schnitt mir das Wort ab: »Sie werden die Gründe dieser Wahl erfahren. Sie ehren Sie.« Er fuhr fort: »Der Führer ist der Meinung, daß, wenn wir die Juden nicht jetzt ausrotten, sie später das deutsche Volk ausrotten werden. Also stellt sich die Frage folgendermaßen: sie oder wir.«

Er sagte mit Nachdruck: »Sturmbannführer, haben wir zu einer Zeit, in der die jungen deutschen Männer gegen den Bolschewismus kämpfen, das Recht, das deutsche Volk dieser Gefahr auszusetzen?«

Ich antwortete ohne Zögern: »Nein, Reichsführer.«

Er legte beide Hände flach an den Leibriemen und sagte mit dem Ausdruck tiefer Befriedigung: »Kein Deutscher könnte anders antworten.«

Ein Schweigen entstand, dann richtete sich sein ausdrucksloser Blick auf einen Punkt über meinem Kopf, und er fuhr fort, als ob er vorläse: »Ich habe das KZ Auschwitz als Ort der Vollstreckung gewählt und Sie als den Ausführenden. Ich habe das KZ Auschwitz gewählt, weil es am Schnittpunkt von vier Eisenbahnlinien liegt und für die Transporte leicht erreichbar ist. Außerdem ist die Gegend einsam, wenig bevölkert und bietet folglich günstige Voraussetzungen für die Abwicklung eines geheimen Unternehmens.«

Er senkte den Blick zu mir herunter.

»Sie habe ich wegen Ihres Organisationstalents gewählt …«

Er bewegte sich leicht im Schatten und sagte betont und deutlich: »… und wegen Ihrer seltenen Gewissenhaftigkeit.

Sie müssen wissen«, fuhr er gleich darauf fort, »daß in Polen bereits drei Vernichtungslager bestehen: Belzek, Wolzek und Treblinka. Diese Lager befriedigen nicht. Erstens: Sie sind klein, und die Örtlichkeit erlaubt keine Ausdehnung. Zweitens: Sie werden schlecht verwaltet. Drittens: Die dort angewandten Methoden sind wahrscheinlich mangelhaft. Nach dem Bericht des Lagerkommandanten von Treblinka hat er in sechs Monaten nicht mehr als achtzigtausend Einheiten liquidieren können.«

Der Reichsführer machte eine Pause und sagte mit ernster Miene: »Dieses Ergebnis ist lächerlich. –

In zwei Tagen«, fuhr er fort, »wird der Obersturmbannführer Wulfslang Sie in Auschwitz aufsuchen und Ihnen das Tempo und den Umfang der Transporte für die künftigen Monate mitteilen. Nach seinem Besuch begeben Sie sich in das Lager Treblinka und liefern dann im Hinblick auf die mittelmäßigen Ergebnisse eine konstruktive Kritik der angewandten Methoden. In vier Wochen …« Er verbesserte sich: »… in genau vier Wochen liefern Sie mir einen genauen Plan im Maßstab der historischen Aufgabe, die Ihnen obliegt.«

Er winkte mit der rechten Hand. Ich stand auf.

»Haben Sie Einwendungen?«

»Nein, Reichsführer.«

»Haben Sie noch irgendwelche Bemerkungen zu machen?«

»Nein, Reichsführer.«

»Gut.«

Er sagte mit betonter Entschiedenheit, aber ohne die Stimme zu heben: »Das ist ein Befehl des Führers!« Er setzte hinzu: »Sie haben jetzt die schwere Mission, den Befehl auszuführen.«

Ich stand stramm und sagte: »Jawohl, Reichsführer.«

Meine Stimme erschien mir in der Stille des Zimmers schwach und heiser.

Ich grüßte, er erwiderte meinen Gruß, ich machte kehrt und ging nach der Tür. Sobald ich den Lichtkreis der Lampe verlassen hatte, schlug die Dunkelheit über mir zusammen, und ich empfand ein seltsames Gefühl von Kälte.

In der Nacht fuhr ich wieder mit dem Zug zurück. Er war vollgestopft mit Truppen, die man an die russische Front warf.

Ich fand ein Abteil erster Klasse, es war besetzt, aber ein Obersturmführer überließ mir sofort seinen Platz. Das Licht war wegen etwaiger Luftangriffe abgeblendet, und die Vorhänge waren sorgfältig zugezogen. Ich setzte mich, der Zug ruckte hart an und begann mit verzweifelter Langsamkeit dahinzurollen. Ich fühlte mich müde, aber es gelang mir nicht zu schlafen.

Endlich kam die Morgendämmerung, und ich schlummerte ein bißchen. Die Fahrt zog sich hin, von zahlreichen Halten unterbrochen. Zuweilen stand der Zug zwei oder drei Stunden still, dann fuhr er langsam weiter. Gegen Mittag wurden Verpflegung und heißer Kaffee verteilt.

Ich ging auf den Gang hinaus, um eine Zigarette zu rauchen. Ich sah den Obersturmführer, der mir seinen Platz abgetreten hatte. Er saß schlafend auf seinem Tornister. Ich weckte ihn und forderte ihn auf, ins Abteil zu gehen und sich wieder einmal zu setzen. Er stand auf, stellte sich vor, und wir unterhielten uns ein paar Minuten. Er war Lagerführer im KZ Buchenwald gewesen, und man hatte ihn auf seine Bitte hin zur Waffen-SS versetzt. Er ging zu seinem Regiment nach Rußland. Ich fragte ihn, ob er sich freue. Er sagte lächelnd: »Ja, sehr.« Er war groß, blond, schlank, sehr schmalhüftig. Er mochte zweiundzwanzig Jahre alt sein. Er hatte den Feldzug in Polen mitgemacht, war verwundet worden, und nach der Entlassung aus dem Lazarett hatte man ihn ins KZ Buchenwald versetzt, wo er »sich sehr gelangweilt« hätte. Aber jetzt wäre alles gut, er werde »sich wieder regen und kämpfen« können. Ich bot ihm eine Zigarette an und bestand darauf, daß er ins Abteil ging, um sich einen Augenblick auszuruhen.

Der Zug fuhr schneller und kam nach Schlesien. Der Anblick der mir so vertrauten Landschaft schnürte mir das Herz zusammen. Ich erinnerte mich an die Kämpfe der Freikorps unter Roßbach gegen die polnischen Sokols. Wie hatten wir damals gekämpft! Und was für eine prächtige Truppe war das! Auch ich wollte nur »mich regen und kämpfen«. Ich war damals auch zwanzig. Es war sonderbar, sich sagen zu müssen, daß das alles schon so lange her und vorbei war.

Auf dem Bahnhof in Auschwitz telefonierte ich nach dem Lager, daß sie mir einen Wagen schickten. Es war neun Uhr abends. Seit Mittag hatte ich nichts gegessen, ich war hungrig.

Das Auto kam nach fünf Minuten an und brachte mich nach Hause. Im Schlafzimmer der Jungen brannte das Nachtlicht, ich klingelte nicht, sondern öffnete die Tür mit meinem Hauptschlüssel. Ich legte meine Mütze auf das Tischchen in der Diele und ging ins Eßzimmer. Ich klingelte nach dem Mädchen, sie erschien auch gleich, und ich trug ihr auf, mir zu essen zu bringen, was sie da hätte.

Ich merkte, daß ich die Handschuhe anbehalten hatte, zog sie aus und ging auf die Diele, um sie dort abzulegen. Wie ich vor dem Tischchen stand, hörte ich Schritte, ich hob den Kopf, Elsie kam die Treppe herunter. Als sie mich sah, blieb sie jäh stehen, sah mich an, erblaßte, taumelte und lehnte sich an die Wand.

»Mußt du weg?« sagte sie mit tonloser Stimme.

Ich sah sie erstaunt an.

»Ob ich weg muß?«

»An die Front?«

Ich blickte weg.

»Nein.«

»Ist das wahr? Ist das wahr?« sagte sie stammelnd. »Du mußt also nicht weg?«

»Nein.«

Ihr Gesicht strahlte vor Freude, sie sprang die Stufen herab und warf sich in meine Arme.

»Na, na!« sagte ich.

Sie bedeckte mein Gesicht mit Küssen. Sie lächelte, und in ihren Augen glänzten Tränen.

»Du mußt also nicht weg?« sagte sie.

»Nein.«

Sie hob den Kopf und sagte mit dem Ausdruck ruhiger, tiefer Freude: »Gott sei Dank.«

Namenlose Wut packte mich, und ich schrie: »Schweig!«

Dann drehte ich mich schnell um, wandte ihr den Rücken zu und ging ins Eßzimmer.

Das Dienstmädchen hatte den Tisch gedeckt und die Platten hingestellt. Ich setzte mich.

Nach einer Weile kam Elsie herein, nahm neben mir Platz und sah mir beim Essen zu. Als das Mädchen hinausgegangen war, sagte sie leise zu mir: »Natürlich verstehe ich, daß es für einen Offizier sehr hart ist, nicht an die Front gehen zu dürfen.«

Ich blickte sie an.

»Es hat nichts zu sagen, Elsie. Das von vorhin tut mir leid. Ich bin bloß etwas müde.«

Ein Schweigen entstand, ich aß, ohne den Kopf zu heben. Ich sah, wie Elsie an einer Falte des Tischtuches zupfte und sie dann mit der flachen Hand glättete.

Sie sagte zögernd: »Ach, diese zwei Tage, Rudolf ...«

Ich antwortete nicht, und sie fuhr fort: »Um dir zu sagen, daß du nicht weg darfst, hat dich der Reichsführer nach Berlin kommen lassen?«

»Nein.«

»Was wollte er denn von dir?«

»Dienstfragen.«

»War es wichtig?«

»Ziemlich.«

Elsie zupfte von neuem am Tischtuch und sagte beruhigt: »Das Wesentliche ist, daß du dableibst.«

Ich antwortete nichts, und sie fing nach einem Weilchen wieder an: »Aber du wärest lieber gegangen, nicht wahr?«

»Ich glaubte, es wäre meine Pflicht. Aber der Reichsführer meint, daß ich hier nützlicher bin.«

»Warum meint er das?«

»Er sagt, ich besäße Organisationstalent und eine seltene Gewissenhaftigkeit.«

»Das hat er gesagt?« sagte Elsie mit einem glücklichen Gesicht. »Er hat gesagt ›seltene Gewissenhaftigkeit‹?«

Ich nickte.

Ich stand auf, legte sorgfältig meine Serviette zusammen und steckte sie in ihre Hülle.

Wie mir der Reichsführer angekündigt hatte, erhielt ich nach zwei Tagen den Besuch des Obersturmbannführers Wulfslang. Es war ein dicker, rothaariger Mann, geradezu und jovial, der dem Mittagessen, das Elsie ihm vorsetzte, alle Ehre antat.

Nach dem Essen bot ich ihm eine Zigarre an, nahm ihn in die Kommandantur mit und schloß mich mit ihm in meinem Büro ein. Er legte seine Mütze auf meinen Tisch, setzte sich, streckte die Beine aus, und sein lachendes rundes Gesicht wurde ernst.

»Sturmbannführer«, sagte er in offiziellem Ton. »Sie müssen wissen, daß meine Rolle einzig und allein darin besteht, eine mündliche Verbindung zwischen dem Reichsführer und Ihnen herzustellen.«

Er machte eine Pause.

»Im jetzigen Stadium habe ich Ihnen nur wenig mitzuteilen. Der Reichsführer besteht besonders auf zwei Punkten. Erstens: Für die ersten sechs Monate sollen Sie Ihre Dispositionen unter der Voraussetzung treffen, daß die ungefähre Gesamtsumme der Eingänge etwa fünfhunderttausend Einheiten beträgt.«

Ich öffnete den Mund, er winkte mit seiner Zigarre ab und sagte energisch: »Einen Moment, bitte! Bei jedem Transport werden Sie unter den Ankömmlingen eine Auswahl treffen und die zur Arbeit tauglichen Personen den industriellen und landwirtschaftlichen Unternehmen von Birkenau-Auschwitz zur Verfügung stellen.«

Ich machte ein Zeichen, daß ich sprechen wollte, aber er schwang wiederum gebieterisch seine Zigarre und fuhr fort: »Zweitens: Sie werden mir für jeden Transport eine Meldung über die Zahl der Untauglichen zukommen lassen, die von Ihnen der Sonderbehandlung unterworfen werden. Doch Sie dürfen keine Zweitschrift dieser Meldungen zurückbehalten. Mit anderen Worten, die Gesamtsumme der Leute, die von Ihnen während der ganzen Zeit Ihres Kommandos behandelt werden, muß Ihnen unbekannt bleiben.«

Ich sagte: »Ich sehe nicht ein, wie das möglich ist. Sie haben doch selbst von fünfhunderttausend Einheiten für die ersten sechs Monate gesprochen.«

Er schwang ungeduldig seine Zigarre.

»Bitte, bitte! Die von mir angeführte Zahl von fünfhunderttausend Einheiten umfaßt sowohl die zur Arbeit Tauglichen wie die Untauglichen. Sie werden sie bei jeder Lieferung trennen müssen. Sie sehen also, daß Sie im voraus die Gesamtzahl der Untauglichen nicht kennen können. Und von denen sprechen wir.«

Ich überlegte und sagte: »Wenn ich Sie recht verstehe, soll ich von jedem Transport die Zahl der Untauglichen, die der Sonderbehandlung unterworfen werden, Ihnen mitteilen, aber ich darf keine Unterlage über diese Zahl aufbewahren und ich darf folglich die Gesamtsumme der Untauglichen aus sämtlichen Transporten, die von mir behandelt werden, nicht wissen.«

Er gab mit seiner Zigarre ein Zeichen der Zustimmung.

»Sie haben mich vollkommen richtig verstanden. Nach dem ausdrücklichen Befehl des Reichsführers darf die Gesamtzahl nur mir bekannt sein. Mit anderen Worten, mir, und mir allein, obliegt es, die von Ihnen gelieferten Teilziffern zu addieren und daraus für den Reichsführer eine vollständige Statistik aufzustellen.« Er fuhr fort: »Das ist alles, was ich Ihnen im Augenblick mitzuteilen habe.«

Es trat ein Schweigen ein, und ich sagte: »Darf ich eine Bemerkung zu Ihrem ersten Punkt machen?«

Er steckte seine Zigarre in den Mund und sagte kurz: »Bitte!«

»Wenn ich die runde Summe von fünfhunderttausend Einheiten für die ersten sechs Monate zugrunde lege, komme ich auf einen Monatsdurchschnitt von ungefähr vierundachtzigtausend Einheiten, das heißt etwa zweitausendachthundert Einheiten, die binnen vierundzwanzig Stunden der Sonderbehandlung zu unterwerfen wären. Das ist eine ungeheure Zahl.«

Er nahm die Zigarre aus dem Mund und hielt sie hoch.

»Irrtum. Sie vergessen, daß es unter den fünfhunderttausend Einheiten wahrscheinlich eine ziemlich hohe Zahl von Arbeitstauglichen geben wird, die Sie nicht zu behandeln haben werden.«

Ich dachte darüber nach und sagte: »Meiner Meinung nach heißt das nur dem Problem ausweichen. Nach meiner Erfahrung als Lagerkommandant beträgt die durchschnittliche Dauer der Verwendungsmöglichkeit eines Häftlings zur Arbeit drei Monate. Danach wird er arbeitsunfähig. Folglich, angenommen, bei einem Transport von fünftausend Einheiten würden zweitausend für arbeitstauglich erklärt, ist es klar, daß diese zweitausend nach einem Vierteljahr zu mir zurückkommen werden und daß ich sie dann zu behandeln habe.«

»Gewiß. Aber Sie haben wenigstens Zeit gewonnen. Und solange Ihre Einrichtung noch nicht ganz auf der Höhe ist, wird dieser Aufschub Ihnen zweifellos sehr wertvoll sein.«

Er steckte die Zigarre wieder in den Mund und schlug ein Bein über das andere.

»Sie müssen wissen, daß nach den ersten sechs Monaten das Tempo der Transporte beträchtlich gesteigert werden wird.«

Ich sah ihn ungläubig an. Er lächelte, und sein Gesicht wurde wieder entspannt und heiter.

Ich sagte: »Aber das ist schlechterdings unmöglich.«

Sein Lächeln verstärkte sich. Er stand auf und begann seine Handschuhe anzuziehen.

»Mein Lieber«, sagte er mit leutseliger und wichtigtuender Miene, »Napoleon hat gesagt, ›unmöglich‹ sei kein französisches Wort. Seit 1934 versuchen wir der Welt zu beweisen, daß es kein deutsches Wort ist.«

Er sah nach der Uhr.

»Ich glaube, es ist Zeit, daß Sie mich zum Bahnhof bringen.«

Er nahm seine Mütze. Ich stand auf.

»Bitte, Obersturmbannführer …«

Er sah mich an.

»Ja?«

»Ich wollte sagen, daß es technisch unmöglich ist.«

Sein Gesicht erstarrte.

»Erlauben Sie«, sagte er eisig. »Das ist Ihre Angelegenheit, und Ihnen allein obliegt die technische Seite der Aufgabe. Ich darf diese Seite der Frage nicht kennen.«

Er hob wieder den Kopf, senkte die Augenlider etwas und sah mich mit stolzer Ablehnung von oben bis unten an. »Sie müssen begreifen, daß ich mit der technischen Seite der Sache nichts zu tun habe. Ich bitte Sie also, in Zukunft mit mir nicht davon zu sprechen, auch nicht andeutungsweise. Nur die Zahlen gehören zu meinem Ressort.«

Er machte kehrt, legte die Hand auf die Türklinke, drehte sich halb um und setzte mit hochmütiger Miene hinzu: »Meine Aufgabe ist rein statistisch.«

Am nächsten Tage fuhr ich mit Obersturmführer Setzler nach dem Lager Treblinka. Es lag nordöstlich von Warschau, nicht weit vom Bug entfernt. Kommandant war Hauptsturmführer Schmolde. Da er von den Plänen, die für Auschwitz bestanden, nichts erfahren durfte, hatte ihm Wulfslang meinen Besuch als einen Inspektions- und Informationsauftrag hingestellt.

Er holte mich im Auto vom Bahnhof ab. Er war ein Mann unbestimmbaren Alters, grauhaarig und mager. Sein Blick war merkwürdig leer.

Er ließ uns in der Offizierskantine, in einem Nebenzimmer, ein Frühstück auftragen, wobei er sich entschuldigte, uns nicht bei sich empfangen zu können, da seine Frau leidend wäre. Das

Essen war ausgezeichnet, aber Schmolde tat den Mund nur hin und wieder einmal auf, und nur, wie mir schien, aus Ehrerbietung mir gegenüber. Seine Stimme war müde und tonlos, und man hatte den Eindruck, daß es ihn Mühe kostete, einen Laut hervorzubringen. Wenn er sprach, befeuchtete er fortwährend seine Lippen mit der Zunge.

Nach dem Essen servierte man Kaffee. Nach einer Weile sah Schmolde nach der Uhr, wandte mir seinen leeren Blick zu und sagte: »Es wären lange Erklärungen nötig, um Ihnen die Sonderbehandlung zu beschreiben. Deshalb will ich Ihnen lieber zeigen, wie wir verfahren. Ich glaube, daß Sie sich auf diese Weise besser ein Bild machen können.«

Setzler zog ein abweisendes Gesicht und drehte den Kopf ruckartig zu mir herum. Ich sagte: »Gewiß. Das ist ein sehr guter Gedanke.«

Schmolde leckte sich die Lippen und fuhr fort: »Um zwei Uhr geht es los.«

Wir sprachen noch ein paar Minuten. Dann sah Schmolde auf die Uhr und ich auf meine. Ich stand auf, Schmolde gleichfalls, langsam, wie mit Bedauern. Setzler erhob sich halb von seinem Stuhl und sagte: »Entschuldigen Sie mich, ich habe meinen Kaffee noch nicht ausgetrunken.«

Ich blickte auf seine Tasse. Er hatte sie noch gar nicht angerührt. Ich sagte schroff: »Kommen Sie nach, wenn Sie fertig sind.«

Setzler nickte und setzte sich. Sein kahler Schädel wurde langsam rot, und er mied meinen Blick.

Schmolde trat beiseite, um mich vorbeizulassen.

»Es ist Ihnen wohl nicht unangenehm, wenn wir zu Fuß gehen? Es ist nicht weit.«

»Durchaus nicht.«

Die Sonne schien sehr warm. Mitten auf dem Weg, den wir entlanggingen, lief ein Zementstreifen, auf dem zwei Mann nebeneinander gehen konnten.

Das Lager war vollkommen verlassen, aber im Vorübergehen hörte ich Stimmengewirr im Innern der Baracken. Ich bemerkte einige Gesichter hinter den Fensterscheiben und begriff, daß die Häftlinge nicht heraus durften.

Ich bemerkte auch, daß es zweimal soviel Wachtürme gab wie in Auschwitz, obwohl das Lager kleiner war, und stellte fest, daß der Stacheldrahtzaun elektrisch geladen war. Die Drähte wurden von schweren Betonpfosten gehalten, die oben nach innen gebogen waren. Auf diese Weise ragten die obersten Drähte um mindestens sechzig Zentimeter über das senkrechte Netz zwischen den Pfosten hinaus. Es war offensichtlich unmöglich, selbst für einen Akrobaten, dieses Hindernis zu überspringen, ohne es zu berühren.

Ich wandte mich an Schmolde: »Ist ständig Strom darin?«

»Nachts. Aber wir geben manchmal auch tags Strom, wenn die Häftlinge nervös sind.«

»Sie haben manchmal Ärger?«

»Oft.«

Schmolde leckte sich die Lippen und fuhr mit langsamer, apathischer Stimme fort: »Verständlicherweise, sie wissen, was sie erwartet.«

Ich dachte darüber nach und sagte: »Ich sehe nicht ein, wie sie es erfahren können.«

Schmolde zog ein Gesicht.

»Grundsätzlich ist es streng geheim. Aber alle Häftlinge des Lagers sind im Bilde. Und mitunter wissen es sogar die, die ankommen.«

»Von wo kommen sie?«

»Aus dem Warschauer Getto.«

»Alle?«

Schmolde senkte den Kopf.

»Alle. Meiner Meinung nach gibt es sogar im Getto Leute, die es wissen. Das Lager ist zu nahe bei Warschau.«

Hinter der letzten Baracke war eine große freie Fläche, dann öffnete uns ein bewaffneter Posten eine hölzerne Schranke, und wir betraten einen geschotterten Weg, der rechts und links von einem doppelten Stacheldrahtzaun flankiert war. Dann kam ein anderes Tor, das von etwa zehn SS-Männern bewacht wurde. Dahinter stand eine Wand aus Büschen. Man ging um sie herum, und eine tiefer liegende lange Baracke wurde sichtbar. Ihre Fensterläden waren hermetisch verschlossen. Etwa dreißig SS-Männer, mit Maschinenpistolen bewaffnet und von Hunden begleitet, waren rings darum aufgestellt.

Jemand rief: »Achtung!« Die SS-Männer erstarrten, und ein Untersturmführer meldete. Er war blond, hatte ein viereckiges Gesicht und Säuferaugen.

Ich sah mich um. Eine doppelte Reihe elektrisch geladener Stacheldrähte umgab die Baracke vollständig und bildete einen zweiten Zaun innerhalb des Lagerzaunes. Auf der anderen Seite des Stacheldrahtes versperrten Büsche und Tannen die Sicht.

»Wollen Sie einen Blick hineinwerfen?« fragte Schmolde.

Die SS-Männer entfernten sich, und wir lenkten unsere Schritte nach der Baracke. Die Tür war aus massiver Eiche, mit Eisen beschlagen und mit einem schweren Metallriegel verschlossen. Im oberen Teil war ein kleines Guckfenster aus sehr dickem Glas. Schmolde drehte einen in die Mauer eingelassenen Schalter und versuchte den Sperriegel zu heben. Es gelang ihm nicht, und der Untersturmführer stürzte herbei, um ihm zu helfen.

Die Tür ging auf. Beim Eintreten hatte ich den Eindruck, daß mir die Decke auf den Kopf fiele. Ich hätte sie mit der Hand erreichen können. Drei mächtige vergitterte Lampen erhellten den Raum. Er war vollkommen leer. Der Fußboden war zementiert. Auf der gegenüberliegenden Seite befand sich noch eine Tür, die hinter das Gebäude führte, aber diese hatte kein Guckfenster.

»Die Fenster«, sagte Schmolde, »haben natürlich keine Scheiben. Wie Sie sehen, sind sie vollständig ...« – er leckte sich die Lippen – »... dicht und schließen von außen.«

Neben einer der vergitterten Lampen bemerkte ich eine kleine runde Öffnung von etwa fünf Zentimeter Durchmesser.

Ich hörte rennen, schrille Schreie und rauhe Befehle. Die Hunde bellten.

»Das sind sie«, sagte Schmolde.

Er ging mir voraus. Obgleich seine Mütze noch ein paar Zentimeter von der Decke entfernt war, senkte er den Kopf, während er durch den Raum schritt.

Als ich hinaustrat, kam die Kolonne der Häftlinge im Laufschritt vom Gebüsch her, SS-Männer und Hunde begleiteten sie. Geheul, gemischt mit Hundegebell, zerriß die Luft. Ein Staubwirbel erhob sich, und die SS-Männer traten in Tätigkeit.

Als die Ordnung wiederhergestellt war und der Staub sich gelegt hatte, konnte ich die Häftlinge besser sehen. Unter ihnen waren einige kräftige Männer, aber die Mehrzahl der Kolonne setzte sich aus Frauen und Kindern zusammen. Mehrere Jüdinnen trugen Babys auf dem Arm. Alle Häftlinge waren in Zivil, und keinem war das Haar abgeschnitten.

»Eigentlich sollte man«, sagte Schmolde leise, »mit diesen da keinen Ärger haben. Sie sind kaum erst angekommen.«

Die SS-Männer ordneten die Häftlinge zu fünfen. Schmolde machte eine leichte Bewegung mit der Hand und sagte: »Bitte, Sturmbannführer.«

Wir gingen wieder zu dem Gebüsch. Wir standen so etwas weiter weg, und das abschüssige Gelände erlaubte uns, die ganze Kolonne mit einem Blick zu überschauen.

Zwei Hauptscharführer und ein Scharführer fingen an, die Häftlinge zu zählen. Der blonde Untersturmführer stand unbeweglich vor uns. Ein jüdischer Häftling in gestreifter Uniform und mit kahlrasiertem Schädel stand rechts von ihm etwas zurück. Am linken Arm trug er eine Armbinde.

Einer der beiden Hauptscharführer kam herangelaufen, stand vor dem Untersturmführer stramm und rief: »Zweihundertvier.«

Der Untersturmführer sagte: »Lassen Sie die vier letzten heraustreten und führen Sie sie in die Baracken zurück!«

Ich wandte mich an Schmolde: »Warum macht er das?«

Schmolde befeuchtete seine Lippen und sagte: »Um den andern Vertrauen einzuflößen.«

»Dolmetscher«, sagte der Untersturmführer.

Der Häftling mit der Armbinde trat einen Schritt vor, stand stramm, und mit dem Gesicht der Kolonne zugewandt, rief er etwas auf polnisch.

Die drei letzten Häftlinge (zwei Frauen und ein Mann mit einem verbeulten schwarzen Hut) trennten sich ohne Schwierigkeit aus der Kolonne. Vierte war ein kleines Mädchen von etwa zehn Jahren. Ein Scharführer faßte sie beim Arm. Sofort stürzte eine Frau vor, riß sie ihm aus den Händen, preßte sie wild an sich und fing an zu schreien. Zwei SS-Männer gingen auf sie zu, und die ganze Kolonne fing an zu murren.

Der Untersturmführer zögerte.

»Laßt ihr das Kind!« rief Schmolde.

Die beiden SS-Männer traten wieder ins Glied. Die Jüdin sah sie sich entfernen, ohne es zu verstehen. Sie hielt ihre Tochter noch immer umschlungen.

»Dolmetscher«, sagte Schmolde, »sagen Sie ihr, daß ihr der Kommandant erlaubt, ihre Tochter bei sich zu behalten.«

Der Häftling mit der Armbinde rief ihr einen langen polnischen Satz zu. Die Jüdin setzte ihr Kind zu Boden, sah mich an und sah Schmolde an. Dann erhellte ein Lächeln ihr düsteres Gesicht, und sie rief etwas zu uns herüber.

»Was erzählt sie?« sagte Schmolde ungeduldig.

Der Dolmetscher machte vorschriftsmäßig kehrt, zu uns her, und sagte in vollendetem Deutsch: »Sie sagt, daß Sie gut seien und daß sie Ihnen dankt.«

Schmolde zuckte die Achseln. Die drei Häftlinge, die in die Baracken zurückgeschickt wurden, kamen an uns vorbei, gefolgt von einem Scharführer. Die zwei Frauen gönnten uns keinen Blick. Der Mann sah uns an, zögerte, dann nahm er mit einer weit ausladenden, eindrucksvollen Geste den zerbeulten schwarzen Hut ab. Zwei oder drei unter den Häftlingen lachten, und die SS-Männer stimmten ein.

Schmolde beugte sich zu mir herüber.

»Ich denke, alles wird gut gehen.«

Der Untersturmführer wandte sich mit gelangweilter Miene an den Dolmetscher: »Wie gewöhnlich.«

Der Dolmetscher trat einen Schritt vor, stand vor uns stramm und hielt eine lange Rede auf polnisch.

Schmolde beugte sich zu mir herüber.

»Er sagt ihnen, daß sie sich ausziehen und aus ihren Sachen ein Bündel machen sollen. Die Bündel würden zur Desinfektion geschickt und, bis sie ihnen wiedergegeben werden, die Häftlinge in der Baracke eingeschlossen.«

Sobald der Dolmetscher zu sprechen aufhörte, brach in der ganzen Kolonne Geschrei und Gemurr aus.

Ich drehte mich zu Schmolde um und sah ihn an. Er schüttelte den Kopf.

»Die normale Reaktion. Wenn sie nichts sagen, muß man vorsichtig sein.«

Der Untersturmführer gab dem Dolmetscher ein Zeichen. Der Dolmetscher fing wieder an zu sprechen. Nach einer Weile begannen einige Frauen sich auszuziehen. Dann machten sich allmählich alle daran. Eine oder zwei Minuten verflossen, bis die Männer es ihnen gleichtaten, langsam und verschämt. Ein paar SS-Männer traten aus dem Glied und halfen die Kinder ausziehen.

Ich blickte auf die Uhr. Es war halb drei. Ich wandte mich zu Schmolde: »Würden Sie jemand schicken, der den Obersturmführer Setzler holt?« Ich fügte hinzu: »Er muß sich verlaufen haben.«

Schmolde winkte einen Scharführer heran und beschrieb ihm Setzler. Der Scharführer rannte los.

Geruch von Menschenfleisch, schwer und unangenehm, zog über den Hof. Die Häftlinge standen regungslos in der Sonne, unbeholfen und verlegen. Einige junge Mädchen waren innerhalb ihrer rassischen Eigenart recht hübsch.

Der Untersturmführer gab ihnen den Befehl, in die Halle einzutreten, und versprach ihnen, die Fenster zu öffnen, wenn sie alle darin wären. Die Bewegung wurde langsam und in Ordnung ausgeführt. Als der letzte Häftling hineingegangen war, schloß der Untersturmführer selbst die Eichentür und legte den Sperriegel vor. Sofort sah man mehrere Gesichter hinter dem Guckfenster.

Setzler kam an, rot und schwitzend. Er stand stramm.

»Zur Stelle, Sturmbannführer.«

Ich sagte barsch: »Warum kommen Sie so spät?«

Und Schmoldes wegen setzte ich hinzu: »Haben Sie sich verlaufen?«

»Ich habe mich verlaufen, Sturmbannführer.«

Ich winkte ab, und Setzler stellte sich links neben mich. Der Untersturmführer zog ein Pfeifchen aus der Tasche und pfiff zweimal. Es wurde still, dann lief irgendwo ein Automotor an. Die SS-Männer warfen nachlässig den Riemen ihrer Maschinenpistolen über die Schulter.

»Bitte, Sturmbannführer«, sagte Schmolde.

Er ging voran, die SS-Männer entfernten sich, und wir gingen um das Gebäude herum. Setzler marschierte hinter mir her.

Ein großer Lastwagen stand mit dem hinteren Teil ganz dicht an der Baracke. Ein Rohr, das am Auspuff befestigt war, stieg senkrecht hoch, machte dann einen Knick und führte in Höhe der Barackendecke ins Innere. Der Motor lief.

»Das Auspuffgas«, sagte Schmolde, »dringt durch die kleine Öffnung neben der mittleren Lampe in die Halle.«

Er horchte einen Augenblick auf den Motor, runzelte die Stirn und ging nach dem Führerhaus. Ich folgte ihm.

Ein SS-Mann saß am Lenkrad, eine Zigarette zwischen den Lippen. Als er Schmolde sah, nahm er die Zigarette aus dem Mund und beugte sich durch das Türfenster heraus.

»Treten Sie doch nicht so sehr auf den Gashebel!« sagte Schmolde.

Die Umdrehungen des Motors verminderten sich. Schmolde wandte sich zu mir.

»Sie treten immer ganz durch, um schneller fertig zu werden. Die Folge ist, daß sie die Patienten ersticken, statt sie einzuschläfern.«

Ein unangenehmer fader Geruch schwebte in der Luft. Ich blickte mich um. Ich sah nichts als etwa zwanzig Häftlinge in gestreifter Uniform, in zwei Reihen aufgestellt, einige Meter vom Wagen entfernt. Sie waren jung, gut rasiert und schienen kräftig zu sein.

»Das Sonderkommando«, sagte Schmolde. »Es hat den Auftrag, die Toten zu beerdigen.«

Einige waren blond und athletisch gebaut. Sie standen tadellos stramm.

»Das sind Juden?«

»Gewiß.«

Setzler beugte sich vor.

»Und sie helfen Ihnen beim ... Das erscheint kaum glaublich!«

Schmolde zuckte mit müdem Gesicht die Achseln. »Hier ist alles möglich.« Und er wandte sich wieder an mich: »Bitte, Sturmbannführer ...«

Ich folgte ihm. Wir entfernten uns von dem Gebäude. Je weiter wir gingen, um so stärker wurde der Gestank. Nach etwa hundert Metern tat sich ein breiter und sehr tiefer Graben vor uns auf. Hunderte von Leichen waren in drei parallelen Reihen darin aufgeschichtet. Setzler schreckte zurück und drehte der Leichengrube den Rücken zu.

»Das größte Problem«, sagte Schmolde in seinem gleichgültigen Ton, »ist das Leichenproblem. Wir werden bald keinen Platz mehr für Gräben haben. Deshalb müssen wir die Gräben sehr tief ausheben und mit dem Schließen warten, bis sie voll sind. Doch sogar so werde ich bald kein Gelände mehr dafür haben.«

Er ließ seinen leeren Blick umherschweifen, verzog das Gesicht und fuhr entmutigt fort: »Die Leichen nehmen zuviel Platz weg.«

Darauf entstand ein Schweigen, bis er sagte: »Bitte, Sturmbannführer ...«

Ich machte kehrt, ließ Schmolde einen kleinen Vorsprung und näherte mich Setzler. Sein Gesicht sah grau aus. Ich sagte scharf, aber leise: »Nehmen Sie sich bitte zusammen!«

Ich holte Schmolde wieder ein. Der Motor des Lastwagens summte leise. Als wir nahe an der Baracke waren, trat Schmolde ans Führerhaus, und der SS-Mann beugte sich zur Tür heraus.

»Treten Sie jetzt durch!« sagte Schmolde.

Die Tourenzahl des Motors schwoll gewaltig an, und die Motorhaube fing an zu zittern.

Wir gingen um das Gebäude herum. Es waren nur noch ein Dutzend SS-Männer auf dem Hof. Schmolde sagte:

»Wollen Sie einen Blick hineinwerfen?«

»Gewiß.«

Wir gingen zur Tür hin, und ich blickte durch das Guckfenster. Die Häftlinge lagen in Trauben auf dem Zement. Ihre Gesichter waren friedlich, und abgesehen davon, daß die Augen weit geöffnet waren, schienen sie nur zu schlafen. Ich sah nach der Uhr, es war drei Uhr zehn. Ich drehte mich zu Schmolde um.

»Wann öffnen Sie die Türen?«

»Das ist sehr verschieden. Alles hängt von der Temperatur ab. Wenn trockenes Wetter ist wie heute, geht es ziemlich schnell.«

Schmolde blickte seinerseits durch das Guckfenster. »Es ist vorüber.«

»Woran sehen Sie das?«

»An der Färbung der Haut. Sie ist blaß mit einem Anflug von Rot auf den Backenknochen.«

»Haben Sie sich schon einmal geirrt?«

»Im Anfang ja. Die Leute wurden wieder lebendig, als die Fenster geöffnet wurden. Wir mußten von neuem anfangen.«

»Warum öffnen Sie die Fenster?«

»Um zu lüften und um es dem Sonderkommando zu ermöglichen, den Raum zu betreten.«

Ich brannte mir eine Zigarette an und sagte: »Was geschieht dann?«

»Das Sonderkommando schafft die Leichen hinaus hinter das Gebäude. Eine Gruppe lädt sie auf den LKW. Der fährt sie zum Graben und kippt sie dort aus. Eine andere Gruppe ordnet die Leichen auf dem Grunde des Grabens. Man muß sie sehr sorgfältig schichten, damit sie sowenig Platz wie möglich wegnehmen.« Mit müder Stimme setzte er hinzu: »Ich werde bald keinen Platz mehr haben.«

Er wandte sich an Setzler.

»Wollen Sie hineinsehen?«

Setzler zögerte, sein Blick glitt schnell zu mir herüber, und er sagte mit schwacher Stimme: »Gewiß.«

Er warf einen Blick durch das Guckfenster und rief aus: »Sie sind ja nackt!«

Schmolde sagte in seinem gleichgültigen Ton: »Wir haben Befehl, ihnen die Kleidungsstücke abzunehmen.« Er setzte hinzu: »Es würde viel Zeit beanspruchen, sie auszuziehen, wenn man sie in Kleidern tötete.«

Setzler blickte durch das Guckfenster. Er beschattete seine Augen mit der Hand, um besser sehen zu können.

»Außerdem«, sagte Schmolde, »wenn die Chauffeure sehr stark auf den Gashebel treten, sterben sie durch Ersticken, sie leiden sehr und lassen Kot fahren. Die Kleider würden beschmutzt werden.«

»Sie haben so friedliche Gesichter«, sagte Setzler, die Stirn an das Guckfenster gedrückt.

Schmolde wandte sich zu mir.

»Wollen Sie die Fortsetzung sehen?«

»Das ist überflüssig. Sie haben es ja beschrieben.«

Ich machte kehrt, und Schmolde schloß sich mir an. Nach ein paar Metern drehte ich mich um und sagte: »Kommen Sie, Setzler!«

Setzler riß sich vom Guckfenster los und folgte uns. Schmolde sah nach der Uhr.

»Ihr Zug geht in einer Stunde. Vielleicht haben wir noch Zeit zu einer Erfrischung.«

Ich nickte, und wir legten den Rest des Weges schweigend zurück. In dem kleinen Zimmer der Kantine erwarteten uns eine Flasche Rheinwein und trockener Kuchen. Ich hatte keinen Hunger, aber der Wein war sehr willkommen.

Nach einer Weile sagte ich: »Warum erschießt man sie nicht?«

»Das ist zu kostspielig«, sagte Schmolde, »und braucht Zeit und viel Leute.« Er setzte hinzu: »Doch wir machen es, wenn unsere LKWs eine Panne haben.«

»Kommt das vor?«

»Oft. Es sind alte, den Russen abgenommene Lastwagen. Sie sind stark mitgenommen, und wir haben keine Ersatzteile. Und mitunter fehlt es an Sprit. Oder der Sprit ist schlecht und das Gas nicht giftig genug.«

Ich drehte mein Glas in den Händen und sagte: »Nach Ihrer Meinung ist das Verfahren also nicht sicher?«

»Nein«, sagte Schmolde, »es ist nicht sicher.«

Ein Schweigen entstand, bis Setzler sagte: »Auf jeden Fall ist es human. Die Leute schlafen ein, das ist alles. Sie gleiten sacht in den Tod. Sie haben doch bemerkt, daß sie friedlich aussehen.«

Schmolde zuckte die Achseln.

»Wenn ich dabei bin.«

Setzler sah ihn neugierig an, und Schmolde fuhr fort: »Wenn ich dabei bin, tritt der Chauffeur den Gashebel nicht durch.«

Ich sagte: »Könnte man zum Vergasen nicht zwei LKWs ansetzen statt einen? Die Sache würde schneller gehen.«

»Nein«, sagte Schmolde, »ich habe zehn Gaskammern zu zweihundert Personen, aber habe nie mehr als vier Wagen fahrbereit. Wenn ich einen Wagen an einer Kammer ansetze, vergase ich achthundert Personen in einer halben Stunde. Wenn ich zwei Wagen ansetze, würde ich vielleicht – vielleicht! – vierhundert Personen in einer Viertelstunde vergasen. Aber tatsächlich würde ich keine Zeit gewinnen, denn nachher blieben mir immer noch vierhundert zu vergasen.« Er setzte hinzu: »Selbstverständlich wird man mir niemals neue Wagen liefern.«

Ich erwiderte nach einer Weile: »Man müßte ein sichereres und einfacheres Mittel haben, zum Beispiel ein erstickendes Gas wie 1917.«

»Ich weiß nicht, ob da noch welches hergestellt wird«, sagte Schmolde. »In diesem Krieg hat man noch keins angewendet.«

Er leerte sein Glas in einem Zug und ging zum Tisch, um es von neuem zu füllen.

»Tatsächlich ist das größte Problem nicht das Vergasen, sondern das Beerdigen. Ich kann nicht schneller vergasen, als ich beerdige. Und Beerdigen nimmt Zeit in Anspruch.«

Er trank einen Schluck und fuhr fort: »Meine Leistung in vierundzwanzig Stunden hat nie fünfhundert Einheiten erreicht.«

Er schüttelte den Kopf.

»Wohlgemerkt, der Reichsführer hat allen Grund, dieses Ergebnis mittelmäßig zu finden. Andererseits ist es eine Tatsache, daß ich nie neue Wagen habe erhalten können.«

Er blickte im Zimmer umher und sagte gleichgültig: »Es gibt auch Revolten. Sie verstehen, die wissen, was sie erwartet. Manchmal weigern sie sich ganz einfach, die Halle zu betreten. Manchmal stürzen sie sich sogar auf unsere Männer. Selbstverständlich werden wir damit fertig. Aber das kostet wieder Zeit.«

Ein Schweigen entstand, und dann sagte ich: »Wenn sie revoltieren, ist meiner Meinung nach die psychologische Vorbereitung nicht gut. Sie sagen ihnen: ›Eure Kleider werden entlaust, und während dieser Zeit wartet ihr in dieser Halle.‹ Aber in Wirklichkeit wissen sie sehr wohl, daß dies nirgends so vor sich geht. Normalerweise gibt man jemandem, wenn man seine Sachen entlaust, eine Dusche. Man muß sich an ihre Stelle versetzen. Sie wissen sehr gut, daß man sie entlauste Kleidungsstücke nicht wieder anziehen lassen wird, wenn sie selbst noch voller Läuse sind. Das ist sinnlos. Sogar ein zehnjähriges Kind würde verstehen, daß die Sache verdächtig ist.«

»Gewiß, Sturmbannführer«, sagte Schmolde, »das ist ein interessanter Punkt. Aber das Hauptproblem ...«

Er leerte sein Glas in einem Zug, stellte es auf den Tisch zurück und sagte: »Aber das Hauptproblem ist das der Leichen.«

Er warf mir einen bezeichnenden Blick zu und sagte: »Sie werden es sehen.«

Ich sagte trocken: »Ich verstehe den Sinn Ihrer Bemerkung nicht. Ich bin nur zur Information hier.«

Schmolde wandte den Blick weg und sagte in neutralem Ton: »Gewiß, Sturmbannführer. So verstehe ich es auch. Ich habe mich schlecht ausgedrückt.«

Darauf entstand ein langes Schweigen, und plötzlich sagte Setzler: »Könnte man nicht wenigstens die Frauen verschonen?«

Schmolde schüttelte den Kopf.

»Es ist selbstverständlich, daß man besonders sie vernichten muß. Wie kann man eine Tierart unterdrücken, wenn man die Weibchen erhält?«

»Richtig, richtig!« sagte Setzler. Dann setzte er leise und kaum verständlich hinzu: »Trotzdem ist es entsetzlich.«

Ich blickte ihn an. Sein großer gekrümmter Körper war wie zerbrochen. Seine Zigarette verzehrte sich von selbst in seiner Rechten.

Schmolde trat mit steifen Schritten an den Tisch und goß sich ein Glas Wein ein.

Ich verbrachte die folgende Woche in schrecklicher Angst. Die Leistung von Treblinka betrug fünfhundert Einheiten in vierundzwanzig Stunden, die von Auschwitz sollte dem Programm nach dreitausend Einheiten betragen; in knapp vier Wochen sollte ich dem Reichsführer einen Gesamtplan in dieser Frage vorlegen, und ich hatte noch keine Vorstellung davon.

Ich betrachtete das Problem vergeblich von allen Seiten, es gelang mir nicht einmal, die Lösung auch nur von ferne zu sehen. Zwanzigmal am Tage war mir die Kehle angesichts der Gewißheit eines Mißerfolges wie zugeschnürt, und ich wiederholte mir mit Entsetzen, daß ich gleich zu Anfang in der Erfüllung meiner Pflicht kläglich scheitern würde. In der Tat sah ich sehr gut ein, daß ich eine sechsmal höhere Leistung erreichen müßte als in Treblinka, aber ich sah keinerlei Möglichkeit, sie zu erreichen. Es war leicht, sechsmal soviel Räume zu errichten als in Treblinka, aber das hätte nichts genützt. Man hätte auch sechsmal soviel LKWs haben müssen, und in dieser Beziehung gab ich mich keiner Täuschung hin. Wenn Schmolde trotz all seiner Bitten keine zusätzliche Lieferung erhalten hatte, verstand es sich von selbst, daß ich sie ebensowenig erhalten würde.

Ich schloß mich in mein Büro ein und verbrachte ganze Nachmittage über dem Versuch, mich zu konzentrieren. Es gelang mir nicht; eine unwiderstehliche Lust überkam mich, aufzustehen und aus dem Büro hinauszulaufen, dessen vier Wände mich erstickten; ich zwang mich, mich wieder hinzusetzen; mein Geist war ein völlig unbeschriebenes Blatt, und ich empfand ein tiefes Gefühl der Scham und der Impotenz bei dem Gedanken, daß ich der Aufgabe nicht gewachsen war, die der Reichsführer mir gestellt hatte.

Endlich kam mir eines Nachmittags der Gedanke, daß ich nie zu etwas käme, wenn ich fortführe, mich im luftleeren

Raum zu bewegen, ohne daß meine Gedanken zu einem greifbaren Resultat führten, und ich entschloß mich, in meinem eigenen Lager die Einrichtung von Treblinka nachzuahmen, als eine Art Versuchsstation, die mir erlauben würde, die neuen Methoden, die ich suchte, auszubilden. Sobald das Wort Versuchsstation in meinem Geiste aufsprang, war es mit einem Schlage, als ob ein Schleier zerriß, sich die Furcht vor dem Mißerfolg zerteilte und ein Gefühl der Kraft, der Wichtigkeit und Nützlichkeit mich wie ein Pfeil durchdrang.

Ich stand auf, nahm meine Mütze, verließ mein Büro, stürmte in das Setzlers und sagte rasch: »Kommen Sie, Setzler, ich brauche Sie.« Ohne eine Antwort abzuwarten, ging ich hinaus, sprang die Stufen der Terrasse hinunter, stieg ins Auto, der Chauffeur setzte sich schnell ans Lenkrad, ich sagte: »Warten Sie!« Setzler erschien, er setzte sich neben mich, und ich sagte: »Nach Birkenau, zu den enteigneten Gehöften.« – »Sturmbannführer«, sagte der Chauffeur, »dort ist ein richtiger Sumpf.« Ich erwiderte schroff: »Tun Sie, was man Ihnen sagt.« Er fuhr los, ich beugte mich zu ihm vor und rief: »Schneller!«, und das Auto raste fort. Ich hatte das Gefühl, mit der Schnelligkeit und Wirkungskraft einer Maschine zu handeln.

Zweihundert Meter vor den Gehöften versank mitten im Walde das Auto im Schlamm. Ich schrieb einen Zettel für den diensthabenden Lagerführer und befahl dem Chauffeur, ihn ins Lager zu bringen. Er eilte im Laufschritt davon, ich versuchte, die Gehöfte, deren Schieferdächer ich andeutungsweise zwischen den Bäumen erkennen konnte, zu Fuß zu erreichen. Nach ein paar Metern mußte ich es aufgeben. Meine Stiefel sanken bis an die Waden ein.

Zwanzig Minuten später trafen zwei LKWs mit Häftlingen und SS-Männern ein. Kommandorufe ertönten, die Häftlinge sprangen ab und fingen an, Zweige abzuschneiden und einen Faschinenweg zu den Gehöften hin zu bauen. Mein Wagen wurde frei gemacht, und der Chauffeur kehrte ins Lager zurück, um zwei weitere Wagen zu holen. Ich gab Setzler den Befehl, die Arbeit zu beschleunigen. Die SS-Männer traten in Tätigkeit, man hörte dumpfe Schläge, und die Häftlinge begannen wie die Verrückten zu arbeiten.

Die Nacht brach herein, als der Faschinenweg bis an die Gehöfte herangeführt war. Setzler beschäftigte sich damit,

Scheinwerfer zu installieren, die an den nächsten Mast der elektrischen Leitung angeschlossen wurden. Ich durchsuchte sorgfältig die Gehöfte. Als ich herauskam, ließ ich Setzler rufen; ein Scharführer rannte los, und nach zwei Minuten erschien Setzler. Ich zeigte ihm die Gehöfte und erklärte ihm die Arbeit. Als ich damit fertig war, blickte ich ihn an und sagte: »Binnen drei Tagen.« Er starrte mich an, öffnete den Mund, aber ich wiederholte fest: »Binnen drei Tagen!«

Ich verließ die Baustelle nur zum Essen und Schlafen, Setzler löste mich dabei ab, wir trieben die Arbeit mit unerhörter Hast voran, und am Abend des dritten Tages waren zwei kleine Hallen für je zweihundert Personen fertig.

Um die Wahrheit zu sagen, ich hatte noch nichts Bestimmtes beschlossen. Aber die Durchführung meiner Aufgabe hatte einen Anfang genommen, und ich verfügte jetzt über eine Versuchsstation, dank der ich täglich meine Gedanken auf die Probe stellen konnte.

Ich brachte unverzüglich eine beachtliche Verbesserung gegenüber dem System von Treblinka an. Ich ließ an beiden Gebäuden die Inschrift »Desinfektionsraum« und im Innern zum Schein Brausen und Rohrleitungen anbringen, um bei den Häftlingen den Eindruck zu erwecken, man führe sie zum Waschen dahin. Immer in demselben Sinne gab ich dem diensttuenden Untersturmführer die Anweisung, er solle den Häftlingen ankündigen, daß sie nach der Dusche heißen Kaffee erhielten. Außerdem solle er mit ihnen in den »Desinfektionsraum« und unter Scherzen (indem er sich entschuldigte, ihnen keine Seife liefern zu können) von Gruppe zu Gruppe gehen, bis alle darin wären.

Ich setzte unverzüglich die Einrichtung in Betrieb, und die Erfahrung bewies die Wirksamkeit dieser Maßnahmen. Die Häftlinge zeigten kein Widerstreben, die Halle zu betreten, und ich konnte infolgedessen die Verzögerungen und Verdrießlichkeiten, die durch Revolten verursacht werden, als ausgeschaltet betrachten.

Es blieb noch das Problem der Vergasung. Von Anfang an hatte ich die Verwendung der LKWs als Notbehelf angesehen, und während der zwei folgenden Wochen suchte ich fieberhaft nach einem schnelleren und sichereren Verfahren. Ich nahm einen Gedanken wieder auf, den ich Schmolde vorgeschlagen hatte, und ließ durch Vermittlung von Wulfslang beim Reichsführer anfragen, ob es nicht möglich wäre, mir eine gewisse Menge erstickenden Gases zu bewilligen. Man antwortete mir, die Wehrmacht bewahre Vorräte davon auf (um mit Repressalien vorgehen zu können im Falle, daß der Feind zuerst davon Gebrauch mache), daß aber die SS keine Belieferung dieser Art verlangen könne, ohne die stets vorhandene, mehr oder weniger böswillige Neugier der Wehrmacht gegenüber der Tätigkeit der SS zu wecken.

Ich verzweifelte fast, eine Lösung dieser beträchtlichen Schwierigkeit zu finden, als ein von der Vorsehung gewollter Zufall sie mir lieferte. Eine Woche vor dem vom Reichsführer für die Einreichung des Plans festgesetzten Termin wurde ich offiziell vom Besuch des Inspekteurs der Lager, Gruppenführer Görtz, benachrichtigt. Daher ließ ich eine große Reinigung aller Räumlichkeiten des KZ vornehmen, und am Vortage der Inspektion besichtigte ich sie selbst mit peinlichster Genauigkeit. Dabei geriet ich in einen kleinen Raum, wo ein Haufen kleiner zylindrischer Büchsen aufgestapelt war, auf denen »Giftgas« stand, und darunter »Cyclon B«. Es war der Überrest des Materials, das die Firma Weerle & Frischler ein Jahr vorher geliefert hatte, um die Kasernen der polnischen Artilleristen von Ungeziefer zu befreien. Diese Behälter wogen ein Kilo, sie waren hermetisch verschlossen, und wenn man sie öffnete, zeigten sie, wie ich mich erinnerte, grüne Kristalle, die beim Zusammentreffen mit dem Sauerstoff der Luft Gas entwickelten. Ich erinnerte mich auch, daß Weerle & Frischler uns zwei Techniker gesandt, daß diese Gasmasken angelegt und alle möglichen Vorsichtsmaßregeln getroffen hatten, ehe sie die Behälter öffneten, und ich schloß daraus, daß dieses Gas für den Menschen ebenso gefährlich sei wie für Ungeziefer.

Ich verfügte unverzüglich, seine Eigenschaften auszuprobieren. Ich ließ in die Mauer der zwei provisorischen Anlagen von Birkenau ein Loch von entsprechendem Durchmesser machen und außen mit einer Klappe versehen. Untaugliche, an Zahl zweihundert, wurden in dem Raum versammelt, und ich ließ den Inhalt einer Büchse Cyclon B durch diese Öffnung hineinschütten. Sofort ging darin ein Geheul los, und die Tür wie die Mauern ertönten von heftigen Schlägen. Dann wurden die Schreie schwächer, und nach fünf Minuten herrschte völlige Stille. Ich ließ an die SS-Männer Gasmasken verteilen und gab Befehl, alle Öffnungen aufzumachen, um Durchzug zu schaffen. Ich wartete noch einige Minuten und betrat als erster die Halle. Der Tod hatte sein Werk getan.

Das Ergebnis meines Versuchs überstieg meine Hoffnung. Eine Kilodose Cyclon B hatte genügt, um in zehn Minuten zweihundert Untaugliche zu liquidieren. Der Zeitgewinn war beträchtlich, da man mit dem System von Treblinka eine halbe Stunde brauchte, wenn nicht mehr, um dasselbe Ergebnis zu erzielen. Außerdem wurde man nicht durch die Zahl der LKWs, durch Pannen oder Mangel an Treibstoff eingeschränkt. Endlich war das Verfahren sparsam, da das Kilo Giftgas – wie ich sofort feststellte – nur drei Mark fünfzig kostete.

Mir wurde klar, daß ich die Lösung des Problems gefunden hatte. Gleichzeitig erkannte ich die wichtige Folge, die sich daraus ergab. In der Tat, es verstand sich von selbst, daß das System der kleinen Räume zu je zweihundert Personen aufgegeben werden mußte, das ich Treblinka entlehnt hatte. Das verhältnismäßig geringe Fassungsvermögen dieser Kammern rechtfertigte sich nur durch die geringe Menge Gas, die ein Kraftwagenmotor erzeugen konnte, denn es stellten sich tatsächlich bloß Nachteile heraus, wenn man eine Anlieferung von zweitausend Untauglichen in kleinen Gruppen zu zweihundert Einheiten aufteilen und nach den verschiedenen Hallen in Marsch setzen mußte. Das Verfahren nahm Zeit in Anspruch, erforderte einen komplizierten Ordnungsdienst und stellte in Fällen gleichzeitiger Meutereien sogar ernste Probleme.

Diesen Unannehmlichkeiten half die Verwendung von Cyclon B offensichtlich ab. Da man nicht mehr durch die geringe Leistungsfähigkeit eines LKWs, der das Gas erzeugte, beschränkt wurde, war es in der Tat klar, daß, wenn man die erforderliche Zahl von Büchsen Cyclon B verwandte, man in einer einzigen Halle die ganze Anlieferung vergasen konnte.

Indem ich den Bau einer Halle von so großartigen Dimensionen ins Auge faßte, wurde mir bewußt, daß ich zum ersten Male Mittel ersann, die der historischen Aufgabe, die mir oblag, entsprachen.

Es mußte nicht bloß schnell gehen, es mußte großzügig geschehen, und zwar gleich von Anfang an. Indem ich darüber nachdachte, kam ich zu der Überzeugung, daß die Halle unterirdisch und aus Beton sein müsse, sowohl um dem verzweifelten Ansturm einer so beträchtlichen Masse von Opfern standzuhalten, wie um die Schreie zu ersticken. Daraus folgte ferner, daß, wenn man keine Fenster mehr einbaute, durch die nach der Vergasung der Raum gelüftet werden konnte, man für ein künstliches Lüftungssystem sorgen mußte. Bei weiterem Nachdenken erschien es gleichfalls wünschenswert, vor diesem Raum einen Auskleideraum anzuordnen (mit Bänken, Kleiderhaken oder Kleiderbügeln ausgestattet), der einen geeigneten Anblick bieten würde, um die Patienten zu beruhigen.

Dann richtete ich meine Aufmerksamkeit auf die Personalfrage, und hier schien es mir, als hätte Schmolde einen schweren Irrtum begangen, indem er nicht vorausgesehen hatte, daß das Sonderkommando der SS und das Sonderkommando der Häftlinge beide an Ort und Stelle wohnen und vom übrigen Lager streng isoliert sein mußten. Es war doch selbstverständlich, daß diese Einrichtung Zeitgewinn bedeutete und die unbedingte Geheimhaltung der Vorgänge gewährleistete, die sie verlangten.

Mir ging auch auf, daß man die Gaskammern mit dem Bahnhof verbinden und eine Eisenbahnstrecke bauen müsse, welche die Transporte bis vor die Tür brächten, sowohl um Zeitverluste zu vermeiden, als auch um den Inhalt der Züge vor der Zivilbevölkerung von Auschwitz zu verbergen.

So nahm allmählich in meinem Geiste der Gedanke einer riesigen industriellen Anlage mit berauschender Deutlichkeit Gestalt an, einer Anlage, die direkt von der Eisenbahn beliefert wurde und deren Oberbauten, die sich über ungeheuren unterirdischen Hallen erhoben, Kantinen für das Personal, Küchen, Schlafräume, Beutekammern sowie Sezier- und Arbeitssäle für die nationalsozialistischen Wissenschaftler umfassen würden.

Achtundvierzig Stunden vor dem von Himmler festgesetzten Termin meldete ich dem Obersturmbannführer Wulfslang telefonisch, der für den Reichsführer bestimmte Plan würde am festgesetzten Tage fertig sein, und ich klapperte ihn von Anfang bis zu Ende auf der Schreibmaschine selbst herunter. Dazu brauchte ich viel Zeit. Um acht Uhr abends telefonierte ich Elsie, sie solle nicht auf mich warten, und telefonierte auch in die Kantine, mir eine kalte Mahlzeit ins Büro zu schicken. Ich aß hastig und setzte dann meine Arbeit fort. Um elf las ich die Blätter noch einmal sorgfältig durch, setzte meine Unterschrift darunter und steckte sie in einen Umschlag, den ich mit fünf Wachssiegeln verschloß. Ich steckte den Umschlag in die linke Innentasche meiner Bluse und bestellte meinen Wagen.

Ich nahm auf dem hinteren Sitz Platz, der Chauffeur fuhr los, ich ließ meinen Kopf auf das Aktenstück sinken und schloß die Augen.

Es wurde scharf gebremst, ich wachte auf, eine elektrische Lampe war auf mich gerichtet und das Auto von SS umringt. Wir befanden uns unter dem Eingangsturm des Lagers.

»Entschuldigen Sie, Sturmbannführer«, sagte eine Stimme, »aber gewöhnlich schalten Sie die Deckenlampe ein.«

»Macht nichts, Hauptscharführer.«

»Das Innere des Wagens war dunkel, und ich habe sehen wollen, wer es war. Entschuldigen Sie nochmals, Sturmbannführer.«

»Schon gut. Man hat immer Grund, mißtrauisch zu sein.«

Ich winkte ab, der Hauptscharführer knallte die Hacken zusammen, das zweiflüglige Tor aus Stacheldraht öffnete sich knarrend, und das Auto fuhr los. Ich wußte, daß irgendwo auf der Landstraße noch eine SS-Streife war, und schaltete die Deckenlampe ein.

Ich ließ den Chauffeur fünfhundert Meter vor der Villa halten und schickte ihn ins Lager zurück. Ich fürchtete, das Geräusch des Motors würde die Kinder wecken.

Beim Gehen merkte ich, daß auf der Straße Löcher waren, und nahm mir vor, am nächsten Tag eine Mannschaft von Häftlingen herzuschicken, um sie auszubessern. Ich war sehr müde, aber die paar Schritte machten mir Vergnügen. Es war eine schöne, laue, helle Julinacht.

Ich öffnete die Tür mit meinem Hauptschlüssel, schloß sie wieder behutsam, legte Mütze und Handschuhe auf das Tischchen in der Diele und ging in mein Arbeitszimmer. So nannte ich einen kleinen Raum, der dem Eßzimmer gegenüberlag und wo ich schlief, wenn ich spät aus dem Lager heimkam. Er enthielt einen Tisch, einen Rohrstuhl, einen kleinen Waschtisch, ein Feldbett und über dem Tisch ein Regal aus Weichholz mit ein paar gebundenen Büchern. Elsie sagte, es wäre eine richtige Mönchszelle, aber es gefiel mir eben so.

Ich setzte mich, tastete mechanisch die linke Seite meiner Bluse ab, um mich zu vergewissern, daß der Bericht noch da war, zog die Stiefel aus und begann in Hausschuhen geräuschlos im Zimmer auf und ab zu gehen. Ich war sehr müde, aber ich war noch nicht schläfrig.

Es klopfte zweimal leicht an die Tür, ich sagte: »Herein!«, und Elsie erschien. Sie trug den hübscheren ihrer zwei Morgenröcke, und ich bemerkte mit Verwunderung, daß sie sogar parfümiert war.

»Störe ich dich auch nicht?«

»Nicht doch, komm nur herein!«

Sie schloß die Tür hinter sich, und ich küßte sie auf die Wange. Ich fühlte mich gehemmt, weil ich die Stiefel nicht anhatte und ich so kleiner war als sie.

Ich sagte barsch: »Setz dich doch, Elsie!«

Sie nahm auf dem Feldbett Platz und sagte verlegen: »Ich habe dich kommen hören.«

»Ich war doch leise.«

»Ja«, sagte sie, »du bist immer sehr leise.« Ein Schweigen trat ein, und sie fuhr fort: »Ich wollte mit dir sprechen.«

»Jetzt?«

Sie sagte zögernd: »Wenn es dir recht ist.«

Sie fügte hinzu: »Du mußt es doch verstehen, ich sehe dich in der letzten Zeit nicht mehr viel.«

»Ich kann nicht tun und lassen, was ich will.«

Sie sah mich an und begann wieder: »Du siehst sehr müde aus, Rudolf. Du arbeitest zuviel.«

»Ja, ja.« Ich fuhr fort: »Du hast mit mir zu sprechen, Elsie?«

Sie wurde langsam rot und sagte mit gepreßter Stimme: »Es handelt sich um die Kinder.«

»Ja?«

»Es ist wegen ihres Unterrichts. Wenn wir wieder nach Deutschland kommen, werden sie weit zurück sein.«

Ich nickte, und sie fuhr fort: »Ich habe darüber mit Frau Bethmann und Frau Pick gesprochen. Ihre Kinder sind in derselben Lage, und sie machen sich auch deswegen Sorgen ...«

»Ja?«

»Da habe ich gedacht ...«

»Ja?«

»... daß wir vielleicht für die Kinder der Offiziere eine deutsche Lehrerin kommen lassen könnten.«

Ich blickte sie an.

»Das ist ein sehr guter Gedanke, Elsie. Laß sie unverzüglich kommen. Ich hätte schon eher daran denken sollen.«

»Es ist nur«, sagte Elsie zögernd, »daß ich nicht weiß, wo man sie unterbringen soll …«

»Aber bei uns natürlich.« Ich tastete mechanisch die linke Seite meiner Bluse ab und sagte: »Da wäre wieder eine Angelegenheit geregelt.«

Elsie blieb sitzen. Sie hatte die Augen niedergeschlagen und beide Hände auf den Knien liegen. Ein Schweigen entstand, dann hob sie den Kopf und sagte mit Anstrengung: »Willst du dich nicht zu mir setzen, Rudolf?«

Ich sah sie an.

»Aber gewiß.«

Ich setzte mich neben sie und roch wieder ihr Parfüm. Es sah Elsie so wenig ähnlich, sich zu parfümieren.

»Hast du mir noch etwas zu sagen, Elsie?«

»Nein«, sagte sie zögernd. »Ich möchte nur ein bißchen schwatzen.«

Sie faßte mich bei der Hand, ich wandte ihr leicht den Kopf zu.

»Ich sehe dich in der letzten Zeit nicht mehr viel, Rudolf.«

»Ich habe viel Arbeit.«

»Ja«, sagte sie traurig, »aber auch im Bruch hast du viel gearbeitet, und ich habe auch viel gearbeitet, aber es war nicht dasselbe.«

Ein Schweigen trat ein.

Dann fuhr sie fort: »Im Bruch hatten wir kein Geld, keine Bequemlichkeit, kein Dienstmädchen, kein Auto, und trotzdem …«

»Komm doch nicht immer darauf zurück, Elsie!«

Ich stand jäh auf und sagte heftig: »Glaubst du etwa nicht, daß auch ich «

Ich unterbrach mich, tat ein paar Schritte durchs Zimmer und fuhr mit ruhigerer Stimme fort: »Ich bin hier, weil ich hier am nützlichsten bin.«

Nach einer Weile begann Elsie wieder: »Willst du dich nicht wieder setzen, Rudolf?«

Ich setzte mich auf das Feldbett, sie rückte etwas näher an mich heran und ergriff wieder meine Hand.

»Rudolf«, sagte sie, ohne mich anzusehen, »ist es wirklich notwendig, daß du jeden Abend hier schläfst?«

Ich blickte weg.

»Aber du weißt doch, daß ich zu unmöglichen Zeiten nach Hause komme. Ich will die Kinder nicht aufwecken.«

Sie sagte leise: »Du machst so wenig Geräusch. Und ich könnte dir die Hausschuhe auf die Diele stellen.«

Ich sagte, ohne sie anzusehen: »Es ist doch nicht nur das. Ich schlafe in der letzten Zeit sehr schlecht. Ich wälze mich im Bett hin und her. Und manchmal stehe ich auf, um eine Zigarette zu rauchen oder um ein Glas Wasser zu trinken. Ich will dich nicht stören.«

Ich roch ihr Parfüm stärker und begriff, daß sie sich zu mir beugte.

»Du würdest mich nicht stören.«

Sie legte ihre Hand auf meine Schulter. »Rudolf«, sagte sie leise, »du bist noch nie so lange weggeblieben ...«

Ich sagte schroff: »Sprich doch nicht von solchen Dingen, Elsie. Du weißt doch, daß mir das peinlich ist ...«

Es entstand ein langes Stillschweigen, ich blickte ins Leere und sagte dann: »Du weißt doch, daß ich nicht sinnlich veranlagt bin.«

Ihre Hand legte sich auf die meine.

»Das ist es nicht. Ich finde nur, daß du verändert bist. Seit deiner Reise nach Berlin bist du verändert.«

Ich sagte unwirsch: »Du bist verrückt, Elsie.«

Ich stand auf, ging zum Tisch und brannte mir eine Zigarette an.

Hinter mir hörte ich ihre besorgte Stimme: »Du rauchst zuviel.«

»Ja, ja.«

Ich führte die Zigarette an meine Lippen und strich mit der Hand über meine Bücher.

»Was hast du denn, Rudolf?«

»Nichts. Gar nichts.«

Ich drehte mich zu ihr um.

»Mußt auch du mich quälen, Elsie?«

Sie stand auf, die Augen voller Tränen, und warf sich in meine Arme.

»Ich will dich doch nicht quälen, Rudolf. Es ist nur, daß ich glaube, du hast mich nicht mehr lieb.«

Ich streichelte ihr Haar und sagte mit Anstrengung: »Natürlich habe ich dich lieb.«

Nach einer Weile sagte sie: »Im Bruch waren wir zuletzt wirklich glücklich. Erinnerst du dich? Wir legten Geld für das Gut beiseite, es war eine schöne Zeit …«

Sie drückte sich stärker an mich, ich entzog mich ihr und küßte sie auf die Wange. »Geh jetzt schlafen, Elsie!«

Sie sagte nach einer Weile: »Willst du nicht heute nacht oben schlafen?«

Ich sagte ungeduldig: »Nicht heute abend. Nicht jetzt.«

Sie sah mich eine volle Sekunde lang an, errötete, ihre Lippen bewegten sich, aber sie sprach kein Wort. Sie küßte mich auf die Wange und ging hinaus.

Ich schloß die Tür, dann hörte ich die Stufen der Treppe unter ihren Schritten knarren. Als ich nichts mehr hörte, schob ich behutsam den Riegel vor.

Ich zog meine Bluse aus, hängte sie über die Stuhllehne und fuhr mit der Hand in die Innentasche, um zu kontrollieren, ob der Umschlag immer noch da war. Dann nahm ich meine Stiefel, musterte sie sorgfältig und stellte fest, daß das Eisen des rechten Absatzes abgewetzt war. Ich nahm mir vor, es gleich am nächsten Tage erneuern zu lassen. Ich strich mit der Hand über den Schaft. Das Leder war glatt und geschmeidig. Ich hatte es nie jemand anderm überlassen, sie zu putzen.

Ich holte meinen Putzbeutel aus der Schublade des Tisches, trug etwas Krem auf, verrieb ihn sorgfältig und fing dann an zu polieren. Ich polierte lange und leicht, die Stiefel fingen an zu glänzen, meine Hand ging her und hin in einer langsamen, mechanischen Bewegung, und so verflossen einige Minuten. Eine heiße Welle der Befriedigung durchflutete mich.

Am übernächsten Tag – einem Donnerstag – kam Obersturmbannführer Wulfslang im Auto an, ich übergab ihm meinen Bericht, er lehnte meine Einladung zum Frühstück ziemlich schroff ab und fuhr sofort wieder weg.

Zu Beginn des Nachmittags wollte Setzler mich sprechen. Ich gab der Ordonnanz Befehl, ihn hereinzuführen. Er trat ein, schlug die Hacken zusammen und grüßte. Ich erwiderte seinen Gruß untadelig und bat ihn, Platz zu nehmen. Er setzte seine Mütze ab, legte sie auf einen Stuhl neben sich und strich sich mit seiner langen, mageren Hand über den kahlen Schädel. Er sah bekümmert und müde aus.

»Sturmbannführer, es ist wegen der Versuchsstation. Es sind da einige Punkte, die mich quälen … Einer besonders.«

»Ja?«

»Darf ich Ihnen einen zusammenhängenden Bericht über den Betrieb geben?«

»Gewiß.«

Er strich sich wieder mit seiner langen Hand über den Schädel.

»Was die psychologische Vorbereitung betrifft, so ist nur wenig darüber zu sagen. Doch da man ihnen heißen Kaffee nach der Dusche verspricht, habe ich es auf mich genommen, eine alte Feldküche herbeischaffen zu lassen …«

Er lächelte ein wenig.

»… um die Ausstattung zu vervollständigen, sozusagen.«

Ich nickte, und er fuhr fort: »Was die Vergasung angeht, erlaube ich mir, Ihnen mitzuteilen, daß sie manchmal mehr als zehn Minuten beansprucht. Aus zwei Gründen: wegen der Luftfeuchtigkeit und der Feuchtigkeit der Halle.«

»Feuchtigkeit der Halle?«

»Ich habe dem Sonderkommando Befehl gegeben, nach der Vergasung die Leichen mit Wasser abzusprengen. Sie sind mit Kot bedeckt. Wohlverstanden, das Wasser wird dann nach außen gespült, aber etwas bleibt immer zurück.«

Ich nahm ein Stück Papier, schraubte meinen Füllhalter auf und sagte: »Was schlagen Sie vor?«

»Den Zementboden abschüssig zu machen und Abflußrinnen anzubringen.«

Ich überlegte einen Augenblick und sagte dann: »Ja, aber das genügt nicht. Man muß eine Heizung vorsehen und dazu einen kräftigen Ventilator. Der Ventilator wird gleichzeitig dazu dienen, das Gas zu vertreiben. Wie lange lüften Sie die Halle nach der Vergasung?«

»Gerade darüber, Sturmbannführer, wollte ich mit Ihnen sprechen. Sie haben zehn Minuten Lüftung vorgesehen. Aber das ist etwas knapp. Die Männer des Sonderkommandos, die die Halle betreten, um die Leichen herauszuholen, klagen über Kopfschmerzen und Übelkeit, und dadurch verringert sich die Leistung.«

»Geben Sie ihnen vorläufig die nötige Zeit. Die Ventilatoren werden uns erlauben, sie abzukürzen.«

Setzler hustete.

»Noch ein anderer Punkt, Sturmbannführer. Die Kristalle werden direkt auf den Boden der Halle geworfen, und wenn die Patienten hinstürzen, fallen sie darauf, und da sie sehr zahlreich sind, hindern sie einen Teil des Gases daran, sich zu entwickeln.«

Ich stand auf, ließ die Asche meiner Zigarette in den Aschenbecher fallen und sah zum Fenster hinaus.

»Was schlagen Sie vor?«

»Im Augenblick nichts, Sturmbannführer.«

Ich nahm es zur Kenntnis, ohne mich wieder zu setzen, dann winkte ich Setzler fortzufahren.

»Die Leute vom Sonderkommando finden es auch beschwerlich, die Leichen herauszuschaffen. Die sind infolge der Besprengung feucht, und die Männer können sie schlecht fassen.«

Ich nahm es zur Kenntnis und sah Setzler an. Ich hatte den Eindruck, daß er mir noch etwas Wichtigeres zu berichten hatte und daß er diese Mitteilung hinausschob. Ich sagte ungeduldig: »Weiter!«

Setzler hustete und wandte seine Augen weg.

»Noch eine kleine Einzelheit … Sturmbannführer. Auf die Anzeige eines Kameraden hin habe ich einen Mann des Sonderkommandos durchsuchen lassen. Man hat bei ihm etwa zwanzig Trauringe gefunden, die er den Leichen abgestreift hatte.«

»Was wollte er denn damit machen?«

»Er hat gesagt, er könnte diese Arbeit nicht ohne Alkohol verrichten. Er wollte die Ringe gegen Schnaps eintauschen.«

»Bei wem?«

»Bei SS-Männern. Ich habe die SS-Männer durchsuchen lassen, habe aber nichts gefunden. Was den Juden angeht, so ist er selbstverständlich erschossen worden.«

Ich dachte darüber nach und sagte: »Künftig lassen Sie alle Trauringe nach der Vergasung einsammeln. Es versteht sich von selbst, daß die Wertsachen der Patienten Eigentum des Reiches sind.«

Es entstand ein Schweigen, und ich sah Setzler an. Sein kahler Schädel wurde langsam rot, und er blickte weg. Ich begann hin und her zu gehen und sagte: »Ist das alles?«

»Nein, Sturmbannführer«, sagte Setzler.

Er hustete. Ich setzte meinen Spaziergang fort, ohne ihn anzusehen. Ein paar Sekunden verstrichen, sein Stuhl knarrte, er hustete von neuem, und ich sagte: »Nun?«

Und plötzlich packte mich eine Unruhe. Ich hatte Setzler nie scharf angefaßt. Vor mir konnte er also keine Angst haben.

Ich sah ihn von der Seite an. Er streckte den Hals vor und sagte in einem Atemzug: »Was die Gesamtleistung angeht, Sturmbannführer, bedaure ich sagen zu müssen, daß sie nicht höher ist als die von Treblinka.«

Ich blieb jäh stehen und starrte ihn an. Er strich sich mit seiner langen mageren Hand über den Schädel und fuhr fort: »Wohlgemerkt, wir haben große Fortschritte gegenüber Treblinka gemacht. Wir haben praktisch die Revolten ausgeschlossen, die Vergasung ist sicher und schnell, und mit unsern beiden kleinen Hallen können wir von jetzt an in vierundzwanzig Stunden fünftausend Einheiten vergasen.«

Ich sagte barsch: »Na also?«

»Aber wir können nicht mehr als fünfhundert begraben.«

»Tatsächlich«, fuhr er fort, »Töten ist weiter nichts, Begraben braucht Zeit.«

Ich spürte, daß meine Hände zitterten. Ich verbarg sie hinter dem Rücken und sagte: »Verdoppeln Sie das Sonderkommando!«

»Entschuldigen Sie, Sturmbannführer, das würde nichts nützen. Man kann gleichzeitig nicht mehr als zwei oder drei Leichen durch die Türen hinausbringen. Und die Zahl der Männer, die in den Gräben sind, um die Leichen in Empfang zu nehmen, kann man auch nicht überschreiten. Sonst behindern sie sich gegenseitig.«

»Warum haben Sie Leute in den Gräben?«

»Man muß die Körper sehr sorgfältig schichten, um Platz zu gewinnen. Wie Untersturmführer Pick sagt: Sie müssen wie Ölsardinen in der Büchse liegen.«

»Graben Sie die Gräben tiefer!«

»Ich habe es versucht, Sturmbannführer, aber das Graben nimmt dann noch viel mehr Zeit in Anspruch, und der Platzgewinn steht in keinem Verhältnis zu der aufgewandten Zeit. Meiner Meinung nach ist die beste Tiefe drei Meter.«

Setzler wandte den Kopf etwas zur Seite und fuhr fort: »Noch ein Punkt. Die Gräben beanspruchen ein ungeheuer weites Gelände.«

Ich sagte schroff: »Wir sind nicht in Treblinka, an Gelände fehlt es uns hier nicht.«

»Nein, Sturmbannführer, aber ich sehe vor allem etwas anderes voraus. In dem Maße, wie wir neue Gräben ausheben, entfernen wir uns notwendigerweise von den Gaskammern, und der Transport der Leichen wird schließlich ein Problem werden und die Leistung noch mehr verlangsamen.«

Ein langes Schweigen folgte. Ich riß mich zusammen und sagte, die Silben sorgfältig betonend: »Haben Sie Vorschläge zu machen?«

»Leider keine, Sturmbannführer.«

Ich sagte schnell und ohne ihn anzusehen: »Es ist gut, Setzler, Sie können so weitermachen.«

Meine Stimme hatte trotzdem gebebt. Er nahm seine Mütze, stand auf und sagte zögernd: »Natürlich, Sturmbannführer, werde ich weiter darüber nachdenken. Tatsächlich plage ich mich seit drei Tagen mit diesen verteufelten Gräben herum. Wenn ich zu Ihnen davon gesprochen habe, so darum, weil ich keine Lösung sehe.«

»Wir werden sie finden, Setzler. Es ist nicht Ihre Schuld.«

Ich überwand mich und setzte hinzu: »Ich freue mich, Ihnen sagen zu können, daß ich in allem Ihren Eifer zu würdigen weiß.«

Er grüßte, ich erwiderte seinen Gruß, und er ging. Ich setzte mich, schaute auf das Blatt, auf dem ich mir Notizen gemacht hatte, nahm den Kopf in beide Hände und versuchte sie zu lesen. Nach einer Weile war mir die Kehle wie zugeschnürt, ich stand auf und stellte mich ans Fenster. Der großartige Plan, den ich dem Reichsführer eingesandt hatte, war hinfällig. Das Problem war noch vorhanden. Ich hatte es nicht gelöst. Ich war an meiner Aufgabe vollständig gescheitert.

Die folgenden zwei Tage waren fürchterlich. Der Sonntag kam heran, Hauptsturmführer Hagemann hatte mich zu einem musikalischen Tee eingeladen, ich mußte mich aus Höflichkeit hinbegeben, die Hälfte der Lageroffiziere waren mit ihren Frauen da, aber glücklicherweise brauchte ich nicht viel zu reden. Frau Hagemann setzte sich sofort ans Klavier, und abgesehen von einer kurzen Zwischenpause, in der Erfrischungen gereicht wurden, spielten die Musiker Stück um Stück. Die Zeit verging, ich merkte, daß ich wirklich auf die Musik achtgab und sogar daran Vergnügen fand. Setzler spielte ein Violinsolo. Sein großer gekrümmter Körper beugte sich über den Notenständer, sein Kranz grauen Haars leuchtete unter der Lampe, und ich wußte stets im voraus, welche Stellen ihn besonders bewegten, weil sein kahler Schädel ein paar Sekunden vorher rot anlief.

Nach dem Solo brachte Hagemann eine große Karte der russischen Front herbei und legte sie auf den Tisch, man versammelte sich darum und stellte das Radio an. Die Nachrichten waren großartig, die Panzer rückten überall vor, Hagemann steckte unaufhörlich auf der Karte die kleinen Hakenkreuzfähnchen weiter, und als der Heeresbericht zu Ende war, entstand ein andächtiges und freudiges Schweigen.

Ich schickte meinen Wagen zurück und legte den Weg mit Elsie zu Fuß zurück. Im Ort brannte kein einziges Licht, die beiden spitzen Türme der Auschwitzer Kirche standen schwarz gegen den Himmel, und ich empfand aufs neue Niedergeschlagenheit ob meines Versagens.

Am nächsten Tage rief Berlin an, um mir den Besuch des Obersturmbannführers Wulfslang anzukündigen. Er kam gegen Mittag an, lehnte wiederum die Einladung zum Essen ab und blieb nur einige Minuten. Es war offensichtlich, daß er es darauf anlegte, sich hinter seiner Rolle als Kurier zu verschanzen.

Als Wulfslang weg war, verschloß ich die Tür meines Büros, drehte den Schlüssel zweimal herum, setzte mich und öffnete mit zitternder Hand den Brief des Reichsführers.

Er war in so vorsichtigen Ausdrücken abgefaßt, daß kein anderer als ich oder Setzler hätten verstehen können, um was es sich handelte. Der Reichsführer billigte mit warmen Worten meinen Gedanken eines weiträumigen Gebäudes, in dem »alle für das besondere Unternehmen nötigen Dienststellen vereinigt sein würden«, und beglückwünschte mich zu dem Scharfsinn, den ich bei der Einrichtung »gewisser praktischer Einzelheiten« entfaltet hätte. Doch teilte er mir mit, daß ich noch nicht großzügig genug gewesen sei und daß man mindestens vier Gebäude dieser Art vorsehen müsse, »da die Spitzenleistung im Jahre 1942 zehntausend Einheiten täglich erreichen soll«. Was den Abschnitt V meines Berichts betraf, verwarf er die vorgeschlagene Lösung vollständig und befahl mir, mich unverzüglich zur Versuchszentrale nach Culmhof zu begeben, wo Standartenführer Kellner mir die nötigen Richtlinien geben würde.

Ich las den letzten Satz mit freudiger Bewegung. Der Abschnitt V meines Berichts bezog sich auf das Verscharren der Leichen. Es war klar, daß der Reichsführer mit seinem genialen Verstand die Hauptschwierigkeit, mit der ich mich herumschlug, ohne weiteres erfaßt hatte und mich nach Culmhof schickte, um mir eine Lösung zugute kommen zu lassen, die ein anderer seiner Forscher gefunden hatte.

Befehlsgemäß verbrannte ich den Brief des Reichsführers, telefonierte dann mit Culmhof und verabredete eine Zusammenkunft für den folgenden Tag.

Ich fuhr mit Setzler im Auto hin. Den Chauffeur hatte ich nicht mitnehmen wollen, und Setzler fuhr selbst. Der Morgen war schön, und nach ein paar Minuten beschlossen wir zu halten, um das Verdeck herunterzuschlagen. Es war eine Lust, sich in der schönen Augustsonne das Gesicht vom Fahrtwind peitschen zu lassen. Nach all den Wochen der Qual und Überbürdung war ich glücklich, einmal dem Lager entfliehen zu können und die reine Luft außerhalb zu atmen, während ich schon fast die Gewißheit hatte, endlich am Ende meiner Qualen zu sein. Ich teilte Setzler das Nötigste aus dem Brief des Reichsführers mit, setzte ihm den Zweck unserer Fahrt auseinander, sein Gesicht hellte sich auf, und er fing an, so schnell zu fahren, daß ich ihn beim Durchfahren von Städten zurückhalten mußte.

Zum Mittagessen hielten wir in einer ziemlich unbedeutenden Ortschaft, und da gab es einen recht komischen Zwischenfall. Sobald wir aus dem Auto stiegen und die Bauern unsere Uniformen sahen, rissen sie vor uns aus und schlossen eiligst ihre Fensterläden. Wir waren doch nur zwei, aber augenscheinlich hatten die Dorfbewohner schon mit SS-Männern ein Hühnchen zu rupfen gehabt.

Als wir in der Versuchszentrale ankamen, wurde ich durch den ekelhaften Geruch, der dort herrschte, unangenehm überrascht. Er überfiel uns, bevor wir noch am Wachtturm angekommen waren, er wurde immer schlimmer, je weiter wir ins Lager hineinfuhren, und verließ uns nicht einmal, als sich die Tür der Kommandantur hinter uns geschlossen hatte. Man hätte meinen können, daß er Wände und Möbel sowie unsere Kleider durchtränkt hätte. Es war ein scharfer Fettgeruch, den ich noch nirgends verspürt hatte und der nichts mit dem faden, fauligen Geruch eines toten Pferdes oder eines menschlichen Leichenhaufens zu tun hatte.

Nach einigen Minuten führte uns ein Hauptscharführer in das Büro des Kommandanten. Das Fenster stand weit offen, und beim Eintreten drehte mir eine Wolke desselben Fettgeruchs fast den Magen um. Ich stand stramm und grüßte.

Der Standartenführer saß hinter seinem Schreibtisch. Er erwiderte nachlässig meinen Gruß und deutete auf einen Sessel. Ich stellte mich vor, dann Setzler, und setzte mich. Setzler nahm rechts von mir, etwas zurück, auf einem Stuhl Platz.

»Sturmbannführer«, sagte Kellner höflich, »ich freue mich, Sie hier zu sehen.«

Er drehte den Kopf nach dem Fenster hin und saß einen Augenblick unbeweglich da. Er war blond, hatte das Profil einer Medaille und trug ein Monokel. Für einen Standartenführer erschien er ungewöhnlich jung.

»Ich muß Ihnen«, fuhr er fort, das Gesicht immer noch dem Fenster zugewandt, »einige Worte über meine eigene Aufgabe sagen.«

Er blickte mich an, nahm ein goldenes Etui von seinem Schreibtisch, öffnete es und hielt es mir hin. Ich nahm eine Zigarette, er knipste sein Feuerzeug an und reichte mir die Flamme. Ich beugte mich vor. Seine Hände waren weiß und gepflegt.

»Der Reichsführer«, fuhr Kellner in verbindlichem Ton fort, »hat mir den Befehl erteilt, alle Beerdigungsstätten im gesamten Ostraum ausfindig zu machen. Es handelt sich um zivile, wohlverstanden ...«

Er unterbrach sich.

»Ich bitte um Verzeihung«, sagte er, sich an Setzler wendend, »daß ich Ihnen keine Zigarette angeboten habe.«

Er öffnete abermals sein Etui, beugte sich über den Schreibtisch und hielt Setzler das Etui hin. Setzler dankte, und Kellner brannte ihm die Zigarette an.

»Ich soll also«, fuhr Kellner fort, wobei er wieder zum Fenster hinsah, »alle Beerdigungsstätten des Ostraums ausfindig machen, das heißt nicht nur die aus dem Polenfeldzug ...«, er machte mit der Hand eine kleine Geste, »... und was darauf folgte ..., sondern auch diejenigen, die bei dem Vorrücken unserer Truppen in Rußland hinterlassen worden sind ... Sie verstehen: von Juden, Zivilisten, Partisanen, Sonderaktionen ...«, er machte abermals eine lässige Geste, »... und all dergleichen.«

Er machte eine Pause, das Gesicht immer noch dem Fenster zugewandt.

»Ich soll also die Beerdigungsstätten ausfindig machen, sie öffnen ... und die Leichen verschwinden lassen.«

Er blickte mich an und hob leicht die rechte Hand.

»... Und zwar sie so vollständig verschwinden lassen – nach dem Ausdruck des Reichsführers –, daß später niemand die Zahl der Menschen, die wir liquidiert haben, feststellen kann ...«

Er lächelte verbindlich.

»Es war ... wie soll ich sagen? ... ein etwas schwieriger Befehl. Zum Glück erhielt ich vom Reichsführer eine Frist ... um die Frage zu studieren. Daher ...«, wieder eine leichte Handbewegung, »... die Versuchszentrale.«

Er sah zum Fenster hinaus, und von neuem trat sein vollendet schönes Profil hervor.

»Sie begreifen, das hat nichts gemein mit Treblinka ... oder den scheußlichen kleinen Lagern dieser Art ... Wohlgemerkt, ich vergase die Leute auch, aber nur, um die Leichen zu bekommen.«

Er machte eine Pause.

»Ich bin zu verschiedenen Experimenten übergegangen. Zum Beispiel habe ich Sprengstoffe versucht.«

Er sah zum Fenster hinaus und runzelte leicht die Stirn.

»Du lieber Himmel!« sagte er halblaut. »Was für ein Geruch!«

Er stand auf, tat ein paar rasche Schritte zum Fenster hin und schloß es.

»Entschuldigen Sie bitte«, sagte er in verbindlichem Ton.

Er setzte sich wieder. Der Geruch war immer noch da, scharf, fettig, ekelerregend. Er begann wieder: »Die Sprengstoffe, Sturmbannführer, waren eine Enttäuschung. Die Körper waren zerfetzt, und das war alles. Und wie sollte man die Überreste verschwinden lassen? Es war nicht das vollständige Verschwinden, das der Reichsführer verlangte.«

Er hob leicht die rechte Hand.

»Kurz, die einzige Lösung war, die Leichen zu verbrennen.«

Öfen! Wie hatte ich nur nicht an Öfen denken können? Ich sagte ganz laut: »In Öfen, Standartenführer?«

»Sehr richtig. Aber merken Sie sich, Sturmbannführer, diese Methode ist nicht überall angebracht. Wenn ich eine Beerdigungsstätte fünfzig Kilometer von hier in einem Wald entdecke, kann ich meine Öfen selbstverständlich nicht dorthin transportieren. Man mußte also etwas anderes finden ...«

Er stand auf und lächelte mich verbindlich an.

»Ich habe es gefunden.«

Er steckte sein goldenes Etui in die Tasche, nahm seine Mütze und sagte: »Bitte.«

Ich erhob mich und Setzler gleichfalls. Kellner öffnete die Tür, ließ uns vorangehen und schloß sie. Dann sagte er noch einmal: »Bitte!«, ging voraus und bedeutete einem Hauptscharführer, uns zu folgen.

Als wir draußen waren, rümpfte Kellner die Nase, schnüffelte leicht und warf mir einen Blick zu.

»Offenbar ist das hier kein Luftkurort«, sagte er leicht lächelnd. Er zuckte die Achseln und setzte auf französisch hinzu: »Que voulez-vous?«

Ich ging rechts neben ihm. Die Sonne schien ihm voll ins Gesicht. Es war von einem Netz von Fältchen überzogen, Kellner war mindestens fünfzig Jahre alt.

Er blieb vor einer Garage stehen und ließ sie durch den Hauptscharführer öffnen.

»Der Vergaser-Lastwagen«, sagte er und legte seine Linke auf den hinteren Kotflügel.

»Sie sehen«, fuhr er fort, »das Auspuffgas wird von dem Rohr aufgefangen und ins Innere geführt. Nehmen wir jetzt an, die Gestapo verhaftet etwa dreißig Partisanen und stellt sie mir liebenswürdigerweise zur Verfügung, so holt sie der Lastwagen, und wenn er hier ankommt, sind sie tot.«

Er lächelte.

»Sie verstehen, man schlägt sozusagen zwei Fliegen mit einem Schlag. Der Sprit dient zum Transport und zur Vergasung. Das heißt ...«, er machte eine kleine Geste mit der Hand, »... Sparsamkeit.«

Er winkte, der Hauptscharführer schloß die Garage zu, und wir gingen weiter.

»Merken Sie sich aber«, begann er wieder, »es ist ein Verfahren, das ich niemandem empfehle. Es ist nicht sicher. Im Anfang öffnete man die Türen des Wagens, man glaubte Leichen vorzufinden, aber die Leute waren nur ohnmächtig, und als man sie in die Flammen warf, stießen sie Schreie aus.«

Setzler machte eine Bewegung, und ich sagte: »Standartenführer, an der Färbung der Haut erkennt man, ob es vorbei ist. Sie sehen dann blaß aus und haben einen rosigen Anflug auf den Backenknochen.«

»Die Vergasung«, erwiderte Kellner mit einem kaum wahrnehmbaren verächtlichen Gesichtsausdruck, »interessiert mich nicht. Wie ich Ihnen schon gesagt habe, vergase ich die Leute nur, um die Leichen zu bekommen. Allein die Leichen interessieren mich.«

Ein langes Gebäude aus Stein tauchte auf, mit einem hohen Fabrikschornstein aus roten Ziegeln daneben.

»Da ist es«, sagte Kellner.

An der Tür trat er höflich zur Seite. Das Gebäude war leer.

»Die Öfen sind gekoppelt«, fuhr er fort.

Er betätigte selbst die schwere Metalltür des einen Ofens und zeigte uns das Innere.

»Er faßt drei Leichen, und die Heizung erfolgt mit Koks. Mächtige Ventilatoren bringen in kurzer Zeit das Feuer auf die gewünschte Temperatur.«

Er schloß die Tür wieder, und ich sagte: »Bitte, Standartenführer, wieviel Öfen würde man brauchen, um in vierundzwanzig Stunden zweitausend Einheiten zu verbrennen?«

Er fing an zu lachen.

»Zweitausend! Mein lieber Mann, Sie sind aber großzügig.«

Er zog sein Notizbuch und einen goldenen Drehbleistift aus der Tasche und warf rasch einige Ziffern aufs Papier. »Acht gekoppelte Öfen.«

Ich warf Setzler einen Blick zu.

Kellner fuhr fort: »Ich habe nur zwei gekoppelte Öfen.«

Er zog seine rechte Braue hoch, sein Monokel fiel herab, er fing es in der hohlen Hand auf wie ein Taschenspieler und fügte hinzu: »Aber ich betrachte sie nur als Behelfsmittel.«

»Bitte!« sagte er.

Er setzte sein Monokel wieder ein und ging uns voraus. Ich ließ Setzler vor mir her gehen und gab ihm einen kleinen Klaps auf die Schulter.

Der Wagen des Standartenführers erwartete uns vor dem Tor. Setzler stieg zu dem Chauffeur, und ich setzte mich links neben Kellner auf den Rücksitz.

Der scharfe Fettgeruch wurde stärker. Das Auto fuhr auf ein Gehölz zu, aus dem Wolken schwarzen Rauches aufstiegen.

Kellner ließ den Wagen halten, eine freundliche Lichtung tat sich vor uns auf. Im Hintergrund stieg vom Boden in etwa fünfzig Meter Breite dichter Rauch auf. In dem Rauch bewegten sich verschwommene Silhouetten von SS-Männern und Häftlingen. Zuweilen züngelten Flammen aus dem Boden, und die Silhouetten erschienen rot. Der Geruch war unerträglich.

Wir kamen näher. Der Rauch und die Flammen kamen aus einem breiten Graben, in dem nackte Leichen beiderlei Geschlechts aufgeschichtet waren. Unter der Einwirkung der Flammen krümmten sich die Leichen und streckten sich wieder mit jähen Bewegungen, als ob sie lebendig wären. Ein Knistern von Gebratenem prasselte fortwährend mit unerhörter Stärke. Die hohen schwarzen Flammen ließen für Augenblicke ein helles, lebhaftes, unwirkliches rotes Licht aufflackern, das wie bengalisches Feuer aussah. In regelmäßigen Abständen hoben sich Klumpen nackter Leichen über den Rand des Grabens, und die Häftlinge des Sonderkommandos waren geschäftig um diese Klumpen bemüht. Der Rauch verbarg zum Teil ihre Bewegungen, aber von Zeit zu Zeit wurden von beiden Seiten und in der ganzen Länge des Grabens nackte Körper in die Luft geschleudert, leuchteten plötzlich auf und fielen ins Feuer zurück.

In zehn Meter Entfernung von mir sah ich, wie ein Kapo den Kopf drehte und den Mund weit aufmachte, er schien einen Befehl zu brüllen, aber ich verstand nichts, das Knistern übertönte alles.

Kellners Gesicht war vom Flammenschein rot beleuchtet. Er hielt sein Taschentuch vor die Nase.

»Kommen Sie!« brüllte er, den Mund fast an meinem Ohr.

Ich folgte ihm. Er führte mich an das äußerste Ende des Grabens. Ungefähr drei Meter unter mir brodelte in einem Behälter, der zwischen den Grabenwänden eingebaut war, eine dicke Flüssigkeit. Seine Oberfläche warf ständig Blasen, und ein übelriechender Geruch stieg daraus empor. Ein Häftling ließ an einem Strick einen Eimer hinunter, schöpfte aus der Flüssigkeit und zog den Eimer wieder hoch.

»Fett!« schrie mir Kellner ins Ohr.

Von da aus, wo wir standen, konnte ich mit einem Blick den Graben in seiner ganzen Ausdehnung übersehen. Die Häftlinge um uns herum bewegten sich wie Wahnsinnige. Ein Taschentuch, das unterhalb der Augen zusammengeknotet war, bedeckte Nase und Mund, so daß sie überhaupt kein Gesicht zu haben schienen. Etwas weiter hinten verschwanden sie in dicken Rauchschwaden, und die nackten Körper, die sie in den Graben warfen, schienen aus dem Nichts zu kommen. Sie flogen unaufhörlich von rechts und links heran, schlugen in der Luft Purzelbäume wie Hampelmänner, starkes Licht beleuchtete sie kurz von unten her, sie fielen nieder und verschwanden wie von den Flammen verschluckt.

Ein Häftling näherte sich mit einem Eimer, die Leine lief ab, und der Eimer tauchte von neuem in die Flüssigkeit. Das Knistern war betäubend.

»Kommen Sie!« schrie mir Kellner ins Ohr.

Wir gingen wieder zum Auto. Setzler erwartete uns, er lehnte an der Wagentür. Als er mich sah, verbesserte er seine Haltung.

»Entschuldigen Sie«, sagte er, »ich habe Sie in dem Rauch verloren.«

Wir nahmen im Wagen Platz. Kein Wort wurde gewechselt.

Kellner saß unbeweglich da. Er hielt sich kerzengerade, und sein scharfes Profil zeichnete sich gegen die Glasscheibe des Autos ab.

»Sehen Sie«, sagte er, als er sich wieder hinter seinen Schreibtisch setzte, »das Verfahren ist einfach … aber es war viel Herumprobieren nötig, um es hinzukriegen … Erstens muß der Graben … wie soll ich sagen … optimale Ausmaße haben.«

Er zog seine rechte Braue hoch, sein Monokel fiel herab, er fing es wieder im Fluge und fing an, es zwischen Daumen und Zeigefinger hin und her pendeln zu lassen.

»Ich fand heraus, daß ein guter Graben fünfzig Meter lang, sechs Meter breit und drei Meter tief sein muß.«

Er hob die Hand, die das Monokel hielt.

»Der zweite Punkt, der mir viel Mühe gemacht hat, ist die Anordnung des Holzes und der Leichen. Sie begreifen, man darf sich nicht auf den Zufall verlassen. Ich gehe so vor. Ich lege eine erste Schicht Holz auf den Boden. Auf diese Schicht lege ich etwa hundert Leichen und – das ist der wichtigste Punkt, Sturmbannführer! – zwischen die Leichen lege ich wieder Holz. Ich brenne dann mit Petroleumlappen das Ganze an, und wenn das Feuer richtig brennt, aber erst dann, lege ich Holz nach und werfe neue Leichen darauf …«, er machte eine Bewegung mit der Hand, »und so weiter …«

Er hob sein Monokel.

»Der dritte Punkt ist das Fett.«

Er sah mich an.

»Sie müssen wissen«, fuhr er fort, »daß im Anfang die Verbrennung durch die ungeheure Menge Fett behindert wurde, die sich von den Leichen absonderte. Ich suchte eine Lösung …«, er lächelte verbindlich, »… und ich fand sie. Ich mache den Graben abschüssig, lege Abflußrinnen an und sammle das Fett in einem Behälter.«

Ich sagte: »Standartenführer, die Häftlinge, die das Fett mit Eimern schöpften …«

Er zeigte ein leicht triumphierendes Lächeln.

»Ganz richtig.«

Er legte beide Hände flach auf den Tisch und sah mich pfiffig an.

»Sie besprengen damit die Leichen. Das ist der ganze Trick. Ich besprenge die Leichen mit einem Teil des Fetts, das sie abgeben … Warum?«

Er hob die rechte Hand.

»Viel Fett behindert die Verbrennung, aber ein wenig Fett regt sie an. Bei Regenwetter zum Beispiel ist das Besprengen wertvoll.«

Er öffnete sein goldenes Etui, hielt es mir hin, hielt es Setzler hin und gab uns Feuer. Dann nahm er selbst eine Zigarette, löschte sein Feuerzeug, knipste es wieder an und hielt seine Zigarette in die Flamme.

Ich sagte: »Standartenführer, wie hoch ist die Leistung eines derartigen Grabens in vierundzwanzig Stunden?«

Er lachte.

»In vierundzwanzig Stunden? Aber Sie sind wirklich großzügig.«

Er warf mir von der Seite einen Blick zu, sein Gesicht wurde wieder ernst, und er fuhr fort: »Sie verstehen, die Leistung innerhalb von vierundzwanzig Stunden ist keine Frage für mich. Ich habe niemals solche Mengen zu bewältigen. Doch ich kann Ihnen meine Stundenleistung sagen. Sie beläuft sich auf dreihundert bis vierhundert Einheiten; dreihundertvierzig bei trockenem Wetter und dreihundert bei Regenwetter.«

Ich rechnete und sagte: »Achttausend Leichen in vierundzwanzig Stunden.«

»Vermutlich.«

»Natürlich«, sagte ich nach einer Weile, »kann derselbe Graben unbegrenzt lange dienen?«

»Natürlich.«

Es entstand ein Schweigen, und ich sah Setzler an.

Die Zeit der tastenden Versuche und der Angst war abgeschlossen. Ich konnte mit Vertrauen in die Zukunft blicken. Ich war von nun an sicher, die im Plan vorgesehene Leistung zu erreichen und sogar zu übertreffen.

Was mich betraf, so konnte ich mich beinahe mit Öfen begnügen. Indem ich insgesamt für die vier großen Anlagen, die ich bauen sollte, zweiunddreißig vorsah, konnte ich zu einer Gesamtleistung von achttausend Leichen in vierundzwanzig Stunden gelangen, eine Zahl, die nur um zweitausend Einheiten niedriger lag als die Spitzenleistung, die der Reichsführer vorsah. Folglich würde ein einziger Behelfsgraben genügen, um gegebenenfalls die übrigen zweitausend Einheiten zu verbrennen.

Um die Wahrheit zu sagen, ich liebte die Gräben nicht sehr. Das Verfahren erschien mir zu plump, primitiv und eines großen Industrievolkes unwürdig. Ich war mir bewußt, indem ich mich für die Öfen entschied, eine modernere Lösung zu wählen. Die Öfen hatten obendrein den Vorteil, besser die Geheimhaltung zu wahren, da die Verbrennung nicht im Freien, wie in den Gräben, sondern gegen Sicht geschützt vollzogen wurde. Außerdem war es mir von Anfang an wünschenswert erschienen, alle für die Sonderaktion notwendigen Dienststellen in demselben Gebäude zusammenzufassen. Ich legte auf diesen Gedanken viel Wert und hatte aus der Antwort des Reichsführers ersehen können, daß er ihn gleichfalls gereizt hatte. Es lag in der Tat etwas den Geist Befriedigendes in dem Gedanken, daß von dem Augenblick an, in dem sich die Türen des Auskleideraums hinter einer Sendung von zweitausend Juden schließen würden, bis zu dem Augenblick, da die Juden zu Asche zerfallen würden, der ganze Vorgang ohne Anstoß an demselben Orte abrollen würde.

Als ich diesen Gedanken weiter durchdachte, kam ich darauf, daß man wie in einer Fabrik ein laufendes Band herstellen müßte, das die zu behandelnden Personen in einem Minimum von Zeit aus dem Auskleideraum in die Gaskammer und aus der Gaskammer in die Öfen führte. Da die Gaskammer unterirdisch war und die Ofenkammer im oberen Stockwerk sein mußte, folgerte ich, daß der Transport der Leichen von der einen zur andern nur mit mechanischen Hilfsmitteln möglich war. Man konnte sich in der Tat schlecht vorstellen, daß die Männer des Sonderkommandos mehrere hundert Leichen über eine Treppe oder selbst über eine schiefe Ebene schleppten. Der Zeitverlust würde ungeheuer sein. Ich arbeitete also meinen anfänglichen Plan noch einmal durch und entschloß mich, darin den notwendigen Raum für vier mächtige Aufzüge auszusparen, jeden mit einem Fassungsvermögen von etwa fünfundzwanzig Leichen. Ich berechnete, daß man auf diese Weise nur zwanzig Fahrten machen müßte, um die zweitausend Leichen aus der Gaskammer herauszuschaffen. Diese Einrichtung mußte im oberen Stockwerk durch Karren ergänzt werden, welche die Leichen an den Ausgängen der Aufzüge übernehmen und in die Öfen bringen würden.

Als ich meinen Plan in dieser Weise abgeändert hatte, verfaßte ich für den Reichsführer einen neuen Bericht. Obersturmbannführer Wulfslang diente noch einmal als Vermittler, und achtundvierzig Stunden später brachte er mir Himmlers Antwort. Mein Plan war ohne Änderungen angenommen, erhebliche Kredite waren mir eröffnet, und ich konnte mich als bevorrechtigt für den Bezug aller Baustoffe betrachten.

Das Schreiben des Reichsführers fügte hinzu, daß zwei der vier Anlagen spätestens am 15. Juli 1942 betriebsfähig sein müßten, die beiden anderen am 31. Dezember desselben Jahres. Ich hatte also etwas weniger als ein Jahr, um den ersten Bauabschnitt durchzuführen.

Ich begann unverzüglich mit den Bauarbeiten. Gleichzeitig waren die beiden provisorischen Anlagen von Birkenau unter Setzlers Leitung in Betrieb, und ich überließ ihm auch die

Sorge, die alten Gräben wieder zu öffnen und die Darinliegenden zu verbrennen.

Der ekelerregende Geruch, den wir in Culmhof eingeatmet hatten, verbreitete sich sogleich über das ganze Lager, und ich bemerkte, daß er sogar wahrnehmbar war, wenn der Wind von Westen wehte. Kam der Wind aus Osten, verbreitete er sich noch weiter, bis zum Ort Auschwitz und darüber hinaus bis Bobitz. Ich ließ das Gerücht verbreiten, in unserm Bezirk wäre eine Gerberei errichtet worden und von ihr kämen diese Ausdünstungen her. Aber ich brauchte mich keiner Täuschung über die Wirksamkeit dieser Legende hinzugeben. Der Geruch in Verwesung übergehender Häute hatte wirklich nichts gemein mit dem Gestank brenzligen Fettes, verbrannten Fleisches und versengter Haare, der aus den Gräben aufstieg. Ich dachte mit Besorgnis daran, daß es noch schlimmer sein würde, wenn die Hochöfen meiner vier riesigen Krematorien alle vierundzwanzig Stunden lang ihren pestilenzialischen Qualm über die Gegend ausspeien würden.

Doch ich hatte keine Zeit über solchen Erwägungen zu verlieren. Ich war ständig auf den Baustellen, und Elsie fing wieder an, sich zu beklagen, daß sie mich nicht mehr zu Hause sähe. In der Tat, ich ging früh um sieben weg und kam erst um zehn oder elf Uhr abends nach Hause, um mich dann in meinem Arbeitszimmer sofort aufs Feldbett zu werfen und einzuschlafen.

Diese Anstrengungen trugen Früchte. Weihnachten 41 kam heran, und das große Werk zweier Gebäude war schon genügend vorgeschritten, um mich hoffen zu lassen, sie rechtzeitig vollenden zu können. Doch ich ließ in meinen Anstrengungen nicht nach, und mitten in all den Sorgen, die mir die ständige Erweiterung der beiden Lager, die beinahe tägliche Ankunft neuer Transporte und die Disziplin der Allgemeinen SS machten (die mich mit immer mehr Bedauern an meine prächtigen Totenkopfkerle von einst denken ließ), fand ich doch jeden Tag Zeit, mehrmals auf den Baustellen zu erscheinen.

Anfang Dezember wünschte mich einer meiner Lagerführer aus Birkenau, Hauptsturmführer Hagemann, zu sprechen. Ich ließ ihn sofort eintreten. Er grüßte, und ich ließ ihn Platz nehmen. Sein rotes Vollmondgesicht drückte Verlegenheit aus.

»Sturmbannführer«, sagte er mit keuchender Stimme, »ich habe ... Ihnen ... etwas zu sagen ... Setzler betreffend ...«

Ich wiederholte: »Setzler?«

Ich hatte Überraschung gezeigt, und Hagemann sah gleich noch gedrückter aus.

»Ganz richtig, Sturmbannführer ... Da ich weiß ... daß Obersturmführer Setzler nicht mir untersteht ... sondern direkt Ihnen ... wäre es ... vielleicht in der Tat ... richtiger ...«

Er machte Miene, aufzustehen.

»Ist es eine dienstliche Angelegenheit?«

»Gewiß, Sturmbannführer.«

»In diesem Falle brauchen Sie keine Bedenken zu haben.«

»Gewiß, Sturmbannführer, das habe ich mir schließlich auch gesagt. Andererseits ist es ziemlich heikel ... Setzler« (er schnaufte stärker) »ist mein persönlicher Freund ... Ich schätze ihn wegen seiner künstlerischen Qualitäten ...«

Ich sagte schroff: »Das spielt hier keine Rolle. Wenn Setzler einen Fehler begangen hat, ist es Ihre Pflicht, es mich wissen zu lassen.«

»Das habe ich mir auch gesagt, Sturmbannführer«, sagte Hagemann. Er sah etwas erleichtert aus. »Natürlich«, fuhr er fort, »tadele ich Setzler nicht persönlich ... Er hat einen sehr schweren Dienst, und ich kann mir vorstellen, daß er Aufheiterung braucht ... Aber trotzdem ist es ein Fehler ... Gegenüber den Männern ist es bestimmt ... wie soll ich sagen ... ein ernster Mangel an Würde ... Wohlverstanden, von seiten eines einfachen Scharführers wäre es nicht so von Bedeutung ... aber bei einem Offizier ...«

Er hob beide Hände, sein Vollmondgesicht nahm einen gewichtigen und beleidigten Ausdruck an, und er sagte fließend: »Darum habe ich gedacht, daß es richtig wäre, endlich ...«

»Nun?« sagte ich ungeduldig.

Hagemann steckte seinen dicken Würstchenfinger zwischen Hals und Kragen und schaute zum Fenster.

»Ich habe sagen hören ... Natürlich, Sturmbannführer, habe ich mir nicht erlaubt ... mich ohne Ihre Erlaubnis auf eine Untersuchung einzulassen ... Setzler untersteht mir nicht ... Indessen, Sie werden verstehen, ich habe keinerlei Zweifel ... meinerseits ... Kurz«, keuchte er, »folgendes sind die Tatsachen. Wenn ein Transport sich vor der provisorischen Anlage auskleidet ... läßt Setzler ... Natürlich ist er aus dienstlichen Gründen da ... Dagegen ist nichts zu sagen ... Kurz, er läßt ... ein jüdisches junges Mädchen beiseite treten ... im allgemeinen die hübscheste … und wenn der ganze Transport drin ist … nimmt er das junge Mädchen mit … das Mädchen ist nackt, bedenken Sie … was die Sache noch weniger korrekt macht … er nimmt sie in einen Nebenraum mit … und da …«

Er steckte von neuem seinen Finger in den Kragen.

»… da bindet er … ihre Handgelenke an zwei Stricke, die er an der Decke hat anbringen lassen … Ich habe die Stricke gesehen, Sturmbannführer … Kurz, das Mädchen ist nackt, es hängt mit den Handgelenken an Stricken … und Setzler schießt mit der Pistole danach … Wohlgemerkt, alle SS-Männer wissen Bescheid darüber …«

Er keuchte und sah beleidigt und ganz unglücklich aus. »… sie hören die Schreie des Mädchens und die Schüsse … Und Setzler nimmt sich Zeit, sozusagen …«

Hagemann keuchte.

»Notfalls, Sie verstehen, bei einem Scharführer …«

Ich drückte auf einen der Knöpfe meines Tischapparates, nahm den Hörer ab und sagte: »Sind Sie es, Setzler? Ich habe mit Ihnen zu sprechen.«

Hagemann sprang auf, auf seinem Vollmondgesicht malte sich Bestürzung.

»Sturmbannführer, soll ich wirklich … in seiner Gegenwart …«

Ich sagte freundlich: »Sie können sich zurückziehen, Hagemann.«

Er grüßte hastig und ging hinaus. Eine Minute verstrich, und es klopfte. Ich rief: »Herein!« Setzler erschien, schloß die Tür und grüßte. Ich sah ihn fest an, und sein kahler Schädel fing an, rot zu werden.

Ich sagte schroff: »Hören Sie zu, Setzler, ich will Ihnen keine Vorwürfe machen, und ich verlange von Ihnen keine Erklärungen. Aber wenn Sie bei der provisorischen Anlage im Dienst sind, ersuche ich Sie, außer im Fall einer Revolte, von ihrer Pistole keinen Gebrauch zu machen.«

Er verfärbte sich.

»Sturmbannführer …«

»Ich verlange von Ihnen keine Erklärungen, Setzler. Ich sehe einfach die fragliche Praxis als unvereinbar mit Ihrer Würde als Offizier an und befehle Ihnen, damit Schluß zu machen, das ist alles.«

Setzler strich sich mit seiner langen mageren Hand über den Schädel und sagte mit leiser, tonloser Stimme: »Ich tue das, um die Schreie der andern nicht zu hören.«

Er streckte den Kopf vor und setzte beschämt hinzu: »Ich kann nicht mehr.«

Ich stand auf. Ich wußte nicht, was ich denken sollte.

Setzler fuhr fort: »Es ist vor allem dieser abscheuliche Geruch von verbranntem Fleisch. Ich habe ihn ständig um mich. Sogar nachts. Wenn ich aufwache, scheint mir, mein Kopfkissen sei verpestet. Selbstverständlich ist das nur eine Täuschung …«

Er hob wieder den Kopf und sagte, plötzlich aufbrausend: »Und die Schreie! Sobald man die Kristalle hineinwirft … Und die Schläge gegen die Wände! … Ich konnte es nicht ertragen. Ich mußte irgend etwas tun.«

Ich sah Setzler an. Ich verstand ihn nicht. Meiner Meinung nach war sein Verhalten nur ein Gewebe von Widersprüchen.

Ich sagte nachsichtig: »Hören Sie zu, Setzler, wenn Sie bloß Scharführer wären … Aber so begreifen Sie doch, Sie sind Offizier, das ist unmöglich, sicherlich sprechen die Männer unter sich darüber …«

Ich wandte den Kopf ab und setzte verlegen hinzu: »… Und wenn das Mädchen noch bekleidet gewesen wäre …«

Seine Stimme stieg plötzlich wieder an: »Aber Sie verstehen mich nicht, Sturmbannführer … Ich kann einfach nicht dort bleiben und sie heulen hören …«

Ich sagte schroff: »Da ist nichts zu verstehen. Sie dürfen das nicht tun.«

Setzler verbesserte seine Haltung, richtete sich auf und sagte mit fester Stimme: »Ist das ein Befehl, Sturmbannführer?«

»Jawohl.«

Ein Schweigen entstand. Setzler stand unbeweglich stramm mit starrem Gesicht.

»Sturmbannführer«, sagte er mit neutraler, offizieller Stimme, »ich möchte Sie bitten, dem Reichsführer mein Gesuch um Versetzung zu einer Fronteinheit zu übermitteln.«

Ich war verblüfft. Ich blickte rasch weg und setzte mich. Ich nahm meinen Füllhalter und malte einige Kreuze auf meinen Notizblock. Nach einer Weile hob ich den Kopf und sah Setzler an.

»Besteht eine Beziehung zwischen dem Befehl, den ich

Ihnen eben erteilt habe, und dem Gesuch um Versetzung, das Sie mir zu überreichen gedenken?«

Sein Blick glitt über mich hinweg, blieb auf der Schreibtischlampe haften, und leise sagte er: »Jawohl.«

Ich legte meinen Füller hin.

»Selbstverständlich halte ich meinen Befehl aufrecht.«

Ich sah ihn fest an.

»Was Ihr Gesuch um Versetzung angeht, so ist es meine Pflicht, es weiterzugeben, aber ich verhehle Ihnen nicht, daß ich es mit einer gegenteiligen Stellungnahme weitergeben werde.«

Setzler machte eine Bewegung, aber ich hob die Hand.

»Setzler, Sie haben von Anfang an bei dieser ganzen Sache mit mir zusammengearbeitet. Sie allein haben außer mir die notwendige Fähigkeit, die provisorische Anlage zu leiten. Wenn Sie weggingen, müßte ich persönlich einen anderen Offizier anlernen und unterweisen ...« Ich fuhr lauter fort: »Ich habe dazu keine Zeit. Ich muß mich bis Juli ganz den Baustellen widmen.«

Ich stand auf.

»Bis dahin sind Sie mir unentbehrlich.«

Es entstand ein Schweigen, dann setzte ich hinzu: »Zu diesem Zeitpunkt, wenn der Krieg noch andauert – was ich übrigens für unwahrscheinlich halte –, können Sie ein Gesuch einreichen. Ich werde es unterstützen.«

Ich schwieg. Setzler stand unbeweglich da, sein Gesicht war starr und eisig. Nach einer Weile sagte ich: »Das wäre alles.«

Er grüßte steif, machte vorschriftsmäßig kehrt und ging.

Ein paar Minuten später erschien Hagemann mit seinem roten Mondgesicht, ganz außer Atem. Er legte mir einige Schriftstücke zur Unterzeichnung vor. Die Schriftstücke waren nicht dringend. Ich nahm meinen Füllhalter und sagte: »Er hat nicht geleugnet.«

Hagemann sah mich an und sein Gesicht heiterte sich auf.

»Natürlich ... er ist ein so offener Mensch ... so treu ...«

»Aber er hat sich die Sache sehr zu Herzen genommen.«

»Ach! Wirklich?« sagte er mit erstaunter Miene. »Wirklich? ... Er ist eben ein Künstler, nicht wahr? Vielleicht erklärt das sogar ...«

Er sah mich an und keuchte.

»Wenn ich eine Vermutung äußern darf … Sturmbannführer … bestimmt ist er ein Künstler, das erklärt alles …«

Er machte ein andächtiges und zugleich beleidigtes Gesicht.

»Wenn man bedenkt! … Ein Offi-zier, Sturmbannführer! Was für eine unglaubliche Phantasie! Er ist ein Künstler, das ist der Grund … Und wohlgemerkt, Sturmbannführer«, fuhr er fort, während er seine fetten Hände mit triumphierender Miene erhob, »er hat sich die Sache zu Herzen genommen, wie Sie sehr richtig bemerkten … Er ist eben Künstler …«

Ich schraubte meinen Füllhalter zu.

»Hagemann, ich rechne auf Sie, daß die Sache sich nicht herumspricht.«

»Selbstverständlich.«

Ich stand auf, nahm meine Mütze und ging die Baustellen inspizieren.

Obersturmführer Pick kam mir entgegen. Er war ein kleiner braunhaariger, ruhiger und kühler Mann. Ich erwiderte seinen Gruß.

»Haben Sie mit dem Sondieren der Häftlinge Fortschritte gemacht?«

»Jawohl, Sturmbannführer. Es ist ganz so, wie Sie glaubten. Sie haben keine Ahnung von der Bestimmung des Werkes.«

»Und die SS-Männer?«

»Sie denken, es handele sich um Luftschutzräume. Sie nennen die beiden Anlagen ›Bunker‹, oder auch, da sie einander gleich sind, die ›Zwillingsbunker‹.«

»Das ist ein sehr guter Gedanke. Wir werden sie künftig so nennen.«

Pick fuhr nach einer Weile fort: »Noch eine dumme Kleinigkeit, Sturmbannführer. Auf dem Plan enden die vier großen Aufzüge, welche die Leute aus dem ›Duschraum‹ heraufbringen, in einem großen Raum – dem künftigen Ofenraum. Und dieser Raum hat offensichtlich keinen Ausgang. Einer der Architekten hat sich darüber gewundert. Wohlgemerkt, er weiß nicht, daß dieser Raum Öfen erhalten soll und daß durch sie …«, Pick lächelte leicht, »… die Leute herauskommen werden.«

Ich sagte nach einer Weile zu ihm: »Was haben Sie ihm geantwortet?«

»Daß ich es auch nicht verstehe, aber es wäre Befehl.«

Ich nickte, warf Pick einen bedeutsamen Blick zu und sagte: »Wenn dieser Architekt noch einmal Fragen stellt, dann vergessen Sie nicht, es mir mitzuteilen.«

Pick erwiderte meinen Blick, und ich ging zu den Baustellen. Man war dabei, die Abzugskanäle zu betonieren, welche die unterirdischen Gaskammern mit der freien Luft verbanden.

Diese Kanäle sollten in den inneren Hof der Anlage münden und hermetisch schließende Hauben erhalten. Ich malte mir aus, wie die Dinge vor sich gehen würden. Nachdem einmal die Häftlinge in die Gaskammer eingeschlossen wären, begäben sich die dazu eingesetzten SS-Männer mit den Giftgasbüchsen auf den Hof, legten ihre Gasmasken an, öffneten die Büchsen, schraubten die Hauben der Kamine ab, schütteten die Kristalle ins Innere und schraubten die Hauben wieder zu. Danach brauchten sie nur noch ihre Masken abzulegen und könnten, wenn sie wollten, eine Zigarette rauchen.

»Das Dumme ist«, sagte Pick, »daß die Kristalle direkt auf den Boden geworfen werden. Sie erinnern sich gewiß, Sturmbannführer, daß Obersturmführer Setzler sich darüber bei der provisorischen Anlage beklagt hat.«

»Ich erinnere mich.«

»Die Folge ist, daß die von den Dämpfen Erreichten auf die Kristalle drauf fallen und das Gas sich weniger gut entwickelt.«

»Das ist richtig.«

Es entstand ein Schweigen, Pick straffte sich und sagte: »Sturmbannführer, darf ich einen Vorschlag machen?«

»Gewiß.«

»Man könnte die Kanäle durch Säulen aus durchlöchertem Blech verlängern, die auf dem Boden der Gaskammern aufsitzen. Auf diese Weise würden die Kristalle, die in die Abzugskanäle geworfen werden, in das Innere der Säulen fallen und die Gasdämpfe durch die Löcher des Blechs austreten. Sie würden nicht mehr durch die darüber lagernden Körper beeinträchtigt werden. Ich sehe bei dieser Anordnung zwei Vorteile. Erstens eine Beschleunigung der Vergasung und zweitens eine Ersparnis an Kristallen.«

Ich überlegte und erwiderte: »Ihr Gedanke erscheint mir ausgezeichnet. Sagen Sie Setzler, er solle in einem der beiden Räume der provisorischen Anlage diese Anordnung ausprobieren, während der andere unverändert bleibt. Das wird uns erlauben, durch Vergleich die Ersparnis an Kristallen und den Zeitgewinn ziffernmäßig zu bestimmen.«

»Jawohl, Sturmbannführer.«

»Selbstverständlich werden wir, wenn die Ersparnis nennenswert ist, Ihre Vorrichtung für die Bunker übernehmen.«

Ich sah Pick an. Er war etwas kleiner als ich. Er sprach nur, wenn man das Wort an ihn richtete. Er war ruhig, korrekt, positiv. Vielleicht hatte ich Pick bisher nicht ganz nach seinem Wert eingeschätzt.

Nach einer Weile sagte ich: »Was machen Sie zu Weihnachten, Pick?«

»Nichts Besonderes, Sturmbannführer.«

»Meine Frau und ich geben eine kleine Abendgesellschaft. Wir würden uns freuen, Sie und Ihre Frau bei uns zu sehen.«

Es war das erstemal, daß ich ihn zu mir einlud. Sein blasses Gesicht rötete sich leicht, und er antwortete: »Gewiß, Sturmbannführer, wir werden sehr gern ...«

Ich sah, daß er nicht wußte, wie er den Satz beenden sollte, und setzte freundlich hinzu: »Wir rechnen also auf Sie.«

Am Heiligen Abend, am frühen Nachmittag, wollte Setzler mich sprechen. Seit unserer letzten Zusammenkunft waren unsere Beziehungen anscheinend normal gewesen. Aber tatsächlich hatte ich ihn sehr wenig zu sehen gekriegt, und nur aus dienstlichen Gründen.

Er grüßte, ich erwiderte seinen Gruß und bat ihn, Platz zu nehmen. Er machte eine ablehnende Handbewegung.

»Wenn Sie gestatten, Sturmbannführer, ich habe Ihnen nur sehr wenig mitzuteilen.«

Ich sah ihn an. Er hatte sich sehr verändert. Sein Rücken hatte sich noch mehr gekrümmt, und seine Backen waren hohl. Der Ausdruck seiner Augen befremdete mich.

Ich sagte freundlich: »Nun, Setzler?«

Ich sah, wie seine Brust sich hob, er öffnete den Mund, als ob er keine Luft kriegte, sagte aber nichts. Er sah ungewöhnlich blaß aus.

Ich sagte: »Wollen Sie nicht Platz nehmen, Setzler.«

Er schüttelte den Kopf und setzte leise hinzu: »Danke, Sturmbannführer.«

Einige Sekunden verstrichen. Er stand vollkommen unbeweglich da, groß und gebeugt, seine fiebrigen Augen waren starr auf mich gerichtet. Er sah wie ein Gespenst aus.

Ich sagte: »Nun?«

Seine Brust hob sich, seine Kiefer zogen sich zusammen, und er sagte mit farbloser Stimme: »Sturmbannführer, ich beehre mich, Sie zu bitten, dem Reichsführer SS mein Gesuch um Versetzung in eine Fronteinheit weiterreichen zu wollen.«

Er zog ein Schreiben aus der Tasche, faltete es auseinander, tat zwei Schritt vorwärts wie ein Automat, legte das Schreiben auf meinen Schreibtisch, tat zwei Schritt zurück und stand stramm.

Ich rührte das Schriftstück nicht an. Einige Sekunden verstrichen, dann sagte ich: »Ich werde Ihr Gesuch mit einer gegenteiligen Stellungnahme weitergeben.«

Er zwinkerte mehrere Male mit den Augen, und in seinem mageren Halse stieg der Adamsapfel hoch; das war alles. Er schlug die Hacken zusammen, grüßte, machte eine vorschriftsmäßige Kehrtwendung und wandte sich der Tür zu.

»Setzler!«

Er drehte sich um.

»Bis heute abend, Setzler.«

Er sah mich mit einem verstörten Blick an.

»Heute abend?«

»Meine Frau hat Sie doch zu uns eingeladen, nicht wahr? Sie und Ihre Frau. Sie wissen doch, zur Weihnachtsfeier.«

Er lächelte.

»Gewiß, Sturmbannführer, ich erinnere mich.«

»Wir rechnen auf Sie, sobald Ihr Nachtdienst beendet ist.«

Er verbeugte sich, grüßte nochmals und ging.

Ich besuchte dann die Baustellen. Der Wind wehte von Osten, und der Rauch aus den Gräben von Birkenau durchzog das Lager. Ich nahm Pick beiseite.

»Was sagen sie zu dem Geruch?«

Pick schnitt ein Gesicht.

»Sie beklagen sich darüber, Sturmbannführer.«

»Danach frage ich Sie nicht.«

»Nun«, antwortete Pick verlegen, »unsere SS-Männer sagen ja immer, daß es eine Gerberei sei, aber ich weiß nicht, ob sie es glauben.«

»Und die Häftlinge?«

»Sturmbannführer, ich wage die Dolmetscher nicht allzuviel darüber auszufragen. Das könnte sie stutzig machen.«

»Gewiß, aber Sie können sich mit ihnen unterhalten.«

»Ganz richtig, Sturmbannführer, aber sobald ich auf den Geruch anspiele, werden sie stumm wie Karpfen.«

»Ein schlimmes Zeichen.«

»Das glaube ich auch, Sturmbannführer.«

Ich verließ ihn. Ich war unruhig und unzufrieden. Es war offensichtlich, daß die Sonderaktion, wenigstens innerhalb des Lagers, nicht lange geheim bleiben konnte.

Ich ging nach dem Appellplatz. Ich hatte Befehl gegeben, dort zu Weihnachten einen Tannenbaum für die Häftlinge aufzustellen. Hagemann kam mir entgegen, dick, groß, gewichtig. Sein Doppelkinn lag auf dem Kragen auf.

»Ich habe die größte Tanne genommen, die ich gefunden habe ... entsprechend den Ausmaßen des Appellplatzes ...«, er keuchte, »... eine kleine Tanne hätte vielleicht lächerlich ausgesehen, nicht wahr?«

Ich nickte und trat näher. Der Baum lag am Boden. Zwei Häftlinge gruben unter Anleitung eines Kapo ein Loch. Der Rapportführer und zwei Scharführer sahen zu. Sobald der Rapportführer mich sah, rief er »Achtung!«, die beiden Scharführer standen stramm, der Kapo und die Häftlinge rissen ihre Kopfbedeckungen herunter und erstarrten.

»Weitermachen!«

Der Rapportführer schrie: »Los! Los!«, und die Häftlinge fingen an, wie die Verrückten zu arbeiten. Ihre Züge erschienen mir nicht besonders semitisch. Aber vielleicht rührte dieser Eindruck von ihrer außerordentlichen Magerkeit her.

Ich betrachtete den Baum, überschlug annäherungsweise seine Länge und sein Gewicht und wandte mich an Hagemann: »Wie tief lassen Sie das Loch machen?«

»Einen Meter, Sturmbannführer.«

»Der größeren Sicherheit wegen machen Sie es doch einen Meter dreißig tief. Heute abend kann Wind aufkommen.«

»Jawohl, Sturmbannführer.«

Ich sah den Häftlingen ein paar Minuten beim Arbeiten zu, dann machte ich kehrt, Hagemann gab meinen Befehl an den Rapportführer weiter und holte mich ein. Er keuchte, um mit mir auf gleicher Höhe zu bleiben.

»Wir werden Schnee bekommen, glaube ich …«

»Ja?«

»Ich fühle es … in meinen Gelenken«, sagte er mit einem leichten diskreten Lachen.

Dann hustete er. Wir gingen noch ein paar Minuten, und er begann wieder: »Wenn ich mir erlauben darf … eine Vermutung zu äußern, Sturmbannführer …«

»Ja?«

»Die Häftlinge hätten vielleicht … heute abend … eine doppelte Ration Suppe … vorgezogen.«

Ich sagte schroff: »Wem vorgezogen?«

Hagemann wurde rot und fing an zu keuchen. Ich fuhr fort: »Wo nehmen Sie die doppelte Ration her? Können Sie mir das sagen?«

»Sturmbannführer«, sagte Hagemann überstürzt, »es war nur ein Einfall … Ich habe mich wohl schlecht ausgedrückt … Tatsächlich habe ich durchaus nichts vorgeschlagen … Es war eine einfache Vermutung … eine Vermutung psychologischer Art, sozusagen … Die Tanne ist sicherlich eine schöne Geste … selbst wenn die Häftlinge sie nicht würdigen …«

Ich sagte ungeduldig: »Deren Meinung interessiert mich nicht. Wir haben getan, was angemessen ist, das ist das Wesentliche.«

»Gewiß, Sturmbannführer«, sagte Hagemann, »wir haben getan, was angemessen ist.«

Mein Büro roch etwas dumpfig. Ich zog meinen Mantel aus, hängte ihn samt der Mütze an den Kleiderhaken und machte das Fenster weit auf. Der Himmel war grau und flockig. Ich brannte mir eine Zigarette an und setzte mich. Setzlers Gesuch lag noch auf der Stelle, wo er es hingelegt hatte. Ich zog es zu mir heran, las es, schraubte meinen Füllhalter auf und schrieb rechts darunter: »Gegenteilige Stellungnahme.«

Es fing an zu schneien, und etliche Flocken flogen ins Zimmer herein. Sie schwebten auf den Fußboden nieder und schmolzen sofort. Nach einer Weile fühlte ich, daß mir kalt wurde. Ich las das Gesuch Setzlers noch einmal durch, unterstrich die Worte »Gegenteilige Stellungnahme«, schrieb darunter: »Unentbehrlicher Spezialist (Provisorische Anlage)«, und unterschrieb.

Ein Windstoß trieb Schneeflocken auf den Tisch, und als ich

den Kopf hob, sah ich vor dem Fenster eine kleine Pfütze. Ich steckte das Gesuch Setzlers in einen Umschlag und den Umschlag in meine Tasche. Dann zog ich einen Stoß Papiere heran. Meine Hände waren blau vor Kälte. Ich drückte meine Zigarette im Aschenbecher aus und fing an zu arbeiten.

Nach einer Weile hob ich die Augen. Als ob es dieses Zeichens bedurft hätte, hörte es auf zu schneien. Ich stand auf, ging ans Fenster, faßte den Riegel, fügte die beiden Fensterflügel ineinander und drückte sie zu. Im selben Augenblick sah ich Vater, schwarz und steif, mit glänzenden Augen, vor mir: Der Regen hatte aufgehört, er konnte also das Fenster schließen.

Die rechte Hand tat mir weh. Ich merkte, daß ich den Fensterriegel mit aller Kraft in der falschen Richtung drehte. Ich drückte leicht in entgegengesetzter Richtung, und es gab ein leichtes, dumpfes, gleitendes Geräusch. Ich ging um den Schreibtisch herum, schaltete wütend den elektrischen Ofen ein und fing an, hin und her zu laufen.

Nach einer Weile setzte ich mich wieder, zog ein Blatt Papier heran und schrieb: »Mein lieber Setzler! Würden Sie mir Ihre Pistole leihen?« Ich klingelte der Ordonnanz, übergab Ihm das Billett, und zwei Minuten später kam er mit der Pistole und einem Zettel zurück: »Mit besten Empfehlungen von Obersturmführer Setzler.« Setzlers Waffe schoß bemerkenswert genau, und die Offiziere des KZ liehen sie oft bei ihm aus, um damit zu üben.

Ich bestellte meinen Wagen und ließ mich zum Schießstand fahren. Ich schoß ungefähr eine Viertelstunde lang auf verschiedene Entfernungen, auf feste und bewegliche Ziele. Ich steckte die Pistole wieder in die Pistolentasche, ließ mir die Schachtel bringen, in der man meine Schießkarten verwahrte, und verglich die neue mit den früheren Serien: Ich hatte mich verschlechtert.

Ich ging, blieb aber vor dem Schießstand stehen. Es hatte wieder zu schneien angefangen, und ich fragte mich, ob ich nicht in mein Büro zurückkehren sollte. Ich sah nach der Uhr. Es war halb acht. Ich bestieg den Wagen und sagte Dietz, er solle mich nach Hause fahren.

Das Haus war hell erleuchtet. Ich betrat mein Arbeitszimmer, legte das Koppel auf den Tisch und hängte den Mantel und die Mütze an den Kleiderhaken. Dann wusch ich mir die Hände und ging ins Eßzimmer.

Elsie, Frau Müller und die Kinder saßen bei Tisch. Nur die Kinder aßen, Frau Müller war die Lehrerin, die wir aus Deutschland hatten kommen lassen. Es war eine Frau mittleren Alters, grauhaarig und ganz annehmbar.

Ich blieb auf der Schwelle stehen und sagte: »Ich bringe euch Schnee mit.«

Der kleine Franz blickte auf meine Hände und sagte mit seiner hellen, niedlichen Stimme: »Wo ist er?«

Karl und die beiden Mädchen fingen an zu lachen.

»Papa hat ihn vor der Tür gelassen«, sagte Elsie, »er war zu kalt, Papa konnte ihn nicht mit hereinbringen.«

Karl lachte wieder. Ich setzte mich neben Franz und sah ihm beim Essen zu.

»Ach«, sagte Frau Müller, »ein Weihnachten ohne Schnee ...«

Sie unterbrach sich und warf verlegene Blicke um sich, als ob sie aus der Rolle gefallen wäre.

»Aber gibt es denn Weihnachten ohne Schnee?« fragte Hertha.

»Sicher!« sagte Karl. »In Afrika gibt es überhaupt keinen Schnee.«

Frau Müller hustete.

»Außer auf den Bergen natürlich.«

Karl wiederholte keck: »Natürlich.«

»Ich kann Schnee nicht leiden«, sagte Katharina.

Sobald Franz mit dem Essen fertig war, nahm er mich bei der Hand, um mir den schönen Tannenbaum im Salon zu zeigen. Elsie schaltete den Kronleuchter aus, steckte die Schnur an, und im Baum leuchteten kleine Sterne auf. Die Kinder betrachteten ihn eine ganze Weile.

Dann erinnerte sich Franz an den Schnee und wollte ihn sehen.

Ich warf Elsie einen Blick zu, und sie sagte bewegt: »Sein erster Schnee.«

Ich schaltete die Ampel auf der Terrasse ein und öffnete die Läden der Glastür. Die Flocken tanzten weiß und flimmernd um die Lampe.

Nachher wollte Franz die Vorbereitungen für den Empfang sehen, und ich ließ sie alle einen Augenblick in die Küche gehen.

Der große Tisch war über und über mit Bergen von belegten Broten und Kuchen bedeckt.

Jeder bekam ein Stück Kuchen, und sie gingen zum Schlafen nach oben. Es war ausgemacht, daß man sie um Mitternacht wecken würde und daß sie ihren Anteil am Krem bekommen und mit den großen Leuten »O Tannenbaum« singen sollten.

Ich ging auch hinauf und wechselte die Uniform. Dann ging ich wieder hinunter in mein Arbeitszimmer, schloß mich dort ein und blätterte in einem Buch über Pferdezucht, das Hagemann mir geliehen hatte. Nach einer Weile dachte ich an den Bruch und fühlte, wie mich Trauer überkam. Ich klappte das Buch zu und fing an, im Zimmer auf und ab zu gehen.

Wenig später holte mich Elsie, und wir nahmen auf einer Ecke des Eßzimmertisches einen kleinen Imbiß ein. Elsie war im Abendkleid, und ihre Schultern waren nackt. Als wir fertig waren, gingen wir in den Salon hinüber, sie zündete überall Kerzen an, löschte den Kronleuchter und setzte sich ans Klavier. Ich hörte zu. Elsie hatte in Dachau angefangen, Klavierstunden zu nehmen, als ich zum Offizier ernannt worden war.

Zehn Minuten vor zehn schickte ich meinen Wagen zu Hagemanns, und pünktlich um zehn Uhr kamen Hagemanns und Picks an. Dann fuhr der Wagen wieder weg, um Bethmanns, Schmidts und Frau Setzler zu holen. Als alle da waren, ließ ich Dietz durch das Dienstmädchen sagen, er solle in die Küche kommen und sich wärmen.

Elsie führte die Damen in ihr Zimmer, und die Herren legten ihre Mäntel in meinem Arbeitszimmer ab. Dann führte ich sie in den Salon, und während wir auf die Damen warteten, tranken wir einen Schluck. Man sprach von den Ereignissen in Rußland, und Hagemann sagte: »Ist es nicht merkwürdig? ... In Rußland hat der Winter sehr früh begonnen ... und hier überhaupt noch nicht ...«

Daraufhin sprachen wir etwas über den russischen Winter und die Kriegsvorgänge und kamen übereinstimmend zu der Meinung, daß man im nächsten Frühjahr fertig sein würde.

»Wenn Sie gestatten«, sagte Hagemann, »ich sehe die Dinge so ... Für Polen ein Frühjahr ... Für Frankreich ein Frühjahr ... Und für Rußland, da es größer ist, zwei ...«

Dann sprachen alle durcheinander.

»Richtig!« sagte Schmidt mit seiner scharfen Stimme. »Die Ausdehnung ist es! Der wirkliche Gegner ist die Ausdehnung!«

Pick sagte: »Der Russe ist sehr primitiv.«

Bethmann rückte den Klemmer auf seiner mageren Nase zurecht.

»Darum unterliegt der Ausgang des Kampfes keinem Zweifel. Rassisch gesehen, ist ein Deutscher zehn Russen wert ... Von der Kultur gar nicht zu reden.«

»Sicherlich«, keuchte Hagemann, »indessen ... wenn ich mir eine Bemerkung erlauben darf ...«, er lächelte, hob seine fetten Hände und wartete, bis das Dienstmädchen hinausgegangen war, »... man hat mir gesagt, daß in den besetzten Gebieten unsere Soldaten ... die größten Schwierigkeiten haben ... mit den russischen Frauen in geschlechtlichen Verkehr zu treten. Sie wollen absolut nichts davon wissen ... Begreifen Sie das? ... Oder aber es gehört eine lange Freundschaft dazu ... Aber ...«, er machte eine Handbewegung und sagte leise: »... eine flüchtige Liebschaft ... Sie verstehen? ... Nichts zu machen ...«

»Das ist stark«, sagte Bethmann mit einem kehligen Lachen, »sie sollten sich geehrt fühlen.«

Die Damen traten ein, wir erhoben uns, und alle nahmen Platz, Hagemann neben Frau Setzler.

»Wenn Sie gestatten ... ich will es ausnutzen, daß Sie heute abend Strohwitwe sind ... und Ihnen ein bißchen den Hof machen ... sozusagen ...«

»Es ist die Schuld des Kommandanten, wenn ich Strohwitwe bin«, sagte Frau Setzler.

Und sie drohte mir neckisch mit dem Finger. Ich sagte: »Aber durchaus nicht, gnädige Frau, ich bin daran unschuldig. Er ist nur mit dem Dienst an der Reihe.«

»Er wird sicherlich vor Mitternacht da sein«, sagte Hagemann.

Elsie und Frau Müller reichten die belegten Brote und Erfrischungen herum, dann, als die Unterhaltung zu erlahmen begann, setzte sich Frau Hagemann ans Klavier, die Herren holten ihre Instrumente, die sie auf der Diele gelassen hatten, und fingen an zu spielen.

Nach einer Stunde wurde eine Pause gemacht, der Kuchen wurde aufgetragen, man sprach über Musik, und Hagemann erzählte Anekdoten von großen Musikern. Um halb zwölf ließ ich Frau Müller die Kinder wecken, und gleich darauf sah man sie durch die große Glastür, die den Salon vom Eßzimmer trennte. Sie saßen um den Tisch herum. Sie sahen feierlich und verschlafen aus. Wir beobachteten sie eine Zeitlang durch die Türbespannung, und Frau Setzler, die keine Kinder hatte, sagte mit bewegter Stimme: »Ach, wie niedlich sie sind!«

Zehn Minuten vor zwölf holte ich sie herein. Sie machten im Salon die Runde und begrüßten die Gäste sehr korrekt. Dann erschienen das Mädchen und Frau Müller mit einem großen Tablett, Gläsern und zwei Flaschen Sekt. Ich sagte: »Den Sekt verdanken wir Hagemann«, es gab ein lustiges Durcheinander der Stimmen, und Hagemann lächelte allen zu.

Als wir die Gläser in der Hand hatten, erhoben wir uns, Elsie löschte den Kronleuchter aus, steckte den Weihnachtsbaum an, und wir stellten uns im Halbkreis um ihn auf, um die Mitternacht zu erwarten. Stille trat ein, alle Augen waren auf die kleinen Sterne des Baumes gerichtet, als ich fühlte, wie eine kleine Hand sich in meine linke stahl. Es war Franz. Ich beugte mich zu ihm hinunter und sagte ihm, es würde viel Lärm geben, weil alle zu gleicher Zeit zu singen anfangen würden.

Jemand berührte mich leicht am Arm. Ich drehte mich um. Es war Frau Müller. Sie sagte ganz leise: »Man verlangt Sie am Telefon, Herr Kommandant.« Ich sagte Franz, er solle wieder zu seiner Mutter gehen, und zog mich aus der Gruppe zurück.

Frau Müller öffnete mir die Salontür und verschwand in der Küche. Ich schloß mich in meinem Arbeitszimmer ein, stellte mein Glas auf den Tisch und ergriff den Hörer.

»Sturmbannführer«, sagte eine Stimme, »hier ist Untersturmführer Lück.«

Die Stimme klang sehr entfernt, aber deutlich.

»Nun?«

»Sturmbannführer, ich erlaube mir, Sie aus einem ernsten Anlaß zu stören.«

Ich wiederholte ungeduldig: »Nun?«

Es dauerte einige Zeit, dann fuhr die ferne Stimme fort: »Obersturmführer Setzler ist tot.«

»Wie?«

Die Stimme wiederholte: »Obersturmführer Setzler ist tot.«

»Was sagen Sie? Er ist tot?«

»Jawohl, Sturmbannführer.«

»Haben Sie den Lagerarzt benachrichtigt?«

»Jawohl, Sturmbannführer, es ist recht sonderbar ... Ich weiß nicht, ob ich ...«

»Ich komme, Lück. Erwarten Sie mich am Eingangsturm!«

Ich legte auf, ging auf die Diele und stieß die Tür zur Küche auf. Dietz stand auf. Das Mädchen und Frau Müller sahen mich erstaunt an.

»Wir fahren, Dietz.«

Dietz zog seinen Mantel an. Ich sagte: »Frau Müller!«

Ich winkte ihr, mir zu folgen. Sie kam in mein Arbeitszimmer mit.

»Frau Müller, ich muß ins Lager. Wenn ich weg bin, benachrichtigen Sie meine Frau!«

»Ja, Herr Kommandant.«

Ich hörte Dietz' Schritte auf der Diele. Ich schnallte mein Koppel um, zog den Mantel darüber und griff nach meiner Mütze. Frau Müller sah mich an.

»Schlechte Nachrichten, Herr Kommandant?«

»Ja.«

Ich öffnete die Tür und drehte mich noch einmal um. »Benachrichtigen Sie meine Frau unauffällig.«

»Ja, Herr Kommandant.«

Ich lauschte. Im Salon war es vollkommen still.

»Warum singen sie denn nicht?«

»Sie warten wahrscheinlich auf Sie, Herr Kommandant.«

»Sagen Sie meiner Frau, man soll nicht auf mich warten.«

Ich schritt schnell durch die Diele, sprang die Stufen vor der Haustür hinunter und stieg ins Auto. Es schneite nicht mehr, aber die Luft war eisig.

»Nach Birkenau.«

Dietz fuhr los. Kurz bevor wir am Eingangsturm ankamen, schaltete ich die Deckenbeleuchtung ein. Der Posten öffnete das Tor aus Stacheldraht, während er nervös den Kopf nach dem Wachlokal hin drehte. Gelächter und Gesangsfetzen drangen zu mir herüber.

Die athletische Silhouette Lücks trat aus dem Schatten hervor. Ich ließ ihn in den Wagen steigen.

»Er ist auf der Kommandantur, Sturmbannführer. Ich habe ...«

Ich legte meine Hand auf seinen Arm, und er schwieg.

»Nach der Kommandantur, Dietz.«

»Wegen der Wache«, sagte Lück, »bitte ich um Entschuldigung, aber ich glaubte, ich müßte nicht … Natürlich haben sie sich gehenlassen …«

»Ja, ja.«

An der Kommandantur stieg ich aus und sagte Dietz, er solle mich am Eingangsturm erwarten. Er fuhr los, und ich wandte mich an Lück.

»Wo ist er?«

»Ich habe ihn in sein Büro geschafft.«

Ich stieg die Stufen hinauf und eilte durch den Korridor. Die Tür Setzlers war verschlossen.

»Erlauben Sie, Sturmbannführer«, sagte Lück, »ich hielt es für richtig, die Tür abzusperren.«

Er öffnete, und ich machte Licht, Setzler lag auf dem Boden. Seine Lider waren zur Hälfte über die Augen gefallen, sein Gesicht war friedlich, er schien zu schlafen. Ich brauchte ihn nur anzusehen, um zu wissen, daß er tot war. Ich verschloß die Tür, ließ den Fenstervorhang herunter und sagte: »Berichten Sie!«

Lück straffte sich.

»Einen Augenblick, Lück.«

Ich setzte mich an Setzlers Schreibtisch, nahm ein Blatt Papier und spannte es in die Schreibmaschine. Lück sagte: »Als ich um elf Uhr die Kommandantur verließ, hörte ich in der Garage Nr. 2 einen Automotor langsam laufen …«

»Nicht so schnell.«

Er wartete ein paar Sekunden und fuhr dann fort: »… Der eiserne Rolladen war heruntergelassen … Ich beachtete es nicht weiter … Ich ging in die Kantine und trank ein Glas …«

Ich gab Lück ein Zeichen, innezuhalten, ich radierte das Wort »Glas« weg und tippte an seiner Stelle »Erfrischung«.

»Fahren Sie fort.«

»… während ich Schallplatten hörte … Als ich in die Kommandantur zurückkam, lief der Motor immer noch … Ich sah nach der Uhr … Es war halb zwölf. Ich fand die Sache seltsam …«

Ich hob die Hand, ich tippte »halb zwölf« und sagte: »Warum?«

»Es erschien mir seltsam, daß der Chauffeur den Motor so lange laufen ließ.«

Ich tippte: »Ich fand es seltsam, daß der Chauffeur den Motor so lange laufen ließ.« Ich winkte, und Lück fuhr fort: »Ich versuchte, den eisernen Rolladen hochzuheben. Er war von innen verriegelt … Ich ging durch den Korridor der Kommandantur und öffnete die Tür, die in die Garage führt … Obersturmführer Setzler saß zusammengesunken hinter dem Lenkrad … Ich stellte den Motor ab … Dann zog ich den Körper aus dem Wagen … und schaffte ihn hierher …«

Ich hob den Kopf.

»Allein?«

Lück reckte seine breiten Schultern.

»Allein, Sturmbannführer.«

»Fahren Sie fort!«

»… Ich wandte dann künstliche Atmung an …«

»Warum?«

»Es war klar, daß Obersturmführer Setzler einer Vergiftung durch das Auspuffgas erlegen war …«

Ich tippte diesen Satz, stand auf, tat ein paar Schritte durch das Zimmer und betrachtete Setzler. Er lag der Länge lang auf dem Rücken, die Beine ein wenig gespreizt. Ich blickte auf.

»Was halten Sie davon, Lück?«

»Es ist eine Vergiftung, wie ich sagte, Sturm…«

Ich sagte schroff: »Das meine ich nicht.«

Ich sah ihn an, seine hellblauen Augen trübten sich, und er sagte: »Ich weiß nicht, Sturmbannführer.«

»Sie haben doch eine Ansicht darüber?«

Es entstand ein Schweigen, dann sagte Lück langsam: »Nun, es gibt zwei Annahmen: Es ist Selbstmord oder ein Unfall.« Noch langsamer fuhr er fort: »Was mich angeht, so glaube ich …«

Er stockte, und ich sagte: »… daß es ein Unfall ist.«

Er sagte hastig: »Das glaube ich tatsächlich, Sturmbannführer.«

Ich setzte mich wieder, tippte: »Meiner Meinung nach ist es ein Unfall«, und sagte: »Wollen Sie Ihren Bericht unterschreiben?«

Lück kam um den Schreibtisch herum, ich reichte ihm meinen Füllhalter, und er unterzeichnete, ohne sich auch nur die Zeit zu nehmen, den Bericht zu lesen. Ich hob den Hörer ab.

»Hier der Kommandant. Sagen Sie meinem Chauffeur, er soll hierherkommen.«

Ich hängte ein, und Lück gab mir meinen Füllhalter zurück.

»Sie nehmen das Auto und holen Hauptsturmführer Hagemann und den Lagerarzt. Hauptsturmführer Hagemann ist in meiner Wohnung. Sprechen Sie im Auto nicht über die Angelegenheit.«

»Jawohl, Sturmbannführer.«

Er war schon an der Tür, als ich ihn zurückrief.

»Haben Sie die Leiche durchsucht?«

»Das hätte ich mir nicht erlaubt, Sturmbannführer.«

Ich winkte, und er ging. Ich stand auf, um die Tür hinter ihm abzuriegeln. Dann bückte ich mich und durchsuchte Setzler. In der linken Tasche seiner Uniformjacke fand ich einen an mich adressierten Umschlag. Ich öffnete ihn. Der Brief war mit der Maschine geschrieben und vorschriftsmäßig abgefaßt.

»SS-Obersturmführer Setzler, KZ Auschwitz
an
SS-Sturmbannführer Lang,
Kommandant des KZ Auschwitz

Ich nehme mir das Leben, weil ich den abscheulichen Geruch verbrannten Fleisches nicht mehr ertragen kann.

R. Setzler, SS-Ostuf.«

Ich leerte den Aschenbecher in den Papierkorb, legte den Brief samt Umschlag auf den Aschenbecher und hielt ein Streichholz daran. Als alles verbrannt war, zog ich den Vorhang auf, öffnete das Fenster und verstreute die Asche.

Ich setzte mich wieder an den Schreibtisch, es verging eine Weile, da dachte ich an Setzlers Pistole, ich zog sie aus der Tasche und legte sie in eine der Schubladen. Dann durchsuchte ich alle Schubladen eine nach der andern und fand schließlich, was ich suchte: eine Flasche Schnaps. Sie war kaum angebrochen.

Ich stand auf und goß zwei Drittel davon in die Waschtoilette, dann besprengte ich die Bluse Setzlers vorn und unterhalb des Halses. Ich ließ etwas Wasser in die Waschtoilette fließen, schloß dann die Flasche wieder und stellte sie auf den Schreibtisch. Sie enthielt noch zwei Fingerbreit Schnaps.

Ich entriegelte die Tür, zündete mir eine Zigarette an, setzte mich an den Schreibtisch und wartete. Von da, wo ich saß, konnte ich die Leiche Setzlers nicht sehen. Mein Blick fiel auf seinen Mantel. Er hing über einem Kleiderbügel und der Bügel am Kleiderhaken rechts von der Tür. Zwischen den Schultern war der Stoff ausgebeult, weil Setzler einen gekrümmten Rücken hatte.

Ich hörte Schritte auf dem Korridor. Als erster trat Hagemann ein, mit bleichem, fassungslosem Gesicht. Ihm folgte der Lagerarzt, Hauptsturmführer Benz. Lück stand hinter ihm, ihn um einen ganzen Kopf überragend.

Hagemann stammelte: »Aber wieso? … Wieso? … Ich kann nicht begreifen …«

Benz bückte sich, hob die Augenlider des Toten hoch und schüttelte den Kopf. Dann richtete er sich wieder auf, nahm die Brille ab, wischte sie ab, setzte sie wieder auf, strich mit der Hand über sein glänzendes weißes Haar und setzte sich, ohne ein Wort zu sagen.

Ich sagte: »Sie können gehen, Lück. Ich werde Sie rufen, wenn es nötig sein sollte.«

Lück ging. Hagemann stand unbeweglich da. Er blickte auf die Leiche. Ich sagte: »Natürlich ist es ein entsetzlicher Unglücksfall.« Ich fuhr fort: »Ich werde Ihnen Lücks Bericht vorlesen.«

Ich bemerkte, daß ich die Zigarette noch in der Hand hatte, es war mir peinlich, ich wandte mich ab und zerdrückte sie rasch im Aschenbecher.

Ich las Lücks Bericht vor und wandte mich dann an Benz.

»Wie sehen Sie die Dinge, Benz?«

Benz blickte mich an. Es war klar, daß er mich verstanden hatte.

»Meiner Meinung nach«, sagte er langsam, »ist es ein Unfall.«

»Aber wieso? … Wieso? …«, sagte Hagemann mit verstörter Miene.

Benz wies mit dem Finger auf die Schnapsflasche.

»Er hatte ein bißchen zu sehr gefeiert. Er hat dann den Motor in Gang gesetzt. Die Kälte hat ihn überfallen, er hat eine plötzliche Ohnmacht gehabt und ist daraus nicht wieder aufgewacht.«

»Aber ich verstehe nicht«, sagte Hagemann keuchend, »für gewöhnlich trank er kaum etwas …«

Benz zuckte die Achseln.

»Sie brauchen ja bloß zu riechen.«

»Aber wenn ich mir erlauben darf«, sagte Hagemann keuchend, »da ist trotzdem noch etwas … etwas Sonderbares … Warum hat Setzler nicht einen Chauffeur gerufen, wie das sonst stets geschieht? Er hatte doch keinen Grund, den Motor selbst in Gang zu setzen …«

Ich sagte schroff: »Sie wissen doch wohl, daß Setzler nichts wie andere Leute tat.«

»Ja, ja«, sagte Hagemann, »er war ein Künstler sozusagen …«

Er blickte mich an und sagte hastig: »Natürlich glaube ich auch, daß es ein Unfall ist.«

Ich stand auf.

»Ich beauftrage Sie, Frau Setzler nach Hause zu bringen und sie in Kenntnis zu setzen. Nehmen Sie das Auto! Benz, ich möchte Ihren Bericht gleich morgen früh haben, um ihn meinem beizufügen.«

Benz stand auf und nickte. Sie gingen weg, ich telefonierte ins Lazarett, sie sollten einen Krankenwagen schicken, setzte mich an den Schreibtisch und begann, meinen Bericht zu tippen.

Sobald die Krankenträger die Leiche fortgebracht hatten, brannte ich mir eine Zigarette an, öffnete das Fenster ganz weit und fing wieder an zu tippen.

Ein wenig später nahm ich den Hörer ab und rief Obersturmführer Pick in seiner Wohnung an. Eine Frauenstimme antwortete. Ich sagte: »Hier Sturmbannführer Lang. Könnten Sie Ihren Mann rufen, Frau Pick?«

Ich hörte das Geräusch, das der Hörer machte, als sie ihn auf den Tisch legte, dann das Geräusch von Schritten. Die Schritte verhallten, irgendwo klappte eine Tür, dann trat Stille ein. Plötzlich sagte eine kalte, ruhige Stimme ganz nahe an meinem Ohr: »Obersturmführer Pick.«

»Ich habe Sie doch nicht geweckt, Pick?«

»Keineswegs, Sturmbannführer. Wir sind eben nach Hause gekommen.«

»Sie sind auf dem laufenden?«

»Ich bin auf dem laufenden, Sturmbannführer.«

Ich fuhr fort: »Pick, ich erwarte Sie morgen früh um sieben in meinem Büro.«

»Ich werde dort sein, Sturmbannführer.«

Ich setzte noch hinzu: »Ich beabsichtige, Ihren Dienst zu ändern.«

Es entstand ein Schweigen, und die Stimme erwiderte: »Zu Befehl, Sturmbannführer.«

Die zwei großen Zwillingskrematorien waren einige Tage vor der festgesetzten Frist fertig, und am 18. Juli 1942 kam der Reichsführer persönlich, um sie einzuweihen.

Die Dienstwagen sollten um zwei Uhr nachmittags in Birkenau eintreffen. Um halb vier waren sie noch nicht da, und diese Verspätung hätte beinahe einen ernsten Zwischenfall entstehen lassen.

Ich wünschte natürlich, daß die Sonderaktion in Gegenwart des Reichsführers ohne Anstoß abrollen sollte. Aus diesem Grunde hatte ich nicht die Untauglichen des Lagers als Patienten verwenden wollen. Sie waren in der Tat schwieriger zu behandeln als Lagerfremde, da die Bestimmung der Zwillingskrematorien ihnen jetzt wohl bekannt war. Ich hatte es mir also angelegen sein lassen, aus einem polnischen Getto einen Transport von zweitausend Juden kommen zu lassen. Dieser war kurz vor Mittag in ganz leidlichem Zustand angekommen, und ich hatte ihn unter Bewachung von SS-Männern mit Hunden im großen inneren Hof des Krematoriums I untergebracht. Zehn Minuten vor zwei Uhr hatte man den Juden angekündigt, daß sie ein Bad nehmen sollten, da aber der Reichsführer noch immer nicht kam und die Wartezeit sich hinauszog, wurden die Juden, denen die glühende Hitze im Hofe sehr lästig war, nervös und unruhig, verlangten zu trinken und zu essen und fingen sogar an, sich zu erregen und zu schreien.

Pick verlor seine Kaltblütigkeit nicht. Er rief mich an und hielt aus einem der Fenster des Krematoriums mit Hilfe eines Dolmetschers eine Ansprache an die Menge. Er erklärte, daß der Kessel der Duschen entzwei sei und man dabei wäre, ihn zu reparieren. Mittlerweile kam ich dazu, ich ließ sofort Eimer voll Wasser bringen, damit die Juden trinken konnten, ich versprach ihnen, daß man nach der Dusche Brot verteilen würde, und rief Hagemann an, er solle sein Häftlingsorchester kommen lassen. Ein paar Minuten später war es da, die Musiker stellten sich in einer Ecke des Hofes auf und fingen an, Wiener und polnische Weisen zu spielen. Ich weiß nicht, ob es die Musik allein war, die sie beruhigte, oder ob auch die Tatsache, daß man ihnen vorspielte, sie über unsere Absichten in Sicherheit wiegte, aber allmählich verebbte der Tumult, die Juden hörten auf, sich zu erregen, und ich war überzeugt, daß, wenn Himmler ankäme, sie keine Schwierigkeiten machen würden, in den unterirdischen Auskleideraum hinabzusteigen.

Weniger sicher war ich, soweit es das Hinüberwechseln vom Auskleideraum in den »Duschraum« betraf. Seitdem die Krematorien fertiggestellt waren, hatte ich mehrmals die Sonderaktion vornehmen lassen, und drei- oder viermal hatte ich in dem Augenblick, in dem die Menge in den »Duschraum« hineinströmte, eine lebhafte rückläufige Bewegung beobachtet, die man natürlich mit Kolbenstößen und indem man die Hunde losließ, zum Stillstand brachte. Das Ende der Herde hatte dann nach vorn gedrängt, Frauen und Kinder waren niedergetrampelt worden, und das Ganze war von Geschrei und Schlägen begleitet.

Es wäre natürlich ärgerlich gewesen, wenn ein Zwischenfall dieser Art den Besuch des Reichsführers gestört hätte. Doch fühlte ich mich zunächst machtlos, ihm zu begegnen, denn ich sah nicht, worauf die rückläufige Bewegung zu schieben war, wenn nicht auf einen dunklen Instinkt, denn der »Duschraum« mit seinem mächtigen vorgetäuschten Röhrenwerk, seinen Abflußrinnen und den zahlreichen Brausen hatte durchaus nichts an sich, was Verdacht hätte erwecken können.

Schließlich bestimmte ich, daß am Tage des Besuchs Himmlers die Scharführer zusammen mit den Juden in den Duschraum gehen und kleine Seifenstückchen an sie verteilen sollten. Zugleich befahl ich den Dolmetschern, die Nachricht davon im Auskleideraum zu verbreiten, während die Häftlinge sich auszogen. Ich wußte sehr gut, daß für die Häftlinge das kleinste Stück Seife ein köstlicher Schatz war, und ich rechnete darauf, sie damit zu locken.

Diese List war ein voller Erfolg. Sobald Himmler angekommen war, gingen Scharführer mit großen Kartons durch die Menge, die Dolmetscher schrien die Ankündigung in die Lautsprecher, ein Gemurmel der Befriedigung erhob sich, das Auskleiden geschah in Rekordzeit, und alle Juden eilten mit fröhlicher Geschäftigkeit in die Gaskammer.

Die Scharführer gingen einer nach dem anderen heraus, sie zählten ab, und Pick schloß die schwere Eichentür. Ich fragte den Reichsführer, ob er durch das Guckfenster blicken wollte. Er nickte, ich trat beiseite, und in demselben Augenblick begannen die Schreie und die dumpfen Schläge gegen die Wände. Himmler sah auf seine Uhr, beschattete das Uhrglas mit der Hand und sah eine ganze Weile zu. Sein Gesicht war völlig teilnahmslos. Nach einiger Zeit gab er den Offizieren seines Gefolges ein Zeichen, daß sie auch durchsehen könnten.

Darauf führte ich ihn in den Hof des Krematoriums und zeigte ihm die Betonkanäle, durch die die Kristalle hineingeworfen worden waren. Das Gefolge Himmlers kam dazu, ich nahm die ganze Gruppe in die Heizungsanlage mit und setzte meine Erklärungen fort. Nach einer Weile ertönte ein schrilles Klingeln, und ich sagte: »Das ist Pick, der den Ventilator verlangt, Reichsführer. Die Vergasung ist beendet.« Der damit Beauftragte legte einen Hebel um, ein mächtiges dumpfes Brummen erschütterte die Luft, und Himmler sah von neuem auf die Uhr.

Wir gingen wieder in die Gaskammer. Ich zeigte der Gruppe die Säulen aus durchlöchertem Blech, wobei ich nicht zu erwähnen vergaß, daß ich sie Pick verdankte. Häftlinge des Sonderkommandos in hohen Gummistiefeln leiteten mächtige Wassergüsse auf die Leichenhaufen. Ich erklärte Himmler den Grund dafür. Hinter meinem Rücken flüsterte ein Offizier des Gefolges spöttisch: »Na, da kriegen sie ja trotz allem noch eine Dusche.«

Man hörte unterdrücktes Lachen.

Himmler wandte sich nicht um, und sein Gesicht blieb teilnahmslos.

Wir gingen wieder ins Erdgeschoß hinauf, in den Teil, in dem sich die Öfen befanden. Gerade in diesem Augenblick kam der Aufzug Nr. 2 an, und die Häftlinge des Sonderkommandos begannen, die Leichen auf die Wagen zu legen. Diese fuhren dann an einem Kommando vorbei, das die Ringe einsammelte, einem Kommando von Friseuren, die das Haar abschnitten, und einem Kommando von Zahnärzten, welche die Goldzähne ausrissen. Ein viertes Kommando warf die Leichen in die Öfen. Himmler beobachtete den ganzen Vorgang in jeder Phase, ohne ein Wort zu sagen. Er hielt sich etwas länger bei den Zahnärzten auf. Ihre Geschicklichkeit war bemerkenswert.

Ich führte Himmler dann in die Sezier- und Forschungsräume des Krematoriums I. Das lebhafte Interesse des Reichsführers für die Wissenschaft war mir bekannt, ich hatte darauf die höchste Sorgfalt verwandt, und die Gesamtheit der Räume und Laboratorien hätte in der Tat der modernsten Universität Ehre gemacht. Der Reichsführer besichtigte alles sehr eingehend, hörte aufmerksam meine Erklärungen an, aber er machte keine Bemerkung, und sein Gesicht verriet nichts.

Als wir das Krematorium verließen, beschleunigte der Reichsführer seinen Schritt, und ich verstand, daß er nicht die Absicht hatte, das Lager zu besichtigen. Er ging so schnell, daß sein Stab nicht mitkam, und ich hatte selbst einige Mühe, ihm zu folgen.

An seinem Wagen angekommen, blieb er stehen, drehte sich zu mir um, seine Augen hefteten sich über meinen Kopf hinweg auf einen Punkt irgendwo im Raum, und er sagte langsam und wie automatisch: »Es ist eine harte Aufgabe, aber wir müssen sie erfüllen.«

Ich straffte mich und sagte: »Jawohl, Reichsführer.«

Ich grüßte, er erwiderte meinen Gruß und stieg in seinen Wagen.

Nach zwölf Tagen, genau am 30. Juli, erhielt ich aus Berlin das folgende Schreiben:

»Nach Mitteilung des Chefs der Amtsgruppe D hat der Reichsführer SS im Verfolg seines Besuches vom 18. Juli 1942 im KZ Auschwitz den Lagerkommandanten, SS-Sturmbannführer Rudolf Lang, mit Wirkung vom 18. Juli zum Obersturmbannführer befördert.«

Ich begann unverzüglich die Bauarbeiten an den beiden anderen Krematorien. Dank der erworbenen Erfahrungen beim Bau ihrer Vorgänger war ich sicher, sie vor dem vorgeschriebenen Datum fertigzustellen. Das Bedürfnis dafür war übrigens spürbar, denn sofort nach dem Besuch des Reichsführers begann das RSHA, mir in einem so beschleunigten Tempo Transporte zu schicken, daß die Zwillingskrematorien ihrer Aufgabe kaum gewachsen waren. Da nur die Untauglichen vergast wurden, vergrößerte der Rest den schon zu hohen Bestand des Lagers, der Gesundheitszustand und die Ernährung wurden mit jedem Tag kläglicher, und Epidemien – besonders Scharlach,

Diphtherie und Typhus – folgten einander unaufhörlich. Die Lage war hoffnungslos, weil die Fabriken, die im Bezirk wie Pilze aus der Erde zu schießen begannen – angelockt durch die reichlichen und billigen Arbeitskräfte, die für sie die Häftlinge darstellten –, damals im Vergleich zu der riesigen Bevölkerung der Lager nur einen geringen Teil des Bestandes verbrauchten.

Ich bat also von neuem und wiederholt das RSHA, man solle mir weniger Transporte schicken, aber alle meine Vorstellungen blieben erfolglos, und ich erfuhr durch Indiskretion eines Büros, daß nach dem förmlichen Befehl des Reichsführers jeder SS-Führer, der willentlich oder unwillentlich das Programm der Ausrottung verlangsame, sei es auch noch so geringfügig, erschossen werden würde. Tatsächlich mußten die Judentransporte überall als vorrangig behandelt werden und sogar den Waffen- und Truppentransporten an die russische Front vorangehen.

Es blieb nichts anderes übrig, als sich zu fügen. Doch nicht ohne Mißbehagen sah ich die Lager, die ich zu Anfang musterhaft organisiert hatte, von Woche zu Woche mehr in ein unbeschreibliches Chaos geraten. Die Häftlinge starben wie die Fliegen, Epidemien töteten fast ebensoviel Menschen wie die Gaskammern, und vor den Baracken häuften sich die Leichen so schnell, daß die Sondermannschaften, die sie in die Krematorien schafften, überlastet waren.

Am 16. August unterrichtete mich ein Telefonanruf aus Berlin, daß Standartenführer Kellner ermächtigt worden sei, informationshalber die Einrichtungen von Birkenau zu besichtigen, und am nächsten Tag kam Kellner tatsächlich ganz früh am Morgen im Auto an, ich machte ihm die Honneurs, er zeigte sich sehr interessiert für die Sonderaktion und die Einrichtung der Krematorien, und zu Mittag nahm ich ihn zum Essen mit nach Hause.

Wir nahmen im Salon Platz und warteten darauf, daß das Mädchen uns ankündigte, das Essen sei aufgetragen. Nach einer Weile erschien Elsie. Kellner sprang auf, schlug die Hacken zusammen, ließ sein Monokel verschwinden, beugte sich tief und küßte ihr die Hand. Danach setzte er sich ebenso schnell wieder, wie er aufgestanden war, wandte sein Gesicht dem Fenster zu, so daß sein vollendetes Profil zu sehen war, und sagte: »Und wie finden Sie Auschwitz, gnädige Frau?«

Elsie öffnete den Mund. Er fuhr aber gleich fort: »Ja, ja. Natürlich dieser unangenehme Geruch ...«, er machte eine kleine Geste mit der Hand, »... und all das. Aber ich versichere Ihnen, wir haben in Culmhof dieselben kleinen Unannehmlichkeiten ...«

Er setzte sein Monokel wieder ein und blickte sich mit interessierter und freundlicher Miene um.

»Aber Sie sind schön eingerichtet ... Sie sind bemerkenswert schön eingerichtet, gnädige Frau.«

Er warf einen Blick durch die Glastür ins Eßzimmer.

»Und ich stelle fest, daß Sie ein geschnitztes Büfett haben.«

»Wollen Sie es sehen, Standartenführer?« fragte Elsie.

Wir gingen ins Eßzimmer, Kellner stellte sich vor das Büfett und betrachtete lange die Schnitzereien.

»Ein religiöses Sujet ...«, sagte er und kniff die Augen zusammen, »... Ausdruck von Angst ... jüdisch-christliche Auffassung des Todes ...«, er machte eine kleine Handbewegung, »und all dieser alte Kram ... Wohlgemerkt, der Tod hat nur Bedeutung, wenn man wie sie ein Jenseits annimmt ... Aber welche Vollendung, mein Lieber! Was für eine Ausführung!«

Ich sagte: »Ein polnischer Jude hat es gemacht, Standartenführer.«

»Ja, ja«, sagte Kellner, »nichtsdestoweniger muß er eine kleine Dosis nordischen Blutes in seinen Adern haben. Sonst hätte er nie diese wunderbare Arbeit ausführen können. Die Juden sind hundertprozentig unfähig zu schöpferischen Leistungen, das wissen wir seit langem.«

Er strich mit seinen gepflegten Händen leicht und zärtlich über die Schnitzereien.

»Charakteristische Häftlingsarbeit«, fuhr er fort. »Sie wissen nicht, ob sie ihr Werk um einen Tag überleben ... Und für sie hat natürlich der Tod Bedeutung ... Sie haben im Leben diese unedle Hoffnung ...«

Er schnitt ein Gesicht, und ich fragte verlegen: »Glauben Sie, Standartenführer, daß ich es dem Juden hätte verbieten sollen, ein religiöses Sujet zu behandeln?«

Er wandte sich zu mir und fing an zu lachen.

»Haha! Lang«, sagte er mit einer boshaften Miene, »ahnten Sie denn nicht, daß Ihr Büfett im Widerspruch zur Lehrmeinung steht ...«

Er betrachtete das Möbelstück noch einmal, indem er seinen Kopf zur Seite drehte, und seufzte: »Sie haben Glück mit Ihrem Lager, Lang. Unter der großen Zahl haben Sie zwangsläufig richtige Künstler.«

Wir nahmen am Tisch Platz, und Elsie sagte: »Aber ich dachte, Sie hätten auch ein Lager unter sich, Standartenführer.«

»Das ist etwas anderes«, sagte Kellner, während er seine Serviette entfaltete, »ich habe keine ständigen Häftlinge wie Ihr Gatte. Meine sind alle ...«, er lachte leicht, »... Zugvögel.«

Elsie sah ihn erstaunt an, und er fuhr sogleich fort: »Hoffentlich fehlt Ihnen das Vaterland nicht allzusehr, gnädige Frau? Polen ist ein trauriges Land, nicht wahr? Aber es wird nicht mehr allzulange dauern, glaube ich. Bei dem Tempo, in dem unsere Truppen vorgehen, werden sie binnen kurzem im Kaukasus sein, und der Krieg wird sich nicht mehr lange hinziehen.«

Ich sagte: »Diesmal werden wir vor dem Winter fertig sein. Das glaubt jeder hier, Standartenführer.«

»In zwei Monaten«, sagte Kellner mit fester Stimme.

»Noch etwas Fleisch, Standartenführer?« sagte Elsie.

»Nein, danke, gnädige Frau. In meinem Alter ...«, er lachte leicht, »... muß man anfangen, an seine Linie zu denken.«

»Oh! Sie sind doch noch jung, Standartenführer«, sagte Elsie mit liebenswürdiger Miene.

Er wandte sein scharfes Profil dem Fenster zu.

»Richtig«, sagte er melancholisch, »ich bin noch jung ...«

Ein Schweigen entstand, und er fuhr dann fort: »Und Sie, Lang, was werden Sie nach dem Kriege machen? Es wird nicht immer Lager geben, wollen wir hoffen.«

»Ich gedenke vom Reich ein Gut im Ostraum zu erbitten, Standartenführer.«

»Mein Mann«, sagte Elsie, »war Pächter bei Oberst Baron von Jeseritz in Pommern. Wir bebauten etwas Land und züchteten Pferde.«

»Ach, wirklich!« sagte Kellner. Er spielte mit seinem Monokel und sah mich verständnisvoll an. »Ackerbau! Pferdezucht! Sie haben mehr als einen Pfeil im Köcher, Lang.«

Er wandte sein Gesicht dem Fenster zu, und seine Züge wurden würdevoll und streng.

»Sehr gut«, sagte er in ernstem Ton, »sehr gut, Lang! Das

Reich wird Kolonisten brauchen, wenn die Slawen ...«, er lachte leicht, »... verschwunden sein werden. Sie werden ... Wie war gleich der Ausdruck des Reichsführers? ... der deutsche Musterpionier des Ostraums sein. – Übrigens«, setzte er hinzu, »glaube ich, daß er das von Ihnen gesagt hat.«

»Hat er das wirklich«, sagte Elsie mit leuchtenden Augen, »von meinem Mann gesagt?«

»Aber ja, gnädige Frau«, sagte Kellner höflich, »ich glaube wohl, daß es sich um Ihren Gatten handelte. Ich bin sogar sicher, wenn ich jetzt darüber nachdenke. Der Reichsführer urteilt gerecht.«

»Oh!« sagte Elsie. »Ich freue mich für Rudolf. Er arbeitet so viel. Er ist in allem so gewissenhaft.«

Ich sagte: »Aber Elsie!«

Kellner fing an zu lachen, sah uns nacheinander gerührt an und hob seine gepflegten Hände.

»Es ist eine Freude, gnädige Frau, sich in einer echten deutschen Familie zu befinden!

Ich bin Junggeselle«, fuhr er mit schwermütiger Miene fort. »Ich fühlte mich nicht berufen, gewissermaßen. Aber in Berlin habe ich Freunde, die sehr glücklich verheiratet sind.«

Er dehnte den Schluß seines Satzes. Wir standen auf und gingen in den Salon, um den Kaffee dort zu trinken. Der Kaffee war richtiger Kaffee, den Hagemann aus Frankreich erhalten und von dem er Elsie ein Päckchen geschenkt hatte.

»Großartig!« sagte Kellner. »Sie leben in Auschwitz wirklich wie Gott in Frankreich. Das Lagerleben hat sein Gutes ... Wenn nur nicht ...«, er zog ein angewidertes Gesicht, »... all dieses Häßliche wäre.«

Er rührte gedankenverloren mit dem Löffel in seiner Tasse.

»Die größte Unannehmlichkeit der Lager ist die Häßlichkeit. Ich stellte diese Überlegung heute morgen an, Lang, als Sie mir die Sonderaktion zeigten. Alle diese Juden ...«

Ich sagte rasch: »Entschuldigen Sie, Standartenführer! Elsie, würdest du die Liköre holen?«

Elsie sah mich erstaunt an, stand auf und ging ins Eßzimmer. Kellner hob den Kopf nicht. Er rührte immer noch mit seinem Kaffeelöffel. Elsie ließ die Glastür hinter sich halb offen stehen.

»Wie häßlich sie sind!« fuhr Kellner fort, die Augen auf die

Tasse geheftet. »Ich habe sie betrachtet, als sie in die Gaskammer gingen. Was für ein Anblick! Die nackten Gestalten! Besonders die Frauen ...«

Ich sah ihn verzweifelt an. Er blickte nicht auf.

»Und die Kinder ... so mager ... mit ihren kleinen Affengesichtern ... so groß wie meine Faust ... Diese Gerippe! Sie sahen wirklich scheußlich aus ... Und als die Vergasung losging ...«

Ich sah Kellner an und blickte bestürzt nach der Tür. Schweiß floß mir an der Hüfte herunter, ich konnte nicht sprechen.

»Was für gemeine Stellungen!« fuhr er fort, indem er langsam, mechanisch mit seinem Löffel den Kaffee umrührte. »Wahrhaftig ein Gemälde von Breughel! Schon weil sie so häßlich sind, verdienen sie den Tod. Und wenn man daran denkt ...«, er lachte, »... wenn man daran denkt, daß sie nach dem Tod noch schlechter riechen als zu ihren Lebzeiten!«

Ich handelte mit unerhörter Kühnheit. Ich berührte sein Knie. Er fuhr zusammen, ich neigte mich hastig zu ihm hinüber, wies mit dem Kopf nach der halboffenen Tür und flüsterte rasch: »Sie weiß von nichts.«

Er öffnete den Mund und hielt einen Augenblick verblüfft den Löffel mit den Fingerspitzen in der Schwebe. Ein Schweigen entstand, und dieses Schweigen war schlimmer als alles.

»Breughel«, fuhr er mit veränderter Stimme fort, »kennen Sie Breughel, Lang? Nicht Breughel den Älteren ... nein, auch nicht den anderen ... sondern den Höllenbreughel, wie man ihn nannte ... weil er die Hölle malte ...«

Ich blickte in meine Tasse. Ein Geräusch von Schritten erklang, die Glastür klappte, und ich machte eine verzweifelte Anstrengung, nicht aufzublicken.

»Stellen Sie sich vor, er liebte es, die Hölle zu malen«, fuhr er mit lauter Stimme fort. »Er hatte eine Art Begabung für das Makabre ...«

Elsie setzte das Tablett mit den Likören auf das niedrige Tischchen, und ich sagte mit übertriebener Höflichkeit: »Danke, Elsie.«

Ein Schweigen trat ein, und Kellner warf mir einen Blick zu.

»Oh! oh!« sagte er mit erzwungener Heiterkeit. »Noch mehr gute Sachen! Und sogar französische Liköre, wie ich sehe.«

Mit Anstrengung sagte ich: »Hauptsturmführer Hagemann erhält sie, Standartenführer. Er hat Freunde in Frankreich.«

Meine Stimme klang trotz allem verändert. Ich streifte Elsie mit einem Blick. Sie hatte die Augen niedergeschlagen, und ihr Gesicht verriet nichts. Die Unterhaltung stockte wieder. Kellner sah Elsie an und sagte: »Ein wunderbares Land, Frankreich, gnädige Frau.«

»Kognak, Standartenführer?« sagte Elsie mit ruhiger Stimme.

»Nur ein wenig, gnädige Frau, Kognak muß …«, er hob eine Hand, »… auf französische Weise genossen werden. Nur ein wenig auf einmal und langsam. Unsere Tölpel drüben müssen immer das ganze Glas auf einmal hinunterstürzen …«

Er hatte dabei ein Lachen, das mir gezwungen vorkam, dann warf er mir einen Blick zu, und ich verstand, daß er Lust hatte zu gehen.

Elsie bediente ihn, dann füllte sie mein Glas zur Hälfte. Ich sagte: »Danke, Elsie.«

Sie blickte nicht auf. Von neuem entstand ein Schweigen.

»Im ›Maxim‹«, begann Kellner wieder, »trinken sie ihn aus großen dickbauchigen Gläsern … so …«

Er deutete die Form der Gläser in der Luft mit beiden Händen an. Wieder trat Schweigen ein, und er sagte mit verlegener Miene: »Paris ist wunderbar, gnädige Frau. Ich muß gestehen …«, er lachte wieder, »… daß ich zuweilen Herrn Abetz sehr beneide.«

Er sprach noch ein Weilchen vom »Maxim« und von Paris, dann stand er auf und verabschiedete sich. Ich bemerkte, daß er sein Glas nicht einmal ausgetrunken hatte. Wir ließen Elsie im Salon zurück, ich ging mit Kellner die Freitreppe hinunter und brachte ihn zu seinem Wagen.

Der Wagen fuhr los, ich bedauerte, daß ich nicht meine Mütze mitgenommen hatte. Ich wäre sonst sofort weggefahren.

Ich stieg langsam die Treppe wieder hinauf, stieß die Haustür auf und schritt leise über die Diele. Mit Erstaunen sah ich, daß meine Mütze nicht mehr auf dem Tischchen lag.

Ich öffnete die Tür meines Arbeitszimmers und blieb betroffen stehen. Elsie stand da, aufrecht, blaß, mit der linken Hand auf eine Stuhllehne gestützt. Ich schloß mechanisch die Tür hinter mir und wandte den Kopf ab. Die Mütze lag auf meinem Tisch.

Eine volle Sekunde verstrich, ich ergriff meine Mütze und wollte gehen. Elsie sagte: »Rudolf!«

Ich drehte mich um. Ihr Blick erschreckte mich.

»So«, sagte sie, »das also tust du!«

Ich wandte den Kopf.

»Ich weiß nicht, was du damit sagen willst.«

Ich wollte kehrtmachen, hinausgehen, das Gespräch abbrechen. Aber ich stand da wie erstarrt, wie gelähmt. Ich konnte sie nicht einmal ansehen.

»So«, sagte sie mit leiser Stimme, »du vergast sie! … Und dieser entsetzliche Geruch kommt von ihnen her!«

Ich öffnete den Mund, aber ich konnte nicht sprechen.

»Die Schornsteine!« fuhr sie fort. »Ich begreife jetzt alles.«

Ich blickte zu Boden und sagte: »Selbstverständlich verbrennen wir die Toten. Man hat in Deutschland schon immer Leichen verbrannt, das weißt du doch. Das ist eine Frage der Hygiene. Dagegen ist nichts zu sagen. Besonders bei Epidemien.«

Sie schrie: »Du lügst! Du vergast sie!«

Ich hob bestürzt den Kopf.

»Ich lüge? Elsie! Wie kannst du wagen …«

Sie fuhr fort, ohne auf mich zu hören:

»Männer, Frauen, Kinder … alle durcheinander … nackt … und die Kinder sehen aus wie kleine Affen …«

Ich richtete mich steif auf.

»Ich weiß nicht, was du da redest.«

Ich machte eine heftige Anstrengung, und es gelang mir, mich wieder zu bewegen. Ich drehte mich um und tat einen Schritt auf die Tür zu. Sogleich überholte sie mich mit verblüffender Schnelligkeit, stürzte an die Tür und lehnte sich dagegen.

»Du!« sagte sie. »Du!«

Sie zitterte am ganzen Leibe. Mit weit aufgerissenen, funkelnden Augen starrte sie mich an

Ich rief: »Wenn du glaubst, daß ich das gern tue!«

Und sofort versank ich in einer Flut von Scham. Ich hatte den Reichsführer verraten. Ich hatte meiner Frau ein Staatsgeheimnis enthüllt.

»Es ist also wahr«, rief Elsie, »du tötest sie!«

Sie wiederholte weinend: »Du tötest sie!«

Blitzschnell ergriff ich sie bei den Schultern, legte ihr meine Hand auf den Mund und sagte: »Leiser, Elsie, ich bitte dich, leiser!«

Ihre Augen blitzten, sie machte sich los, ich zog meine Hand zurück, sie horchte, und wir lauschten einen Augenblick auf die Geräusche im Hause, regungslos, schweigend, schuldbewußt. Mit leiser, normaler Stimme sagte sie: »Frau Müller ist ausgegangen, glaube ich.«

»Und das Dienstmädchen?«

»Sie wäscht im Kellergeschoß. Und die Kinder halten Mittagsruhe.«

Wir horchten noch einen Augenblick schweigend, dann wandte sie den Kopf, sah mich an, und es war, als ob sie sich plötzlich darauf besann, wer ich war. Abscheu prägte sich von neuem auf ihren Zügen aus, und sie drückte sich wieder gegen die Tür.

Ich sagte mit äußerster Anstrengung: »Hör zu, Elsie. Du mußt es verstehen. Es sind nur Arbeitsunfähige. Und es gibt nicht genug Nahrungsmittel für alle. Es ist für sie viel besser ...«

Ihre Augen waren hart und unversöhnlich auf mich gerichtet. Ich fuhr fort: »... auf diese Weise mit ihnen zu verfahren ... als sie Hungers sterben zu lassen.«

»Das also«, sagte sie leise, »hast du dir ausgedacht!«

»Aber ich doch nicht! Ich bin daran unbeteiligt. Es ist Befehl!«

Sie sagte verächtlich: »Wer hätte einen solchen Befehl geben können?«

»Der Reichsführer.«

Angst preßte mir das Herz zusammen. Noch einmal hatte ich den Reichsführer verraten.

»Der Reichsführer!« sagte Elsie.

Ihre Lippen fingen an zu beben, und sie sagte mit tonloser Stimme. »Ein Mann ... dem die Kinder so zutraulich entgegengingen!« Sie stammelte: »Aber warum? Warum?«

Ich hob die Schultern.

»Das kannst du nicht verstehen. Diese Fragen gehen über deinen Horizont. Die Juden sind unsere schlimmsten Feinde, das weißt du doch. Sie sind es, die den Krieg entfesselt haben. Wenn wir sie jetzt nicht liquidieren, werden sie später das deutsche Volk ausrotten.«

»Aber das ist doch unsinnig!« sagte sie mit unerhörter Heftigkeit. »Wie könnten sie uns ausrotten, da wir doch den Krieg gewinnen werden?«

Ich sah sie mit offenem Munde an. Daran hatte ich noch nie gedacht. Ich wußte nicht mehr, was ich denken sollte. Ich wandte den Kopf ab und sagte nach einer Weile: »Es ist Befehl.«

»Aber du konntest um einen anderen Auftrag bitten.«

Ich sagte mit Nachdruck: »Ich habe es getan. Ich meldete mich an die Front. Der Reichsführer wollte nicht.«

»Nun«, sagte sie mit leiser Stimme und mit unglaublicher Heftigkeit, »dann mußtest du dich weigern zu gehorchen.«

Ich schrie fast: »Elsie!«

Und eine Sekunde lang war ich außerstande, die Sprache wiederzufinden.

»Aber«, sagte ich, die Kehle war mir wie zugeschnürt, »aber Elsie! ... was du da sagst, das ... ist wider die Ehre!«

»Und was du tust?«

»Ein Soldat, der sich weigert zu gehorchen! Und außerdem hätte das nichts geändert! Man hätte mich degradiert, gemartert, erschossen ... Und was wäre aus dir geworden? Und aus den Kindern?«

»Ach!« sagte Elsie. »Einerlei ...«

Ich unterbrach sie. »Aber das hätte auch nichts genützt. Wenn ich mich geweigert hätte zu gehorchen, hätte es an meiner Stelle irgendein anderer getan.«

Ihre Augen funkelten.

»Ja, aber du«, sagte sie, »du wenigstens hättest es nicht getan.«

Ich sah sie bestürzt und stumpfsinnig an. In meinem Geist herrschte völlige Leere.

»Aber Elsie ...«, sagte ich.

Ich konnte nicht mehr denken. Ich straffte mich, bis mir sämtliche Muskeln weh taten, blickte starr vor mich hin, und ohne Elsie anzusehen, ohne sie überhaupt zu sehen, ohne irgend etwas zu sehen, brachte ich mit Mühe heraus: »Es ist Befehl.«

»Befehl!« sagte Elsie spöttisch.

Und plötzlich barg sie den Kopf in ihren Händen. Nach einer Weile näherte ich mich ihr und faßte sie an den Schultern. Sie erbebte heftig, stieß mich mit aller Kraft zurück und sagte mit tonloser Stimme: »Rühr mich nicht an!«

Mir fingen die Beine an zu zittern, und ich rief: »Du hast

kein Recht, mich so zu behandeln. Alles, was ich im Lager tue, tue ich auf Befehl. Ich bin nicht dafür verantwortlich.«

»Du bist es, der es tut!«

Ich sah sie verzweifelt an.

»Du verstehst das nicht, Elsie. Ich bin nur ein Stück des Räderwerks, nichts weiter. Wenn im Heer ein Vorgesetzter einen Befehl gibt, ist er dafür verantwortlich, und nur er allein. Wenn der Befehl schlecht ist, wird der Vorgesetzte bestraft, nie der, der ihn ausführt.«

»So«, sagte sie mit vernichtender Langsamkeit, »das ist der Grund, weshalb du gehorchst. Du wußtest, daß, wenn die Sache schlecht ausgeht, du nicht bestraft werden würdest.«

Ich schrie: »Daran habe ich nie gedacht. Nur, daß es mir unmöglich ist, einem Befehl nicht zu gehorchen. Begreife es doch! Es ist mir physisch unmöglich.«

»Also«, sagte sie mit erschreckender Ruhe, »wenn man dir den Befehl gäbe, den kleinen Franz zu erschießen, würdest du es tun.«

Ich sah sie bestürzt an.

»Aber das ist doch Wahnsinn! Niemals wird man mir einen solchen Befehl geben.«

»Und warum nicht?« sagte sie mit einem wilden Lachen. »Man hat dir befohlen, kleine jüdische Kinder zu töten. Warum nicht auch deine? Warum nicht Franz?«

»Hör doch auf! Der Reichsführer wird mir niemals einen solchen Befehl geben. Niemals. Es ist …«

Ich wollte sagen: ›Es ist undenkbar!‹, aber plötzlich blieben mir die Worte im Halse stecken. Ich erinnerte mich mit Entsetzen, daß der Reichsführer den Befehl gegeben hatte, seinen eigenen Neffen zu erschießen.

Ich senkte die Augen. Es war zu spät.

»Du bist dir dessen nicht sicher«, sagte Elsie mit entsetzlicher Geringschätzung, »siehst du, du bist dir dessen nicht sicher. Und wenn der Reichsführer dir sagte, du sollst Franz töten, würdest du es tun.«

Sie entblößte zur Hälfte ihre Zähne, sie schien sich zu sammeln, und ihre Augen begannen in einem wilden, tierischen Glanz zu leuchten. Die so ruhige, sanfte Elsie … Ich blickte sie an, von so viel Haß wie gelähmt, an den Boden genagelt.

»Du würdest es tun!« sagte sie heftig. »Du würdest es tun.«

Ich weiß nicht, was dann geschah. Ich schwöre, daß ich antworten wollte: ›Natürlich nicht!‹, ich schwöre, daß ich die lautere und ausdrückliche Absicht dazu hatte, aber statt dessen blieben mir plötzlich die Worte in der Kehle stecken, und ich sagte: »Natürlich.«

Ich glaubte, sie wollte sich auf mich stürzen. Eine endlose Zeit verging. Sie blickte mich an. Ich konnte nicht mehr sprechen. Ich wünschte verzweifelt, das Gesagte zurückzunehmen, mich zu erklären ... Die Zunge klebte mir am Gaumen.

Sie drehte sich um, öffnete die Tür, ging hinaus, und ich hörte sie schnell die Treppe hinauflaufen.

Nach einer Weile zog ich langsam das Telefon heran, wählte die Nummer des Lagers, befahl den Wagen und ging hinaus. Meine Beine waren weich und kraftlos. Ich hatte Zeit, ein paar hundert Meter zu Fuß zu gehen, bevor mich das Auto traf.

Ich war kaum einige Minuten in meinem Büro, als die Klingel des Telefons ertönte.

Ich nahm den Hörer ab.

»Obersturmbannführer?« fragte eine kalte Stimme.

»Ja?«

»Pick, im Krematorium II. Ich melde, Obersturmbannführer, die Juden des Transports 26 haben revoltiert.«

»Was?«

»Die Juden des Transports 26 haben revoltiert. Sie haben sich auf die Scharführer gestürzt, die das Auskleiden überwachten, ihnen die Waffen abgenommen und die elektrischen Kabel herausgerissen. Die Wachen außen haben das Feuer eröffnet, und die Juden haben es erwidert.«

»Und?«

»Es ist schwer, sie niederzuzwingen. Sie sind im Auskleideraum und schießen auf die Treppe, die zum Auskleideraum hinunterführt, sobald sie ein paar Beine sehen.«

»Es ist gut, Pick, ich komme.«

Ich legte auf, ging sofort hinaus und warf mich in mein Auto.

»Krematorium II.«

Ich beugte mich vor.

»Schneller, Dietz.«

Dietz nickte, und der Wagen sprang vorwärts. Ich war niedergeschmettert. Nie bisher hatte ich eine Revolte gehabt.

Die Bremsen knirschten auf dem Kies im Hof des Krematoriums. Ich sprang aus dem Auto. Pick war da, er trat an meine linke Seite, und ich schritt schnell mit ihm auf den Auskleideraum zu.

»Wieviel Scharführer sind entwaffnet worden?«

»Fünf.«

»Wie waren die Scharführer bewaffnet?«

»Mit Maschinenpistolen.«

»Haben die Juden viel geschossen?«

»Nicht schlecht, aber sie müssen noch Munition übrig haben ... Es ist mir gelungen, die Tore des Auskleideraums schließen zu lassen.«

Er setzte hinzu: »Es hat zwei Tote und vier Verwundete gegeben. Die fünf Scharführer natürlich nicht mitgerechnet. Die ...«

Ich schnitt ihm das Wort ab: »Welche Maßregeln schlagen Sie vor?«

Es entstand ein Schweigen, dann sagte Pick: »Wir könnten die Juden aushungern.«

Ich sagte schroff: »Davon kann keine Rede sein. Wir können die Krematorien nicht so lange stillegen. Es muß rund gehen.«

Ich ließ meine Blicke über die starke Kette von SS-Männern schweifen, die den Auskleideraum umgaben.

»Die Hunde?«

»Ich habe es versucht. Aber die Juden haben die elektrischen Kabel herausgerissen, der Auskleideraum liegt im Finstern, und die Hunde wollen nicht hinein.«

Ich überlegte und sagte: »Lassen Sie einen Scheinwerfer holen!«

Pick rief einen Befehl. Zwei SS-Männer rannten los. Ich fuhr fort: »Das Angriffskommando wird sieben Mann umfassen. Zwei Mann öffnen rasch die Tür und lassen sie zurückschlagen. Die laufen keine Gefahr. In der Mitte hält ein Mann den Scheinwerfer. Rechts von ihm schießen zwei Scharfschützen die bewaffneten Juden ab. Links von ihm schießen zwei andere Schützen nach Gutdünken. Das Ziel ist, die bewaffneten Juden zu vernichten und die anderen daran zu hindern, die Waffen aufzuheben. Ihnen obliegt, schon jetzt ein zweites Kommando vorzusehen, um das erste zu ersetzen.«

Ein Schweigen folgte. Dann sagte Pick mit seiner kalten Stimme: »Für die Haut des Mannes, der den Scheinwerfer tragen wird, gebe ich keinen Pfifferling.«

Ich fuhr fort: »Suchen Sie Ihre Männer aus!«

Die beiden SS-Männer kamen im Laufschritt mit dem Scheinwerfer zurück. Pick schloß ihn selbst an die außen befindliche Steckdose an und entrollte das Kabel.

Ich sagte: »Das Kabel muß ziemlich lang sein. Wenn der Angriff gelingt, muß man in den Auskleideraum vordringen können.«

Pick nickte. Zwei Mann waren schon hinter der Tür postiert. Fünf andere standen in einer Reihe auf der ersten Treppenstufe. Der mittlere, ein Scharführer, hielt den Scheinwerfer vor der Brust. Die fünf standen unbeweglich mit gespanntem Gesicht.

Pick rief einen Befehl, sie gingen in vollendetem Gleichschritt die Treppe hinunter, und das elektrische Kabel rollte hinter ihnen her wie eine Schlange. Ungefähr anderthalb Meter vor der Tür machten sie halt. Fünf andere SS-Männer nahmen sofort ihren Platz auf der ersten Stufe ein. Stille lagerte über dem Hof.

Pick beugte sich über die Treppe, sprach leise mit dem Scharführer, der den Scheinwerfer hielt, und hob die Hand. Ich sagte: »Moment, Pick.«

Er sah mich an und ließ seine Hand wieder sinken. Ich wandte mich nach der Treppe, die Männer des zweiten Kommandos traten beiseite, und ich ging die Treppe hinab.

»Geben Sie her!«

Der Scharführer blickte mich bestürzt an. Schweiß rann über sein Gesicht. Nach einer Sekunde faßte er sich und sagte: »Jawohl, Obersturmbannführer.«

Er gab mir den Scheinwerfer, und ich sagte: »Sie können wegtreten.«

Der Scharführer sah mich an, knallte die Hacken zusammen, machte kehrt und ging die Stufen hinauf.

Ich wartete, bis er oben war, und sah die Männer des Kommandos einen nach dem andern an.

»Wenn ich sage ›Ja!‹, öffnet ihr die Türen, wir gehen zwei Schritt vor, ihr werft euch hin und fangt an zu schießen. Die Scharfschützen passen die günstigsten Augenblicke ab.«

»Obersturmbannführer!« sagte eine Stimme.

Ich drehte mich um und hob den Kopf. Pick sah von oben herab. Sein Gesicht war verstört.

»Obersturmbannführer, das ist doch … unmöglich! Das ist …«

Ich blickte ihn fest an, und er schwieg. Ich drehte mich wieder um, sah gerade vor mich hin und sagte: »Ja!«

Die beiden Türflügel schlugen zurück. Ich preßte den Scheinwerfer gegen meine Brust, tat zwei Schritte vorwärts, die Männer warfen sich zu Boden, und die Kugeln begannen um mich herum zu pfeifen. Kleine Stücke Beton fielen zu meinen Füßen nieder, und die Maschinenpistolen meiner Männer traten in Tätigkeit. Ich schwenkte meinen Scheinwerfer langsam von links nach rechts, und die Scharfschützen zu meinen Füßen schossen zweimal. Ich schwenkte den Lichtkegel langsam wieder nach links, die Kugeln pfiffen wie wild, und ich dachte: ›Jetzt ist es vorbei.‹ Ich führte den Lichtkegel abermals nach rechts und hörte durch das ununterbrochene Knattern der Maschinenpistolen hindurch die dumpfen Abschüsse der Scharfschützen.

Dann pfiffen keine Kugeln mehr. Ich rief »Vorwärts!«, wir drangen in den Auskleideraum ein, und nach ein paar Schritten befahl ich, das Schießen einzustellen. Die halbausgekleideten Juden standen in einer Ecke des Raumes. Sie waren zu einer riesigen wirren Masse zusammengeballt. Der Scheinwerfer leuchtete in verstörte Augen.

Pick tauchte neben mir auf. Ich fühlte mich mit einem Male sehr erschöpft. Ich übergab den Scheinwerfer einem Schützen und wandte mich zu Pick.

»Übernehmen Sie das Kommando.«

»Zu Befehl, Obersturmbannführer.« Er fuhr fort: »Sollen wir die Vergasung wieder aufnehmen?«

»Sie würden Schwierigkeiten haben. Lassen Sie einen nach dem andern durch die kleine Tür hinausgehen, führen Sie sie in den Seziersaal und erschießen Sie sie. Einen nach dem andern.«

Ich stieg langsam die Stufen hinauf, die in den Hof führten. Als ich erschien, entstand Totenstille, und alle SS-Männer erstarrten. Ich winkte ihnen, zu rühren. Sie rührten, aber sie schwiegen weiter, und ihre Blicke ließen mich nicht los. Ich erkannte daran, daß sie das, was ich getan hatte, bewunderten. Ich stieg ins Auto und knallte wütend die Tür zu. Pick hatte recht. Ich hätte niemals diese Gefahr laufen dürfen. Die vier Krematorien waren fertiggestellt, aber ihr gutes Funktionieren hing noch für eine gewisse Zeit von meiner Anwesenheit ab. Ich hatte meine Pflicht verraten.

Ich kam wieder in mein Büro und versuchte zu arbeiten. Mein Geist war leer, und es gelang mir nicht, meine Aufmerksamkeit zu konzentrieren. Ich rauchte eine Zigarette nach der anderen. Um halb acht ließ ich mich nach Hause fahren.

Elsie und Frau Müller überwachten die Kinder beim Essen. Ich küßte die Kinder und sagte: »Guten Abend, Elsie.«

Es entstand eine kleine Pause, dann sagte sie mit ganz natürlicher Stimme: »Guten Abend, Rudolf.«

Ich hörte einen Augenblick dem Geschwätz der Kinder zu, dann stand ich auf und ging in mein Arbeitszimmer.

Etwas später klopfte es an meine Tür, und Elsies Stimme sagte: »Das Abendessen, Rudolf.«

Ich hörte ihre Schritte schwächer werden, ich trat hinaus und ging ins Eßzimmer. Ich setzte mich, Elsie und Frau Müller taten das gleiche. Ich fühlte mich sehr müde. Wie gewöhnlich füllte ich die Gläser, und Elsie sagte: »Danke, Rudolf.«

Frau Müller fing an, von den Kindern zu sprechen, und Elsie diskutierte mit ihr über ihre Fähigkeiten. Nach einer Weile sagte Elsie: »Nicht wahr, Rudolf?«

Ich hob den Kopf. Ich hatte nicht zugehört und sagte aufs Geratewohl: »Ja, ja.«

Ich sah Elsie an. In ihren Augen war nichts zu lesen. Sie blickte mit gleichgültiger Miene weg.

»Wenn Sie erlauben, Herr Kommandant«, sagte Frau Müller, »auch Karl ist klug. Nur, er interessiert sich sehr für Dinge, aber gar nicht für Menschen.«

Ich nickte bejahend und hörte nicht mehr zu.

Nach dem Essen stand ich auf, verabschiedete mich von Elsie und Frau Müller und schloß mich in meinem Arbeitszimmer ein. Das Buch über Pferdezucht lag auf meinem Schreibtisch, ich schlug es auf gut Glück auf und fing an zu lesen. Nach einer Weile stellte ich das Buch ins Regal, zog meine Stiefel aus und begann hin und her zu gehen.

Um zehn Uhr hörte ich, wie Frau Müller Elsie gute Nacht sagte und nach oben ging. Ein paar Minuten später erkannte ich Elsies Schritt auf der Treppe. Ich hörte das leichte Knacken des Schalters, den sie niederdrückte, und dann wurde alles wieder still.

Ich brannte mir eine Zigarette an und öffnete das Fenster ganz weit. Es schien kein Mond, aber die Nacht war klar. Ich sah einen Augenblick zum Fenster hinaus, dann entschloß ich mich, zu Elsie zu gehen und mit ihr zu sprechen. Ich drückte meine Zigarette aus, ging auf die Diele und stieg leise die Treppe hinauf.

Ich legte meine Hand auf die Türklinke, drückte sie nieder und gab der Tür einen leichten Stoß. Die Tür war verriegelt. Ich klopfte schwach, dann nach ein paar Sekunden zweimal kräftiger. Es erfolgte keine Antwort. Ich näherte mein Gesicht der Türfüllung und lauschte. Das Zimmer war so still wie das einer Toten.

Die Krematorien III und IV wurden zur festgesetzten Frist fertiggestellt, und von Januar 1943 bis zum Endes des Jahres lief die gesamte Anlage auf vollen Touren.

Im Dezember 1943 wurde ich zum Inspektor der Lager ernannt, ich verließ Auschwitz und brachte meine Familie in Berlin unter. Doch kehrte ich nach Auschwitz zurück und verbrachte dort einen Teil des Sommers 1944, um meinem Nachfolger bei der Lösung der Probleme zu helfen, welche die Sonderbehandlung von vierhunderttausend ungarischen Juden stellte.

Meine letzte Inspektionsreise fand im März 1945 statt. Ich besuchte Neuengamme, Bergen-Belsen, Buchenwald, Dachau und Flossenburg und überbrachte den Kommandanten dieser Lager persönlich den Befehl des Reichsführers, keine Juden mehr hinzurichten und das Menschenmögliche zu tun, um die Sterblichkeit aufzuhalten.

Besonders Bergen-Belsen war in einem erschreckenden Zustand. Es gab dort kein Wasser mehr, keine Lebensmittel, die Latrinen flossen über, und auf den Lagerstraßen verwesten mehr als zehntausend Leichen im Freien. Es war außerdem unmöglich, die Häftlinge zu ernähren, denn das Lebensmittelamt des Bezirks weigerte sich, etwas zu liefern, was es auch sei. Ich befahl dem Kommandanten, in allem Ordnung zu schaffen, ich lehrte ihn, die Leichen in Gruben zu verbrennen, und nach Ablauf einer gewissen Zeit besserten sich die hygienischen Verhältnisse. Indessen gab es noch immer keine Lebensmittel, und die Häftlinge starben wie die Fliegen.

Ende April 1945 wurde die Lage derart, daß der Befehl kam, die Amtsgruppe, zu der ich gehörte, nach dem KZ Ravensbrück zu verlegen. Die Autos der SS-Führer und ihrer Familien sowie die Lastkraftwagen, welche die Akten und das Material mitführten, zogen in einer langen Karawane über die Landstraßen. Diese waren von Zivilisten verstopft, die vor den Bombardierungen flüchteten. Von Ravensbrück gelangten wir nach Rendsburg, und alles, was ich finden konnte, um die ganze Gesellschaft unterzubringen, war ein Viehstall. Doch am nächsten Tage konnten die Frauen und Kinder in einer Schule schlafen.

Von da an wurde der Exodus zu einem wahren Alpdruck; von der einen Seite rückten die Russen heran, von der andern die Engländer und Amerikaner, und wir mußten unaufhörlich vor dem vordringenden Feind zurückweichen. In Flensburg erinnerte ich mich plötzlich daran, daß unsere ehemalige Lehrerin in Auschwitz, Frau Müller, in Apenrade wohnte. Ich brachte Elsie und die Kinder sofort hin, und Frau Müller war so liebenswürdig, sie zu beherbergen.

Ich fuhr allein mit Dietz nach Mürwick, und dort sah ich, zusammen mit den obersten Führern der Amtsgruppe, Himmler zum letztenmal. Er erklärte, er habe keine Befehle mehr für uns.

Kurz darauf überbrachte man mir ein Marinesoldbuch mit einem falschen Namen und verschaffte mir die Uniform eines Bootsmannes. Befehlsgemäß legte ich sie an, nahm es aber auf mich, meine Uniform als SS-Offizier in meinem Gepäck aufzubewahren.

Am 5. Mai erhielt ich Befehl, mich nach Rantum zu begeben. Ich kam dort am 7. an, und wenige Stunden nach meiner Ankunft erfuhr ich, daß Feldmarschall Keitel in Reims die bedingungslose Kapitulation der Wehrmacht unterzeichnet hatte.

Von Rantum überwies man mich nach Brunsbüttel. Dort blieb ich ein paar Wochen, und da auf meinem Ausweis stand, daß ich in Zivil Gutspächter wäre, demobilisierte man mich am 5. Juli und schickte mich auf ein Gut in Gottrupel zu einem gewissen Georg Pützler.

Auf dem Gut arbeitete ich acht Monate. Es war eine ganz stattliche Wirtschaft, deren Pferde in recht gutem Zustand waren, und als Georg erfuhr, daß ich in einem Gestüt angestellt gewesen war, vertraute er mir ihre Pflege an. Ich entledigte mich dieser Aufgabe mit dem größten Vergnügen, und Georg, bei dem ich auch wohnte, behauptete lachend, daß, wenn ich nicht bei meinen Tieren im Stall schliefe, es bloß geschähe, um ihn nicht zu beleidigen.

Georg war ein kleiner, schon ziemlich bejahrter Mann, aber kräftig gebaut, mit einem aufgebogenen Kinn und stechenden blauen Augen. Ich kriegte rasch heraus, daß er früher einen ziemlich wichtigen Posten in der SA innegehabt hatte, und enthüllte ihm, wer ich war, und von diesem Augenblick an wurde er mir wirklich ein Freund, und wir hatten zusammen lange Unterhaltungen, wenn seine Frau nicht da war.

Eines Morgens war ich allein mit den Pferden auf einer Wiese, als er plötzlich neben mir stand. Er pflanzte sich auf seinen schiefen Beinen vor mir auf, sah mich an und sagte mit wichtigtuender Miene: »Sie haben Himmler verhaftet.«

Ich stammelte: »Sie haben ihn gekriegt?«

»Nein«, sagte Georg, »hör zu, er hat sie schön angeführt. In dem Augenblick, als sie ihn verhören wollten, hat er Selbstmord begangen.«

Ich sah ihn an, niedergeschmettert.

»Siehst du«, fuhr Georg fort, indem er grinste und in die Hände klatschte, »das ist ein Schlauberger, der Himmler. Er hatte eine Ampulle mit Blausäure im Mund, und die hat er zerbissen … fertig. Er hat sie schön angeführt!« rief er mit zufriedener Miene.

Ich wiederholte: »Da hat er Selbstmord begangen.«

»Aber was hast du denn?« sagte Georg. »Du ziehst ein Gesicht. Er hat ihnen einen Streich gespielt, das ist alles. Du willst doch nicht sagen, daß es unrecht war?«

Ich sah ihn an, ohne zu antworten. Georg sah mich an und rieb verlegen sein Kinn.

»Ich begreife dich nicht. Es ist anständig von einem hohen Führer, Selbstmord zu begehen, wenn er gefangen wird, nicht? Das hat hier stets jeder gesagt. Man hat Paulus oft genug vorgeworfen, daß er es nach Stalingrad nicht getan hat. Erinnere dich! – Na, was hast du denn?« fuhr er nach einer Weile mit besorgter Miene fort. »Sag wenigstens etwas. Du siehst aus wie von Stein. Du meinst doch nicht, daß es unrecht war?«

Ich verging vor Schmerz und Wut. Ich fühlte, wie Georg mich kräftig am Arm rüttelte, und sagte mit tonloser Stimme: »Er hat mich verraten.«

»Der Reichsführer?« sagte die Stimme Georgs.

Ich sah Georgs vorwurfsvolle Augen auf mich gerichtet und rief: »Das verstehst du nicht. Er hat furchtbare Befehle gegeben, und jetzt läßt er uns allein!«

»Der Reichsführer!« sagte Georg. »So sprichst du vom Reichsführer?«

»Statt sich hinzustellen … statt zu sagen … ›Ich bin der alleinige Verantwortliche.‹ So also hat er es gemacht! Wie einfach das ist! Man zerbeißt eine Ampulle Blausäure und läßt seine Leute in der Patsche sitzen.«

»Aber du willst doch trotzdem nicht sagen …«

Ich fing an zu lachen.

»Meine Ehre heißt Treue! Ja, ja, für uns! Nicht für ihn! Für uns das Gefängnis, die Schande, den Strick …«

»Werden sie dich denn hängen?« sagte Georg mit bestürztem Gesicht.

»Was denkst denn du? Aber das ist mir gleichgültig, verstehst du. Der Tod bedeutet mir nichts. Aber was mich rasend macht, ist, zu denken, daß er …«

Ich packte Georg am Arm.

»Verstehst du denn das nicht? Er hat sich gedrückt … Er, den ich wie einen Vater verehrte …«

»Na ja«, sagte Georg mit einem Zweifel, »er hat sich gedrückt. Aber wenn er am Leben geblieben wäre, hätte das dir deines auch nicht gerettet.«

Ich schüttelte ihn wütend.

»Wer spricht vom Leben? Es ist mir völlig gleichgültig, ob man mich hängt. Aber ich wäre mit ihm gestorben. Mit meinem Führer! Er hätte gesagt: ›Ich habe Lang den Befehl gegeben, die Juden umzubringen.‹ Und niemand hätte etwas sagen können.«

Ich konnte nicht weitersprechen. Schmerz und Scham würgten mich. Weder der Exodus noch der Zusammenbruch hatten eine solche Wirkung auf mich ausgeübt.

In den folgenden Tagen beklagte sich Georg, daß ich noch schweigsamer geworden sei als vorher. In Wirklichkeit war ich sehr mit mir beschäftigt, weil die Krisen, die ich ehemals nach Vaters Tod durchgemacht hatte, plötzlich wieder aufgetreten waren; sie folgten einander in immer kürzeren Abständen, sie wurden mit jedem Male heftiger, und selbst wenn ich mich völlig normal fühlte, lastete eine dumpfe Angst auf mir. Ich bemerkte auch, daß ich außerhalb meiner Anfälle oft die Worte verwechselte, manchmal sogar stotterte, oder es blieb mir ein ganzer Satz in der Kehle stecken. Diese Störungen machten mir beinahe mehr Angst als die Krisen, denn ich hatte sie bis dahin nicht gespürt, wenigstens nicht in diesem Grade, und ich befürchtete, daß sie sich verschlimmern würden und daß meine Umgebung es merken könnte.

Am 14. März 1946 saß ich mit Georg und seiner Frau beim Mittagessen, als wir ein Auto in den Gutshof einfahren hörten. Georg hob die Nase und sagte: »Geh mal und sieh, wer es ist!«

Ich stand auf, ging rasch um das Gebäude herum und prallte fast gegen zwei amerikanische Soldaten, einen Blonden mit einer Brille und einen kleinen Braunhaarigen.

Der kleine Braune lächelte und sagte auf deutsch: »Nicht so schnell, mein Herr!«

Er schwenkte eine Pistole in der Hand. Ich blickte ihn an, dann blickte ich den Blonden an und sah an ihren Schulterstücken, daß es zwei Offiziere waren.

Ich stand stramm und sagte: »Was wünschen Sie?«

Der Blonde mit der Brille stellte sich nachlässig hin, zog eine Fotografie aus der Tasche, betrachtete sie und reichte sie dem kleinen Braunen. Der kleine Braune warf einen Blick darauf, sah den Blonden an und sagte: »Yes.« Danach kniff er die Lippen zusammen, schwenkte seine Pistole und sagte: »Rudolf Lang?«

Es war aus. Ich nickte, und eine seltsame Erleichterung überkam mich.

»Sie sind verhaftet«, sagte der kleine Braune.

Es entstand ein Schweigen, und dann sagte ich: »Kann ich meine Sachen holen?«

Der kleine Braune lächelte. Er sah wie ein Italiener aus.

»Gehen Sie voran.«

Auf der Schwelle zur Küche gab mir einer von ihnen plötzlich einen Stoß, ich stolperte ein paar Schritte und wäre hingefallen, wenn ich mich nicht am Tisch festgehalten hätte. Als ich den Kopf hob, sah ich den Offizier mit der Brille hinter Georg stehen, eine Pistole in der Hand. Ich fühlte die Mündung einer Waffe im Rücken und begriff, daß der kleine Braune hinter mir stand.

Der Offizier mit der Brille sagte: »Georg Pützler?«

»Ja«, sagte Georg.

»Lassen Sie beide Hände auf dem Tisch liegen, mein Herr!«

Georg legte seine Hände flach neben seinen Teller.

»Ihre Frau auch.«

Georgs Frau sah mich an, dann sah sie Georg an und gehorchte langsam.

»Gehen Sie voraus«, sagte der kleine Braune.

Ich ging die Treppe hinauf auf mein Zimmer. Der kleine Braune lehnte sich ans Fenster und fing an zu pfeifen. Ich zog meine SS-Uniform an.

Als ich fertig war, nahm ich meinen Koffer, legte ihn auf mein Bett und holte meine Wäsche aus dem Schrank. Als ich den Schrank öffnete, hörte der kleine Braune zu pfeifen auf. Ich legte die Wäsche auf das Bett und packte sie in den Koffer. In diesem Augenblick erinnerte ich mich an die Pistole. Sie lag unter meinem Kopfkissen, kaum einen Meter von mir entfernt, sie war entsichert. Ich stand eine Sekunde unbeweglich da, und eine namenlose Mattigkeit befiel mich.

»Fertig?« sagte der kleine Braune hinter mir.

Ich klappte den Kofferdeckel herunter und drückte mit beiden Händen die Schlösser zu. Es knackte zweimal hart. Der Klang hallte in der Stille seltsam wider.

Wir gingen wieder hinunter, und ich betrat die Küche. Georgs Frau sah meine Uniform, führte beide Hände vor den Mund und warf ihrem Mann einen Blick zu. Georg rührte sich nicht.

»Los!« sagte der kleine Braune und stieß mich leicht vor sich her.

Ich schritt durch das Zimmer, drehte mich zu Georg und seiner Frau um und sagte: »Auf Wiedersehn!«

Georg sagte leise und ohne den Kopf zu wenden: »Auf Wiedersehn!«

Der kleine Braune lächelte und sagte spöttisch: »Das sollte mich wundern.«

Georgs Frau tat den Mund nicht auf.

Die Amerikaner brachten mich nach Bredstedt. Wir hielten vor einem ehemaligen Krankenhaus und schritten über einen Hof, der voll Soldaten war. Sie rauchten und gingen in kleinen Gruppen umher. Keiner von ihnen grüßte die Offiziere, die mich begleiteten.

Wir gingen in den ersten Stock hinauf, und man ließ mich in einen kleinen Raum eintreten. Darin standen ein Bett, zwei Stühle, ein Tisch und in der Mitte ein Ofen und ein Kohleneimer. Der kleine Braune hieß mich auf einem Stuhl Platz nehmen.

Nach einer Weile trat ein Soldat ein. Er war fast zwei Meter groß und entsprechend breit. Er grüßte die beiden Offiziere mit einer unglaublichen Ungeniertheit. Diese nannten ihn Joe und sprachen lange mit ihm auf englisch. Dann wandten sie sich nach der Tür. Ich stand stramm, aber sie gingen hinaus, ohne mich zu beachten.

Der Soldat winkte mir mit der Hand, mich wieder zu setzen, und setzte sich seinerseits auf das Bett. Er setzte sich langsam und schwerfällig, das Bett knarrte, er spreizte die Beine und lehnte sich an die Wand. Während er nicht aufhörte, mich zu beobachten, zog er ein kleines Päckchen aus der Tasche, wickelte es auf, stopfte den Inhalt in den Mund und fing an zu kauen.

So verging eine ganze Weile. Der Soldat ließ mich nicht aus den Augen, und ich fühlte mich durch seinen Blick peinlich berührt. Ich wandte den Kopf ab und starrte auf das Fenster. Es hatte matte Scheiben, und ich konnte nichts sehen. Ich betrachtete den Ofen. Es war ein Heizkörper im Zimmer, aber die Zentralheizung funktionierte wahrscheinlich nicht. Der kleine Ofen brannte, und es war sehr heiß.

Es verging noch eine Stunde, dann stürmte ein kleiner munterer und lebhafter Offizier herein, setzte sich an den Tisch und begann sofort, mich zu verhören. Ich sagte ihm alles, was ich wußte.

Ich wanderte dann von einem Gefängnis ins andere. Ich war im Gefängnis nicht unglücklich. Ich wurde gut ernährt, und meine Krisen hatten vollständig aufgehört. Doch erschien mir die Zeit, die ich dort verbrachte, etwas lang; mir eilte es, daß man zum Ende käme. Anfangs machte ich mir auch viel Sorge um Elsie und die Kinder. Und es war mir eine große Erleichterung, zu erfahren, daß die Amerikaner sie nicht, wie ich vermutete, in ein Konzentrationslager gesteckt hatten. Tatsächlich erhielt ich mehrere Briefe von Elsie und konnte ihr meinerseits schreiben.

Ich dachte zuweilen an mein vergangenes Leben. Merkwürdig, nur meine Kindheit erschien mir wirklich. An alles, was nachher geschehen war, hatte ich zwar genaue Erinnerungen, aber es war eher die Art Erinnerung, die man an einen Film hat, der einen einst bewegte. Ich sah mich selbst in diesem Film handeln und sprechen, aber ich hatte nicht den Eindruck, daß ich es wäre, dem dies passiert war.

Ich mußte meine Aussage als Belastungszeuge im Nürnberger Prozeß wiederholen, und da sah ich zum erstenmal gewisse hohe Parteiführer, die ich bis dahin nur von Pressefotos kannte, auf der Anklagebank.

In Nürnberg erhielt ich in meiner Zelle mehrfach Besuch, und besonders den eines amerikanischen Oberstleutnants. Er war groß, hatte ein rosiges Gesicht, blaue Augen und weißes Haar. Er wollte wissen, was ich von einem Artikel hielte, der über mich in der amerikanischen Presse erschienen war und den er mir übersetzte. Darin war gesagt, ich wäre mit dem Jahrhundert geboren und symbolisiere in der Tat ziemlich genau, was ein halbes Jahrhundert deutscher Geschichte an Gewalttätigkeit und Fanatismus enthalte …

Ich sagte: »… und Not, Herr Oberst.«

Er sagte barsch: »Nennen Sie mich nicht Herr Oberst.«

Dann sah er mich einen Augenblick schweigend an und fuhr fort, indem er das »Sie« betonte: »Sind Sie in Not gewesen?«

Ich blickte ihn an. Er sah rosig und sauber aus wie ein wohlgepflegtes Baby. Es war klar, daß er von der Welt, in der ich gelebt hatte, keine Vorstellung besaß.

Ich sagte: »Ja, ziemlich.«

Er erwiderte mit strenger Miene: »Das ist keine Entschuldigung.«

»Ich habe keine Entschuldigung nötig. Ich habe gehorcht.«

Daraufhin schüttelte er den Kopf und sagte mit ernster, bekümmerter Miene: »Wie erklären Sie, daß Sie dazu haben kommen können?«

Ich dachte nach und sagte: »Man hat mich wegen meines Organisationstalents ausgewählt.«

Er blickte mich fest an, seine Augen waren blau wie die einer Puppe, er schüttelte den Kopf und sagte: »Sie haben meine Frage nicht verstanden.«

Er fuhr nach einer Weile fort: »Sind Sie immer noch so überzeugt, daß es nötig war, die Juden auszurotten?«

»Nein, ich bin nicht mehr so überzeugt davon.«

»Warum nicht?«

»Weil Himmler Selbstmord begangen hat.«

Er sah mich erstaunt an, und ich fuhr fort: »Das beweist, daß er kein wahrer Führer war, und wenn er kein wahrer Führer war, kann er mich sehr wohl auch belogen haben, als er mir die Ausrottung der Juden als notwendig hinstellte.«

Er erwiderte: »Folglich, wenn es noch einmal getan werden sollte, würden Sie es nicht wieder tun?«

Ich sagte energisch: »Ich würde es wieder tun, wenn ich dazu den Befehl erhielte.«

Er sah mich eine Sekunde lang an, seine rosige Hautfarbe ging in ein lebhaftes Rot über, und er sagte entrüstet: »Sie würden also gegen Ihr Gewissen handeln.«

Ich stand stramm, sah geradeaus und sagte: »Entschuldigen Sie, ich glaube, Sie verstehen meinen Standpunkt nicht. Ich habe mich mit dem, was ich glaube, nicht zu befassen. Meine Pflicht ist, zu gehorchen.«

Er rief: »Aber nicht solch entsetzlichen Befehlen! Wie haben Sie das tun können! Es ist ungeheuerlich ... Kinder ... Frauen ... Sie empfanden also gar nichts dabei?«

Ich sagte müde: »Man legt mir diese Frage immer wieder vor.«

»Nun, was antworten Sie da gewöhnlich?«

»Es ist schwer zu erklären. Anfangs hatte ich ein peinliches Gefühl. Dann habe ich allmählich jedes Empfindungsvermögen verloren. Ich glaube, das war nötig. Sonst hätte ich nicht fortfahren können. Sie müssen begreifen, ich dachte an die Juden in Einheiten, nie als an menschliche Wesen. Ich konzentrierte mich auf die technische Seite meiner Aufgabe.«

Ich setzte hinzu: »Etwa wie ein Flieger, der seine Bomben auf eine Stadt abwirft.«

Er sagte ärgerlich: »Ein Flieger hat nie ein ganzes Volk vernichtet.«

Ich dachte darüber nach und sagte: »Er würde es tun, wenn es möglich wäre und wenn man ihm den Befehl gäbe.«

Er zuckte die Achseln, wie um diese Annahme abzuweisen, und begann wieder: »Sie empfinden also keinerlei Gewissensbisse?«

Ich sagte unumwunden: »Ich brauche keine Gewissensbisse zu haben. Die Ausrottung war vielleicht ein Irrtum. Aber nicht ich habe sie befohlen.«

Er schüttelte den Kopf.

»Das meine ich nicht ... Haben Sie seit Ihrer Verhaftung nicht manchmal an die Tausende armer Menschen gedacht, die Sie in den Tod geschickt haben?«

»Ja, manchmal.«

»Nun, wenn Sie daran denken, was empfinden Sie da?«

»Ich empfinde nichts Besonderes.«

Sein Blick heftete sich mit peinigender Intensität auf mich, er schüttelte abermals den Kopf und sagte leise, mit einer seltsamen Mischung von Mitleid und Abscheu: »Sie sind vollkommen entmenscht.«

Daraufhin drehte er mir den Rücken zu und ging weg. Ich fühlte mich erleichtert, als ich ihn gehen sah. Diese Besuche und Diskussionen ermüdeten mich sehr, und ich fand sie zwecklos.

Nach meiner Aussage im Nürnberger Prozeß lieferten mich die Amerikaner den Polen aus. Diese legten Wert darauf, mich zu bekommen, weil Auschwitz sich in ihrem Hoheitsgebiet befand.

Mein Prozeß begann am 11. März 1947, fast genau ein Jahr nach dem Tag meiner Verhaftung. Er fand in Warschau statt, in einem großen kahlen Saal mit weißen Wänden. Vor mir stand ein Mikrofon, und dank den Kopfhörern, mit denen ich versehen war, hörte ich sofort die deutsche Übersetzung all dessen, was auf polnisch über mich gesagt wurde.

Als die Verlesung der Anklageschrift beendet war, bat ich ums Wort, stand auf, stand stramm und sagte: »Ich bin allein verantwortlich für alles, was in Auschwitz geschehen ist. Meine Untergebenen haben keinen Teil daran.« Ich setzte hinzu: »Ich möchte nur verschiedene Tatsachen richtigstellen, deren man mich persönlich anklagt.«

Der Präsident sagte barsch: »Sie werden in Gegenwart der Zeugen sprechen.«

Und der Aufmarsch der Zeugen begann. Ich war aufs höchste erstaunt, daß die Polen so viele geladen und sich die Mühe gemacht hatten, alle diese Leute, wahrscheinlich unter hohen Kosten, aus allen vier Himmelsrichtungen Europas kommen zu lassen. Ihre Anwesenheit war vollkommen überflüssig, da ich die Tatsachen nicht leugnete. Meiner Meinung nach hieß es bloß Zeit und Geld verschwenden, und ich konnte nicht glauben, da ich sie das tun sah, daß die Slawen jemals eine Führerrasse abgeben würden.

Manche Zeugen brachten übrigens dummes Gerede vor, das mich mehrmals außer Rand und Band brachte. So behauptete einer, er hätte mich einen Kapo schlagen sehen. Ich versuchte dem Gerichtshof klarzumachen, daß, selbst wenn ich das Ungeheuer gewesen wäre, das diese Zeugen aus mir machen wollten, ich niemals so etwas getan haben würde: Es war unter meiner Würde als Offizier.

Ein anderer Zeuge behauptete, er hätte mich Häftlingen, die man erschoß, den Gnadenschuß geben sehen. Ich erklärte von neuem, daß das völlig unmöglich wäre: Es kam dem Führer des Erschießungskommandos zu, den Gnadenschuß zu geben, und nicht dem Lagerkommandanten. Der Lagerkommandant hatte das Recht, den Hinrichtungen beizuwohnen, aber nicht, selbst zu schießen. Die Dienstvorschrift war in dieser Hinsicht sehr bestimmt.

Es war klar, daß der Gerichtshof keinen Wert auf mein Leugnen legte und daß er vor allem das, was ich sagte, gegen mich auszunutzen suchte. Einmal rief der Ankläger: »Sie haben dreiundeinehalbe Million Menschen getötet.« Ich verlangte das Wort und sagte: »Ich bitte um Verzeihung, ich habe nur zweiundeinehalbe Million Menschen getötet.« Im Saal entstand ein Gemurmel, und der Staatsanwalt rief, ich sollte mich meines Zynismus schämen. Ich hatte indessen nichts anderes getan, als eine ungenaue Zahl berichtigt.

Die meisten Wechselreden mit dem Staatsanwalt verliefen auf diese Weise. Zur Absendung meiner Lastwagen nach Dessau, um Giftgasbüchsen zu holen, fragte er: »Warum waren Sie so besorgt, Ihre Wagen nach Dessau zu schicken?«

»Wenn die Reserven an Gas abzunehmen begannen, mußte ich natürlich mein möglichstes tun, um den Vorrat aufzufüllen.«

»Kurz gesagt, für Sie waren sie dasselbe wie Reserven an Brot und Milch?« sagte der Staatsanwalt.

Ich antwortete geduldig: »Dafür war ich da.«

»Also«, rief der Staatsanwalt mit triumphierender Miene, »Sie waren dafür da, daß möglichst viel Gas vorhanden war, um soviel Menschen wie möglich zu vernichten?«

»Das war Befehl.«

Der Staatsanwalt wandte sich dann zum Gerichtshof und bemerkte, daß ich es nicht nur übernommen hätte, die Juden zu liquidieren, sondern auch, daß es mein Ehrgeiz gewesen wäre, die größtmögliche Anzahl von ihnen zu liquidieren.

Daraufhin bat ich noch einmal ums Wort und machte den

Staatsanwalt darauf aufmerksam, daß das, was er soeben gesagt habe, nicht richtig sei. Ich hätte niemals Himmler geraten, die Zahl der Juden, die er mir schickte, zu erhöhen. Ganz im Gegenteil hätte ich wiederholt das RSHA gebeten, das Tempo der Transporte zu verlangsamen.

»Sie können doch nicht leugnen«, sagte der Staatsanwalt, »daß Sie in Erfüllung Ihres Vernichtungsauftrags besonders eifrig und voller Initiative gewesen sind?«

»Ich habe Eifer und Initiative in der Ausführung der Befehle bewiesen, aber ich habe nichts getan, um diese Befehle herauszufordern.«

»Haben Sie etwas getan, sich von dieser entsetzlichen Tätigkeit zu befreien?«

»Ich habe darum gebeten, an die Front gehen zu dürfen, ehe der Reichsführer mir den Auftrag erteilte, die Juden zu liquidieren.«

»Und nachher?«

»Nachher stellte ich die Frage nicht mehr. Es hätte so ausgesehen, als ob ich mich hätte drücken wollen.«

»Diese Aufgabe sagte Ihnen also zu?«

Ich sagte bestimmt: »Durchaus nicht, sie sagte mir durchaus nicht zu.«

Darauf machte er eine Pause, sah mir fest in die Augen, breitete die Arme aus und begann wieder: »Nun sagen Sie uns, wie Sie darüber denken. Wie sehen Sie jetzt diese Art Aufgabe an?«

Ein Schweigen entstand, aller Augen waren auf mich gerichtet, ich überlegte einen Augenblick und sagte dann: »Es war eine unangenehme Arbeit.«

Der Staatsanwalt ließ seine Arme sinken, und im Saal entstand ein neues Gemurmel.

Kurz darauf sagte der Staatsanwalt: »Ich lese in Ihrer Zeugenaussage: ›Die Juden versteckten oft ihre Kinder unter ihren Kleidungsstücken, statt sie in den Vergasungsraum mitzunehmen. Das Sonderkommando der Häftlinge hatte daher Befehl, die Kleidungsstücke unter Aufsicht von SS-Männern zu durchsuchen und die Kinder, die man fand, in den Vergasungsraum zu werfen.‹«

Er hob wieder den Kopf.

»Das haben Sie doch gesagt, nicht wahr?«

»Ja.«

Ich setzte hinzu: »Doch ich lege Wert darauf, eine Berichtigung vorzunehmen.«

Er machte eine zustimmende Geste, und ich fuhr fort: »Ich habe nicht gesagt, daß die Kinder ›geworfen‹ wurden. Ich habe gesagt, daß sie in den Gasraum ›geschickt‹ wurden.«

Der Staatsanwalt sagte ungeduldig: »Auf das Wort kommt es nicht an.« Dann fuhr er fort:

»Wurden Sie nicht durch das Verhalten dieser armen Frauen zu Mitleid gerührt, die, während sie für sich den Tod hinnahmen, verzweifelt versuchten, ihre Babys zu retten, indem sie sich auf die Großmut der Henker verließen?«

Ich sagte: »Ich konnte mir nicht gestatten, gerührt zu sein. Ich hatte Befehle. Kinder wurden als Arbeitsunfähige betrachtet. Ich mußte sie also vergasen.«

»Es ist Ihnen also niemals in den Sinn gekommen, sie zu verschonen?«

»Es ist mir niemals in den Sinn gekommen, den Befehlen nicht zu gehorchen.« Ich fügte hinzu: »Was hätte ich außerdem in einem KZ mit Kindern angefangen? Ein KZ ist kein Ort, um kleine Kinder aufzuziehen.«

Er begann wieder: »Sie sind selbst Familienvater?«

»Ja.«

»Und Sie lieben Ihre Kinder?«

»Gewiß.«

Er machte eine Pause, ließ seinen Blick durch den Saal schweifen und wandte sich dann an mich: »Wie vereinbaren Sie die Liebe, die Sie für Ihre eigenen Kinder hegen, mit Ihrer Haltung gegenüber den kleinen jüdischen Kindern?«

Ich überlegte einen Augenblick und sagte: »Das steht in keinem Zusammenhang. Im Lager betrug ich mich als Soldat. Aber zu Hause betrug ich mich selbstverständlich anders.«

»Wollen Sie damit sagen, daß Ihre Natur zwiespältig ist?«

Ich zögerte ein bißchen und sagte dann: »Ja, ich vermute, daß man die Sache so ausdrücken kann.«

Aber ich tat nicht recht daran, so zu antworten, denn im Laufe seiner Anklagerede zog der Staatsanwalt Nutzen daraus, von meiner Zwiespältigkeit zu sprechen. Späterhin spielte er auf die Tatsache an, daß ich gegen manche Zeugen in Zorn geraten war, und rief aus: »Diese Zwiespältigkeit kommt auch in dem Wechsel des Gesichtsausdrucks des Angeklagten zum

Durchbruch, der bald als ein ruhiger und gewissenhafter kleiner Funktionär erscheint und bald wie ein Rohling, der keine Hemmungen hat.«

Er sagte auch, daß ich, nicht zufrieden damit, den Befehlen zu gehorchen, die aus mir »den größten Mörder der Neuzeit« gemacht hätten, obendrein in der Durchführung meiner Aufgabe eine erschreckende Mischung von Heuchelei, Zynismus und Brutalität gezeigt hätte.

Am 2. April verkündete der Präsident das Urteil. Ich hörte strammstehend zu. Es war, wie ich es erwartet hatte.

Das Urteil bestimmte außerdem, daß ich nicht in Warschau gehenkt werden sollte, sondern in meinem eigenen Lager in Auschwitz, und zwar an einem der Galgen, die ich selbst für die Häftlinge hatte errichten lassen.

Nach einer Weile berührte mich der Posten, der rechts von mir stand, leicht an der Schulter. Ich nahm die Kopfhörer ab, legte sie auf meinen Stuhl, wandte mich zu meinem Verteidiger und sagte: »Ich danke Ihnen, Herr Rechtsanwalt.« Er nickte, drückte mir aber nicht die Hand.

Ich ging mit dem Wachposten durch eine kleine Tür rechts vom Gerichtshof hinaus. Ich schritt durch eine lange Reihe von Korridoren, durch die ich noch nie gegangen war. Große Fenster erhellten sie, und die ihnen gegenüberliegende Wand warf das Licht zurück. Es war kalt.

Einige Augenblicke später schloß sich die Tür meiner Zelle hinter mir. Ich setzte mich auf mein Bett und versuchte nachzudenken. Mehrere Minuten vergingen, ich fühlte nichts. Mir war, als ginge mich mein eigener Tod nichts an.

Ich stand auf und fing an, in meiner Zelle hin und her zu gehen. Nach einer Weile merkte ich, daß ich meine Schritte zählte.

NACHBEMERKUNG

Unmittelbar nach 1945 erschienen in Frankreich viele erschütternde Zeugnisse über die Todeslager jenseits des Rheins. Aber diese Blüte war von kurzer Dauer. Die Wiederaufrüstung in Westdeutschland signalisierte den Niedergang der Konzentrationslagerliteratur. Die Erinnerungen an das Totenhaus standen der Politik des Westens im Wege: man verdrängte sie.

Als ich, von 1950 bis 1952, an meinem Roman »Der Tod ist mein Beruf« arbeitete, war ich mir bewußt: ich schrieb ein Buch gegen den Strom. Mehr noch: mein Buch war schon aus der Mode, bevor es geschrieben war.

Es hat mich daher nicht verwundert, wie die Kritik das Buch aufgenommen hat. Genau so, wie ich es erwartet hatte. Die wirksamsten Tabus sind jene, die ihren Namen verschweigen.

Von diesem Echo der Kritik kann ich heute ohne Bitterkeit sprechen, denn von 1952 bis 1972 hat es meinem Roman nicht an Lesern gefehlt. Nur ihr Alter hat gewechselt: die ihn heute lesen, sind nach 1945 geboren. »Der Tod ist mein Beruf« ist für sie »ein Buch der Geschichte«. Und ich gebe ihnen weitgehend recht.

Rudolf Lang hat existiert. Er hieß in Wirklichkeit Rudolf Höß und war Lagerkommandant von Auschwitz. Das Wesentliche aus seinem Leben ist uns durch den amerikanischen Psychologen Gilbert bekannt, der ihn während des Nürnberger Prozesses in seiner Zelle befragte. Das Resümee dieser Gespräche – das mir Gilbert zur Verfügung stellte – ist insgesamt unendlich viel enthüllender als die Beichte, die Höß selbst später in seinem polnischen Gefängnis niedergeschrieben hat.

Der erste Teil meines Romans ist eine literarische »Neuschöpfung« des Lebens von Rudolf Höß nach dem Gilbertschen Resümee. Der zweite Teil – in dem ich, wie ich glaube, die Arbeit eines Historikers geleistet habe – schildert nach den Dokumenten des Nürnberger Prozesses die langsame, tastende Einregulierung der Todesfabrik von Auschwitz.

Denkt man darüber nach, so übersteigt es jedes Vorstellungsvermögen, daß Menschen des 20. Jahrhunderts, die in einem zivilisierten Land Europas lebten, soviel Methode, Findigkeit und schöpferische Gaben eingesetzt haben sollen, um einen riesigen industriellen Komplex zu errichten mit dem Ziel, ihresgleichen *massenweise* zu ermorden.

Gewiß, noch bevor ich mit meinen Recherchen zu »Der Tod ist mein Beruf« begann, wußte ich, daß von 1941 bis 1945 fünf Millionen Juden in Auschwitz vergast worden sind. Aber das abstrakte Wissen ist das eine, und etwas ganz anderes ist es, in offiziellen Texten mit der materiellen Organisation des furchtbaren Völkermordes in Berührung zu kommen. Das Ergebnis meiner Lektüre machte mich schaudern. Ich konnte jeden einzelnen Fakt dokumentarisch nachweisen, und doch war die ganze Wahrheit kaum zu glauben.

Es gibt viele Möglichkeiten, der Wahrheit den Rücken zu kehren. Man kann sich in den Rassismus flüchten und sagen: Die Menschen, die das getan haben, waren Deutsche. Man kann auch die Metaphysik bemühen und wie ein Priester, den ich kannte, ausrufen: »Das ist das Werk des Teufels! Das ist das Werk des Bösen! ...«

Ich für mein Teil glaube eher, daß alles möglich wird in einer Gesellschaft, deren Handlungen nicht mehr von der öffentlichen Meinung kontrolliert sind. Von dem Augenblick an kann es geschehen, daß ihr der Mord als die schnellste Lösung ihrer Probleme erscheint.

Was furchtbar ist und uns eine desolate Meinung vom Menschengeschlecht aufdrängt: um ihre Pläne auszuführen, findet eine Gesellschaft dieses Typs unweigerlich die willigen Werkzeuge für ihre Verbrechen.

Einen solchen Menschen wollte ich in meinem Roman beschreiben. Man möge sich nicht täuschen: Rudolf Lang war kein Sadist. Der Sadismus wucherte in den Todeslagern, aber auf der unteren Ebene. Weiter oben war eine ganz andere psychische Ausrüstung vonnöten.

Es hat unter der Naziherrschaft Hunderte, Tausende Rudolf Langs gegeben, moralisch innerhalb der Immoralität, gewissenhaft ohne Gewissen, kleine Kader, die dank ihrer Zuverlässigkeit und dank ihren »Verdiensten« zu den höchsten Ämtern aufstiegen. Alles, was Rudolf Lang tat, tat er nicht aus

Grausamkeit, sondern im Namen des kategorischen Imperativs, aus Treue zum Führer, aus Respekt vor dem Staat. Mit einem Wort, als ein *Mann der Pflicht*: und gerade darin ist er ein Ungeheuer.

27. April 1972 *Robert Merle*

Leseprobe aus

Robert Merle

Ein vernunftbegabtes Tier

Roman

Aus dem Französischen
von Eduard Zak

393 Seiten, Broschur
ISBN 978-3-7466-2792-2

saß man auf dem winzigen Dreieck aus abgerundeten Steinen in der Bucht, war es fesselnd, den Kopf zu heben und die Betonplatte des Bungalows zu betrachten, die über den Spalt in der Klippe gespannt war, von unten gesehen, schien sie von der lächerlichen Dicke einer Sperrholzplatte zu sein, die Brandung brach sich, Kieselgeröll wälzend, drei Meter vor ihren Füßen, schloß man die Augen, machte es den Eindruck, Dutzende von Würfeln würden in einem riesenhaften Würfelbecher durcheinandergerüttelt, bevor die Hand eines wütenden Spielers sie alle auf einmal ausschüttete, ich bin in Sorge, sagte Arlette, ich spüre ein Mißbehagen in der Gruppe, es ist auch vorhanden, sagte Sevilla, die Achseln zuckend, Lisbeth ist zu Seiner Majestät Opposition geworden, Maggie tritt in ihre Fußtapfen, man bezichtigt mich der Inaktivität, Arlette blickte ihn an, ich gestehe, daß ich deine Sanftmut bewundere, mir scheint, an deiner Stelle würde ich sie … nicht doch, sagte er, glaub mir, das wäre ein schwerer Fehler, es gehört oft mehr Klugheit und wahrer Mut dazu, Angriffe nicht zu erwidern, Arlette sah ihn an, ihre Augen funkelten entrüstet, ich kann die beiden Mädchen nicht begreifen, sagte sie, Sevilla hob die Hände, das ist doch einfach, Liebste, sie sind eifersüchtig, wenn auch nicht gerade auf die gleiche Person, er runzelte die Brauen und sah Arlette an, das wahre Problem ist Ivan, wenn ich dieses Problem gelöst hätte, wäre es unwichtig, was diese dummen Gänse tun oder sagen, unglücklicherweise finde ich keine Lösung, schlimmer noch, ich kann mich nicht konzentrieren, ich bin wie Ivan, fügte er mit einem kurzen Lachen hinzu, ich bin so glücklich, daß ich keine Lust mehr zum Arbeiten habe, ich weiß ja, das sieht ganz einfach aus, Ivan spricht nicht mehr, seit er Bessie hat, also gut, nehmen wir ihm Bessie weg, aber erstens verabscheue ich den Gedanken, sie zu trennen, er redete mit einer plötzlichen Leidenschaftlichkeit, die seine düsteren Augen aufglänzen ließ, seit Ivan spricht, sind meine Beziehungen zu ihm nicht mehr Beziehungen von Mensch zu Tier, sondern Beziehungen von Person zu Person, und außerdem, fuhr er energisch fort, *fühle* ich, daß das nicht die Lösung ist, ich würde Ivan einem fürchterlichen Trauma aussetzen, wenn ich ihm Bessie entzöge, und was passiert dann? Bestenfalls läßt er sich herbei, von neuem die vierzig Wörter zu erlernen und zu wiederholen, die er gelernt hat, und damit hört es auf, wir werden keinen Schritt weitergekommen sein, wir müssen etwas anderes tun, aber was, will mir nicht einfallen, er schwieg für ein paar Sekunden und betrachtete Arlette aus den Augenwinkeln, Lisbeth, fuhr er dann fort, würde sagen, mein schöpferischer Elan habe sich nicht gesteigert, er lachte kurz auf, aber ich akzeptiere einen so negativen Standpunkt nicht, und noch dazu, was versteht sie schon davon, die Unglückselige, sie ist einer von jenen Menschen, die sich ihr Leben lang nicht darüber klarwerden, welchem Geschlecht sie angehören, ist also von Natur aus zu einer Ideologie der Entsagung verurteilt, während meiner Meinung nach allein das Glück und nichts anderes einem Menschen helfen kann, sich zu entwickeln, und ich niemals daran glauben werde, daß der Frustration irgendeine magische Kraft innewohnt,

den Rücken an einen umfänglichen runden Felsblock gelehnt, saßen sie Seite an Seite auf dem Geröll, Sevillas Arm lag um Arlettes Schulter, und ihre Köpfe waren einander so nahe, daß sie sich trotz der Brandung mühelos verständigen konnten, hat Maggie über Bob mit dir gesprochen? fragte Arlette, du meinst, über die Schwierigkeit, das Datum ihrer Verlobung anzusetzen, sagte Sevilla mit einem Seufzer, seit fünf Jahren höre ich das, nur der Auserwählte wechselt, sonst nichts, ich bin einer davon gewesen, James Dean ebenfalls, wenn man sich vorstellt, sagte Arlette, daß sie James Dean so gut gekannt hat, darüber war ich immer erstaunt, Sevilla fing an zu lachen, im vergangenen Jahr hatte ich Gelegenheit, kurz nach Denver zu kommen, ich kann dir versichern, daß Denver im Staate Colorado existiert, die Karten der Vereinigten Staaten lügen nicht, auch Tante Agatha existiert, ich habe lange mir ihr gesprochen, auch der alte Ledersessel existiert, ich habe ihn gesehen und mich sogar hineingesetzt, aber damit hört die Wirklichkeit auf, nicht möglich! rief Arlette, Sevilla nickte, ein Wachtraum, sonst nichts, arme Maggie, ihr Fall wirft ein fürchterliches Problem auf, das um so fürchterlicher ist, als sich niemand dafür interessiert: das Problem des häßlichen Mädchens, und ein häßliches Mädchen hat schließlich ebensosehr wie andere Mädchen das Bedürfnis, daß ein Mann sie in seine Arme nimmt,

ich wollte nicht mit dir von ihrer Verlobung reden, sagte Arlette nach einer Pause, sondern von einem Zwischenfall, Maggie hatte mir versprochen, dir davon zu berichten: als ich vorgestern zur Lunchzeit Maggies Arbeitszimmer betrat, überraschte ich Bob, wie er gerade ihre Papiere durchwühlte, er wurde blaß und brauchte ein paar Sekunden, bevor er mir erklärte, Maggie selber habe ihn geschickt, ihre Schere zu suchen, das war selbstverständlich gelogen, ich habe mich sogleich bei Maggie davon überzeugt, Sevilla runzelte die Brauen, Maggie hat mir nichts erzählt, es wäre für mich übrigens nichts Neues gewesen, über Bobs Rolle bin ich mir seit Sonntag, dem 15. Mai, im klaren, an jenem Tag, fuhr er nach einer Weile fort, hatten wir, wenn du dich erinnerst, alle, bis auf die Wächter, das Labor verlassen, um ein Picknick zu halten, die Wächter aber hatte ich davon unterrichtet, daß sie in unserer Abwesenheit den Besuch von zwei »Elektrikern« erhalten würden, von zwei Elektrikern? wiederholte Arlette, er schüttelte den Kopf, ich weiß, das nimmt sich aus wie ein miserabler Spionagefilm, so dumm wie ein Flint oder so übel wie ein James Bond, unglücklicherweise, liebste Arlette, ist es wahr, der James-Bondismus wird allmählich zu unserem alltäglichen Leben, diese zwei Experten nun haben entdeckt, daß die *gesamte* elektrische Einrichtung in *allen* Räumen des Labors durch eine kleine, kaum sichtbare Anlage angezapft war, die alle Gespräche auf einem Miniaturbandgerät aufzeichnete, das in der Zwischenwand hinter Bobs Bett installiert war, das ist ja abscheulich, sagte Arlette, das ist noch schlimmer, als ich annahm, beruhige dich, sagte Sevilla, Bob ist kein russischer Spion, er ist ein guter Amerikaner und hat nur aus Patriotismus eingewilligt, sich zur Antenne für Mr. C zu machen, für Mr. C, aber die »Elektriker«? fragte Arlette verdutzt, nennen wir sie einmal die »Blauen« und die Freunde von Mr. C die »Grünen«, sagte Sevilla, es ist schon so weit, daß ich mich frage, er blickte sich um, ob ich mich wirklich noch auf die Kieselsteine verlassen kann, auf denen wir sitzen, überall argwöhne ich unsichtbare Abhörgeräte, und du lachst darüber? sagte Arlette, ich muß ja wohl, denn ich würde irre, wenn ich das Ganze nicht als eine Art Posse nähme, aber ich erzähle weiter, die Blauen haben die Anlage der Grünen gewissenhaft respektiert, so daß Bob weiter seine Rolle spielt, sie haben sich darauf beschränkt, parallel dazu eine gleichartige Anlage zu installieren, die in mein Büro führt, damit ich meinerseits an die Blauen weiterleiten kann, was Bob an die Grünen weiterleitet, das ist ja haarsträubend, sagte Arlette, es erweckt in mir das Gefühl, in eine Welt von Verrückten zu geraten, und dennoch ist es sonnenklar, sagte Sevilla, wir werden von zwei rivalisierenden Geheimdiensten überwacht, die einander bespitzeln, während sie uns überwachen, das ist doch absurd, sagte Arlette, weshalb machen sie sich Konkurrenz? Sevilla lächelte, soweit ich etwas davon begriffen habe, ist die interne Konkurrenz die goldene Regel jeder Spionage, es gibt niemals nur eine Geheimpolizei in einem Land, es gibt stets mehrere, und bisweilen bestehen innerhalb einer Geheimpolizei Cliquen, die sich bekämpfen, mit den Geheimdiensten ist es wie mit den Schlangen: indem sie sich umeinanderringeln, beißen sie sich schließlich in den Schwanz.

Arlette lehnte den Kopf an seine Schulter, ich weiß nicht, ob es richtig von dir ist, mir das alles zu erzählen, Lieber, vielleicht bin ich eine niederträchtige kleine braune Spionin im Dienst der UdSSR, da kannst du beruhigt sein, sagte Sevilla, die Grünen haben über dich, wie übrigens auch über mich, eine bis ins Detail gehende Nachforschung angestellt, das Ergebnis sind zwei äußerst gründlich ausgearbeitete Biographien, die sich die Blauen, ich weiß nicht auf welche Weise, zu verschaffen gewußt haben, die deinige haben sie mir nicht gezeigt, das ist noch ein Glück, sagte Arlette, aber sie haben mich wissen lassen, daß die Beurteilung in jeder Hinsicht günstig ausgefallen ist, Arlette lachte, ich weiß nicht, ob ich mich beruhigt fühlen soll, sie täuschen sich vielleicht, niemals, niemals! sagte Sevilla mit bitterer Ironie, die täuschen sich nie, die Blauen haben mir meine eigene Biographie gezeigt, sie ist von unwahrscheinlicher Genauigkeit und Gewissenhaftigkeit, ich habe über mein Leben Dinge erfahren, die ich selbst nicht wußte, auf eine Art ist es recht schreckenerregend, ich habe die Empfindung, nackt wie ein Wurm vor den Augen eines allwissenden Gottes gelebt zu haben, und die Beurteilung? fragte Arlette, Sevilla schob die Unterlippe vor, im ganzen günstig, aber dennoch hapert es bei Kleinigkeiten, so zum Beispiel bei meiner Herkunft, sie haben sich große Mühe gegeben, meinen Vorfahren nachzuspüren, aber es ist ihnen nicht ganz geglückt, nun sehen sie sich vor Probleme gestellt, bin ich Zigeuner, bin ich ein halber Jude, bin ich gar ein halber Araber, oder bin ich der gute und ehrbare Galicier, der mein Großvater zu sein behauptete? Und das ist für sie sehr wichtig? fragte Arlette lachend, man muß es annehmen, da es sie so beunruhigt, ein anderes Beispiel für die Gewissenhaftigkeit meiner Biographen: im Jahre 1936, rechne dir aus, wie alt ich damals war, habe ich Studenten der Columbia-Universität anvertraut, daß ich an die freie Ehe glaubte, und das ist schlecht, wirklich schlecht, so wird von dem oder den Biographen anständigerweise hinzugefügt, weil ich mich in der Folge zweimal verheiratet habe, Arlette fing wieder an zu lachen, aber es kommt noch schlimmer, einem Meinungsforscher, der mich 1955 fragte, ob ich an die Unsterblichkeit der Seele glaube, habe ich geantwortet: »Es kommt nicht auf das Glauben an, man müßte wissen«, und das ist nun sehr schlecht, Arlette hob den Kopf, warum? Weil sie daraus schließen, daß ich Atheist bin, und Atheist zu sein in diesem Lande, wo jedermann sich den Anschein gibt, als glaube er an Gott, bedeutet bereits, daß man im Verdacht steht, mit den Kommunisten zu sympathisieren, hingegen hatte ich im Jahre 1958 drei Monate lang (die Daten sind auf den Tag genau angegeben) ein Verhältnis mit einer ungarischen Gräfin, von der ich übrigens nicht wußte, daß sie Gräfin und Ungarin und außerdem auch noch Agentin der CIA war, und diese Dame hat eine erschöpfende Analyse meines Charakters, meiner Neigungen und meiner Gewohnheiten, einschließlich meiner erotischen Gewohnheiten, abgegeben, widerwärtig, sagte Arlette, ach, sagte Sevilla, ich weiß ja, daß die hohen Politiker oder die Atomwissenschaftler in der gleichen Lage sind, für mich hat alles angefangen, als ich mich für die Delphine zu interessieren begann, von diesem Moment an liefen parallel zueinander zwei Forschungsaufträge, wenn ich so sagen darf, ich beobachtete die Delphine, und *sie* beobachteten mich,

ich rede von den Blauen, fuhr Sevilla fort, denn die Grünen interessieren sich erst seit kurzem für mich, seit dem Besuch von Mr. C, und es ist sogar ein Wunder, daß es den Blauen gelungen ist, mich so lange vor den Grünen zu verbergen, kommen wir auf die Ungarin zurück, sagte Arlette, ja, kommen wir auf sie zurück, sie behauptet unter anderem, ich sei nicht eigentlich Atheist, nach ihrer Ansicht bin ich ein Katholik, der sich vom Glauben entfernt, aber großes Heimweh danach hat, und ist das wahr? fragte Arlette, ich bin mir dessen nicht bewußt, doch das will nichts besagen, bisweilen habe ich den Eindruck, daß sie mich besser kennen als ich selbst, den größten Dienst hat mir die Ungarin jedenfalls erwiesen, als sie aufs entschiedenste versicherte, ich sei auf politischem Gebiet eine Art Analphabet, und das ist ausgezeichnet, Arlette zog die Brauen hoch, für die Grünen ist ein Mann, der sich lebhaft für Politik interessiert, ohne sie zu seinem Beruf zu machen, ohnehin schon leicht verdächtig, die politische Unschuld aber ist wie eine Jungfernschaft: hat man sie einmal verloren, muß man auf das Schlimmste gefaßt sein, das ist wenigstens, wie die Blauen behaupten, der Standpunkt der Grünen,

ich kann bloß nicht verstehen, sagte Arlette, warum die Blauen dich von deiner Biographie in Kenntnis gesetzt haben, damit ich ihnen schriftlich erkläre, was ich davon halte, Arlette begann zu lachen, das erscheint so naiv! Ist es aber nicht, Liebste, ihre Psychologen finden einen Haufen interessanter Dinge in meinen Entgegnungen, ob sie ernst zu nehmen sind oder nicht, es trat Schweigen ein, ich möchte dich fragen, ob im Hinblick auf dich ein Unterschied zwischen den Blauen und den Grünen besteht, gewiß, die Blauen überwachen und beschützen mich mit einer Spur von Wohlwollen, die Grünen überwachen und beschützen mich mit einer Spur von Antipathie, von Antipathie? Na ja, für C habe ich den Makel, daß ich kein WASP[1] bin, für C bin ich ein hergelaufener Ausländer und a priori zu allem fähig,

1 White Anglo Saxon Protestant: ein weißer Angelsachse und Protestant, das heißt ein Angehöriger der Majorität.

mir dreht sich der Kopf, sagte Arlette mit einem Seufzer, ich frage mich, ob sie nicht entdecken werden, daß ich slawischer Herkunft, Atheistin, politisch defloriert und im Begriff bin, mit Professor Sevilla die freie Ehe zu praktizieren, das wissen sie natürlich schon, sagte Sevilla, wieso, rief sie schaudernd, bist du sicher? Haben sie dir das gesagt? Nein, schau mal, aber das versteht sich von selbst, ich kann mir sogar denken, daß sie entzückt darüber sind, so sehr vereinfacht es ihnen die Überwachung, und du, sagte Arlette, du findest, daß du diesen Herren ihre Aufgabe erleichterst, indem du einen Bungalow von dieser Art für das Weekend mietest? Ich unterziehe mich ihrer Bespitzelung, sagte Sevilla, ich nehme sie als notwendig hin, habe aber keinen Grund, sie zu erleichtern, und möchte auch sagen, ich mißtraue ihren Übertreibungen, seit ich weiß, daß die CIA die Unterhaltungen des Präsidenten Sukarno mit seinen Frauen auf Tonband aufgenommen hat, Arlette führte beide Hände an ihre Wangen, das ist doch widerwärtig! Sevilla nickte, außerdem ist es sinnlos, denn ich nehme nicht an, daß Sukarno in solchen Momenten über Weltpolitik diskutierte, um aber wieder auf diesen Bungalow zurückzukommen, ich habe ihn gerade wegen seiner Abgelegenheit, wegen des beschwerlichen Zugangs ausgesucht, und vergiß nicht, sagte Arlette, wegen der fehlenden Fensterscheiben, Sevilla mußte lachen, darauf komme ich, die Grünen haben ein Gerät, das es möglich macht, außerhalb eines Hauses eine Unterhaltung aufzufangen, die in seinem Innern stattfindet, indem es die Schwingungen verstärkt, die sich von den Stimmen der Sprechenden auf die Fensterscheiben übertragen, ja, ich weiß, was du sagen willst, es ist entsetzlich, der alte Begriff des Privatlebens existiert nicht mehr, wir leben in einem Glaskäfig, werden mit unerbittlicher Genauigkeit beobachtet, analysiert und seziert, Arlette nahm seine Hand und drückte sie, fühlst du dich nicht in manchen Augenblicken wie ein Gefangener? Er hob wieder den Kopf, früher ja, aber nicht mehr, seit ich dich habe, er hielt inne und blickte sie lange an, meine Freiheit bist du.